U0004089

Strange & Mesmerizing

血色童話（2022 年新版）
LÅT DEN RÄTTE KOMMA IN

作者：約翰‧傑維德‧倫德維斯特 John Ajvide Lindqvist
譯者：郭寶蓮
責任編輯：林立文
封面設計：朱疋
電腦排版：張靜怡
法律顧問：董安丹律師、顧慕堯律師
出版：小異出版
台北市 105022 南京東路四段 25 號 11 樓
TEL：(02) 87123898　FAX：(02) 87123897
www.locuspublishing.com
發行：大塊文化出版股份有限公司
台北市 105022 南京東路四段 25 號 11 樓
讀者服務專線：0800-006689
TEL：(02) 87123898　FAX：(02) 87123897
郵撥帳號：18955675　戶名：大塊文化出版股份有限公司

LET THE RIGHT ONE IN
Copyright © 2004 by John Ajvide Lindqvist
Published by arrangement with Nordin Agency, through The Grayhawk Agency
Traditional Chinese edition copyright © 2022 Locus Publishing Company
All rights reserved

總經銷：大和書報圖書股份有限公司
地址：新北市新莊區五工五路 2 號
TEL：(02) 89902588　FAX：(02) 22901658
二版一刷：2022 年 7 月
定價：新台幣 480 元
版權所有‧翻印必究 Printed in Taiwan

血色童話

John Ajvide
Lindqvist

約翰・傑維德・倫德維斯特 著

郭寶蓮 譯

LÅT DEN
RÄTTE KOMMA IN

獻給 Mia，我親愛的 Mia

地點

布雷奇堡。

這裡會讓人想到沾滿椰粉的餅乾，或許還有毒品。這裡所代表的「體面生活」會讓你想到電車站和城郊住宅區，大概就這樣，沒有別的了。一定有人住在這裡，就像有人住在別處。蓋這座小鎮的目的就是如此，為了讓人有地方住。

當然，這不是自然發展出來的小鎮，每件東西打從一開始就精心規劃妥當。居民直接搬進已經替他們蓋好的屋子，一間間土黃色的水泥建築散落在綠野平疇。

故事發生時，布雷奇堡這個郊鎮已經存在三十年了。你可以想像這地方孕育著拓墾精神，如五月花號，如未知之地。的確如此。那一棟棟空著的房屋正如新大陸，等人入住創造歷史。

於是，他們來了！

沐浴在陽光下，他們眼神充滿希望地邁過崔那伯格橋，時值一九五二年。母親手抱小娃，或推著嬰兒車，又或牽幼童。父親不帶鎬不帶鍬，他們攜來的家當是廚房用品和實用家具。或許嘴裡還哼著《國際歌》或《我們來到耶路撒冷》，視個人偏好而定。

他們來到的這個郊鎮很大，很新，很**現代化**。

但真正入住的景象卻非你想像。

他們或搭電車而來，或乘汽車、休旅車，一個接一個。帶著家當魚貫入住已竣工的公寓，將物品分類放入整齊有致的格櫃和櫥架，至於家具則有條有理地擺在軟木地板上。接著採買新物品來填補空間縫隙。

布置妥當，他們抬頭望向這片已賜給他們的土地，但走出家門才發現每吋都已被占領，只好自我調適、坦然接受，順勢而為。

這裡有個鎮中心，還有寬闊的遊樂場供孩童嬉戲，四周角落可見大片綠地環繞，行人專用道也不少。

的確是個好所在啊。大家搬入個把月後在餐桌上這樣閒聊著。

「我們真是來到了好地方。」

只是他們錯過一樣東西：這地方的過去。孩童在校不會學到與布雷奇堡歷史相關的課程，因為這裡沒有歷史。或許應該這樣說，其實是有歷史的，與一座老磨坊、菸草大王、還有水畔幾棟奇怪的老房子有關。但這些都已年代久遠，與現在毫無干係。

眼前這些三層樓房矗立之處，以前只有樹林遍布。

在這裡感受不到歷史的神祕氛圍，甚至連座教堂都沒有。九千位居民卻沒有一座教堂。

從這些可看出這郊鎮非常現代化，一切理性當道，居民免受歷史鬼魅和恐怖記憶的紛擾。

難怪他們毫無心理準備。

沒人看見他們搬進來。

十二月，警察終於追查出搬家卡車司機的下落，但他沒什麼線索好提供，工作紀錄上只寫著「十月十八日，斯德哥爾摩郊區的布雷奇堡」。他回想起那家人只有爸爸和一個女兒，她是個漂亮的小女孩。

「喔，還有，他們沒什麼家具，只有一張沙發、一張扶手椅，還有床。搬這趟家實在很輕鬆。

嗯⋯⋯對了，他們還要求晚上搬，我說晚上搬會比較貴，要補貼加班費之類的，他們說沒問題，就是要晚上搬，這點好像很重要。發生了什麼事嗎？」

警方把事情告訴他，關於他卡車載的那對父女。他瞠目結舌，低頭呆望工作紀錄上的字跡。

「我的天啊，怎麼會⋯⋯」

他一臉扭曲，彷彿對工作紀錄上自己的筆跡感到嫌惡無比。

十月十八日：斯德哥爾摩郊區的布雷奇堡。

是他幫他們搬家的，幫那男人和他女兒。

他這輩子絕對不會告訴任何人這件事，至死都不會。

第一部 有這種朋友真幸運

啊！

肯定讓你夢醒幻滅

愛情中的麻煩事

——摘自瑞典著名女歌手瑪恩科維斯特（Siw Malmkvist）的歌曲

《愛的麻煩事》（Love Trouble）

我失敗了嗎？

只是想讓妳覺得我更有魅力

我做的這些

我不是天生就邪惡

我根本不想殺人

——摘自英國歌手莫里西（Morrissey）的歌曲

《最後一位全球聞名之花花公子》（The Last of The Famous International Playboys）

一九八一年十月二十一日星期三

「你們覺得這是什麼？」

來自華倫拜郊區的警官谷納・洪柏格舉起一小袋白色粉末。

可能是海洛因，但沒人有膽說出口，就怕被懷疑很懂這東西。尤其家中若有兄弟或兄弟的友人沾上過，大氣都不敢吭。施打海洛因。就連女孩也默不作聲。警官搖搖袋子。

「你們認為這是烘焙用的發酵粉嗎？或者是麵粉？」

大家低聲嘟囔說不是，他們可不想被警官以為6B這班全是白痴。雖然光看袋子不可能判斷裡面物品，不過既然這堂課談的是毒品，答案肯定很清楚。警官轉向老師。

「妳最近家政課怎麼教的啊？」

老師微笑聳聳肩，全班哄堂大笑，這條子還算幽默。有些學生上課前還獲得准許摸了他的槍呢。裡面雖沒子彈，終究也是把槍啊。

奧斯卡內心澎湃，他知道答案，壓抑不說他會很痛苦，他想讓警官注意他、凝視他，告訴他答對了。他知道這麼做很蠢，但還是舉起手。

「有事嗎？」

「這是海洛因，對不對？」

「沒錯，的確是。」警官和善地望著他，「你怎麼知道？」

全班轉頭注視，很好奇他會怎麼回答。

「不是……我的意思是我讀過很多這類的東西。」

警官點點頭。

「多看書很好，」他搖搖小袋子，「不過若沾上這東西，你們就不會有時間看書了。大家猜看

看，這一小袋值多少錢？」

奧斯卡覺得自己不需再多說什麼，他已經被他注意到，和他說上話，還讓他知道自己讀過很多

書，這已遠超出自己原本的期望了。

他開始沉醉於白日夢，幻想下課後警官來找他，對他有興趣，坐在他旁邊，然後他將所有事情

告訴警官，他會明白一切，還會摸摸他的頭，告訴他不要緊，然後摟著他說……

「他媽的愛現鬼。」

強尼・佛洛斯伯伸出手指狠狠戳他。強尼的哥哥跟一群吸毒的混在一起，所以他知道這方面的

黑話，班上很多人也會跟著學。強尼應該知道那袋白粉值多少錢，不過他可沒那麼愛現。他才不跟

條子講話呢。

下課休息，奧斯卡在衣帽處徘徊，舉棋不定。他知道強尼想揍他，該怎麼躲呢？待在走廊，或

者到外面？突然他發現強尼和其他同學蜂擁著衝出教室，跑到校園中庭。

難怪。警車還停在中庭，好讓那些有興趣瞧瞧警車的孩子有機會瞧瞧警車的模樣。有警察在這裡，強尼

當然不敢揍他。

奧斯卡站在能隔寒的雙層門邊，從門上的透明玻璃向外望。果然如他所料，同學都圍在巡邏車

旁。奧斯卡也想湊過去看，但這恐怕不妥。不管警察在不在那裡，他一過去肯定會被人用膝蓋頂，

還會被人捉弄，把他內褲頭用力往上拉。

不過至少這節下課他逃過一劫。走到外頭，繞到校舍後面上洗手間。

到了廁所，他先凝神聆聽，然後清清自己喉嚨，聲音迴盪在廁所隔間內。他手伸進內褲裡，迅速抓出尿尿球，這是一團約柳丁大小的泡棉，他從舊床墊剪下來的，中間挖了個洞好讓陰莖穿入。

他聞一聞。

唉，又尿褲子了。他將尿尿球放在水龍頭下沖洗，努力將水擰乾。

尿失禁。就是這種毛病。從藥局偷拿的小冊子上面是這麼說的。許多上了年紀的女人都會有這個問題。

不過我也有。

冊子上說有藥可醫，但他可不想站在藥房櫃檯前奉上零用錢還被當眾羞辱，當然更不會告訴媽，萬一她知道，肯定整天擔心難過，這會讓他難以承受。

幸好他有尿尿球，至少現在還管用。

外頭出現腳步聲，有人來了。他拿著尿尿球跑入最近的廁所隔間，將自己鎖在裡面，這時廁所的大門正好打開。他悄悄爬到馬桶上，縮成一團，免得被人從門下看見他的腳。他屏息不敢出聲。

「豬——頭——？」

當然是強尼了。

「嗨，豬頭，你在裡面嗎？」

麥奇跟他在一塊兒，他們兩人是壞學生中的壞學生。不對，多瑪士也很壞，但他不來拳打腳踢

這一套，這種做法很高招。這會兒他可能正巴著警察逢迎諂媚，他絕對會抓住這把柄來傷害他、羞辱他，就算過了很久也有辦法讓他很難堪。強尼和麥奇則只會毆打他，這種皮肉痛忍忍就過去了。所以這樣看來，被他們兩個發現還算走運……

「豬頭？我們知道你在裡面喔。」

他們檢查他所在的廁所隔間，又搖又撞。奧斯卡雙手緊緊抱住雙膝，咬緊牙根，就怕自己嚇得尖叫。

「走開！離我遠遠的！為什麼你們不能放過我？」

現在強尼的聲調和緩下來。

「小豬頭，如果你現在不出來，放學後我們還是會修理你。你想要這樣嗎？」

沉默了半晌。奧斯卡小心翼翼吐了口氣。

他們對著門又捶又踢。整間廁所砰砰響，廁所隔間的門鎖開始往內彎。他應該出去，在他們發飆前自己送上門，但他做不到。

「豬──頭──？」

他剛剛在教室舉了手，宣示自己的存在，證明自己有知識，這可犯了大忌，他們不允許他這麼做。他們有千百種理由折磨他：太肥、太醜、讓人看不順眼。但真正的理由很簡單，就是他的存在。任何足以讓人想起他存在的東西，都會被拿來羞辱。

他們或許打算給他來個「洗禮」：將他的頭壓入馬桶沖一沖。不管他們使出什麼招數，反正結束後他就能鬆口氣。那麼，為何不乾脆打開鎖，讓他們樂一樂？反正繼續撞下去門鎖遲早也會鬆

開。

他望著裂開而脫離鎖頭的門閂，也看著突然甩開而撞到牆壁的門，還有麥奇‧希斯考維那張得意洋洋的臉。然後，他明白了。

這場遊戲不會這樣進行。

他不會將鎖扣回，他們也不會在三秒內爬過廁所隔間，因為這不是遊戲的規則。一旦他們真的抓到他，樂趣就結束了，只剩執行那些已成例行公事的凌虐。若他太早投降，他們就會把更多精力放在凌虐，而非獵捕。這樣下場會更悲慘。

讓他們沉迷的是獵人遊戲，以及他這個獵物的恐懼神情。

強尼‧佛洛斯伯探頭進來。

「你知道嗎，如果想拉屎就得把馬桶蓋打開。來，給我學豬叫。」

奧斯卡乖乖地學豬叫。這是遊戲的一部分。若他們聽話學豬叫，他們或許會到此為止放他一馬。

這次他叫得特別賣力，就怕他們若不滿意，在待會兒的凌虐過程中會洩漏出自己那噁心的祕密。

他皺起鼻子學豬叫，又是呼嚕又是尖鳴。強尼和麥奇樂得哈哈大笑。

「死豬頭，繼續叫，多叫幾聲啊。」

奧斯卡閉緊眼睛繼續叫。拳頭握得好緊，指甲都掐進了掌心，他不斷學豬叫。突然，嘴裡出現一股怪味道。他停下來，睜開眼。

他們走了。

他繼續蜷縮在馬桶上，呆望地面。地上瓷磚有滴紅漬。就在他凝視的瞬間，又一滴從他鼻子落

下。他撕了張衛生紙，壓住鼻孔。

有時一害怕就會這樣，他會開始流鼻血。這毛病幫他解圍了幾次，他們想揍他時，若看見他已經流血，就會收手離開。

奧斯卡・艾瑞克森蹲縮在那裡，一手拿著一團衛生紙，另一手握著他的尿尿球。鼻子流血、褲子尿溼、話也說太多。身上每個洞口都在滲漏，或許，不用多久連褲底也會跑出大便來。果然豬頭一個。

他站起來走出廁所。不抹去臉上血滴，故意讓別人看見，讓他們納悶，讓他們以為有人被殺死在那裡。的確早**有人被殺死在那裡，死過上百次了。**

四十五歲的哈肯・班特森最近出現了啤酒肚，連髮線也越退越遠。他居所的地址政府當局沒人知道，他此刻正坐在電車車廂裡，凝視窗外新家坐落的這一區域。

這地區實在有點醜。諾羅平市好多了，不過大家都說這西郊比較不像他在電視上看過的斯德哥爾摩郊區貧民窟，例如基斯塔區、林克貝區和哈龍勃根區。這裡不一樣。

「下一站，瑞克斯塔湖。」

這一區給人的感覺比那些地區溫和舒服，不過這裡也有真正的摩天高樓。他仰頭看著水工行政大樓的最頂層。他不記得諾羅平市有這麼高的建築物。不過，也可能是因為他從沒去過市中心。

下一站就該下車，對吧？他看看車門上方的電車路線圖。沒錯，下一站。

「車門即將關閉，請遠離車門。」

有人在看他嗎？

沒有，車廂裡只有幾個人，全都在專心讀晚報。明天報上就會有他的新聞。他的視線落在女人的內衣廣告。上頭的女人穿著黑色蕾絲內褲和胸罩，擺出撩人的性感姿勢。走到哪裡都看得到裸體。社會怎能容忍這種東西？這種畫面對社會大眾的心理、愛情會造成什麼負面影響啊？

真是瘋了。

他雙手顫抖，趕緊擱在膝蓋上。他好緊張。

「真的沒有其他法子嗎？」

「如果還有別的法子，我會這樣讓你拋頭露臉嗎？」

「不會，可是……」

「真的沒辦法了。」

沒辦法。他非得如此，而且不能搞砸。他研究過電話簿裡的地圖，最後選擇這個看起來頗合適的地區──因為這裡樹林茂盛──然後開始打包準備出發。

擱在兩腳間那只行李袋被他用刀子割下來。在諾羅平市就是犯了這個錯誤，有人記得袋子上的標籤，後來警方在一處廢料垃圾堆裡找到袋子，就離他家不遠。

而今天，他會把袋子帶回家，或許砍成碎片沖進馬桶。妳就是這樣做的嗎？

到底怎樣才行得通？

「本站是列車終點站，請所有乘客下車。」

電車車廂把裝載的乘客全數吐出，哈肯跟著人群貫走離車站，手裡提著那只袋子。沉甸甸，雖然裡面稍有些重量的不過就是那罐氣體。他得很費勁才能正常走路，可不能讓人看出他正要去執行死刑，絕不能讓人有理由注意到他。

可是他的雙腿好沉重，似乎想黏在月臺上不動。若他乾脆就這麼站在這裡，那會怎樣？若他直挺挺站著，一動也不動，就是不離開，等著黑夜降臨，等著有人靠近、注意到他，然後叫……叫人來帶走他。把他帶到某個地方。

他繼續費力地以正常步伐行走。右腳、左腳。現在可不能跟蹌，稍有閃失就大事不妙。可以想見後果會很糟糕。

一通過閘口，他就四處張望。他的方向感不怎麼好，到底樹林要往哪個方向？他當然不會問人，得自己碰碰運氣。繼續走，撐下去。右腳、左腳。

一定還有其他辦法。

但他就是想不到。他必須有固定的過程、固定的**標準**。只有這樣才能好走。他以前做過兩次，兩次都搞砸。雖然不像維克久市那次那麼糟糕，不過也足以迫使他們搬家。

他今天會有很好的表現，會得到掌聲鼓勵。

或許還能得到親吻擁抱。

兩次。他都失手了。那來個第三次又有什麼不同？絲毫沒有不同。反正社會的評斷還不都一樣，都是終身監禁。

至於道德的良心譴責？得鞭我幾次才足夠啊，邁諾斯國王[1]？

腳下這條公園步道拐個彎繼續走就能到達樹林的入口。這想必就是地圖上見到的那片樹林。氣體罐和刀刃在袋子裡喀啦響，他調整拿法，不讓裡頭東西相互碰撞。

前方有個孩子轉入步道。是個小女孩，約莫八歲，正放學回家，側背的書包在髖骨旁撞呀撞。

不，絕對不能！

這就是分寸。不能找這麼年輕的孩子。最好要男孩。女孩唱著歌，他加快腳步靠近她，聽見她這麼唱著。

「小小陽光照進來，照進我家窗戶裡⋯⋯」

現在的小孩**還在**唱這首歌啊？或許小女孩的老師也上了年紀吧。現在還有人唱這首歌，真好。

他想得更近，聽得更清楚，近到連小女孩頭髮的香味都聞得到。

他放慢腳步，可別引人注目。小女孩離開公園步道，走在一條通往樹林的小徑。或許她住在樹林另一頭。

他停下腳步，讓小女孩繼續前進，好拉開兩人的距離。他看著她消失在樹林裡。

繼續走啊，小女孩，可別逗留在樹林裡玩耍。

他等了一分鐘，聽著燕雀在附近樹梢啼唱，然後動身跟著她進入樹林。

奧斯卡從學校走回家，頭好重。每次以**那種**方式設法躲過凌虐，譬如學豬叫或其他之類的，他

就感覺很不舒服。比直接被拳打腳踢更糟糕，這種感覺他知道。但一想到他們節節逼近的拳頭，他就不知如何是好。他願意卑賤、毫無尊嚴，就為了躲過一劫。

羅賓漢及蜘蛛人驕傲自豪，就算被約翰爵士和八爪博士逼到牆角，他們也無所畏懼，絕不退卻。可是蜘蛛人知道些什麼？反正他永遠能死裡逃生，雖然看似不可能。他是漫畫的主角，總得活著出現在下一集。他有他的蜘蛛人神力，奧斯卡則有他的學豬叫本領。不管用哪招，他就是要活下去。

奧斯卡得慰勞慰勞自己。今天有夠倒楣，要好好補償一下。他決定到布雷奇堡的鎮中心晃晃。

去塞比斯生活賣場吧，雖然這趟路很可能又會遇到強尼和麥奇。他不走樓梯，而是拖著腳步在蜿蜒的無障礙坡道上慢慢晃，藉機調整心情、振作精神。現在他必須冷靜，不能滿頭大汗。

約一年前，他曾在另一家連鎖的生活賣場康尚順手牽羊被抓到。警衛要打電話給他媽媽，不過她外出工作了，而他不知道那裡的電話號碼，真的，他真的不知道。之後每次家裡電話響他就心驚膽戰。沒多久，有封信寄來，署名要給他媽媽。

真白痴，信封上竟然標示著「斯德哥爾摩地區警察局」。奧斯卡當然是自己拆信，讀著自己的罪行，接著偽造媽媽的簽名，然後將信寄回去，讓他們以為她已經看過信了。或許他很歹，但他可

1　邁諾斯國王是古代希臘克里特島的國王。最著名的傳說就是藏匿海神波塞頓要他用來獻祭的公牛而惹惱海神。海神作法讓王后愛上公牛，並與公牛生下半人半牛的麥諾陶。邁諾斯國王為了守住祕密，找人在克里特島上蓋了一座只進不出的迷宮來囚禁麥諾陶。

不笨。

不過話說回來，什麼是孬？他正打算做的事算孬嗎？他在大衣裡裝進了大津糖、架普、椰子糖和邦提巧克力棒，最後還塞了一袋瑞典車造型的ＱＱ糖在肚子和褲頭間，然後走向結帳臺，付了一根棒棒糖的錢。

回家路上他抬頭挺胸，還蹦蹦跳跳。他不是被人踢來踢去的豬頭，他是歷經危險卻能全身而退的神偷大盜。他機智無敵，能騙倒所有人。

走入社區大門，到了中庭他就平安了。那些欺負他的人都不住在這社區。這裡的房子蓋成不規則形，整個社區坐落在伊伯森嘉頓街圍繞起來的內圈。在這中庭，他從未遇過什麼鳥事，基本上應該是一件也沒有。

他在這裡長大，上學前也在這裡交朋友。只是一升上五年級就開始被同學找麻煩，到了學期末更成為大家公然欺負的對象，就連不同班的朋友都略有聽聞，所以現在他們也很少找他玩。就是這時候，他開始玩剪貼。現在他就要回家沉浸在剪貼簿的世界。

咻——！

他聽見聲音呼嘯而過，有東西撞到他的腳，一輛暗紅色的無線電遙控汽車正駛離他。車子迴轉，高速衝上山坡，直抵他家那棟公寓的大門。他發現湯米正站在大門右側荊棘樹叢後方，肚子前方戳出兩根長長天線。他輕輕笑著。

「嚇到你了吧？」

「那車跑得好快。」

「是啊，你想買嗎？」

「多少？」

「三百克朗。」

「沒辦法，我沒那麼多錢。」

湯米招手要奧斯卡靠近。他在斜坡上迴轉車子，讓它極速俯衝飆下，再來個緊急煞車、停在腳前。他拿起車子，拍一拍，低聲說，「在店裡買要九百克朗喔。」

「是喔？」

湯米看看車，接著把奧斯卡從頭到腳打量一遍。

「兩百塊吧，這可是全新的。」

「是很棒，不過……」

「不過什麼？」

「沒事。」

湯米點點頭，放下車子，硬將它開入樹叢，巨大的車輪顛簸著晃呀晃，然後繞過大晒衣架，駛出步道，再衝下斜坡。

「我可以試一下嗎？」

湯米看看奧斯卡，彷彿在衡量他是不是夠格碰他的車。最後決定將遙控器遞出去。他指指奧斯卡的上脣。

「你被揍啦？流血了喔，那裡。」

奧斯卡抹抹嘴脣，一些紅褐色的乾痂掉在食指上。

「沒有，只是……」

別說，說了也沒用。比他大三歲的湯米本身就不好惹，他大概只會叫他打回去，而奧斯卡可能會回答「當然了」。不過可以想見，若真照他的話去做，後果就是他在湯米眼中越來越沒尊嚴。

奧斯卡只玩了一會兒，繼續看著湯米操控車子。他真希望有錢買下這輛車，兩人達成這樁交易。

他把手插入口袋，摸到了糖果。

「你要吃大津糖嗎？」

「不要，我不喜歡那種東西。」

「那架普巧克力？」

湯米抬起頭，視線離開遙控器，露出微笑。

「雙口味的那種嗎？」

「是啊。」

「偷來的？」

「……對。」

「掰。」

湯米伸出手，奧斯卡將架普巧克力遞給他，他接過，塞進牛仔褲後面口袋。

「多謝了，掰掰。」

「掰。」

奧斯卡一回到家，就將口袋裡所有糖果巧克力攤在床上。先從大津開始吃，慢慢吃到雙口味的

架普，至於他最愛的邦提巧克力棒則要留到最後，結束前再用水果口味、車子造型的ＱＱ糖來清除殘渣。

他以要享用的順序將所有戰利品在床邊一一擺出，然後在冰箱找到一瓶已開的可口可樂，媽媽在上面蓋了錫箔紙。消了氣的可樂他更喜歡，尤其那種甜甜的滋味他最愛。

拿開錫箔紙，他將可樂擺在這些零食旁，趴在床上，研究床頭書架上的書。《雞皮疙瘩》系列快收藏齊了，旁邊還有一本《雞皮疙瘩選集》更提高了收藏價值。

這些收藏是靠著那兩大袋書才圓滿的。他從報紙分類廣告上看到有人要賣這套書，花了兩百克朗終於買到。那天他搭電車到米德索馬克蘭森地區，根據地址找到那人的家。來開門的男人白白胖胖，聲音低沉沙啞。還好他沒要奧斯卡進屋，而是直接將兩大袋書拿到門口，收下兩百克朗，點點頭，說了聲「閱讀愉快」就關上門。

拿到書後奧斯卡才開始緊張。他之前花了好幾個月在斯德哥爾摩南區果賈頓街的二手漫畫店找這套書，但怎樣都找不到。在電話中，那人說過期的他都有，真是踏破鐵鞋無覓處，得來全不費工夫。

奧斯卡一離開那人視線，立刻將袋子放下，開始翻查。他沒被騙，果然從第二期到四十六期都有，共四十五本。

這些書其他地方絕對找不到，而他只花了兩百克朗就拿到手！奧斯卡超怕那個人反悔，因為他簡直搶到了一堆寶藏。

不過即便如此，這套收藏還是比不上他的剪貼簿。

他從一疊漫畫下面抽出藏在那裡的剪貼簿。其實這只是一本大素描簿，是他從華倫拜郊區的歐聯折扣百貨店偷來的。他若無其事地走過去順手拿起來、夾在腋下——就這麼簡單。誰說他沒種？

至於剪貼簿裡的內容⋯⋯

他將大津棒拆開，大咬一口，慢慢在齒間品嘗那熟悉的清脆口感，然後翻開剪貼簿。第一篇是從《家庭週刊》剪下來的，內容是一九四〇年代美國一位女兇手的故事。她被逮之前用砒霜毒殺十四個人，後來被法院判決以電椅處死。當時社會輿論要求以牙還牙，用毒液注射來處死她，不過她所在的州是用電椅來執行死刑，而這篇故事最讓奧斯卡著迷的地方就是電椅。

他一直夢想能親眼目睹坐在電椅上被處死的過程。他讀過報導，據說血液會開始沸騰，身體扭曲成難以置信的角度。他也幻想頭髮會起火，只是關於這點還找不到可靠資料佐證。

不過還是很令人吃驚。

他翻到下頁。這篇是從瑞典大報《晚報》中剪下來的。有個瑞典的殺人兇手將受害者分屍，再平凡不過的一張身分證照片，看起來就像鄰家老人。不過他可是在自己家裡的蒸氣浴室內謀殺了兩名男妓，還用電鋸肢解他們，埋在蒸氣浴室後面。奧斯卡吃下最後一截大津棒，仔細端詳那殺人兇手的臉。真的就像路人甲乙丙丁。

但也可能是二十年後的我。

哈肯找到一個好地方觀察動靜，從這裡他能清楚看到步道的左右兩側。他也在樹林中找到一處

隱祕的凹洞，洞裡有棵樹做掩護，他可以把袋子留在那裡。至於那罐可將人迷昏的氟烷氣體，則藏在大衣裡。

現在只需等獵物出現。

「我也想要快快長大，像什麼都懂的爸媽那麼偉大……」

開始上學後就沒聽過有人唱這首歌了。這是一百多年前那位有名的瑞典音樂老師依萊絲‧泰格納所寫的嗎？這些好聽的歌曲就這樣消失，沒人傳唱，想到這點實在讓人惋惜。

沒人尊重、欣賞美的事物，今日的社會就是這樣。大師的作品頂多被拿來嘲諷，或者放在廣告影片。就連米開朗基羅那幅《創造亞當》的神髓竟然被一條牛仔褲取代。這幅畫的重點——至少就他所見——應該是那兩個不朽軀體以食指尖**將觸未觸**的畫面。他們兩指的距離只有一公釐左右，但這小小的間隔卻讓人看盡生命真諦。這幅畫裡精雕細琢的畫面和細膩豐富的筆觸，在他看來不過是裱框或背景，只為凸顯畫面中央關鍵性的空白。這處空白道盡了一切。

但在廣告中，這個關鍵的空白卻被人硬套上一條牛仔褲。

有人從步道走來，他蹲伏躲藏，耳朵聽見自己的心跳咚咚響。不行，是個牽狗的老人。這一看就有兩個壞處。第一，得先讓狗安靜順服；第二，人老品質就不好。

尖叫連連還秤不出幾斤肉，殺豬的都這麼說。

他看看手錶。再兩個小時天就黑了，如果一小時內沒合適的目標出現，就只好隨便將就。總之，必須天黑前趕回家。

那傢伙好像說了些什麼。被他發現了嗎？不是，他是在跟狗說話。

「這樣舒服點了吧，小甜豆？妳真的得動一動。待會兒回家，爹地就給妳肝泥香腸，切一大塊好吃的肝泥香腸給爹地的乖女孩兒。」

哈肯將頭埋入掌心嘆氣，塞在大衣裡的氣體罐壓住他胸口。可憐的王八蛋。這些世上沒有美人相伴的寂寞可憐人啊。

他顫抖著，下午過後就起了風，他猶豫著要不要從那只藏起的袋子裡拿出風衣來穿。不行，那件衣服會妨礙他的行動，讓他變得笨拙，無法快速反應。況且那衣服也會讓人起疑心。

兩個二十來歲的年輕女孩走過。這也不行，他無法一次處理兩個人。他聽見她們的片段對話。

「⋯⋯她決定要**留著**⋯⋯」

「⋯⋯是她的錯因為⋯⋯沒嗑藥⋯⋯」

「⋯⋯是他應該知道他⋯⋯」

「⋯⋯真是隻大猩猩。他應該知道⋯⋯」

「可是他應該⋯⋯」

「⋯⋯妳知道嗎？⋯⋯他當爸爸的人竟然⋯⋯」

她們有個朋友懷孕了，年輕人不想負責，大概是這樣。這種事經常發生，大家都只顧自己不管別人。整天耳邊聽到的都是**我的**幸福、**我的**未來。真正的愛應該要能臣服在對方腳下，現代人就是做不到這點。

寒氣強硬滲進他四肢，現在不管有沒有穿上風衣都一樣行動笨拙了。他手伸進大衣內，壓壓氣體罐的噴頭，一陣嘶嘶聲，正常沒問題。

他在原地跳一跳，拍拍自己手臂，讓身體暖起來。拜託，趕快有人來吧，落單的人快來。他看

「可是我心裡還想當小小孩，因為小孩屬於上帝的國度。」

看手錶，只剩半小時。趕快有人來啊。為了活命，也為了愛。

奧斯卡翻完整本剪貼簿，吃完所有零食，這時天色也暗了。照例，吃完垃圾食物整個人會開始昏沉，還會產生些微的罪惡感。

再兩個小時媽媽就回來了，他們會一起吃晚餐，然後他做英文和數學功課，接著看課外讀物，或者和媽媽一起看電視。不過今晚電視沒什麼好看的，或許母子倆會邊聊天邊喝可樂，還能吃甜甜的肉桂捲。然後他會上床，不過一定輾轉難眠，因為他擔心著明天。

如果有人可以讓他打電話傾吐就好了。當然他可以打給喬漢，希望這會兒他沒在忙。

喬漢和他同班，兩人混在一起還挺愉快，不過喬漢若找得到其他人就不會想到奧斯卡。通常是喬漢無聊，打電話找奧斯卡，不是奧斯卡找他。

屋裡靜悄悄，什麼事都沒發生。水泥牆壁將他密封起來，他坐在床上，手放膝蓋，胃被零食撐得直往下墜。

好像有什麼事要發生，就在這一刻。

他凝神細聽，一股濃稠的恐懼慢慢爬上心頭。有東西接近，一種無色的氣體滲出牆壁，威脅具體成形，就要將他吞噬。他僵硬地坐著，屏住呼吸，聆聽、等待。

那一刻過去，奧斯卡終於能正常呼吸。

他走到廚房，喝了一杯水，從磁鐵條抓起吸在上頭最大的那把刀，用拇指刮了刮，看看是否足夠銳利，這是爸爸教他的。然而刀鈍了，他將菜刀在磨刀石上來回磨幾下，又伸出拇指試試，不小心削掉一小片指甲。

很好。

他用報紙代替刀鞘裹住刀刃，再拿膠帶牢牢貼住，然後塞進褲子和左髖之間，只露出刀柄。他走看看，刀身擋住左腿的移動，所以他調整角度，讓它朝向鼠蹊部，但還是不舒服，不過至少不影響走路。

他拿起掛在玄關的大衣穿上，突然想起臥房內散落的一堆零食包裝紙。他先回房間收拾，把它們全塞進口袋，免得媽媽比他先回到家。他可以把這些包裝紙藏在樹林裡的岩石下，出門前又檢查一次確定自己沒留下任何證據。

遊戲開始。他是連續殺人狂。他已經用那把利刃解決掉十四個人，沒留下一絲線索。沒有毛髮，沒有糖果包裝紙。就連警方都怕他。

現在他就要進入樹林尋找下一個對象。

真奇怪，他已經知道下一個受害人的姓名和長相。就是那個有一頭長髮、一雙凶惡大眼的強尼·佛洛斯伯。他會讓強尼哭著求饒，像隻豬一樣哀號。可是他哭死也沒用，他會讓刀刃來決定，讓大地吸吮他的血液。

這句子是奧斯卡從書上學來的，他再三讀誦。

讓大地吸吮他的血液。

他鎖上家門，手握刀柄走出公寓，嘴裡繼續念著這句子。

「讓大地吸吮他的血液、讓大地吸吮他的血液。」

平時進出社區的通道位於這棟公寓右側，但此刻他往左走，越過其他兩棟，穿越汽車出入口。

將內層的防禦堡壘拋在後頭，跨過伊伯森嘉頓街，直直走下社區所在的山丘，也將外層的防禦堡壘

拋在腦後，往樹林方向走去。

讓大地吸吮他的血液。

這是奧斯卡今天第二次嘗到快樂的感覺。

離哈肯自設的時間只剩十分鐘，這時一個落單的小男孩走上公園步道。依他判斷十三、四歲

——完美。他打算先溜到步道另一頭，然後正面迎向他的目標。

可是，他的腳突然卡住不動，而男孩正悠悠哉哉走過來。隨著時間分秒過去，成功的機會越來

越渺茫，哈肯開始擔心，他的雙腳就是不肯動，他動彈不得呆站原地，望著他的完美人選一步步趨

近。男孩快要來到他站立之處，他的正前方。就快來不及了。

一定要、一定要、一定要。

若這次沒動手，他一定會殺了自己，絕不能兩手空空回家。就是這樣，不是他死，就是男孩

亡。

動啊，要走哪條路自己選。

他終於能動，不過卻太遲。他已經無法以若無其事的姿態和男孩在步道上擦肩而過，現在他只

能跟蹌慌亂地跑入樹林、追著男孩。蠢吶，笨手笨腳，現在男孩一定開始起疑、提高警覺。

「嗨，你好！」他叫喚男孩，「不好意思！」

男孩停住腳步。幸好他沒跑。他得說話，得問點什麼。他走近站在步道上那個滿腹狐疑且有所警覺的男孩。

「不好意思……請問現在幾點？」

男孩望著哈肯的手錶。

「我有錶，不過停了，你看。」

男孩全身緊繃地看著他的手錶。這點哈肯也沒辦法，只能將就接受。哈肯將手伸入大衣，食指擱在噴頭上，等著男孩回答。

奧斯卡經過印刷廠走下小山丘，轉進通往樹林的步道。他下腹那把菜刀的沉甸感消失，取而代之的是期待帶來的陶醉興奮。他一路走往樹林，滿腦子都是那個幻想。那個幻想就要成真了。

他以殺人犯的眼光看世界，或者應該說以十三歲孩子想像的兇手眼光。世界真美麗，能讓他掌握，還能因著他的行動搖晃顫抖。

他走在步道上，張望搜尋強尼‧佛洛斯伯的身影。

讓大地吸吮他的血液。

天要黑了，四周的樹木像沉默的人群，見到殺手稍有舉動就嚇得驚恐發抖，深怕自己被看上，

成為下手的目標。不過殺手越過他們，不予理會，因為他已看見自己中意的獵物。

強尼‧佛洛斯伯就站在離小徑五十公尺遠的小丘，雙手扠腰，咧嘴而笑。強尼還以為接下來仍是之前的老畫面呢──把奧斯卡壓在地上、捏住他鼻子，硬把松針和青苔之類的東西塞入他口中。

但這次他錯了，遠遠走來的不是奧斯卡，是個殺人兇手。殺手握緊刀柄，準備行動。

殺手以尊嚴自信的步伐慢慢走向強尼‧佛洛斯伯，直視他的眼睛，叫了他：「嗨，強尼。」

「嗨，豬頭，這麼晚你還能外出喔？」

殺手抽出利刃，朝他猛戳。

「呃……五點十五分。」

「好，謝謝。」

男孩沒有離去，而是站在那裡望著哈肯。他趁機更靠近。男孩站著不動，凝視他的雙眼。這樣下去不行，男孩一定嗅到事有蹊蹺。先是有人從樹林裡衝出來問他幾點，如今那人又擺出拿破崙雕像的姿態，一隻手塞在大衣裡。

「裡面是什麼？」

男孩指著哈肯心臟的位置，哈肯腦袋一片空白，他不知道該怎麼辦，索性拿出氣體罐給男孩看。

「什麼鬼東西啊？」

「氟烷氣體。」

「你為什麼帶著這個到處跑？」

「因為……」他摸摸被泡棉蓋住的罩口，努力思索該怎麼回答。他不能說謊，這是他所受的詛咒。

「因為……這與我的工作有關。」

「是什麼樣的工作？」

男孩稍微放鬆了些，他拎的運動袋與哈肯藏在凹洞裡的那只袋子非常類似。哈肯以握著氣體罐的那隻手碰碰男孩的袋子。

「你要去運動啊？」

就在男孩往下看著自己袋子時，他抓住機會。

他迅速伸出兩手，沒拿罐子那隻手抓住男孩後腦杓，另一隻手將氣體罐的罩口塞在他嘴鼻上。一陣如蛇信的嘶嘶聲瞬間洩出，男孩想把頭撇開，卻被哈肯兩手死命鉗住，動彈不得。

男孩整個身子往後倒，也把哈肯拖下去。蛇一般的嘶鳴聲壓過兩人倒在小徑木屑上撞出來的聲音。哈肯仍緊抓著男孩的腦袋，兩人在地上翻滾，他的手仍不忘死命地將罩口壓在男孩嘴鼻上。

幾聲沉重呼吸後，哈肯手裡的男孩逐漸鬆弛，哈肯先確定罩口沒移位，然後環顧四周。

沒有目擊者。

氣體罐的嘶嘶聲還充斥在他腦袋，就像劇烈偏頭痛，怎樣也甩不開。他將氣體罐的安全閥扭到上鎖位置，另一隻手從男孩頭下用力抽出，然後鬆開橡皮帶，拉到男孩腦袋後面圈住。罩口固定了。

他手臂痠痛地站起來，注視著他的獵物。

男孩躺在那兒，兩手攤在身體兩旁，罩口仍貼著口鼻，氟烷氣體罐擱在胸口。哈肯又看看四

周，拾起男孩的袋子，放在他肚子上。最後他扛起男孩，將他帶到凹洞裡。

男孩比他想像重多了，渾身都是肌肉。由於失去知覺整個癱軟，讓他變得更沉重。哈肯氣喘吁吁將男孩扛過潮溼地面，而正嘶嘶噴氣的氟烷罐像條鏈鋸，將他腦袋一分為二。哈肯故意大聲喘息，遮掩嘶嘶聲。

他手臂痠麻，汗流浹背，終於走到目的地，將男孩放入凹洞最深處，然後在他身邊躺下來。四周靜謐。只見男孩胸膛起起伏伏。最多八分鐘後他就可以喚醒他，但他不會這麼做。

哈肯躺在男孩身邊，端詳他的臉，以手指輕輕撫觸他臉龐。他靠近男孩，雙手摟著他鬆軟的身體，緊緊貼著，溫柔地吻了男孩臉頰，輕輕道聲「原諒我」，接著起身。

他望著地上這具任人宰割的身體，眼淚差點滑落，不過他這次依然能忍住不哭。

這只是平行的兩個世界，這樣想就欣慰多了。

在另一個世界裡，他不會做出此刻正準備動手的事。在那個世界裡，他會走開，讓男孩自己甦醒，納悶剛剛發生了什麼事。

但在這個世界他無法如此。他走向自己的袋子，打開，匆忙抓出風衣、拿出工具。一把刀、一條繩索，一個大漏斗和五公升裝的塑膠桶。

他將所有工具放在男孩旁，最後看了這具年輕軀體一眼，拿起繩索準備工作。

他刺、刺、再刺。第一拳下去後，強尼才發現這次與之前幾次不同。他臉頰一道很深的傷口噴

出血，他想逃，但殺手動作比他快多了。迅雷不及掩耳的兩、三步，直接切掉強尼後膝的筋腱，他身子一倒，躺在苔蘚上痛苦翻滾，哀哭求饒。

但殺手不會心軟，任憑強尼不斷哀嚎。殺手撲上前，讓大地吸吮他的血。此時那些叫聲更像豬了。

這刀是為了你今天在廁所對我做的事；這刀是為了你惡作劇夾痛我的指關節。現在我割下你的唇，則是為了你說過的所有汙辱話語。

強尼五官七孔都流著血，吐不出半句惡言，也做不了任何壞事。不過要斷氣還得好長一段時間。最後，奧斯卡以刺穿他怔視的眼眸結束這場殺戮。戳，狠狠地戳。然後起身看著他的傑作。

一棵倒地枯槁的大樹枝是強尼被亂刀揮砍的身體，樹幹上刀痕累累，而象徵站著的強尼的那棵挺立樹木下，則有木屑散布。

他拿刀的右手流了血，腕旁有刀痕。一定是猛刺時失手傷到自己。看來這把刀不適合這種用途。他舔舔手，以舌頭清潔傷口，竟有種自己正在舔舐強尼血液的感覺。

他以報紙做的刀鞘抹去最後一滴血，將刀刃放回刀鞘，準備往走。

幾年前的樹林有壞人出沒，總讓人生畏，但現在這裡成了他的家和避風港。林中樹木見他走過，會自動退避以表敬意。此刻天色全暗，但他毫不恐懼。對於即將到來的明天也不再擔憂，不管屆時會有什麼事發生。今晚，他會睡得很安穩。

回到社區中庭，他先坐在沙坑邊讓自己平靜，然後起身走回家裡。隔天，他會給自己找把好一點的刀，要有擋護圈……之類的東西。但誰管那東西怎麼稱呼，反正就是不會讓他割傷自己的設

計。這遊戲他還要玩好多遍。

畢竟這麼好玩。

十月二十二日星期四

媽媽走近餐桌，捏緊著奧斯卡的手，淚水在眼眶裡打轉。

昨天有個與奧斯卡年齡相仿的男孩在華倫拜郊區被人殺死了。晚報出現這則新聞，媽媽一回家就非常激動。

「這也可能……我甚至連想都不敢想。」

「那是在華倫拜郊區。」

「你的意思是會對小孩下毒手的人不會搭兩站電車到這裡來？他也可以走路啊，一路走到布雷奇堡鎮來做同樣的事。你會常進樹林嗎？」

「不會。」

「從現在起你不准離開中庭跑到外面，除非……他們抓到兇手。」

「妳的意思是我不用上學嗎？」

「當然要上學，不過放學後就要直接回來，待在社區等我回家。」

「有那麼嚴重嗎？」

「你絕對**不能**自己進入樹林，懂嗎？」

媽媽痛苦的眼神中夾雜憤怒。

「你想被殺死嗎？是不是？你想跑進樹林被人殺死，躺在那裡，留我自己在這裡焦急擔心，難道你想被某些畜生給砍得面目全非……」

她激動到淚水盈眶，奧斯卡趕緊將手擱在媽媽手上，給她安慰。

「我不會進樹林，媽，我保證。」

媽媽摸摸他臉頰。

「小寶貝，我只有你了，你絕不能出事，萬一你有什麼三長兩短，我也活不下去。」

「媽——那他是怎麼做的？」

「什麼意思？」

「妳知道的啊，就是殺人的過程。」

「我怎麼會知道？反正那男孩好像是被某個瘋子用刀殺死的。我想他一死，他父母大概也不想活了。」

「報紙上有提到細節嗎？」

「我不想看。」

「你不要看這種東西。」

奧斯卡拿起《快捷》小報開始翻閱。這樁命案占了四大篇幅。

「我只是翻一翻。這份報紙可以給我嗎？」

「你不要看。那些暴力新聞對你沒好處。」

「我是說真的，你不要看。那些暴力新聞對你沒好處。」

「我是要看娛樂版，想知道今晚有哪些電視節目。」

奧斯卡起身想將報紙拿回房間。

「寶貝，你不知道我有多擔心嗎？萬一你有個什麼不測……」

「我知道，媽，我會小心的。」

奧斯卡輕輕回抱媽媽一下，隨即抽身，走進房間，用手指抹掉媽媽留在他臉頰上的淚水。

就他所知，那男孩被殺害的時間正是他進樹林玩耍的時候。真可惜死掉的不是強尼‧佛洛斯伯，而是某個住在華倫拜郊區的不知名男孩。

那天下午整個華倫拜地區的氣氛凝重哀傷。

他回家前就瞥到報攤上的報紙頭條。或許是他想太多，不過他總覺得此刻廣場上大家似乎不斷在談論，行人走路的速度也變得比平常慢。

他去五金行偷了一把很讚的獵刀，售價要三百克朗呢。下手前他已想好被逮到時的託辭。

「對不起，老闆，實在是因為我太怕會遇到那個殺人狂。」

倘若真被抓到，他或許還能擠出幾滴淚。他們會放他走的，絕對會。不過他可沒失手，現在那把刀子就穩穩地藏在剪貼簿旁。

他得想一想。

會不會，他在樹林裡玩的遊戲造成了那樁命案？他心想應該不會，但又無法完全排除這種可能。他讀的那些書全在談這種東西。一個人所想的事情很有可能在其他地方發生。

念力感應、巫毒下蠱。

不過命案到底是在哪裡、在何時，以及更重要的是——怎麼發生的？如果那具俯臥的屍體被刺了那麼多刀，那他得認真想想是不是自己的雙手當真具有可怕的神奇力量。若是如此，他就必須學習如何掌控這種力量。

難道……將事情連接起來的是……樹？

他揮砍的那節枯樹幹……或許那是一根奇特的樹幹，對它所做的任何事都會……有擴散效應。

那細節又如何？

奧斯卡仔細看過命案的每篇報導。有一版出現一個警察的照片，就是那個到學校講述毒品危害的警察。他說目前無法做進一步評論。警方已召集國家刑案鑑識中心的專家，分析從現場採集到的證據，大家現在只能等著分析結果出爐。報紙上還刊登了死者照片，那是從學校年刊上翻拍的。奧斯卡沒見過這個人。

不過他看起來很像強尼或麥奇。或許現在華倫拜郊區某所學校有某個奧斯卡終於重獲自由，可以鬆口氣。

那男孩正要去華倫拜運動中心練手球，結果一去不返。練習從五點半開始，或許男孩五點就出門，所以就是在這段期間……奧斯卡讀到這裡，開始頭暈目眩。時間太吻合了，而且他也是在樹林裡被殺害的。

真的嗎？難道我就是……？

晚上八點左右，有個十六歲的女孩發現屍體而報警。據說她「受到極度驚嚇」。報紙沒有描述

屍體狀況，不過若女孩**極度**驚嚇，表示屍體一定被摧殘得很慘。因為記者通常只會寫發現屍體的人

「受到驚嚇」。

都天黑了，女孩進樹林裡幹麼？或許沒什麼特別的吧，只是想撿撿毬果之類的。不過報上怎麼都沒有男孩被殺死的過程描述？只有命案現場的照片。警方把一片看起來很平常的林地圍起來，林地正中央有個大凹洞，裡頭有棵很大的樹。明後天也會出現這個地方的照片，不過到時候照片上應該會有很多蠟燭和許多的「為什麼？」及「我們懷念你」標語。奧斯卡知道後續會怎麼樣，因為他的剪貼簿裡就有好幾個類似案件的報導。

或許整起事件只是巧合。但萬一不是呢？

奧斯卡耳朵貼在門上聽外頭動靜，媽媽正忙著洗碗。他躺在床上，拿出那把珍藏的獵刀。刀柄握起來很服貼，重量約是昨天用的那把菜刀的三倍。

他起身，站在臥房中央，手裡握著刀。真美，這刀子本身具有的神力一定會傳遞到握刀人的手上。

廚房傳來碗盤鏗鏘聲。他朝空中揮刺了幾次。殺人兇手。等他學會控制這把刀，強尼、麥奇和多瑪士就不會再來找他麻煩了。他正想繼續刺向半空，突然想到屋外或許會有人看到他，隨即收手停住。因為外頭天已黑，而屋內燈已亮。他望向窗外，只見到玻璃上自己的反射。

殺人兇手。

他將刀放回藏匿處。這只是一場遊戲，真實世界裡從沒發生過。但他還是得知道細節，**現在**，就得知道一切。

湯米坐在單人扶手椅上看摩托車雜誌，點著頭嗯嗯讚嘆。偶爾，他會將雜誌拿高，讓坐在沙發上的拉席和羅本也能看到特別有趣的照片。從標題來看，這篇文章與汽缸容量和極速有關。天花板上一顆沒燈罩的光禿燈泡在滑亮的紙頁上反射出蒼白亮光，投射到以水泥和木頭構築的牆壁上。

他故意吊胃口，讓他們兩個等得坐立難安。

湯米的媽媽出門和史泰凡約會，他在華倫拜郊區的警局工作。湯米不怎麼喜歡史泰凡──事實上可說超討厭他。他覺得他自以為是、油腔滑調，還老愛把上帝掛嘴邊。不過湯米倒會從和他約會的媽媽那裡聽到些有的沒的。照理說，史泰凡不可以把那些事情透露給他媽，而且他媽也不能將那些事情告訴湯米，不過……

不過就是這樣。譬如，他最近就從媽媽那裡得知，警局調查艾稜史朵蓋特地區那椿收音機店家闖空門的案子。而這正是羅本和拉席幹的。

他們找不到闖入者的蛛絲馬跡。媽媽的確是這麼說：「找不到闖入者的蛛絲馬跡」，而這句話也一字不差來自史泰凡。警方甚至也無法掌握歹徒駕車逃逸那輛車的線索。

湯米和羅本十六歲，剛上高一，至於拉席，已經十九，不過他腦袋有點問題，沒念書，而是在烏伏森達市的易利信手機廠工作，負責將金屬零件分類。雖然他腦筋不怎麼好，還是考得上駕照。其實改不改都無所謂，反正沒人見到這輛車。

闖空門前，他已先用麥克筆將那輛白色紳寶七四的車牌塗改過。

偷來的戰利品都堆在地下儲藏室一間沒人用的房間裡，他們通常會在這裡碰頭。原本鎖門的鐵鍊被他們割斷，換上新的鎖。這些贓物他們實在不知該怎麼處理，因為他們要的只是偷竊過程的樂趣。拉席曾把一捲卡帶以兩百克朗賣給同事，不過也就這麼一件。

最好先把這些東西低調藏一段時間，而且可不能再讓拉席賣掉任何東西，因為他有點⋯⋯反應遲鈍。他媽是這麼說的。兩個星期過去，這幾個小偷和條子的心思開始被其他事情占據，似乎忘了這件事。

湯米不斷翻著雜誌，邊看邊笑。讚喔，真讚。他們的確都投入別的事情。羅本不耐煩地以手指點著自己大腿。

「來，聽聽看這段。」

湯米又把雜誌舉高。

「川崎機車，哇塞，三百CC，噴射引擎，還有⋯⋯」

「兄弟，你克制點，現在該說了吧。」

「什麼事⋯⋯啊，那個殺人兇手喔？」

「對！」

湯米咬咬嘴脣，故意裝出深思狀。

「是怎麼發生的啦？」

拉席身體大幅前傾，整個人像把從中彎一半的摺疊刀。

「快，說給我們聽啦。」

湯米放下雜誌，看著他們。

「你們真的想聽？很恐怖耶。」

「少來，到底怎樣啦。」

拉席插嘴，就能把他嚇得魂飛魄散。有一次，湯米和羅本用湯米老媽的化妝品將自己塗成殭屍樣，鬆開燈泡讓它不亮，等著拉席到來。結果拉席真的嚇到剉屎，氣得在羅本的深藍眼影下揍出黑眼圈。之後他們就很小心，不敢隨便嚇拉席。

此時此刻，拉席卻挺直身子，雙手交叉胸前，一副已經準備好聽恐怖故事的模樣。

「好吧。嗯……這可不是你們能想像的一般殺人案件，明白吧。警方發現那個人……被繩子綁在樹上。」

「什麼意思？被吊起來嗎？」羅本問。

「是啊，被吊起來，不過不是從脖子，是從腳——也就是頭下腳上吊在樹上。被吊住腳。」

湯米盯著羅本注視很久，一副他提出了什麼有趣重點的模樣。湯米繼續往下說。

「你說得沒錯，吊不死人，不過他的脖子被狠狠劃開，他是因為這樣才死的。嘖嘖，脖子被割

「搞啥屁，這樣吊又不會死人。」

拉席聽起來很有膽，不過湯米仍能從他眼中看到一絲不安。只要扮出可怕表情，怪聲怪調不准

開耶，就像……香瓜一樣被整個剖開。」湯米手指劃過自己脖子，比著刀刃劃過的位置給他們看。

拉席迅速用手遮住脖子，彷彿想保護那裡，還不敢置信地緩緩搖頭，「為什麼要把他吊成那樣？」

「嗯，你覺得呢？」

「我不知道。」

湯米擰了擰自己下脣，做出沉思的表情。

「我現在就告訴你們這樁命案最奇怪的一點……人的脖子若被割開，就會死掉，而且流很多血，對吧？」拉席和羅本點頭如搗蒜。湯米故意吊他們胃口，停了半晌不說話，接著丟出一枚炸彈。

「可是……就是那人被吊起來下面的泥土幾乎沒有血，只有幾小滴。他被吊成那樣還割斷脖子，流出的血一定有好幾升吧。」

地下室靜悄悄。拉席和羅本空洞的眼神直愣愣呆望前方。終於，羅本站起來，開口說：「我知道，他是在別的地方被殺死，然後帶到那裡吊起來。」

「嗯，若是這樣，兇手幹麼多此一舉？通常殺了人會想把屍體丟掉吧。」

「可能……他頭腦有問題。」

「是啊，或許吧，不過我覺得有其他原因。你們見過屠宰場嗎？你們知道他們怎麼殺豬的？要先把血放乾才能殺啊。知道他們怎麼做嗎？就是把豬上下顛倒吊起來，用鉤子掛住，然後從喉嚨割下去。」

「那你是……什麼意思？那傢伙──兇手打算像殺豬一樣宰他？」

「啊？」拉席一臉茫然地望著湯米，看看羅本，又看看湯米，彷彿想確定他們是否在開他玩笑。看來應該不是。他開口問：「他們是這樣殺豬的啊？」

「是啊，不然你以為咧？」

「不是用機器嗎？」

「你覺得用機器會比較好嗎？」

「不會，不過那時豬還活著吧？被那樣吊起來的時候。」

「是啊，還活著，不斷猛踢啊，尖叫哀號。」

湯米故意發出豬隻哀號的聲音，把拉席嚇得縮回沙發，低頭看著自己膝蓋。羅本站起來，來回踱了幾步又坐回沙發。

「那你怎麼認為？」

「是你說他想屠宰他，我可不這麼認為。」

「可是沒道理啊，如果兇手想屠宰他，那血應該會噴得到處都是吧。」

「我認為兇手要的是血，他殺人的原因是為了得到血。依我看哪，他把他身上的血都拿走了。」

羅本緩緩點頭，摳起嘴角那顆大青春痘的痂。「是有可能。不過幹麼這麼做？喝掉嗎？還是用來做什麼？」

「有可能喝掉喔。」

湯米和羅本各自在腦海裡播放屠宰的畫面以及兇手取血後的情形。半晌後，拉席抬起頭看著他們，眼眶噙著淚水。

「那些豬會很快斷氣嗎？」

湯米也以同樣凝重的眼神看著拉席。

「不會，牠們會慢慢死去。」

．…．…

「我出去一下。」

「不行。」

「只是去中庭。」

「除了中庭其他地方不准去，聽見了嗎？」

「聽見了，聽見了。」

「要不要我叫你，待會兒……」

「不，我會記得回家，我有戴錶，**不用叫我**。」

奧斯卡穿上大衣、戴上帽子、套上靴子——停頓了一下，又躡手躡腳回到臥房，拿起獵刀藏在大衣裡。他將靴子鞋帶拉緊，又聽到客廳傳出媽媽的聲音。

「外頭很冷喲。」

「我有拿帽子。」

「戴在頭上嗎？」

「不，穿在腳上。」

「不好笑，奧斯卡，你知道——」

「待會兒見。」

「……還有耳朵。」

他走出家門，低頭看錶，七點十五分，節目還有四十五分鐘才開始，湯米和其他人或許已在位於他家地下室的總部碰頭。可是奧斯卡不敢去那裡，湯米沒問題，不過其他人……他們可能會想出怪點子，尤其一喝醉更會亂來。

所以他只好走到中庭正中央的遊戲區，那裡有兩棵大樹，有時會被孩子當成足球射門區。他們的足球場地裡有溜滑梯、沙坑和輪胎加鐵鍊做成的三條盪鞦韆。他坐在其中一個上，慢慢來回盪。

他喜歡這裡的夜晚，四周好幾百戶人家燈火通明，只有他獨坐在黑暗裡，雖然寂寞，但很有安全感。他從刀鞘抽出獵刀，利刃閃閃發亮，甚至能見到上面反射的窗戶和月亮。

該死的月亮。

奧斯卡起身，躡手躡腳走到一棵樹旁，乍然開口對它說：「你看什麼看？欠揍的白痴，想找死嗎？」

樹沒回答，奧斯卡小心翼翼將刀子插進去。他可不想猛力一戳，弄壞順滑的銳利刀鋒。

「你再繼續看我就是這種下場。」

他轉動刀身，從樹幹抽出一小圈木屑。像一塊皮肉。他壓低聲音說：「叫啊，像隻豬那樣叫啊。」

他停住不動，好像聽到什麼聲音，四處張望，獵刀握在臀部旁，再將刀刃拿到眼前打量。刀鋒還很順。他以此為鏡，慢慢轉動，使之反射中庭的兒童遊樂設施。有個人站在那裡，剛剛沒見到啊。乾淨的鋼面反射出一個模糊輪廓，他放下獵刀直視：不是華倫拜郊區的殺人狂，是個小孩。

光線昏暗，但也足以讓他看清那是個小女孩。以前沒見過她。奧斯卡趨近一步，女孩沒動，繼

續站在那裡盯著他瞧。

他又往前一步，突然感到害怕。怕什麼呢？怕他自己。他緊握獵刀，一步一步往前走，準備走向小女孩，朝她猛刺。不，不是真的，不過此時感覺就是如此。她怎麼不害怕？

他停住腳步，將獵刀插入刀鞘，塞回大衣。

「嗨。」

女孩沒回答。奧斯卡現在離她夠近，能看見她有一頭黑髮，小小臉蛋上有雙大眼。她睜著眼睛冷靜地看著他。蒼白雙手扶著欄杆。

「我在跟妳打招呼。」

「聽見了。」

「那妳怎麼不回答？」

女孩聳聳肩。她的聲音不如他預期那麼尖細，聽起來和他年紀差不多。

他總覺得她有點怪。女孩黑色頭髮及肩，一張圓圓的臉，小小的鼻子。真像《家庭週刊》裡那些紙娃娃。她太──漂亮了。除了這點，還有其他地方也怪怪的。這麼冷的天氣，她竟然只穿一件薄薄的粉紅線衫。沒有毛帽，也沒有外套。

女孩點點頭，指向奧斯卡用刀戳入的那棵樹。

「你剛剛在做什麼？」

奧斯卡羞紅了臉，不過光線這麼暗，她應該沒看出來。

「練習。」

「練習什麼？」

「萬一殺人狂跑來的話。」

「什麼殺人狂？」

「華倫拜郊區那個啊，把男孩子殺掉的那個人。」

女孩嘆了口氣，抬頭望月亮，然後走向前。

「你害怕嗎？」

「不怕，不過這個殺人狂……反正如果能保護自己也很好啊。對了，妳住在這裡嗎？」

「嗯。」

「哪一間？」

「那一間。」女孩所指的門就位在奧斯卡那棟公寓大門的旁邊。「住在你隔壁。」

「妳怎麼知道我住哪裡？」

「之前見過你站在窗邊。」

奧斯卡臉頰越來越紅燙。就在他努力想著該和女孩聊什麼時，她竟咚地一聲從遊樂器材的最上方直接跳到地上，站在他面前。這至少有兩公尺高耶。

她一定練過體操之類的。

她大約和他一般高，不過比他瘦多了。粉紅線衫緊緊貼著她胸部，可是胸前平坦如機場跑道，絲毫沒有發育跡象。蒼白小臉上的一雙眼睛顯得又大又黑。她一手舉在半空，彷彿要揮開什麼朝她而來的事物。女孩手指又細又長，簡直就像小樹枝。

「我不能和妳做朋友，先告訴妳一聲。」

奧斯卡雙手交叉胸前，隔著大衣也能感覺底下那把刀的輪廓。

「什麼？」

女孩的一邊嘴角上揚，若有似無地笑著。

「這需要理由嗎？我只是把事實告訴妳，讓妳知道。」

「是喔，是喔。」

女孩轉身離開奧斯卡，朝自己家門走去。她跨出幾步後，奧斯卡開口：「妳憑什麼以為**我想和**

妳做朋友？我看妳一定很蠢，搞不清楚狀況。」

女孩停下腳步，佇立原地片刻，然後轉身走向奧斯卡，站在他面前。她十指交握，雙臂自然往

下垂。

「你說什麼？」

奧斯卡交叉在胸前的雙手纏得更緊，一手貼緊大衣底下的刀，視線朝向地面。

「妳一定是很蠢……才會這樣說。」

「喔？是嗎？我很蠢嗎？」

「對。」

「真抱歉，不過事實就是如此。」

兩人相距約半公尺，僵持對峙。奧斯卡繼續望著地面，突然聞到女孩身上傳出一股怪味。

大約一年前，他的狗巴比有隻腳掌受到感染，最後惡化到必須安樂死，狗狗臨終前一天，奧斯

卡請假沒去學校，躺在生病的狗兒身邊好幾小時，和牠說話道別。那時巴比身上就有小女孩此刻發出的這股氣味。奧斯卡皺著鼻子。

「那種怪味是妳嗎？」

「可能是吧。」

奧斯卡抬頭看著她，真後悔自己說出這種話。穿著粉紅上衣的她看起來好……柔弱。他鬆開交叉的雙手，指了指她。

「妳不冷嗎？」

「不冷。」

「怎麼會不冷？」

女孩蹙眉，皺起整張臉。有那麼一會兒，她看起來好老，好像一個快哭出來的老太婆。

「我想我已經忘了冷的感覺。」

女孩迅速轉身走向家門，奧斯卡站在原地看著她。女孩走到那扇厚重大門時，奧斯卡以為會看到她以雙手用力推門，沒想到她只以單手抓著門把，就讓門砰一聲大力撞到牆壁，彈回來後在她身後緊緊關上。

他手插口袋，覺得一陣難過，因為想到狗兒巴比，還有牠躺在父親為牠做的棺材裡，以及他到木工坊訂做的那根十字架在釘入結冰地面時，竟然應聲斷成兩截。

他應該替牠做根新的十字架。

十月二十三日星期五

哈肯又坐在電車裡，這次他要往鎮上去。他口袋裡有一萬克朗的紙鈔，被橡皮筋牢牢捆著。這些錢要好好使用，他想去救人性命。

一萬克朗是筆大數目，想想「救救孩子」宣傳廣告上所說的：「一千克朗就能讓全家整年吃飽」，他知道這一萬克朗絕對能救一條命，即使在高物價的瑞典也做得到。

然而要救誰的命，去哪裡救？

又不能把鈔票塞給街上遇到的第一個吸毒者，期望他……這行不通。況且這次給錢的對象必是個孩子。他知道這麼想很蠢，不過他心目中最理想的對象就是廣告畫面裡那些哭泣的孩子，眼眶噙著淚水的孩子收下錢，然後……然後呢？

他在歐登普蘭廣場站下車。不知為什麼很自然地往公共圖書館的方向走。當年他住在卡爾斯達特市當高中老師，而且有地方可以住時，就知道斯德哥爾摩的公共圖書館是個……好地方。親眼見到這座圖書館在書籍和雜誌中常出現的高聳穹頂，他終於知道自己為何來到這裡……因為這是個好地方。之前他那群朋友裡有個人——好像是吉爾特吧——告訴過他怎樣在這裡買春。

他從未做過這種事，買春。

以前吉爾特、托格尼和歐福曾在這座圖書館找到一個男孩。吉爾特找人把男孩的媽媽從越南帶回瑞典。男孩約十二歲，很清楚知道自己該怎麼做，畢竟他們付了不少錢幫他解決困難。不過哈肯做不到，他只能喝著巴可帝蘭姆酒和可樂，看著裸體的他在他們聚集的房內痛苦地扭動翻滾。

這是他的最極限。

男孩一個個幫屋內男人口交，輪到哈肯時，他卻突然產生便意。那整個場景實在噁心，屋內瀰漫著興奮、酒精和潮霉味。歐福的一滴精液在男孩臉頰上閃耀。當男孩低頭要鑽入哈肯鼠蹊部，被哈肯推開。

其他人奚落他、嘲笑他，甚至威脅他。他目睹一切，就得成為共犯。他們取笑他此時才在那邊良心不安，但是他的拒絕與良心無關，純粹是因為太醜陋，這整個過程太難堪。吉爾特為了工作租下的屋子只有一個房間，裡面擺了四張相互不搭的椅子，就只為了這個場面。音響放送出舞曲音樂。

他掏錢支付該分攤的費用，再也沒與他們見面。他有雜誌、照片和影片就夠了——應該夠了。

或許他是有良心的人，不過只有在某些他感到厭惡的狀況下，良心才會出現。

那我為何要到圖書館？

或許是為了去借本書，三年前那場大火毀了他的生命，燒光了他的藏書。沒錯，捐款助人之前，他可以先去借歐姆奎斯特那本《女王的皇冠》。

這個早晨的圖書館好安靜，裡頭多半是學生和老人。他很快找到書，讀著前幾句。

亭托瑪拉2，這世上有兩個東西是白的。

純真和砒霜。

然後將書放回架子上。感覺真差，這句子讓他想起早年那些事。

他以前很喜歡這本書，也在課堂上用過。雖然現在重讀的感覺很不好，但這幾個句子還是讓他渴望自己能有張閱讀椅，專門用來閱讀的椅子應該要放在屬於自己的屋裡，那屋中還要滿室藏書。

擁有閱讀椅的他應該要能重新擁有工作——不對，不是應該，是必須真的有。然而，他找到了真

愛，讓他的生活走到今天這一步：沒有閱讀椅的日子。

他雙手互搓，彷彿想將手中的書本痕跡抹去。接著，他走進旁邊的閱覽室。

長桌上有人在看書。文字、文字、文字。閱覽室最後面有個穿皮衣的男孩，他將椅子往後傾，

靠兩支後椅腳撐住重量，正快速翻閱一本照片集。哈肯朝他那兒移動，假裝對書架上的地質學叢書

有興趣，偶爾偷瞄那個年輕人。終於，男孩抬起頭與他四目交接，揚起眉，似乎在問：

想要嗎？

不，他不想要。男孩約莫十五歲，有張東歐人的扁平臉，滿臉青春痘，雙眼窄深。哈肯聳聳

肩，走出閱覽室。

在圖書館大門口，年輕人追上他，動動拇指做打火的動作。「有打火機嗎？」

哈肯搖搖頭，「我沒抽菸。」他以英語回答。

男孩從自己口袋抽出打火機，點燃菸，透過裊裊煙霧凝視著他。「你喜歡什麼樣的？」

「好吧。」

「不是，我……」

「年輕的，你喜歡年輕的？」

2　亭托瑪拉是十九世紀瑞典作家歐姆維斯特（Carl Jonas Love Almqvist）《女王的皇冠》（The Queen's Tiara）一書
　中的主角，根據他的描寫，亭托瑪拉是雌雄同體，美麗無比，不管男人或女人都會愛上他／她。

他逃離這孩子，逃離人來人往的大門口。他需要思考。他沒想到會這麼直接，應該只是場遊戲的，他只是想看看吉爾特所說的是否為真。

年輕人跟著他，在石牆邊追上來。

「多年輕？八、九歲？這很難，不過……」

「不要！」

難道他看起來真的像個該死的性變態嗎？這麼想實在很蠢。歐福和托格尼也沒有長得很……引人側目啊。他們都是有平凡工作的平凡人，只有吉爾特可以靠父親遺留的大筆財產過日子，應有盡有，揮霍享受。到國外玩了幾次後，他整個人變得很糟糕。嘴唇鬆垂，眼神迷茫。

哈肯提高嗓門後，男孩就不再說話，不過那雙瞇瞇眼仍在不斷打量。噴出一縷煙後，男孩將菸蒂丟在地上，用腳踩熄，然後伸出手臂。

「幹麼？」

「沒有，我只是……」

男孩往前趨近半步。

「幹麼？」

「我……大概……十二歲。」

「十二歲？你十二歲？」

「我……對啊。」

「小男生。」

「對。」

「好，你等著。在二號。」

「什麼？」

「在二號，廁所。」

「喔，好。」

「十分鐘後。」

男孩拉起皮衣拉鍊，離開階梯，消失在他眼前。

十二歲的男孩。編號二的廁所隔間。十分鐘。

這真是——真是蠢。搞不好警察會來。經過這麼多年，他們一定很清楚這些交易過程，這麼一來下場絕對會很慘，他們一定會聯想到他昨天幹的事，這樣一來就毀了。他不能這麼做。

去廁所看一眼就好。

男廁空無一人。裡面有一個便斗、三個廁所隔間，二號肯定在中間。他將一枚印有王冠的錢幣丟進去，轉開鎖、走進去關上門，坐在馬桶上等待。

牆上滿是塗鴉。想不到來市圖的人會幹這種事。文謅謅的句子隨處可見。

糾纏我，嫁給我，埋了我，咬住我。

不過多半還是些猥褻塗鴉和好笑句子。

屠殺求和平就像上床求貞操。

我坐在這裡

得意洋洋

來拉屎

還打手槍

令人訝異的是，牆上還寫了些電話號碼，讓人依照個人需求挑一支打，其中有幾支號碼底下還簽了名——以示負責。看來應該是真的，不是某個誰為了整人故意開的玩笑。

既然來廁所看過，那麼現在該走了吧。不過，不知道那個穿皮衣的年輕孩子會怎麼想。他起身，對著馬桶撒了泡尿，又坐下來。幹麼尿呢？其實他現在沒尿意啊。可是他知道自己為何這樣做。

以防萬一。

廁所大門開了，他屏住呼吸，心中某部分竟期望是警察，最好來個大塊頭的男警，踹開廁所隔間的門，拿起警棍狠狠把他揍一頓，然後逮捕他。

沉沉聲響、微緩步伐、輕輕敲門。

「誰？」

又敲一聲。他大大嚥了一口濃涎，傾身向前打開門。

有個十一、二歲的男孩站在那裡，金髮薄脣、鵝蛋臉，一雙藍色大眼毫無表情，身上那件蓬鬆的紅夾克顯得過大。他後面就是那個穿皮衣、年紀較大的小夥子。他伸出五根指頭。

「五百。」

他說的「百」聽起來真像「拜」。

哈肯點點頭，年長男孩叫年輕男孩進去，然後關上門。五百不會太多嗎？錢雖然不是問題，可

他看著他買來的男孩——或說僱來的。他嗑藥了嗎？有可能，因為他雙眼迷茫。男孩緊貼著半公尺外的牆壁站。他很矮，坐在馬桶上的哈肯不需抬頭就能與他平視。

「哈囉。」

男孩沒回答，只是搖搖頭，指著他的鼠蹊部，以手指示意：拉下拉鍊。他遵命照做。男孩不耐煩地嘆了口氣，比了個新手勢：掏出你的陽具。

哈肯遵從男孩指示，臉頰越來越紅燙。沒錯，他就是照著男孩的命令行動，沒有自己的意志，不是他主動要做這件事。他那根小小的陰莖雖然高舉，卻連馬桶座墊都構不太到，好不容易終於碰到座墊的冰冷表面，龜頭卻有種微微搔癢感。

他瞇起眼，努力想像男孩擺出與他愛人相同的姿勢，卻沒辦法。他的愛人很美，而這個彎下身、整張臉埋進他鼠蹊部的男孩一點都不好看。

他的嘴巴。

他的嘴巴不太對勁。就在男孩快抵達目的地的時候，他伸手推開男孩前額。

「嘴巴？」

男孩搖搖頭，推開他的手，想繼續完成工作，不過現在哈肯不要了。他聽過這種事。有人把他牙齒敲斷或拔光，為了讓他更能勝任這份工作。男孩起身，低聲嘟囔了些什麼，交叉在胸前的雙手放下，垂在那件蓬鬆外套旁。哈肯將陽具塞回褲襠，拉起拉鍊，凝視地面。

他用拇指壓著男孩上唇，一把掀開——果然沒牙齒。

不是這樣，不應該像這樣。

他眼前冒出東西，是隻伸長的手，五根手指。五百塊。

他從口袋掏出整捆鈔票遞給男孩，男孩拿掉橡皮筋，手指一數有十張，他將橡皮筋套回去，整疊鈔票舉得高高。

「為什麼不做？」

「因為……你的嘴巴……還會……長出新牙齒吧。」

男孩微微一笑。不是咧嘴，不過嘴角的確上揚了。或許他是在笑哈肯的蠢吧。男孩想了一會兒，從整疊鈔票抽出一張千元克朗鈔，放進外層口袋，接著將剩下的錢放進內層口袋。哈肯點點頭。

男孩打開門鎖，猶豫了片刻，轉身摸摸哈肯的臉，說話漏風地道謝。「碎碎。」

哈肯抓起男孩的手放在自己臉頰，闔上雙眼。如果某人能這樣就好了。

「請原諒我。」

「沒事。」

男孩抽回手，走出去用力關起外頭廁所的大門，掌心的溫度還停留在哈肯臉頰上。他留在廁所隔間內，凝視著牆上的句子。

不管你是誰，我愛你。

就在這句話的正下方，有人這麼寫道：

想要來根屌嗎？

走向電車車站的途中，哈肯用僅剩的幾塊錢買了份晚報，臉頰上的餘溫已消褪許久。那樁命案

占了四大頁，裡面有張照片是他執行任務的那個凹洞。裡面裝滿燭光和鮮花。他仔細看著照片，沒什麼感覺。

若你能懂，請原諒我。若你能懂。

奧斯卡放學走進家門前，在女孩所住的那棟公寓樓下停住腳步，看著上頭的兩扇窗，離他房間最近的那扇窗只與他臥房相距三公尺，百葉窗緊閉。深灰水泥牆上框著幾扇長條狀的淺灰窗戶。他們這一家人……很奇怪。

吸毒的吧。

奧斯卡先張望四周，然後走進那棟公寓大門，看看住戶名單。有四戶人家的姓氏以塑膠字母整齊拼出，但有一戶的欄位空著。以前那家人的姓氏「海爾柏格」應該黏在上面很長一段時間了，因為現在雖然已拆下，但從被太陽晒得褪色的背板仍可看出字母的深色殘跡。舊名已拆，卻沒補上新名，甚至連個小附註都沒有。

他小跑步上兩層樓，來到她家門口。一樣，什麼都沒有，郵件投遞口的名牌上一片空白，看起來還真像沒人居住。

或許她撒謊了。或許她根本不住這裡。不過他真的是看著她走進這棟公寓大門呀，的確是。可是她即使不住這裡也能進來，如果她……

樓下的門打開。

他轉身快速下樓。拜託不要是她，他真怕她會以為⋯⋯幸好不是。

下樓途中，奧斯卡遇見一個男人。從未見過的面孔，矮小結實，頭頂半禿，不自然地咧著大嘴微笑。

男人見到奧斯卡後舉手點頭打招呼，嘴角繼續揚起小丑般的笑容。

奧斯卡在樓下門口停駐片刻，專心聆聽，他聽見鑰匙插入、轉動、門打開的聲音。是她家的門。或許那男人是她爸爸。就算奧斯卡不曾親眼見過吸毒者，不過那男人的模樣一看就知道有病。難怪她也很怪。

奧斯卡走到中庭遊樂場，坐在沙坑邊注視她家窗戶，想看看百葉窗是否會拉開。那兒好像連浴室的窗戶都從裡面封住，她家每扇毛玻璃的顏色都比鄰居家更深。

他從口袋拿出魔術方塊把玩，轉動時吱嘎響個不停。假貨。真貨比較順，不過價錢是五倍，而且只有華倫拜那家警衛森嚴、難以下手的玩具店才買得到。

他完成兩面，第三面只剩一角還沒拼出同色。要把那角拼出來，就得先破壞完成的兩面。他曾從《快捷》小報中剪了一篇文章，裡面提到各種魔術方塊的破解技巧，他就是看到這篇文章才學會轉出兩面顏色，不過第三面之後就困難多了。

他盯著魔術方塊，想動腦找出解法，不光是徒勞地轉來轉去。然而他想不出來，他腦袋沒那麼靈光。奧斯卡索性將魔術方塊貼在前額，彷彿這樣就能鑽入它裡面了解構造。還是不行。他起身將魔術方塊放在半公尺外的沙地角落，專注凝視。

轉動、轉動、轉動。

這叫念力感應，美國做過這種實驗，真的有人辦得到，那是一種超感應能力。奧斯卡願意付出任何代價獲得這種能力。

或許……或許他真的辦得到。

譬如今天在學校他就沒那麼慘。在餐廳吃飯時，多瑪士‧阿胥斯塔特偷偷把他椅子拉開，幸好被他先發現，而且整天他也不過就這麼被欺負一下下。奧斯卡決定要再帶刀子進樹林，狠狠教訓那棵樹，別再像昨天那樣漫不經心。

必須有條不紊、冷靜地刺，下手時必須全程專心想著多瑪士‧阿胥斯塔特那張臉。可是……可是現在有殺人狂，有個真正的兇手就在某處。

不行，得等到兇手落網。再說，如果到時候真的抓到兇手，也就證明他的念力沒用。奧斯卡看著魔術方塊，想像自己雙眼和它之間有條線緊緊相連。

轉動，轉動啊轉動。

什麼事都沒發生。奧斯卡將魔術方塊放進口袋、站起來，拍拍褲子上的細沙，抬頭望向她家窗戶。百葉窗依然緊閉。

他決定回家整理剪貼簿，將華倫拜椿命案的報導剪下來貼在簿子上。這段日子肯定有很多報導，如果類似命案又發生，一定又會更多。他有點希望這樣，而且最好發生在這個布雷奇堡鎮。這樣一來就會有警察來學校，老師會變得嚴肅緊張。這種氣氛他最喜歡。

「我不會再做了，不管妳怎麼說。」

「哈肯……」

「不，就是不——行。」

「這樣一來我就會死。」

「那就死吧。」

「你是說真的嗎？」

「我還很虛弱。」

「不，我不是那個意思。妳其實可以自己動手。」

「妳不虛弱。」

「我沒力氣自己去……做那件事。」

「唉，那我也不知該怎麼辦，可是我真的不想再做了，太……可怕，太……」

「我知道。」

「妳不知道，對妳來說不一樣，那是……」

「你怎麼知道那對我來說是怎樣？」

「沒有，不過至少妳……」

「你以為我喜歡嗎？」

「我不知道，妳喜歡嗎？」

「不喜歡。」

「的確是不會喜歡。嗯，反正……我不會再做了。或許妳可以去找那些幫過妳的人，他們應該……比我更拿手。」

「……」

「找得到吧？」

「找得到。」

「我明白了。」

「哈肯？」

「我愛妳。」

「我知道。」

「那妳愛我嗎，妳對我有一點點的愛嗎？」

「如果我說我愛你，你願意再幫我嗎？」

「不願意。」

「那你的意思是，不管怎樣我就是應該愛你。」

「只有我願意幫妳續命時妳才會愛我。」

「沒錯，愛不就是這樣嗎？」

「我以為即使我不做妳也會愛我……」

「是嗎？」

「……或許我應該繼續做。」

「好，我愛你。」

「我不相信妳了。」

「哈肯，我可以撐個幾天，可是之後……」

「那妳得確信自己會開始真正的愛我。」

週五晚上，在中國餐館，七點四十五分，大夥兒都到齊，除了卡爾森。他在家看機智問答節目《解開謎題》，反正這人不出席也無所謂，對其他人來說沒太大損失。他這個人啊，總是等到聚會結束才慢慢晃進來，告訴大家他答對了幾題。

近門角落那張六人桌有雷基、摩根、賴瑞和喬齊。喬齊和雷基正在聊哪種魚可以同時生存於淡水和鹹水；賴瑞正在看晚報，而摩根則晃動雙腳、應和歌曲。但那首歌不是從餐館隱藏式喇叭輕輕傳出來的中文音樂。

前方桌面擺了幾杯啤酒。他們的畫像都貼在吧檯上方的牆壁。

這家餐館的老闆在文化大革命期間以漫畫諷刺掌權者，被迫逃離中國。現在他將畫圖的天賦應用在常客身上。牆上掛了十二幅隨性素描出的顧客眾生相。

全是男人，加上一個女人：薇吉妮雅。老闆以特寫鏡頭誇張地描繪出他們各有特色的外貌。

賴瑞那幅是以線條的方式畫出一張幾乎挖空的臉，一雙大耳突兀地從臉龐兩側冒出，看起來還真像隻溫馴卻餓扁的大象。

而喬齊那幅則強調他那兩道連成一線的粗大濃眉，臉蛋被畫成一叢玫瑰和一隻鳥——或許是隻夜鶯。

至於摩根所凸顯的個人風格則是年輕貓王的神色。一大片絡腮鬍，表情有如性感搖滾小子。漫畫中的他頭大身小，以貓王的姿勢抱著一把吉他。摩根非常喜歡這幅畫，不過他不太願意承認。

雷基看起來很憂鬱，雙眼睜得大大，彷彿承受了什麼苦楚。他嘴裡叼根菸，吐出的煙霧在頭上形成一片下著雨的雲朵。

薇吉妮雅是唯一被畫出全身的人，她穿著晚禮服，身上的金屬片像星星般閃耀。她伸長手臂，四周圍繞一群表情迷惑、凝望著她的豬。餐館老闆應薇吉妮雅要求，複製這幅畫，讓她帶回家珍藏。

除了這些之外，還有其他幾個常客的畫像。不過他們不屬於這一夥人，畫像當中有些主角沒再光顧，還有幾個已經作古。

某晚，查理從餐館回家後從家裡的樓梯跌倒，頭撞到斑駁的水泥地，一命嗚呼。至於肝硬化的葛金則死於內出血。他死前幾週，有天晚上來到餐館，拉起上衣給大家看他那些從肚臍向外延伸、如鮮紅蜘蛛網般的血管。他說：「這是代價超高的該死刺青。」沒多久他就死了。他們將他的漫畫肖像掛在牆上，每晚對他舉杯以表紀念。

至於卡爾森——沒有屬於他的漫畫。

這個週末晚上將是他們所有人相聚的最後一晚，明天，會有一人永遠消失。多張畫也不過多個回憶。況且如今什麼都不一樣了。

賴瑞放下報紙，眼鏡也一併摘下、擱到桌面。他拿起杯子喝了一口啤酒。「真是見鬼了，那傢伙腦袋裡到底裝什麼漿糊啊？」

他舉起標題為「孩童受到驚嚇」的報導給大家看，那篇新聞下面有張照片是華倫拜小學，裡面還穿插了一張中年男子照片。摩根瞥了報紙一眼，用手去指。

「就是這傢伙殺的嗎？」

「不是，他是校長。」

「看那長相還真像殺人狂。」

「給我看看。」

賴瑞將照片遞過去，喬齊伸長手臂去接，端詳那張大頭照。

「在我看來挺像保守的政客，你們覺得呢？」

摩根點點頭。

「你覺得呢？」

喬齊舉高報紙，讓雷基也能看到。

「我就說嘛。」

雷基不太情願地瞥了眼。

「喔，我不知道，一想到這種事情我就直發毛。」

賴瑞朝自己眼鏡哈了口氣，抓起襯衫擦亮鏡片。

「他們會抓到他的，竟然幹出這種事，可不能讓他逍遙法外。」

摩根用手指在桌上敲啊敲，伸長手臂拿報紙。

「阿森納隊戰績如何？」

賴瑞和摩根開始討論起這支英國足球隊最近可悲的表現，喬齊和雷基安靜坐著、喝酒抽菸，然後喬齊提起鱈魚的話題，說波羅的海的鱈魚快死光了。夜晚時光就這樣慢慢流逝。

卡爾森還沒出現，不過十分鐘前有個男子走進來，大家從沒見過他。這人進餐館時大家正熱烈討論，沒人注意。他自己坐在最遠的桌位上。

喬齊傾身靠向賴瑞。

「那人是誰？」

賴瑞認真地望向他，搖搖頭。

「不知道。」

這個新來的傢伙點了大杯威士忌，一飲而盡，接著又點一杯。摩根一個嘌嘴，低聲吹口哨。

「這傢伙看起來很嚴肅。」

那人似乎沒注意有群人正在觀察他。他坐著不動，端詳自己的手，表情彷彿全世界的麻煩都裝在一只背包中，由他揹在肩上。那人灌下第二杯威士忌，又點了第三杯。

侍者走過來，對他說了些什麼。男人把手伸入口袋，掏出幾張鈔票給侍者看。侍者似乎想解釋他不是這個意思，不過當然，他就是那個意思。接著，他替男人倒了第三杯酒。

店家質疑這男人能否付款他們沒太驚訝，畢竟他那身衣服又縐又髒，彷彿在不舒服的髒亂處睡過覺。他的禿頂周圍一圈頭髮散亂，幾乎垂到耳朵，整張臉最明顯的地方是那顆粉紅的大鼻子和扉

斗下巴，鼻子和下巴之間兩片嘴唇雖小，卻鼓鼓的，偶爾動呀動，彷彿在自言自語說些什麼。威士

忌放到面前時，他臉上神情絲毫沒變。

這夥人不理他，回頭繼續剛剛討論的話題：曾擔任過斯德哥爾摩市長的政治人物沃夫．阿德索

漢會不會比擔任過自由保守中間黨黨魁的古斯塔．波赫曼更差勁？在場只有雷基偶爾將視線瞥向那

男人。沒多久，他發現那男人已經喝下第四杯酒，他決定開口問大家：「要不要……找他一起過來

坐？」

摩根看了那深陷於自我世界的男人一眼。「不要，幹麼啊？有什麼意義啊？大概是老婆甩了

他，養的貓也死翹翹，生活一團亂。這種人我一眼就把他看透了。」

「搞不好他會請我們喝一杯啊。」

「如果他請我們喝酒，那故事情節應該不一樣，或許他是得了癌症之類的，」摩根聳聳肩，

「這樣的話我就沒意見。」

雷基看看賴瑞和喬齊，兩人稍稍露出同意表情，於是雷基起身，走向那人桌位。

「哈囉。」

男人抬頭望了雷基一眼，眼神呆滯。他面前的杯子又快空了。雷基雙手擱在桌子另一側的椅子

上，傾身對那人說：「我們在想……你想不想過來和我們一起坐？」

男人慢慢搖頭，以迷惑又輕蔑的姿態否決這個提議。

「不用，謝謝。不過你可以坐下。」

雷基將椅子拉出來就座，男人將最後一滴酒飲盡，揮手叫侍者過來。

「想喝什麼嗎？我請客。」

「這樣？那我就和你一樣。」

雷基不想直接說出「威士忌」，他覺得大剌剌要人家請喝這麼貴的酒有點冒昧失禮，但男人沒異議，爽快地點點頭。侍者靠近時，他比出V的手勢代表來兩杯，還指指雷基。雷基靠在椅背上沉思。上次在酒吧點威士忌是多久以前？至少三年了吧。

男人沒有想聊天的意思，雷基只好清清喉嚨，主動開口：「最近天氣很冷喔。」

「嗯。」

「可能很快會下雪吧。」

「是啊。」

「乾杯。」

「乾杯，多謝啦。」

威士忌來了，再硬找話題聊也顯得多餘。雷基感覺到夥伴投射過來的眼光正在他背部燃燒，顧不得手上拿的是雙份的大杯威士忌，豪邁地舉起酒杯。

「你住在附近嗎？」

男人發愣，彷彿以前沒想過這問題。雷基不知道他的點頭是代表回答，或者只是他內心獨白的一部分。

雷基又喝了一口，心想若男人不回答他的下一個問題，就表示他想獨處，不願聊天。若是這樣，雷基就要拿著自己的酒杯回到哥兒們身邊了。反正他已經盡了義務。真希望這傢伙不回答。

「那，你通常怎麼打發時間？」

「我⋯⋯」

男人皺起眉，嘴角緩慢上揚，硬擠出一抹微笑，隨即消逝。

「⋯⋯我會幫些忙。」

「我明白了，是哪種義工？」

男人眼中閃過一絲警戒，直勾勾望著雷基。被他這麼一盯，雷基覺得脊椎底下起了一陣寒顫，彷彿有隻黑蟻狠狠咬了他的尾椎骨。

那人揉揉自己眼睛，從口袋掏出幾張百元克朗鈔，放在桌上，然後站起來。

「對不起，我得⋯⋯」

「好，那就謝謝你請的酒。」

雷基舉起酒杯致謝，不過那人已經走向衣帽架，慌亂地拿下大衣，往外走出去。仍背對夥伴的雷基看著眼前這疊鈔票：五張百元克朗。一杯威士忌才六十克朗，這攤總共也不過五杯或六杯。侍者正忙著替一對老夫婦結帳，他們是唯一在此用餐的顧客。雷基起身時，順手將一張百元克朗捏成一團，塞進自己口袋，走回哥兒們的固定桌位。

走到一半，他回過頭，將男人杯子裡剩下的威士忌倒進自己酒杯，拿著杯子回去找他們。

真是個完美的夜晚。

⋯⋯
⋯⋯

「可是《解開謎題》要播了欸。」

「我知道，我會回來的。」

「快開始了，只剩……半小時。」

「我知道。」

「你要去哪裡？」

「出去一下。」

「嗯，當然啦，你不一定要看《解開謎題》，我可以自己看，如果你真想出去的話。」

「可是……我說了會回來的。」

「明白了，那我就把餅烤熱等你回來。」

「不用，妳可以先……我待會兒回來。」

奧斯卡快被煩死了。《解開謎題》是他們母子每週必看的電視節目，媽媽已經做了蝦餅準備邊看邊吃。他曉得媽媽很失望，因為他執意外出，而不是坐在那裡，分享她等待節目開始的雀躍心情。可是天黑後他就一直站在窗邊觀察，好不容易看到女孩從隔壁棟走出來，現在正朝遊樂場走去。他立刻離開窗邊，不想讓她以為自己……

等了五分鐘，他穿上衣服準備外出。沒戴帽子。

遊樂場沒看到她的人影，她會不會像昨天一樣坐在遊樂器材最上層呢？她家窗戶的百葉窗雖緊

閉，屋裡卻透出一絲光線，不過浴室那扇正方形窗戶仍一片漆黑。

奧斯卡坐在沙坑旁等待，彷彿等動物從洞裡鑽出來。他只打算坐一會兒，如果她還沒出現，他就要回家。他必須表現得酷一點。

他又拿出魔術方塊來轉，想找些事情做。他已經放棄老是搞不定的那一角，決定整個打散、重新來過。

魔術方塊轉動所發出的吱嘎聲在冷冽空氣裡迴盪不停，聽起來真像一臺小機器發出的噪音。奧斯卡從眼角餘光發覺坐在單槓上的女孩站了起來，可是他繼續低頭玩魔術方塊，成功轉出一條同色。女孩愣愣地站著不動，他心裡隱隱焦急，但仍故意不看她。

「你又來了。」

奧斯卡抬起頭，假裝很驚訝，故意停了幾秒才開口：「又是**妳**啊。」

女孩什麼都沒說，奧斯卡繼續轉著魔術方塊，他手指凍僵，加上天色昏暗，難以辨識顏色，所以他決定只以容易區別的白色為目標。

「你為什麼坐在這裡？」

「那妳幹麼跑到那個上面？」

「我來獨處一下。」

「我也是。」

「你怎麼不回家？」

「妳先回家啊。我住在這裡比妳久耶。」

接招吧。現在他已經完成白色那一面，接下來就難了。其他顏色在昏暗光線下成了一大團朦朧深灰。奧斯卡繼續轉、隨便轉。

一抬頭，女孩已經站上欄杆，正準備跳下來。落地的剎那，奧斯卡的心跟著顫一下。若他那樣跳，肯定會受傷。不過女孩像隻貓輕巧落地，走向他，他轉身繼續玩手中的魔術方塊。女孩站到他面前。

「那是什麼？」

奧斯卡抬頭望著女孩，又低頭看看魔術方塊，再看看女孩。

「這個？」

「對。」

「妳不知道？」

「不知道。」

「魔術方塊啊。」

「什麼塊？」

這次奧斯卡清晰地發出每個字。

「魔、術、方、塊。」

「做什麼用的？」

奧斯卡聳聳肩。

「玩啊。」

「拼圖嗎？」

「對。」

奧斯卡將魔術方塊遞給她。

「想試看看嗎？」

女孩接過魔術方塊，翻轉著研究每一面。奧斯卡笑了出來，她實在好像猴子在研究手中的水果。

「妳以前真的沒見過？」

「沒有，要怎麼玩？」

「就像這樣⋯⋯」

奧斯卡將魔術方塊拿回來，女孩坐在他身旁。他玩給她看，告訴她重點是讓每面都變成同一顏色。她拿過魔術方塊，轉了起來。

「妳看得見所有顏色？」

「沒問題。」

他偷瞄專心玩魔術方塊的她。她身上還是昨天那件粉紅色上衣，他真想不透她怎麼不會冷，而穿著大衣的他只是站著沒動就冷到發抖。

沒問題。

她說話真有趣，語氣和用字都像大人。或許她比他**大**吧，雖然看起來很瘦弱。她粉紅線衫的套頭高領裡露出蒼白的頸子，延伸而上，連接著削尖的下巴，真像假人模特兒。

可是就在風朝奧斯卡的方向吹時，他受不了，嚥了口氣，以嘴代鼻呼吸。這具假人模特兒怎麼

這麼臭啊。

她從來不洗澡嗎？

那氣味比汗臭還恐怖，很像拿開感染傷口上纏的繃帶傳出的腥臭。還有她的頭髮……

趁著她專心研究魔術方塊，他提起膽子，好好端詳她：那頭長髮已經黏結成塊，一撮撮糾纏打

結，垂在臉頰邊，彷彿沾上膠水或……泥巴。

專心端詳她時，他不小心鼻子吸了口氣，聞到氣味的瞬間他得努力壓抑才沒當場吐出來。奧斯

卡站起來走到盥洗�坐下，他不能和她靠太近。不過女孩好像不在乎。

一會兒後，他又站起來走回她坐的地方。她仍沉醉於魔術方塊。

「喂，我現在得回家了。」

「嗯……」

「那魔術方塊……」

女孩的手停住不動，猶豫了一會兒，什麼都沒說，就把魔術方塊還給他。奧斯卡接過，看看

她，決定把魔術方塊遞過去。

「妳留著玩，明天再還我。」

她沒有接下魔術方塊。

「不用。」

「為什麼？」

「明天我或許不會來這裡。」

「那就後天。不過最慢後天一定要還。」

她想了一下，接下來。

「謝謝，那我明天可能會來這裡。」

「就在這裡？」

「對。」

「好，掰掰。」

「掰掰。」

奧斯卡轉身離開，仍聽見身後魔術方塊轉動的嘎吱聲。她穿得那麼單薄還要繼續待在這裡啊。

她爸和她媽一定和多數人的父母……很不同，才會讓她穿那樣出門。這樣很容易得膀胱炎的。

「你去哪裡？」

「出去一下。」

「你喝醉了。」

「對。」

「我們不是說好不再喝酒了嗎？」

「是妳說的吧。那是什麼？」

「拼圖。你知道喝那麼多不好……」

「怎麼會有？」

「借來的。哈肯，你得……」

「借……跟誰借的？」

「哈肯，你別這樣。」

「那就讓我高興啊。」

「你要我怎麼做？」

「讓我碰妳。」

「好，不過有個條件。」

「不、不，不要那個條件。」

「明天，你得動手。」

「不，我一次都不做。什麼意思？——『借來的』？妳從沒跟人借過任何東西。那到底是什麼？」

「拼圖。」

「妳的拼圖還不夠嗎？妳對拼圖比對我還在乎。拼圖、擁抱——拼圖。誰給妳的？說，**誰給妳的**？」

「哈肯，你別這樣。」

「妳幹麼還需要我？」

「我愛你啊。」

「不，妳不愛我。」

「沒錯，就某方面來說或許不愛。」

「愛情不會分哪方面，不是愛就是不愛。」

「是嗎？」

「沒錯。」

「若是這樣，那我得想一想。」

郊區的神祕就在於沒有謎團。

——瑞典演員約翰・艾力克森（Johan Eriksson）

十月二十四日星期六

週六早晨，奧斯卡家門前堆了三大疊厚厚的廣告紙。媽媽會幫他三張摺在一起變成一份傳單，這些摺完共有四百八十份，每發一份傳單可以賺十四歐耳[3]。如果傳單只有一張，就只能賺七歐耳，這種狀況最不好。最棒的是每份傳單五張（不過這也是最糟的，因為有那麼多張要摺），發一份就能賺二十五歐耳。

幸好許多大型社區都在他所住的這一帶，一小時下來能發一百五十份，全部發完約四小時，這

也包括他回家補貨一次的時間。若傳單每份有五張，就得回家補貨兩次。

最慢下週二前要把傳單發完，不過通常週六當天就能全數解決。該做的還是咬著牙拚一拚。

奧斯卡坐在廚房地板上，媽媽在餐桌旁。這差事其實不好玩，不過他就喜歡廚房被弄得亂七八糟，再一點一點變得井然有序。摺疊整齊的傳單慢慢裝滿了兩個、三個、四個大紙袋。

媽媽將一疊摺好的傳單塞進袋子裡，搖搖頭。

「唉，我真的不想要你這樣。」

「怎樣？」

「你不要⋯⋯我的意思是，萬一你發傳單時有人開門⋯⋯我不想見到你⋯⋯」

「不會，我哪那麼笨？」

「這世界上瘋子很多的。」

「是沒錯。」

母子倆幾乎每週六都會利用摺傳單或其他機會好好聊天。昨晚媽媽說，她認為這週六最好不要發傳單，因為才剛發生過那件命案。不過奧斯卡答應媽媽，就算有人只是跟他說聲「嗨」他也會大聲尖叫、以保護自己，媽媽這才勉強答應。

發傳單時從沒人請他進屋，倒有個老人衝出來罵他在信箱裡「亂塞垃圾」。從此以後他就跳過那家的信箱。這人活該，沒機會知道這個禮拜去理髮店能以兩百克朗享受剪髮加挑染的超值優惠。

3 ore，一歐耳等於○‧○一克朗。

不到十一點半所有傳單就摺好了，準備出門發送。他可不能把整袋傳單丟進垃圾桶，他們經常

會突襲檢查，看看他是否確實投遞。半年前他打電話去應徵工作時那些人就說得很明白，或許只是

嚇唬人，不過他可沒膽冒這個險。反正他對這份工作也不厭惡，至少前兩個小時是如此。

他會假裝自己是身負祕密重任的特務，偷發傳單以號召人民，出來反抗占領祖國的敵軍。所以

他必須躡手躡腳溜過社區走廊，提防可能假扮成溜狗老太婆的敵人。

要不，他也可以假裝每棟建築物都是飢餓的野獸，是有六張嘴的巨龍，唯一的營養來源是處女

的血肉，而廣告傳單正是它要的血肉。所以他得一張嘴、一張嘴地塞入傳單、餵食牠們。

而將傳單塞入巨獸下頜時，他的確也聽到了手中傳單的嘶吼哀號。

最後兩小時，以今天來說，他已回家補了第二趟貨，開始有點麻痺，雙腳機械式地走著，雙手

機械式地投遞。

放下袋子，腋下夾著六份傳單，打開樓下大門，走到第一家，左手推開信箱口，右手將一份傳

單丟入，然後第二家……

奧斯卡終於回到自己社區，他走到女孩家門口，站在外面凝神聆聽。收音機開著，小小聲。只

有這個聲音而已。他從信箱口塞入傳單，然後等待，但是沒人來拿。

通常他會以自家做為結尾，將傳單塞入自家信箱，打開門，拿起傳單，丟入垃圾桶。

終於發完了，他的財產又多了六十七克朗。

媽媽去華倫拜購物，奧斯卡自己擁有整間屋子，真不知道該怎麼善用這個好機會。

他打開廚房水槽下的櫃子，探頭進去看，裡頭有鍋瓢、攪拌器和烤箱溫度計。另一個抽屜裡有

紙筆，以及從烹飪期刊裡剪下來的食譜卡片。這套期刊媽媽訂了之後又退掉，因為裡頭食譜的食材所費不貲。

他繼續探索客廳，打開櫃子。

媽媽的鉤織用品在那兒（還是應該說「編織」？）有一只文件夾，裡面有帳單和收據。相本他已看過上千次。幾本舊雜誌（裡面的填字遊戲都還沒解答出來）。一副閱讀用的眼鏡放在盒子裡。針線盒。一個小木盒，裡頭裝著他和媽媽的護照、政府核發的身分標籤（他曾想將自己的標籤戴在身上，不過媽媽說只有戰爭時才配戴）。一張照片和一枚戒指。

他繼續翻箱倒櫃，彷彿想找個連他自己也不知道是什麼的東西。是祕密吧。某種能改變現狀的祕密東西。例如櫃子後方突然冒出的一塊腐肉，或者一個充飽氣的氣球。什麼都好，只要是不熟悉的東西。

他拿出照片，慢慢端詳。

這是洗禮時照的。媽媽手裡抱著他，看著鏡頭。那時她比較瘦，奧斯卡穿著有藍色長絲帶的白袍，站在媽媽旁邊的是爸爸，那套西裝讓他很不自在，好像連手該怎麼擺都不知道，只好僵硬地垂在身體兩側，真像在立正。他直愣愣地看著寶寶。陽光照耀著這一家三口。

奧斯卡將照片拿到眼前，研究父親的表情。他看起來很驕傲──驕傲但也非常……生澀。應該很高興當爸爸，卻又不知道該怎麼當。那時的男人多半這樣。從他的神情來看，他彷彿第一次見到自己寶寶，然而洗禮時奧斯卡已經出生六個月。

而媽媽，她卻能自信從容地抱著奧斯卡。她望向鏡頭的表情沒那麼驕傲，反倒多了點猜疑，彷

佛在對攝影師說，再靠近我就把你鼻子咬下來。

父親身體微微前傾，似乎想靠近鏡頭卻又沒膽這麼做，似乎剛好被當成父親。不過，就某方面來說，奧斯卡的確愛爸爸，媽媽也是。雖然發生了那些事，改變了一切。

奧斯卡拿出戒指，看著上面的刻痕：**艾瑞克 22/4 1967**。

奧斯卡兩歲時他們離婚，之後各自都沒再找新伴侶。「就是沒找到合適的。」兩人都這麼說。他放回戒指，蓋上木盒，放回架子上。他心想媽好像從沒看那戒指一眼，既然如此何必留著。

這是純金做的，約有十克重，賣掉也有四百克朗呢。

奧斯卡穿上大衣，走到中庭。雖然才四點，天已開始黑了。現在進樹林已經太晚。

湯米從外面走過，見到奧斯卡後停下腳步。

「嗨。」

「嗨。」

「忙些什麼？」

「沒有啦……發傳單，大概這樣。」

「有錢賺嗎？」

「一點點，每次大概七、八十克朗。」

湯米點點頭。

「想買隨身聽嗎？」

「唔，我不知道。哪一種？」

「ＳＯＮＹ的隨身聽啊。五十克朗。」

「新的嗎？」

「是啊，還有盒子裝著呢。附耳機，只賣五十。」

「我現在身上沒錢。」

「你剛剛不是說發傳單賺了七、八十嗎？」

「是啊，不過是月領，還有一個禮拜才發薪水。」

「好吧，可以先把東西給你，過幾天再給我錢。」

「可以⋯⋯」

「好啦，就這樣，你先到那裡等著，我去拿。」

湯米指著遊樂場，奧斯卡走過去坐在長凳上。一會兒又起身，走到遊樂器材旁。女孩沒出現。

他趕緊又走回長凳坐下，彷彿剛剛做了什麼不該做的事。

沒多久湯米回來，將盒子遞給奧斯卡。

「一個禮拜後給我五十，可以吧？」

「嗯。」

「你最近在聽什麼音樂？」

「Kiss。」

「你有他們哪張專輯？」

「《活力十足》那張。」

「《破壞者》那張沒有嗎？我可以借你拿去拷貝。」

「太棒了。」

奧斯卡幾個月前買了 Kiss 那張《活力十足》的雙卡專輯，不過還沒開始聽，多半時間他只看他們演唱會的海報。那些團員濃妝豔抹的造型真是酷，簡直就像活生生的恐怖人物。他最愛的一首歌是《破壞者》專輯中由彼得‧克利斯所唱的《貝絲》。至於其他歌曲就太……好像沒什麼旋律。

或許《破壞者》這張專輯會比他買的《活力十足》好。

湯米起身準備離去，奧斯卡緊握著裝有隨身聽的盒子叫住他。

「湯米？」

「幹麼？」

「那個人，死掉的那個，你知道……他是**怎麼**被殺死的嗎？」

「知道啊，掛在樹上，喉嚨被割開。」

「他不是被……刺死的喔？我的意思是被人刺到胸部死的。」

「不是，只有脖子有刀痕……**嗖嗖**劃過喉嚨。」

「好吧。」

「還有別的事嗎？」

「沒有。」

「那再見囉。」

「喔，再見。」

奧斯卡繼續坐在長凳上靜靜沉思。天空漸成暗紫色，第一顆星星（是金星嗎？）已清晰可辨。

他起身走回家，得趁媽媽回來前把隨身聽藏好。

今晚應該要見到那女孩並拿回魔術方塊的，不過她家的百葉窗還是緊閉。她真的住在那裡嗎？

一家人整天在屋裡做些什麼？她有朋友嗎？很可能沒有。

「今晚……」

「妳剛剛在幹麼？」

「洗澡。」

「妳通常不洗澡的。」

「哈肯，今晚你應該去……」

「不去，我說過了。」

「拜託好嗎？」

「這不關……我什麼都可以做，除了這件事。妳說一聲，我就做。看在上帝分上，拿我的吧。

來啊，這裡有把刀——不要？好吧，那我只好……」

「夠了！」

「怎麼了？我寧願這樣啊。妳為什麼洗澡？聞起來都是……香皂味。」

「你想要我怎樣？」

「反正我就是**辦不到**！」

「算了。」

「那妳要怎麼辦？」

「我自己動手。」

「動手前需要先洗個香噴噴的澡嗎？」

「哈肯……」

「如果是別件事，我一定會幫妳，任何事。我絕對……」

「好，我知道，沒關係。」

「抱歉。」

「算了。」

「小心點。我下手時都……很小心。」

吉隆坡、金邊、湄公河、仰光、重慶。

奧斯卡看著他填上地名的那份影印的地圖，這是週末要做的學校功課。這些地名對他來說毫無意義，只不過是一些字母組成的文字。不過這也有種成就滿足感：安靜坐著，翻開地理課本找出這些地方的資料，確認他在地圖上標示出的那些地名確確實實是城市或河流。

沒錯，他得把這些地名記下來，因為媽媽待會兒就會考他。他必須指著地圖上的黑點，說出陌生的外國地名：重慶或金邊。媽媽一定會對他刮目相看。的確，想到這些奇怪的名字就在某個遙遠處也挺有趣的，不過……

為什麼？

四年級時老師給過他們瑞典地圖，他當時也記住了每個地名，甚至可說背得滾瓜爛熟，可是現在呢？

他努力想著瑞典任何一條河流的名字。

阿斯肯、伐斯肯、匹斯肯。

地圖上那些經緯線條旁有個什麼記號，好像是艾崔恩河。沒錯，不過它到底在哪裡？想不起來。看來幾年後重慶和仰光這些地名他也會忘光光。

沒意義嘛。

這些地方根本**不存在**，就算真的存在……他這輩子也沒機會見到。重慶？去重慶幹麼？對他來說，這個地方只不過是地圖上的大片白色區域或一個小點。

他看著自己的歪斜字體穩定坐落的直線。是學校。沒錯，就是學校。學校會要你做很多事情，而且你得一一照做。因為有「學校」這種發明，老師才能將影印的地圖發給學生，可是這些根本是沒意義的東西。奧斯卡也可以在這份地圖的經緯線隨便寫上堤吉不費克斯、巴別林奔和史匹特，對他來說這些字的意義和那些地名沒兩樣。

唯一的差別是，老師會說寫錯了，不是這個地名，然後指著地圖告訴他，「看看，這裡是重

慶，不是堤吉不費克斯。」這種論點真沒說服力，地名不都是地理課本捏造出來的嗎？根本沒證據

證明這地名是真的。搞不好連地球都是平的，但為了某種理由把這真相隱藏起來。

船隻從地球邊緣掉落。那裡有巨龍。

奧斯卡從桌前起身，影印的地圖功課已完成，填上老師能接受的字。學校就是這麼一回事。

過七點了，或許女孩已經在外面？他走到窗邊，雙手靠在臉龐，遮住兩邊，擋住屋內光線，以

便看清楚一片漆黑的外頭的動靜。遊樂場是不是有東西在動啊？

他走到玄關，看見媽媽正在客廳編織或鉤織。

「這次是亞洲吧？」

「我出去一下。」

「你又要出去？我還在想要考考你地理呢。」

「待會兒再考。」

「是吧，我猜，是亞洲吧？」

「什麼？」

「這一課啊，是亞洲吧？」

「重慶在哪裡？中國嗎？」

「我不知道。」

「你不知道？可是……」

「我等一下就回來。」

「重慶。有個地方叫重慶。」

「好吧，小心點。會戴上帽子吧？」

「會。」

奧斯卡將帽子塞進大衣口袋走出門。一路前往遊樂場，同時眼睛已慢慢適應了黑暗。終於，他看見女孩如常坐在遊樂器材的最上層。他走過去站在下面，雙手插進口袋。

她看起來不太一樣，雖然仍穿著那件粉紅色線衫（她沒別件衣服嗎？）不過頭髮沒打結了。一頭黑髮滑順地披在肩頭。

「嗨，妳好。」

「嗨。」

「嗨。」

「好。」

「上來這裡。」

他這輩子絕不會再跟任何人說「嗨，你好」，這種打招呼方式聽起來好蠢。女孩站起來。

奧斯卡往上爬到她身邊，謹慎地、慢慢用鼻子吸了口氣。她不臭了。

「我今天的味道好聞多了吧？」

奧斯卡尷尬地紅了臉。女孩微笑，遞出東西給他，是他的魔術方塊。

「謝謝你借我。」

奧斯卡接下，看了一眼，再看一眼。高舉到較亮的地方，轉動每面定睛瞧。全轉出來了，每面都是同一顏色。

「妳把魔術方塊整個拆開啊?」

「什麼意思?」

「就像……妳是不是把它拆開，然後將顏色相同的拼在一起?」

「可以那樣嗎?」

奧斯卡轉了轉，想看看是否有被拆開鬆掉的痕跡。他以前做過這種事，這玩意兒只是轉個幾下就能讓人忘記之前的動作，真是驚人，他完全想不起來該如何讓每面都變回同一顏色。沒錯，他之前拆開時沒把它弄鬆，現在也還很緊，難道她真的成功轉出六面顏色嗎?

「妳一定把它拆開過。」

「沒有。」

「可是，妳不是從沒見過魔術方塊?」

「沒見過啊，不過真好玩，謝謝。」

奧斯卡將魔術方塊舉到眼前，彷彿它能開口告訴他這是怎麼回事。就某方面來說，他很確定她沒說謊。

「妳花了多久拼出來?」

「幾個小時吧。如果再轉一次，應該會更快。」

「真了不起。」

「不會很難啊。」

她面向他，雙眼瞳孔大到幾乎填滿整個虹膜，黑色眼球表面反射出附近住家的點點亮光，彷彿腦袋裡那座若隱若現的城市也燈火通明。

套頭線衫的領子高高拉起，包覆住她的頸部，更凸顯了她輕柔的細緻五官，看起來真像……卡通人物。她的肌膚和質感，他只能用木製的奶油刀來形容，彷彿最細的砂紙把木刀慢慢磨過，才能讓刀身綿密細緻如絲綢。

奧斯卡清清喉嚨。

「妳幾歲？」

「你覺得呢？」

「十四、五歲吧。」

「看起來像十四、五歲啊嗎？」

「是啊，還是……雖然不可能，不過……」

「我十二歲。」

「十二歲！」

哇塞，那應該比他還小，因為這個月他就要過十三歲生日了。

「妳幾月生的？」

「不知道。」

「妳不知道？那……妳什麼時候過生日？」

「我不過生日。」

「妳爸媽總知道吧。」

「我媽死了。」

「喔。她怎麼死的？」

「不知道。」

「那妳爸爸也不知道妳的生日嗎？」

「不知道。」

「所以……妳的意思是……妳從沒收過生日禮物之類的東西？」

她轉向他，身上的氣味朝他臉龐拂來。佇立在他影子下的她眼眸裡的城市燈火忽然消失。雙瞳只剩彈珠大的兩個空洞。

她看起來好悲傷，非常、非常悲傷。

「沒有，從沒收過任何禮物。」

奧斯卡渾身僵硬地點點頭。四周的世界消失，只剩她頭顱上那兩個空洞，令人驚怔不已。他們的吐息交融，又慢慢飄起，消散無蹤。

「你要送我禮物嗎？」

「對。」

這甚至不算低喃，只是一縷吐息。女孩的臉貼得好近，他的視線被她如奶油刀般細緻滑順的臉頰吸引過去。

因此奧斯卡沒注意到她眼睛模樣已變，瞇得細長，換了全然不同的神色。也因此他沒見到她的上脣往後掀，露出一對骯髒的白色小獠牙。他只看見她的臉。就在她的嘴巴接近他喉嚨時，他渾然不覺，伸出手輕撫她臉頰。

女孩愣住了，她往後退，雙眸又恢復神采，城市燈火再次閃耀。

「你為什麼這樣做？」

「對不起，我……」

「你想幹什麼？」

「我……」

奧斯卡盯著自己仍握著魔術方塊的手，慢慢鬆開。他握得太緊，四角在他掌心留下印痕。他將魔術方塊遞出去給她。

「想要嗎？送給妳。」

她慢慢地搖搖頭。

「不行，這是你的。」

「妳叫什麼？」

「依萊。」

「我叫奧斯卡。妳說妳的名字是什麼？依萊？」

「對。」

女孩突然變得焦躁不安，眼神四處飄移，彷彿在找什麼卻遍尋不得。

「我……得走了。」

奧斯卡點點頭。女孩目不轉睛凝視他幾秒，隨後轉身離開。她走到溜滑梯最上方，躊躇片刻，然後坐下，下滑到底部，站起來走向她家那棟公寓的大門。奧斯卡仍緊握著魔術方塊。

「明天見嗎？」

女孩停下腳步，沒回頭，以低沉的聲音說「好」，又繼續前進。奧斯卡看著她。她沒回家，反而穿過拱門，走往街道。消失無蹤。

奧斯卡又看看魔術方塊，真不敢相信。

他轉動一下，將顏色打散，又將顏色轉回來。想讓魔術方塊繼續停在被她轉好的狀態，至少停留一會兒。

喬齊・班特森從電影院回家途中還自個兒咯咯咯笑不停。他媽的真有趣，這部電影《包車旅程》。尤其是那兩個傢伙整齣電影裡到處尋找派普酒窖的情節最好玩。其中一個傢伙將另外那個宿醉的朋友放在輪椅上推過海關，還以西班牙文說他是 invalido（殘障人士）那一幕，他媽的，真讓人笑翻了。

或許他也該像他們一樣找個哥兒們出去度個假。不過找誰呢？卡爾森這人無趣到連時鐘見了他都懶得走，和他相處兩天肯定無聊死。摩根多喝幾杯就醜態百出，而且除非旅費超便宜不然他不會去。賴瑞還不錯，但體弱多病，到頭來即使沒醉倒也得用輪椅推著他。Invalido。

看來，雷基是唯一能跟他去度假的人。

去西班牙玩上一個禮拜肯定很棒，不過雷基窮得捉襟見肘，大概一輩子都出不起旅費。他每晚和喬齊混在一起喝酒抽菸，就把日子過得很愜意，至於去西班牙加納利群島度假——他可沒那個盤纏。

或許只能接受這個事實：在這家中國餐館閒混的常客沒有一個是當旅伴的料。

那麼，自己去嗎？

連一事無成的敗類史提格·海爾莫都自己出去旅行過，還因此遇見歐蕾這小妞，兩人打得火熱。喬齊心想，若自己有這種豔遇也沒什麼不對，畢竟瑪麗亞已經帶著小狗離家，拋棄他足足八年，之後他就沒和女人上過床，一個都沒有。

會有人要他嗎？可能會有吧，至少他看起來不像賴瑞那麼沒用。當然啦，幾杯黃湯下肚會讓他身體和表情顯出醉態，不過他還是會努力克制不亂來。像今晚，現在已經九點了，他滴酒都還沒沾。不過這會兒去中國餐館前還是決定先喝兩杯琴尼。

他得再多想想旅行的計畫，或許，到頭來仍和過去幾年很多事一樣：啥事都沒發生，不過做做夢總可以吧。

他沿著布雷奇堡中學和霍爾伯格斯蓋頓街之間那條公園步道走著。這裡好暗，三十公尺外才有街燈。矗立在左側小丘頂上的中國餐館就像燈塔那樣散發出光芒。

或許他可以冒個險直接去中國餐館喝琴湯尼……不行，太貴了，大家會以為他中樂透之類的，到時若沒請大家喝一杯，肯定會被說成小氣鬼。還是先回家自己小酌兩杯吧。

他穿過那間大洗衣工廠，煙囪上那只獨眼紅通通，裡面正進行著無聲的轟隆滾動。

有一晚他喝得醉醺醺回家，結果出現了幻覺，看見眼前的煙囪脫落，滾下山坡，咆哮嘶吼，進逼向他。他抱頭蜷縮在步道上等著煙囪砸來。最後把手臂放下，抬頭一看，才發現它如往常矗立，半時也沒移動。

靠近伯橋森蓋頓街的人行地下道裡的路燈已經壞了，裡頭成了漆黑洞穴。如果當下是醉的，他肯定會從人行地下道旁的階梯爬過，走到伯橋森蓋頓街，即使這段路比較遠。因為每次一喝酒，他就會在黑暗中看見奇怪的幻覺，他可不想見到那種東西。正因如此，他總開著燈睡覺。不過這會兒他清醒得不得了。

但不知為何，此刻他竟想爬過階梯，不走人行地下道。酒醉所出現的幻覺，當下似乎開始滲入清醒雙眼看見的世界。他直愣愣站在步道上，給自己下了個結論：「我腦袋開始糊塗了。」

聽清楚了，喬齊，如果你還繼續胡思亂想，不好好克制自己，那你就不可能去加納利群島旅行。

為什麼不可能？

因為你總是看見礁岩就跳船，稍遇阻礙就放棄。如果連這麼一小段路都跨不過去，你憑什麼以為自己有辦法打電話給旅行社、辦護照、採購旅行用的東西，而且更重要的是，怎麼動身踏上未知的旅程？

說到重點了，但那又怎樣？就算我走過人行地下道，難道代表我真的去得了加納利群島，真的能美夢成真嗎？

假如你敢走過去，我就相信你明天會付諸行動打電話訂機位。特內里夫島啊，喬齊，想想那美麗的特內里夫島。

他開始往前走，想像著豔陽海灘和插著小傘的雞尾酒。媽的，真的要去，那今晚就別去餐館混。要待在家，好好翻翻報紙上的旅行社廣告。八年了，該死地他花了八年才振作起來。

他想著棕櫚樹，管他群島上是不是真的有這種樹，管他曾不曾在電影裡看過這種樹。這時他聽到了聲音，人的聲音。他駐足在人行地下道中央，凝神傾聽。那側傳來虛弱的呻吟。

「救救我……」

由於視線已慢慢習慣了人行地下道的黑暗，不過此時還是只能看出那堆被掃集起來的落葉輪廓。那聲音像個孩子。

「哈囉，誰在那裡嗎？」

「救救我……」

「拜託，救救我。」

他很想掉頭就走，可是辦不到。有個孩子受傷了，或許被人攻擊了……

他四下張望，沒見到人啊。在黑暗中他聽見沙沙聲，也發現那堆樹葉在移動。

那個殺人狂！

華倫拜地區那個殺人狂來到布雷奇堡鎮了，但這次受害者倖存……

喔，看在老天爺分上。

他可不想被牽連，他正要踏上前往美麗特內里夫島的旅途呢。現在該怎麼辦？他朝聲音往前幾

步，腳下落葉窸窣，現在他看見那個軀體了。它像胎兒般蜷曲在落葉堆裡。

該死，真該死。

「怎麼了？」

「救救我……」

喬齊的雙眼已完全熟悉黑暗，他看見有個孩子朝他伸出蒼白的手臂，裸著身軀，可能被強暴了。不，再靠近點看，才發現孩子沒裸體，但全身上下只有件粉紅上衣。幾歲啊？十或十二歲吧。

或許是被**他的**「朋友」揍的，或者，**她的**朋友。不過看起來不太像女孩。

他蹲在孩子身邊，抓住他／她的手。

「你怎麼了？」

「幫我，扶我站起來。」

「你受傷了嗎？」

「對。」

「怎麼會這樣？」

「扶我站起來……」

「傷在背部嗎？」

他當兵時曾被徵召入醫療團，受過訓練，知道患者若頸部或背部受傷，必須先固定住頭部才能移動他們。

「受傷的地方不是在背部嗎？」

「不是，先扶我起來。」

他應該要將他（還是她？）帶到餐館，在那裡叫救護車。沒錯，就這麼辦。孩子瘦小（依外型看來應該是個女孩），所以即使喬齊當前的體能不算最佳狀態，也有辦法把她抱到那裡。

「好，我抱妳去一個地方，我們再從那裡打電話叫救護車，好不好？」

「好……謝謝。」

這句「謝謝」戳了他心頭一下。剛剛怎麼會躊躇呢？他心想自己真是個冷血的王八蛋。嗯，他已冷靜下來，現在可以幫助這小女孩了。他慢慢將左手伸入女孩膝下，另一手托住她的脖子。

「好，我們走了喔。」

「嗯。」

她好輕，頂多只有二十五公斤，可能是個營養不良的孩子，來自問題家庭或者有厭食症。會不會是被繼父或繼母虐待？他媽的真是太可憐了。

女孩主動將雙手環繞他頸部，臉頰貼住他肩膀。他才正想要叫她這麼做呢。

「現在感覺如何？」

「很好。」

他高興地笑笑，一股暖流遍布全身。儘管自己一事無成，不過至少是個好人哪。他可以想像大夥兒看見他抱個女孩進餐館的表情。一開始他們會納悶他在搞什麼把戲，但經他解釋後，他們就會佩服他勇於助人，說「幹得好呀，喬齊」之類的。

他轉身往餐館走去，幻想自己嶄新的生活面貌，也陶醉於這全新人生的第一步，喉嚨卻突然一陣痛。搞什麼啊？好像被蜜蜂螫到一樣。他想放開左手，將蜜蜂揮開、摸摸傷口，卻發現女孩仍緊巴著他，弄不掉。

他竟蠢得想低頭看看自己喉嚨的傷口，這種角度怎麼可能看得到？看不看都一樣，因為女孩的下巴正頂住他的下頷，想低頭也沒辦法。她環繞著他脖子的手越掐越緊，他的痛苦也持續加劇。他終於明白了。

「天啊，妳想幹麼？」

他感覺女孩的下巴頂住他下頷上上下下動個不停，而他的喉嚨也越來越痛，一股溫熱的液體流到胸前。

「住手！」

他想把女孩甩開。這個念頭不是深思熟慮過後的產物，而是出於自衛的本能反應：一定得把這東西從脖子甩掉。

可是女孩就是甩不掉。她牢牢扣住他的脖子，雙腿緊緊纏住他的髖部。天啊，這麼瘦弱的身體怎麼有這麼大的力氣？

她四肢纏在他身上，像是緊緊抱著玩偶，下巴繼續上下動呀動。

喬齊抓著她的頭，想把她推開，但此舉就像企圖徒手折下巨樺樹新生枝椏般白費力氣。她的頭彷彿黏在他身上，掐緊的雙手力道之猛，讓氣體從他肺腔中擠出，使他無法吸入空氣。

他跟蹌後退，掙扎著想呼吸。

女孩不再齧唷，現在他只聽到安靜的舔食聲。但她沒鬆開手，相反地，她吸吮時反而抓得更緊。他胸腔出現悶悶的嘎扎碎裂聲，一陣痛楚瀰漫開，肋骨應該斷了好幾根。

他吸不到足夠的空氣放聲叫喊，只能以微弱的拳頭搥打女孩的腦袋。他在落葉堆中踉蹌晃步，世界旋轉，遠處的路燈像螢火蟲在他眼前閃閃爍爍。

他失去平衡往後倒地。最後聽到的聲音是腦袋擦過落葉堆的俐落沙沙聲。瞬間，他撞到石板人行道，眼前世界就這麼倏地消失。

奧斯卡躺在床上，但腦袋清醒，他盯著壁紙直發愣。

他和媽媽一起看了《芝麻街》的布偶劇，不過故事情節他沒全懂。豬小妹好像對什麼事情不爽，而柯密特青蛙似乎在找岡佐鳥。還有個脾氣暴躁的老人從劇院包廂跌下來，至於什麼原因，奧斯卡也不知道。他的心思早已飄向別處。

後來他又和媽媽一起喝了熱可可，吃了肉桂小餐包。奧斯卡知道自己和媽媽聊了天，但想不起到底聊些什麼。可能是討論要把廚房漆成藍色吧。

他呆望著壁紙。

床緊靠著的整面牆全貼上由照片景物製成的壁紙，畫面是森林裡的綠油油草地，還有巨大樹幹和蒼翠樹葉。有時他會躺在床上，幻想離他頭最近的那叢樹葉裡出現小小人。每次一凝視，他就會看見兩個人。不過他也很努力地喚出更多人。

現在這道牆有了不同意義。就在牆的另一邊、森林的另一側，依萊就在那裡。奧斯卡的頭緊靠著青翠牆面，努力想像另一端是什麼樣的世界。是她的房間嗎？她現在也躺在床上嗎？牆面成了依萊的臉龐，他摸著綠葉，撫觸她柔嫩的肌膚。

突然，另一側傳出聲音。

他的手停住不動，專心傾聽。聲音有高有低：是依萊和她父親。兩人好像正在爭吵。奧斯卡得專心才能辨認他們的隻字片語。偶爾會聽到幾聲咒罵，還有一句「真不敢相信，竟然那麼殘忍」。然後突然砰的一聲巨響，彷彿有東西被擊倒。他打了她嗎？是不是他摸依萊臉頰時被她爸爸看到了……是因為這樣嗎？

他們在說些什麼？

依萊的爸爸應該是那個聽起來很生氣的聲音，至於依萊，他則幾乎聽不到。奧斯卡得專心才能辨認他們的……

貼住牆，想聽得更清楚。該死，手上若有杯子就好了，杯子可以當作擴音器，但是他現在不敢去拿，就怕拿回來後他們已經不說話了。

他們在說些什麼？

依萊的爸爸開口說話，奧斯卡聽不清楚她的句子，只有時起時落的輕柔聲調。如果她被他打，還能用那種聲調說話嗎？他不准打她。若他敢動手，奧斯卡絕對會殺了他。

他真希望自己能鑽入牆壁，像閃電、像有神力的英雄。鑽進去後穿越森林，從另一側出來，親眼看看到底發生什麼事。或許依萊需要幫助，需要安慰，什麼都好。

另一側安靜下來。只剩他的心跳聲在耳邊嗡嗡旋轉不停。

他起床，走到書桌前，拿出放在塑膠杯裡的幾個橡皮擦，再將杯子帶回床上，杯口頂住牆壁，

杯底貼著耳朵。

現在只聞隱約的鏗鏘聲，好像不是隔牆那側的房間傳出來的。他們在做什麼呢？他屏住呼吸

——突然一聲巨響。

槍聲！

他拿出槍了。喔，不是，是門被大力關上，力道過猛，連牆壁都在震動。

他跳下床，走到窗邊。幾秒鐘後有個男人的身影出現。依萊的爸爸。他手中拿著一只袋子，憤怒地邁開大步走向社區大門，消失在他眼前。

我該怎麼辦？跟蹤他嗎？可是為什麼要跟蹤？

他回到床上。這應該都是他的想像力超時工作的結果。依萊和爸爸吵架，就像奧斯卡自己和媽媽也偶有爭執。有時吵得太兇，媽媽也會那樣氣沖沖走出去。

不過，在這種三更半夜嗎？

有時候媽媽被奧斯卡氣到不行，就會威脅要搬出去。奧斯卡知道媽媽不會這麼做，而媽媽也明白他知道這點。或許依萊的爸爸只是把這種威脅拉高一個層級：打包拿著行李半夜出門。

奧斯卡躺在床上，手掌和前額繼續貼著牆壁。

依萊，依萊，妳在嗎？他有沒有打妳？妳是不是很傷心？依萊……

臥房門傳來敲門聲，奧斯卡驚得縮了一下。有那麼一會兒，他以為是依萊的爸爸過來找他算帳，嚇死他了。

是媽，她躡腳走進他房間。

「奧斯卡？你睡了嗎？」

「嗯。」

「我是要說……那新來的……鄰居，你聽見了嗎？」

「沒有。」

「你應該有聽見啊。那傢伙大吼大叫，發了瘋似地把門重重甩上。感謝上帝，有時我還真慶幸自己家裡沒有男人呢。他家那可憐的女人，你有聽到她的聲音嗎？」

「沒有。」

「我也沒有耶。唔，好像從沒見過她呢，她家整天窗簾都拉著。那傢伙可能是酒鬼。」

「媽。」

「什麼？」

「我想睡覺了。」

「喔，對不起，寶貝。我只是很……晚安，祝你好夢。」

「嗯。」

媽媽輕輕關上門。酒鬼？是啊，很有可能。

奧斯卡的爸爸也是三不五時就喝得醉醺醺，所以媽媽才無法和他繼續生活下去。爸爸一喝醉也會那樣亂發脾氣。他雖不打人，但會吼到聲音沙啞，砸門摔東西。

想到這裡，奧斯卡心裡竟雀躍竊喜。有這種念頭很糟糕，不過他的確高興。如果依萊也有個酒鬼父親，那他們就有共通點，就有心事可以相互傾吐。

奧斯卡又將前額和手掌貼緊牆壁。

依萊，依萊，我知道妳的感受，我會幫妳，我會救妳。

依萊⋯⋯

哈肯兩眼睜得大大的，朝著拱形遮頂的人行地下道裡搜尋。他撥開落葉，終於看見依萊平常穿的粉紅色線衫，它正躺在男人的胸膛上。哈肯撿起衣服，本想湊近鼻子聞聞，但一摸到黏膩的東西立即打住。

他將衣服丟回男人胸口，拿出後褲袋裡的酒瓶，打開灌了三大口。伏特加烈焰滑入喉嚨，舔噬他的胃。他一屁股朝冰冷岩石一坐，石上的落葉畢剝碎裂。他坐在那裡，望向死掉的男人。

他的頭怪怪的。

哈肯從袋子掏出手電筒，先環顧四周，確認附近沒人走過才打開，照向那男人。光束下，男人的臉昏黃慘白，嘴巴半張，彷彿想說些什麼。

哈肯嚥了嚥氣，一想到這男子竟然比他更貼近他摯愛的人，一股反感油然而生。哈肯慌亂掏出小酒瓶，想用烈酒燒掉滿腹苦痛，可是動作遽然停止。

脖子。

男人脖子上繞著一道寬寬的紅色痕跡，彷彿一圈頸鍊。哈肯傾身向前，見到了依萊為了吸血而咬開的傷口。

她的骨落在他肌膚上。

可是即使這樣也無法解釋那圈頸……鍊。

哈肯關掉手電筒，深深吸口氣，不由自主往後靠著那個狹窄空間，任憑水泥牆面刮磨他禿禿的後腦杓。他咬著牙，忍著椎心刺痛。

那男人脖子的肌膚之所以裂成一圈，是因為……因為他的頭被硬轉了三百六十度。整整轉了一圈，頸椎一定節節斷裂。

哈肯闔上眼，緩慢吸氣吐氣以鎮定心情，壓抑住想拔腿奔離現場的衝動。他的後腦杓仍緊貼水泥牆，臀下坐著大石塊，左右兩側步道上隨時會有報警的行人。而在他眼前的……

是具屍體。

沒錯，可是……那顆頭。

他真希望自己不知道那顆頭已經鬆開，軀體只要一動頭就會掉落下來。他蜷曲身子，額頭貼膝。他的摯愛竟然做出這種事，而且是徒手。

一想到當時的聲音——整顆頭顱被扭轉的聲音——他喉底就湧起一股噁心。他不想碰觸這具軀體。

哈肯呆坐著，有如煉獄之山的貝拉克，[4]在山腳下無助地等待黎明到來，等待……

從電車車站方向走來幾個人。哈肯躺在落葉上，靠近死屍，前額頂著死者撞上的那塊冰冷岩石。

為什麼？為什麼……把頭扭轉成這樣？

因為要避免感染，不能被感染到神經系統。要想「熄滅」屍體，據說就要這樣做。以前他不懂，現在他明白了。

腳步聲越來越快，人聲越來越遠。他們已經爬上地下道旁的階梯。哈肯坐起來，瞥了那具張開

嘴的屍體一眼。如果沒把屍體弄熄，它會坐起來拂掉身上的落葉嗎？

想到這裡，他竟然發出咯咯尖笑，有如鳥兒啼囀。他摑自己嘴巴一記，力氣猛到傷了自己。那

景象……屍體從落葉堆中坐起來，睡眼惺忪地拍掉夾克上的落葉。

現在該怎麼處理這具屍體？

那身肌肉、脂肪和筋骨應該有八十公斤吧。絞爛、剁掉、埋掉、燒掉。

火葬場。

當然了。就將屍體扛到那裡，闖入後偷偷燒掉，或者把它像棄嬰一樣丟在大門口，期待裡頭員

工熱愛燒屍體，一見到這具屍體便懶得報警，直接往火葬坑裡扔。

不行，只有一個辦法。右邊穿越樹林的步道通往醫院和湖水。

他將屍體血淋淋的頭顱用死者的外套包住，袋子甩上肩頭，雙手分別往屍體的背部和膝窩下一

撐抱起，費力起身。他跟蹌了幾步，好不容易找到平衡。如他所預期，頭顱以不自然的角度往後

垂，下巴喀嚓一聲，終於緊閉。

從這裡到水邊有多遠？可能幾百公尺吧。如果有人經過呢？那也沒辦法了。一切就會這麼結

束。若是這樣，也是種解脫吧。

4

貝拉克是作家菲力普・普曼史詩鉅著《黑暗元素三部曲》中的女主角。坐在煉獄之山的山腳下象徵無助、懷舊和

思念之情，希望在求助上帝前能等到一絲契機出現。

沒人路過，哈肯終於安全抵達湖邊。整排幾乎與水面平行的垂柳讓（肌膚因流汗而冒出蒸氣的）他毛骨悚然。他從岸邊搬了兩塊大石頭，以繩子將石頭綁在屍體的腳上。再用一根較長的繩索繞過屍體、套住胸背，接著拉住繩子，一截一截慢慢放長。最後，讓繩子全部鬆開。

他呆站在垂柳樹幹旁半晌，凝望如黑色鏡面的池水。如今汩汩升起的氣泡已不再那麼讓他心神不寧。

他終於這麼幹了。

雖然氣候嚴寒，他的額頭卻滴下汗珠，刺痛眼睛。這樣又拉又扯讓他全身痠痛，不過他終於辦到了。屍體就在他腳下，隱沒於世界。不存在了。氣泡不再湧現，沒有什麼⋯⋯再也沒有什麼能證明水底下有具屍體。

幾顆星星在水裡，一閃一閃亮晶晶。

第二部 羞辱

他們駛向馬汀未曾到過之處，甚至遠駛到堤斯卡波頓和布雷奇堡鎮，那裡正是已知世界的邊界線。

——瑞典作家雅爾瑪·瑟德爾貝里（Hjamar Söderberg）的著作

《馬汀·伯克的青年時代》（Martin Bircks Ungdom）

不要只有會死的愛人……

他的靈魂渴求月光入夢

不會再復原了

然而他，心被史可史拉精靈偷走的他

——瑞典作家維克多·雷德伯格（Viktor Rydberg）的詩作

《史可史拉女精靈》（Skogsrået，史可史拉是森林中美麗卻邪惡的女精靈。）

週日報紙刊登了華倫拜郊區凶殺案的更多細節。標題寫著：「獻祭儀式的受害人？」

照片裡有屍體、樹林裡的凹洞，還有那棵樹。

這陣子大家嘴邊已經不再老掛著華倫拜凶殺案，帶去的追悼花朵已枯萎，蠟燭也燒盡，條紋封鎖線被移除，在那裡找到的所有證物早被妥善保存。

但是週日這份報紙重燃大家興致。「獻祭儀式」這標題是不是意味會有第二次？既然是儀式，那就一定會重複進行。

但凡走過公園步道，或是一靠近那裡，大家總是繪聲繪影地說：樹林那帶真讓人毛骨悚然。要不就說現在那裡變得多美麗、多寧靜，怎樣也想不到曾發生過那種事。

所有認識那男孩的人——就算只有一面之緣——也感嘆地說：這孩子這麼棒，怎麼下得了這種毒手。即使原則上反對死刑的人，也認為這種十惡不赦的壞蛋被判死也不為過。

證據確鑿，卻獨缺一物：兇手的照片。大家望著那個已經不很明顯的凹洞，看著男孩盈盈的笑臉。可是沒有兇手的畫像。一切竟然就這麼……發生了。

真令人無法接受、難以置信。

十月二十六日星期一，警方宣布破獲瑞典有史以來最大宗的毒品走私案，逮捕了五名黎巴嫩人。

這種犯罪案件就比較容易理解。查獲海洛因五公斤，逮獲五人，每個黎巴嫩人攜帶一公斤。

這些人走私毒品期間甚至還享用了瑞典完善的社會福利資源，這點最讓人髮指。報上沒有刊出這些黎巴嫩人的照片，不過也不需要，大家都知道他們的長相。不用多說，就是中東人樣。

有人懷疑那個人為了進行獻祭儀式而殺人也是外國人。可能性似乎很高，中東國家不是常有以血獻祭的事情嗎？譬如穆斯林教徒，他們會把孩子連同塑膠製的十字架或戴在脖子上的任何東西獻祭出去，據說也會把年幼的孩子送去礦場當搬運工。這種事所在多有。真是兇殘的民族呀，伊朗、伊拉克，還有黎巴嫩。

沒想到週一警方就公布了嫌犯畫像，刊登在晚報上。有個年輕女孩見過他，警方花了很多時間和心力，根據女孩的描述繪製了兇手的長相。

——是個一般的瑞典人，長得像鬼一樣，眼神空洞。大家都認可這幅畫像看起來就像兇手，沒錯，殺人兇手果然就長這副德性。不難想像這張有如戴著鬼面具的臉從林中凹洞爬上來，慢慢靠近你，然後……

住在斯德哥爾摩西郊的居民若長得像那張鬼魅畫像，就會惹來旁人的側目眼光。這些人回家攬鏡自照，覺得根本不像，夜晚上床卻還是會想，明早是不是要改變一下裝扮呢？免得老讓人起疑。結果他們根本多慮了，因為沒多久大家就開始想別的事。瑞典這國家將會改變，變成一個**被入侵**的國家。這個詞彙後來持續有人使用：被入侵。

就在那些長相近似警方畫像的居民躺在床上思量新髮型時，有艘蘇聯潛艇正航行在瑞典東南部卡魯斯克魯納市的外海，往前一路挺進的引擎轟隆隆，迴盪在諸島小嶼間，沒人察覺。

直到週三早晨才無意被發現。

十月二十八日星期三

學校因傳言而喧喧擾擾。一些老師下課聽收音機時得知這件事，將消息告訴班上同學，不到午餐時間，全校師生都知道了。

俄國人來了。

過去一週，孩子的主要話題全圍繞在華倫拜的凶殺案。許多人宣稱看過兇手，有些人甚至說自己被他攻擊過。

每個走過學校、長得稍像警方公布畫像的人都被孩子視為兇手。有個衣衫襤褸的老人抄捷徑走過學校中庭，學生嚇得尖叫，奔逃到最近的建築物內掩護。有些較強悍的大孩子拿著曲棍球棒準備痛擊他，幸好有人發現這老翁不過是常在市中心廣場閒晃的當地酒鬼，他們才放他一馬。

不過現在俄國人來了，他們對俄國人實在所知有限，只知道大家曾流傳一個德國人、俄國人和貝爾曼人之類的笑話。俄國有全世界最厲害的曲棍球隊，大家都稱他們「蘇維埃邦聯」。他們和美國是唯二飛上外太空的國家，美國還製造了中子彈來保衛自己免受俄人攻擊。

午餐休息時間，奧斯卡和喬漢聊起這件事。

「你想，俄國人會不會也有炸彈？」

喬漢聳聳肩，「當然有，或許那艘潛艇上就有放。」

「我以為一定要靠飛機才能丟炸彈？」

「不用，只要將炸彈裝在火箭上，在哪裡都能發射。」

奧斯卡抬頭望向天空。「連潛水艇也能？」

「我不是說了嗎，哪裡都能。」

「一發射人會全死光，只剩房子。」

「沒錯。」

「那動物呢？」

喬漢思索片刻。

「一定也會死，尤其是體積大的。」

他們坐在沙坑角落，那兒沒小孩玩耍，喬漢撿起一顆大石塊扔向沙坑，打得沙子往上飛旋。

「砰！全部的人死光光！」

奧斯卡撿起一顆較小的石頭。

「不！會有一個人活著──咻！後面有飛彈！」

他們不斷丟擲石塊，殲滅世界每座城市，突然身後傳來聲音。

「你在這裡搞什麼鬼？」

兩人轉身，是強尼和麥奇，說話的是強尼。喬漢扔掉手中的石頭。

「呃，我們只是……」

「我不是和你說話。豬頭，你在這裡幹什麼？」

「丟石頭。」

「幹麼丟石頭？」

喬漢退後幾步，忙著低頭繫鞋帶。

「只是……沒有為什麼啊。」

強尼看看沙坑，手突然伸出來，嚇得奧斯卡往後縮。

「這裡是給小朋友玩的，你不知道嗎？你把沙坑弄壞了。」

麥奇故意裝出難過表情搖搖頭，「現在他們會被石頭絆倒、甚至受傷呢。」

「豬頭，你得把這些清乾淨。」

喬漢仍忙著繫鞋帶。

「聽見了嗎？**你得把這些清乾淨。**」

奧斯卡呆呆站著，不知該怎麼做。當然，強尼才不在乎沙坑危不危險，他只是一如往常故意找他麻煩。沒有喬漢的幫忙，要把這些石頭清乾淨至少得十分鐘，而上課鐘聲隨時會響。

不要。

這兩個字像天啟般自動從他嘴裡冒出來，就像第一次喊出「上帝」，而且是真心誠意地喊。

他腦海浮現大家全進教室上課、剩他一人清理石頭的身影──只因強尼要他這麼做。但同時也浮現另一個畫面：沙坑裡出現一座給小孩爬上爬下的方格鐵架，就像他家社區中庭那座。

奧斯卡搖搖頭。

「你搖頭是什麼意思？」

「不要。」

「不要。」

「『不要』是什麼意思？我看你今天腦袋不清楚喔。我叫你把石頭清乾淨──**聽話照做。**」

「不要。」

上課鈴響了，強尼站在那裡瞪奧斯卡。

「你知道接下來該怎麼辦吧？麥奇？」

「知道。」

「那我們下課後再來找他。」

麥奇點點頭。

「待會兒見了，豬頭。」

強尼和麥奇走進教室。喬漢站起來，他終於綁好鞋帶了。

「你這樣很蠢。」

「我知道。」

「那幹麼還這樣？」

「因為……」奧斯卡看著那座隱形的方格鐵架，「因為我就是不想，就這麼簡單。」

「白痴。」

「對啦。」

奧斯卡下課後又在座位上流連。他拿出兩張空白紙，從教室後方的書架拿下百科全書，開始一頁一頁地翻。

摩門教⋯⋯摩天輪⋯⋯摩洛哥⋯⋯摩斯密碼。

對，就是這個。整整四分之一版面的摩斯密碼點和線。奧斯卡將這些符號抄下來，大大地用清晰字跡寫在第一張紙上。

諸如此類。完成後，他又在第二張紙上重寫一遍。不好。他揉掉紙張再寫一次，這次寫得更整齊。

A＝—・—

B＝—・・・

C＝—・—・・—

當然，其中一張必須非常工整，因為要給依萊。不過他也很喜歡抄寫，所以更有理由繼續留下來。

過去一週，他和依萊每晚見面。昨天奧斯卡出門前先敲了牆壁，依萊還真的回應了。然後兩人同一時間出門，就是在這時，奧斯卡想到可以利用某種密碼系統發展出專屬他們兩人的溝通方式，而現在既然有摩斯密碼⋯⋯

他端詳完成的那幾頁，很漂亮，依萊一定會喜歡。她和他一樣喜歡拼圖之類的東西。他將紙摺起來，放進書包，雙手擱在凳子上，一顆心往下沉。教室牆上的時鐘才指著三點二十分。他決定從抽屜裡拿出小說《燃火者》，慢慢讀到四點鐘。

他們應該不會等他兩小時吧，會嗎？

如果乖乖聽強尼的話將石頭撿乾淨，現在他早就回到家了。反正在他們叫他聽話照辦的事情當

中，撿石頭又不是最糟糕的。他開始後悔了。

如果現在去撿呢？

或許明天不會被他們欺負得太慘，如果告訴他們他放學後留在學校撿……

對，就該這麼做才對。

他收拾書包、走向沙坑。只要十分鐘就能撿完。明天他會告訴他們這件事，強尼應該會哈哈大笑，拍拍他的頭，說：「很好，小豬頭」。從各方面來看，這的確是比較好的決定。

他將書包放在沙坑邊開始撿石頭。先撿大的。倫敦、巴黎得救了。他邊撿石頭邊想像自己正在**拯救世界**，清除那些可怕的中子彈。石頭被撿起，殘破屋舍裡的倖存者像蟻丘裡的螞蟻倉皇竄出。

那些炸彈不是摧毀**不了**房子嗎？喔，或許有些是更厲害的原子彈吧。

他走到沙坑邊倒出石頭，才發現他們站在那裡。他忙著玩拯救世界的遊戲，沒聽到他們接近。

強尼、麥奇和多瑪士。三人手中各拿一支細長的褐色樹枝。是藤條。強尼用手中那根藤條指向一塊石頭。

「那裡有一塊。」

奧斯卡扔下手中握著的石頭，趕緊去撿強尼手指的那塊。強尼點點頭，「很好，我們一直在等你，豬頭，你讓我們等很久喔。」

「還好多瑪士跑來告訴我們你在這裡。」麥奇說。

多瑪士仍兩眼空洞。小學時他和奧斯卡是好朋友，兩人會一起在奧斯卡家的社區中庭玩耍，不過四年級升五年級的那個暑假多瑪士就變了。他說話的方式開始改變，好像更成熟了。奧斯卡知道

老師都認為多瑪士是班上最聰明的學生，從他們談論他的神情就可以看出來。他家裡有電腦，立志當醫生。

奧斯卡想將手中的石頭朝多瑪士臉上砸過去，扔進他此刻開口說話的嘴巴裡。

「你還跑啊？現在給我滾。快跑啊。」

強尼猛然揮動手中藤條，發出咻咻聲。奧斯卡將手中的石頭捏得更緊。

我為什麼不跑？

藤條揮下時，他感覺腿上一陣刺痛。只要跑到公園步道那裡，他們或許就不敢打他了，因為那裡有大人。

我為什麼不跑？

因為沒機會，走沒五步就會被他們撂倒在地。

「放我走。」

「你說什麼？豬頭。」

強尼將頭側過去，假裝沒聽懂他的話。

「放我走。」

強尼轉向麥奇。

「他認為我們應該放他走耶。」

麥奇搖搖頭。

「瞧我們已經把場子弄得這麼熱了……」他拿起藤條在半空揮動。

「你覺得呢？多瑪士？」

多瑪士看著奧斯卡，眼神彷彿看著一隻雖然活著，卻在陷阱裡掙扎扭動的老鼠。

「我覺得這豬頭很欠揍。」

他們有三個人，人人手中都有武器。這樣不公平。他可以將石頭扔向多瑪士的臉，也可以等他靠近時直接砸過去，或許這樣會被校長訓斥一頓，但可以讓他們明白他不是那麼好惹。可是眼前有三個人，個個手中有武器。

我真的……走投無路了。

不。

不，他完全不覺得自己走投無路。相反地，在恐懼當頭之下，他卻產生一絲平靜，因為他已經下定決心。隨他們鞭吧，他只想抓住機會，將石塊砸在多瑪士那張令人作噁的臉上。

強尼和麥奇逼近。強尼又一鞭落在奧斯卡大腿，痛得他弓起身子。麥奇走到他後面，將他雙手往後扣。

現在他不能丟石塊了。強尼繼續鞭他的腿，還像電影裡的羅賓漢那樣轉了一圈才落鞭。奧斯卡的腿開始灼痛，他在麥奇的箝制裡扭動，卻怎樣都掙脫不了。他眼眶湧出淚水，開始哭叫。強尼最後那一鞭用力過猛，結果甩到麥奇的腿，痛得他大吼大叫：「小心點行嗎？」雖然如此，麥奇也沒鬆開扣住奧斯卡的手。

一顆淚珠滑落。不公平，他已經把所有石塊都撿起來了，他這麼努力順從聽話，為何還要傷害他？

一直緊抓在手心的石塊掉下，他真的放聲哭出來。

強尼故意以憐惜的語氣說：「豬頭在哭嘍。」

達到了目的，他似乎心滿意足，他示意麥奇鬆手。奧斯卡全身顫抖，難抑的啜泣和腿上的疼痛持續折磨。他眼中噙著淚，抬起頭看著他們，聽見多瑪士開口說話。

「那我呢？」

麥奇又把奧斯卡的手扣住。奧斯卡從迷濛淚眼望出去，見到多瑪士正一步步接近。他涕淚縱橫地說：「拜託不要。」

多瑪士舉起藤條，用力揮下。奧斯卡的臉有如在鞭子下爆開，激烈抽搐，整個人歪倒一邊，麥奇要不是失手鬆開就是故意放開奧斯卡的手，他慌張地說：「搞什麼鬼啊多瑪士，這簡直……」

強尼也很生氣：「**你自己去跟他媽媽解釋吧。**」

奧斯卡沒聽見多瑪士的回答，如果他真的有回答的話。

他們的聲音漸行漸遠，徒留臉埋進沙堆裡的他。奧斯卡的左頰灼熱，冰冷的沙子舒緩了他腿上的灼痛。他想繼續把臉頰埋在沙子裡，不過知道這不是個好主意。

他躺在那裡好久好久，久到開始覺得冷。最後他坐起身，小心翼翼撫摸自己臉頰。他手指上沾到了血。

奧斯卡走到外頭的廁所照鏡子，臉頰已經腫起來了，覆蓋著半乾的血漬。多瑪士一定使盡了全力狠狠抽他。奧斯卡沖洗臉頰，又看看鏡子。沒流血了，而且傷口也不深。不過鞭痕幾乎橫過了整張臉。

該怎麼跟媽媽解釋呢？

說真話吧。他需要人好好安慰，再過一小時媽媽就回家了，他會告訴她真話，讓她知道他們是怎麼欺負他。媽媽聽了一定會又氣又傷心，會緊緊將他摟入懷中，摟進她的淚水裡，母子相擁而泣。

然後她會打電話給多瑪士的媽媽，接著她們就會吵架，多瑪士媽媽的惡劣態度會把媽媽氣哭，

然後……

然後她會打電話給多瑪士的媽媽——

奧斯卡對著鏡子研究傷口。要怎樣才會弄出這樣的傷口？從遊樂器材上跌下來？雖然聽起來不可信，不過媽媽會**想**相信這種理由，雖然也會難過，但也會安慰他。就這樣了，這樣不會節外生枝。對，就說遊樂器材吧。

就說他在小工廠發生意外好了。不行，這樣媽媽會打電話給老師。

木工實習小工廠。

然後……

褲襠好冷。他解開釦子檢查，內褲溼了，他拿出尿尿球沖洗乾淨，正要塞回去，卻突然暫停動作，凝視鏡中的自己。

奧斯卡。那是……奧斯卡。

他拿起清洗過的尿尿球，套在鼻子上。黃色尿尿球配上臉頰的紅通通傷口。奧斯卡。他圓睜雙眼，把五官皺得怪異扭曲。沒錯，就是要讓人不寒而慄。他對著鏡中的小丑說話。

「結束了，夠了，懂嗎？到此為止。」

小丑沒回答。

「我不會再忍了，再也不會了，懂嗎？」空無一人的廁所迴盪著奧斯卡的聲音。

「我該怎麼辦？你說我該怎麼辦？」

他用力擠出猙獰的鬼臉，將語調扭得粗糙低沉。小丑開口。

「殺了他們、殺了他們。」

「殺了他們、殺了他們。」

奧斯卡打了個哆嗦。現在他聲音聽起來真的有點恐怖，簡直就像別人的，連鏡中的臉孔也不是他自己。他趕緊將鼻上的尿尿球拿下，塞回褲襠。

樹。

他不是真相信念力感應那種事，不過他還是會去狠狠刺樹。或許──搞不好──如果他很專注、集中念力，那麼……

或許吧。

奧斯卡撿起書包衝回家，陶醉在自己的美妙幻想中。

多瑪士坐在電腦前，突然感覺被人刺了一刀。不知道是誰下的手，他踉蹌走進廚房，鮮血從腹部汩汩湧出。「媽，媽，有人拿刀刺我。」

多瑪士的媽媽會呆站著。不管多瑪士做什麼，他媽媽總是站在他那邊。但此時此刻，她卻只是愣在原地，嚇得目瞪口呆。而多瑪士的身體還不斷被刀猛刺。

他倒臥廚房血泊中。「媽……媽……」那把無形的刀將他開膛破肚，內臟一股腦兒落在地磚上。

雖然不會真的做到這種地步。

但還是要去做。

滿屋淨是惡臭的貓兒尿騷味。

吉絲蕾躺在他腿上，心滿意足地喵喵叫。

曼斯、塔福斯和克莉歐佩特拉全挨擠在扶手椅裡。塔福斯正拍弄著毛線球。卡爾歐斯卡想跳到窗臺，沒對準，結果往後跌到地板，已經瞎了一隻眼的牠真是可憐。

盧爾維斯在玄關盯著信箱口猛看，廣告傳單一投入就要跳起來接住，梵黛拉則躺在衣帽架上，注視著盧爾維斯的一舉一動。牠畸殘的前掌垂懸在橫木下，三不五時縮起來。

廚房裡還有更多貓咪，或窩在桌椅間、或進食、或閒晃。臥房床上躺了五隻，還有些躲在最愛的壁櫥或碗櫃裡。牠們就是有辦法鑽進去。

自從古斯塔不放牠們出去（以減少鄰居抱怨），就沒有外來的遺傳基因。近親繁殖導致許多小貓咪要不一出生就死，要不就是畸形，來到人間沒幾天就過世。古斯塔屋內這二十八隻貓咪約一半有某種先天缺陷，或瞎或聾，要不就是缺牙，或有運動神經方面的毛病。

雖然如此，他還是很愛這裡的每隻貓咪。

古斯塔搔搔吉絲蕾的耳後。

「是啊……我的小寶貝……我們該怎麼辦？妳不知道？我也不知道。不過我們總得做些**什麼**，因為他是不是呀？不能這樣裝作不知情。是**喬齊**。我認識他，知道他死了，可是沒有其他人知道，因為他

們沒看見我目睹的那些事。妳也看到了不是嗎？」

古斯塔低頭，壓低聲音說：「是個**孩子**。我看見它從步道過來，在那裡等著喬齊，就在人行地下道。他走進去，再也沒出來過。結果隔天早上他就失蹤──其實是死了，我**知道**他死了。

「什麼？不，我不能去找警察。他們會問我問題，到時會有很多人問我怎麼之前都沒說，他們會把那種強光照在我臉上。

吉絲蕾抬頭望著他，開始舔他的手。

「我們總得做些什麼，但我就是不知道該做什麼。」

「三天前，或者四天前，我不確定。今天星期幾？他們一定會問這些問題。不行，我不能去。

奧斯卡從樹林回家，刀刃上全是腐木的小碎刺。他拿到廚房水龍頭下清洗，用抹布擦乾，接著將抹布洗淨，貼在自己臉頰。

媽媽很快就回來了，他得再出去晃晃，再爭取點時間來緩和心情，因為眼淚仍在眼眶裡打轉，雙腿也疼痛不堪。他從廚房碗櫃拿出鑰匙，寫了張字條：我很快就回來，奧斯卡。他將刀子放回原位，走到社區地下室。以鑰匙將厚重的門鎖打開，溜了進去。

這種地下室的味道他好喜歡。是一種混合了木頭、舊物和塵封記憶的感覺，令人心安。與地面等高的窗戶流瀉入微光，在暗淡光線中，地下室承諾他祕密與寶藏之所在。

左側的橢圓形區塊隔成四個儲藏室，隔間牆和門板都是木製，每道門配上不同的鎖。其中一道

還是強化鎖，那人想必遭竊過。

遠端木牆被人以簽字筆寫上KISS。那S字母像是拉長且倒著寫的Z。

不過最好玩的在另一頭。那個房間用來堆置資源回收和大型垃圾，奧斯卡曾在那裡發現一座大地球儀，現在那東西就擺在他房間裡，還有幾期《綠巨人浩克》漫畫，以及其他林林總總的東西。

但今天那裡什麼都沒有，一定剛被清光了。是還有幾疊報紙，有英文也有瑞典文，不過奧斯卡自己的報紙夠多了。不久前，他從印刷鋪外頭的箱子裡搜括了一整疊。

他穿越整個地下室，走到隔壁棟的樓梯口。這是湯米家那棟的樓梯間。他繼續走到那棟地下室的入口，打開鎖，走進去。這裡的地下室氣味不同，有點油漆或某種稀釋過的溶劑氣味，也是整個社區的避難室，以前只來過這裡一次。大概三年前，那時幾個社區的大孩子在這裡成立了拳擊俱樂部。有天下午，他們允許湯米帶他來觀看，那些人手上都戴著拳擊手套，奧斯卡有點被嚇到。聽見呻吟及汗水、緊繃專注的身體、揮出的一拳拳聲音，都隔絕在這厚實的水泥牆裡。後來有人受傷，沒多久，用來轉開繫門機關的輪舵就被人用鐵鍊和鎖頭扣住。拳擊就這麼結束。

奧斯卡打開燈走到避難室。如果俄國人真的入侵，這裡的鎖就會打開。

假使他們沒把鑰匙搞丟的話。

奧斯卡站在一扇大鐵門前，閃過一個念頭。有人……有人被關在那裡面。原來這才是鐵鍊和鎖頭的目的，為了關住大怪物。

他凝神傾聽，街道傳來模糊聲響，還聽到上頭公寓的動靜。他好喜歡地下室，這裡就像另一個截然不同的小天地。可是原來熟悉的世界仍在外頭，就在上方，若有需要隨時都能回去。這裡好安

靜，不會有人來對你說這個、要你做那個。在這裡什麼都不必做。

避難室另一頭是俱樂部。閒雜人等不得進入。

當然，他們不用鎖頭，但這不表示任何人都能進去。他深吸口氣，推開門。

這個原本該是儲藏室的房間裡沒什麼東西，只有一張嚴重塌陷的沙發，一張同樣不堪的扶手椅。不過這裡鋪著地毯，還有一個漆已脫落的五斗櫃。地下室天花板懸吊著的一盞光禿禿燈泡與走廊上的燈相連，而他們就從燈裡偷偷接出一條電線，提供俱樂部照明。不過現在這些燈都熄了。從木條空隙鑽入的光線夠亮了。他的心跳越來越快。萬一他們發現他在這裡一定會……

會怎樣？我不知道，就是這樣才恐怖，他們不會打我，可是會……

他屈膝跪在地毯上，將眼前沙發座墊拿開，有幾條強力膠和一捲塑膠袋，還有一罐打火機油。

沙發另一頭角落，幾本色情雜誌藏在座墊底下。《藝文小妞》和《話題女郎》這兩本最常被翻閱。

他拿起《藝文小妞》轉移陣地到門邊，那兒光線比較充足。將雜誌攤在地上，跪著翻閱。嘴巴好乾，裡頭的女人腳上穿著高跟鞋，一絲不掛躺在躺椅上，將自己雙峰擠出集中高聳的乳波。雙腿敞開，兩腿間的毛叢正中央有道粉紅的肉穴。

要怎麼插進去那裡啊？

從別人的談話和看過的牆壁塗鴉，他知道那個地方叫陰穴、陰洞、陰脣。可是沒看見洞啊，只有那些皺皺褶褶的東西。學校上過性教育的課程，他知道那應該是個通道，從外陰延伸到裡面，不過是從哪個方向延伸？直直上去或者……實在搞不懂。

他繼續翻著雜誌，還有讀者分享親身經驗呢。在游泳池畔，女更衣室，她泳衣底下的乳頭激凸，我泳褲底下的陽具像鐵槌硬挺。她抓著衣桿，小屁眼朝向我，呻吟著：「占領我，現在就來占領我。」

這種畫面經常上演嗎？就在關起來的門後，看不見的地方？

這也是一個真實故事：一家人團圓卻出現意外的轉折。就在這時，奧斯卡聽見地下室的門被打開。他趕緊闔上雜誌、塞回沙發座墊下，慌亂而手足無措，連喉嚨也緊縮起來，大氣都不敢喘。走廊傳來腳步聲。

拜託，上帝啊，不要是他們。千萬不能是他們。

他捏緊自己膝蓋，由於牙根咬得太緊，下巴都痛了。門打開，湯米站在那裡瞇著眼。

「搞什麼鬼？」

奧斯卡想說話，但下巴還是繃得緊緊。他一動也不動，跪在門打開時被竄入光線籠罩的地毯，鼻子呼呼喘著氣。

「你在這裡幹什麼？怎麼回事？」

奧斯卡下巴幾乎沒動，從唇間硬擠出話。「沒什麼。」

湯米走下一截階梯，更靠近儲藏室，從上方俯視著奧斯卡。

「我是說你的臉？怎麼會這樣？」

「我……沒怎樣。」

湯米搖搖頭，扭緊燈泡，燈瞬間亮了。他關上門，奧斯卡站起來，雙手垂在身體兩側，站在室

內正中央不知該做什麼，只好朝門走了一步。湯米逕自坐在扶手椅上，指了指沙發。

「坐下。」

奧斯卡坐在沙發正中間。這塊座墊底下什麼東西都沒藏。湯米沉默了幾分鐘，盯著奧斯卡看了一會兒，然後開口：「好吧，說來聽聽。」

「什麼？」

「你臉頰怎麼了？」

「我只是……」

「有人揍你對不對？」

「對。」

「為什麼？」

「我不知道。」

「什麼？他們沒來由隨便揍你？」

「對。」

湯米點點頭，耍弄著扶手椅鬆落的幾根線頭，又拿出一團菸草塞進嘴裡，也遞了一口的量給奧斯卡。

「來點？」

奧斯卡搖搖頭，湯米抽回手，用舌頭捲捲嘴裡那團菸草，輕鬆往後靠著椅背，雙手疊在腹前。

「你在這裡做什麼？」

「唔，我只是……」

「來這裡看看那些火辣小妞，是吧？一定是因為你還沒嘗過好玩意兒。過來。」

奧斯卡站起來，走到湯米身邊。

「靠近點，呼氣讓我聞聞看。」

奧斯卡照做，湯米滿意地點點頭，指著沙發要奧斯卡過去坐下。

「你離強力膠那種垃圾東西遠一點，明白嗎？」

「我沒有……」

「好好好，你沒有，不過還是要離遠一點，懂嗎？那東西不好，菸草才好，你應該試試。」他指著奧斯卡旁的那塊座墊，「還是你想繼續看雜誌？」

奧斯卡搖搖頭。

「好，那就閃吧，其他人快來了，他們見到你在這裡會很不高興。回家去，現在就走。」

奧斯卡起身。

「還有，奧斯卡……」湯米凝視著他，搖頭嘆了口氣，「唉，算了。回家去吧，別再來這裡了。」

奧斯卡點點頭，打開門跨出門外。

「對不起。」

「沒關係，以後別再來這裡。對了，你拿到發傳單的薪水了嗎？」

停頓了一下，接著開口：「好啦。那你現在是打算坐在這裡整晚嘴巴開開、對我發呆嗎？」

「明天。」

「很好，我替你弄到了 Kiss 樂團的專輯《破壞者》和《卸下面具》，待會兒到我家拿。」

奧斯卡點點頭。突然覺得喉頭哽咽，若繼續留在這裡，肯定會哭出來，於是趕緊低聲說句「謝」，然後離開。

湯米仍坐在扶手椅裡，嚼著菸草，凝視聚在沙發底下的塵絮。

沒救了。

他們會繼續欺負奧斯卡，直到他九年級畢業。他就是那種會被霸凌的孩子。湯米很想幫他，但這種事一旦開始就無法挽回，阻止不了。

他從口袋掏出打火機，放進嘴裡，讓瓦斯溢出，等到嘴裡開始覺得冷了，就把打火機移開、點燃，將嘴裡的瓦斯噴出。

一團火球成功地出現在面前，本該雀躍的他卻不快樂。他煩躁不安，站起來四處走動。屋內塵埃在腳邊迴旋、翻滾。

你能做什麼？

他在局促空間內踱步，心想這簡直就是囚牢，逃不掉，該怎麼辦？布雷奇堡鎮，他要離這裡遠遠的，他要……當個水手之類的。什麼都行。

打掃甲板，航行去古巴，嘿唷。

一把幾乎沒用過的掃帚靠在牆上，他拿起掃帚開始掃地。灰塵在鼻前揚起。他掃了一會兒才想到沒畚箕，索性將整堆灰塵掃進沙發底。

就算角落堆了這些鳥東西也比乾淨的地獄好。

湯米翻翻色情雜誌，又放回原處，他將脖子上的圍巾拉緊，直到整顆頭顱快爆開才鬆手。他站起來，在地毯上蹓了幾步，頭埋進兩膝間，開始對上帝祈求。

大約五點半，羅本和拉席來了。他們走進來時湯米正坐在椅子上，一派輕鬆，彷彿完全不鳥這個世界。拉席咬著自己的嘴脣一臉緊張。羅本咧嘴笑開，拍拍拉席的背。

「拉席需要另一捲錄音帶。」

湯米不解地揚起眉。「為什麼？」

「告訴他啊，拉席。」

拉席哼氣，不敢直視湯米的眼睛。

「呃……我工作的地方有個人……」

「是誰要買？」

「嗯……」

湯米聳聳肩，直接從椅子上起身，從椅墊填充物裡掏出避難室的鑰匙。羅本看來頗失望，他以為會看到什麼頗有娛樂效果的大吵架。不過湯米不在乎羅本有多失望。至於拉席，就隨他跑到工作

地點的屋頂上大喊「贓物大拍賣！」吧。現在這些都不重要了。

湯米推開羅本，往外走上迴廊，將鑰匙插進鎖洞，拉開纏繞在輪舵上的厚重鐵鍊丟向羅本。鐵鍊從他手中滑落，鏗鏘撞擊地板。

「你幹麼這樣？太亢奮是嗎？」

湯米搖搖頭，轉動輪舵，將門推開。裡頭的日光燈壞了，不過迴廊透進的光線足以讓他看清沿牆堆起的箱子。湯米拿起一箱錄音帶遞給拉席。

「好好享用吧。」

拉席不敢置信地望著羅本，彷彿希望他能解釋一下湯米這反常的舉止。羅本露出「你怎麼解讀都行」的表情，轉向正在鎖門的湯米。

「最近有從你媽男友史泰凡那裡打聽到什麼嗎？」

「沒有。」湯米將鎖頭扣上，嘆了口氣，「我明天得過去那裡吃晚餐，到時再看看吧。」

「吃晚餐？」

「是啊，有問題嗎？」

「沒有，沒事，只是想到條子用……瓦斯之類的。」

拉席噗嗤笑出聲，很高興緊張氣氛終於解除。

「瓦斯啊……」

奧斯卡對媽媽撒謊，但她相信他。奧斯卡躺在床上，心裡很難受。

奧斯卡。鏡子裡的人。他是誰？他遭遇了很多事。有壞事，有好事，還有奇怪的事。但他到底是誰？強尼將他當成欠揍的豬頭；媽媽將他當成小寶貝，不希望任何壞事發生在他身上。

依萊看著我，她當我是……什麼呢？

奧斯卡面向牆壁、面向依萊。壁紙裡的樹隙探出兩張臉。他的臉頰仍腫脹，一碰就痛，傷口上的血漬開始結痂。他要說的話與他想在她面前展現的形象非同小可。依萊是他新認識的朋友，所以他還有機會呈現出全新的自己，說些與別人交談時不一樣的句子。

你到底想怎樣？希望別人喜歡你嗎？

這很重要。他要怎麼告訴依萊呢？如果她今晚出來和他見面？

書桌上的時鐘指向七點十五分。他凝視壁紙上的樹葉，想找出新的人影，過了好久終於看見一個小矮人戴著尖帽，還有一個倒立的侏儒。這時他聽見牆壁傳來敲擊聲。

叩叩、叩叩、叩叩。

感覺很謹慎。於是他敲回去。

叩、叩叩、叩。

他等著。幾秒鐘後傳來新頻率。

叩、叩叩叩叩、叩。

他將那兩聲漏掉的補回去。

叩、叩。

他等著，沒回應。

奧斯卡拿了寫有摩斯密碼的那張紙，穿上大衣，向媽媽道別，下樓到中庭。才剛走進中庭沒幾步，依萊家那棟公寓的大門就開了。她走出來。今天穿上了網球鞋，藍色牛仔褲，黑色運動衫上還有銀色字體寫著 Star Wars，星際大戰。

一開始他還以為那是他的衣服呢。幾天前他也穿過一模一樣的運動衫，不過現在那件衣服躺在洗衣籃裡。難道她出去買了同一款，只為了和他搭配？

「嗨，你好。」

奧斯卡張嘴答出早已準備好的「嗨」，然後閤上嘴巴，又張開嘴，想補句「嗨，妳好」——最後還是只說了聲「嗨」。

依萊皺皺眉。

「你臉頰怎麼了？」

「呃……我跌倒。」

奧斯卡繼續朝遊戲場走去，依萊在後跟著。他走過方格鐵架，坐在鞦韆上。依萊也在他旁邊的鞦韆坐下，兩人沉默地來回盪了一會兒。

「是被人打的對不對？」

奧斯卡繼續盪鞦韆。

「對。」

「誰？」

「一些……朋友。」

「**朋友**？」

「我班上的同學。」

奧斯卡越盪越快，但仍繼續和她聊天。

「妳上哪間學校？」

「奧斯卡。」

「什麼？」

「慢一點。」

他用腳蹭地，讓速度慢下來，低頭望著前方的地面。

「好，慢下來了，妳要問什麼？」

「你知道我要問什麼。」

她伸出一手握住奧斯卡的手，他讓鞦韆完全停下，凝視著她。依萊背著身後窗戶透出的光線，臉孔逆光成全黑──當然這只是他的想像，不過他真的覺得她的眼睛在**發光**。不管怎樣，這的確是她臉上唯一能讓人看清楚的地方。

她另一隻手去撫摸他的傷口，怪事發生了。在她手指之下，另一個人──一個更成熟、更堅強的人確實誕生了。奧斯卡的背脊竄起一陣冷顫，彷彿天寒地凍時咬下一口冰淇淋，讓人打了個哆嗦。

「奧斯卡，別讓他們這樣對你，聽到了嗎？別讓他們這樣對你。」

「……我沒有辦法。」

「你必須反擊。你以前沒回過手，對不對？」

「沒有。」

「從現在開始打回去，狠狠地打回去。」

「他們有三個人。」

「那你就打得更用力，拿武器打。」

「好。」

「石頭、木棒，狠狠地打，之後他們就不敢了。」

「如果他們又打回來呢？」

「你有刀子？」

奧斯卡吃驚地吞口口水，此刻，依萊握著他的手，她的臉孔就在他面前，清清楚楚、明明白白。但是，如果他反抗，他們很可能變本加厲，萬一他們⋯⋯

「可是，萬一他們⋯⋯」

「那我會幫你。」

「妳？可是妳⋯⋯」

「我辦得到。奧斯卡，**那種事情**⋯⋯我辦得到。」

依萊捏捏他的手鼓勵他，他捏回去，點點頭。不過依萊的手勁實在很大，大到有點弄痛他了。

她怎麼這麼有力啊。

依萊放開手，奧斯卡拿出他在學校為了她抄寫的那張密碼紙，撫平摺痕遞給她。她皺起眉頭。

「這是什麼?」

「我們去亮一點的地方。」

「不用,我看得清楚,問題是我看不懂。這是什麼?」

「摩斯密碼。」

「喔,對,我懂了。」

奧斯卡高興地咯咯笑。不過這幾個字被她一說,怎麼有點……怎麼說來著?……假假的。「太棒了」好像不適合從她嘴裡說出來。

「我想……我們可以……就是透過牆壁,跟對方說話。」

依萊點點頭,彷彿正在思索接些什麼。「這一定很趣味。」她說。

「妳是說有趣嗎?」

「對,**有趣**。」

「妳有點奇怪耶,妳知道嗎?」

「我?」

「對啊,不過無所謂。」

「那你就教教我吧,看怎樣可以不奇怪。」

「沒問題。要不要看我表演?」

依萊點點頭。

奧斯卡把自己的拿手絕活秀給依萊看。他坐在鞦韆上,起飛、雙腿一蹬,盪出去的弧度一個比

一個高，他胸膛湧上一股感覺：自由。

社區的百家燈火有如繽紛斑斕的五彩光束從眼前閃過，他越盪越高。

鞦韆太高了，高到鐵鍊鬆開，一盪到後面就開始晃動。他全身緊繃。鞦韆往後，當奧斯卡再次盪回最高點，他放開緊握的鐵鍊，雙腿高高一踢，轉了半圈落地，奧斯卡身體努力往前俯，免得被甩回來的鞦韆打到頭。鞦韆離開後，他起身、張開雙手──完美演出。

依萊鼓掌叫好：「太精采了。」

奧斯卡拉著鞦韆後退，又坐回鞦韆上。他再次感謝這片黑暗，讓他能藏起難掩的得意笑容。雖然這一笑扯痛了臉頰傷口。依萊停止鼓掌，但笑容還留在他臉上。

從現在開始，一切都會不一樣。刺戳樹木當然殺不了人。他現在知道了。

十月二十九日星期四

哈肯蹲坐在狹窄走道的地板上，聽著浴室傳出的水濺聲。他的雙膝併攏，往後縮起，腳跟碰觸到臀緣，下巴頂住雙膝。嫉妒像一條粉筆般蒼白的肥蛇，沉甸甸纏繞他胸口，緩緩扭動。這嫉妒之純淨，可謂無辜又天真。

可以取代，原來他可以被取代。

昨晚他躺在床上，就著敞開的窗戶聽依萊向奧斯卡道別。他們高昂的聲音和笑語。那種愉悅他從不曾擁有過，他有的只有灰敗的嚴肅氛圍，以及需求和欲望。

他一直以為他的摯愛像他一樣。他曾凝視依萊的雙眼，從中看見某種古人的智慧和淡然。一開始那眼神嚇到了他，那是一雙彷彿諾貝爾文學獎得主塞繆爾·貝克特的凝重眼神，嵌在清新脫俗女星奧黛莉·赫本的容顏上。但後來，這眼神反而讓他心安。她年輕柔嫩的身體讓他的生命遇見了美麗，同時也免除了他的責任。

這樣的世界再美好不過。

因為掌權的不是他，他不需要為他的欲望愧疚。因為他的摯愛比他年長，並非孩童。至少他曾這麼想過。

可是自從奧斯卡出現，一切都變了。她在退化。依萊的行為舉止越來越像她外表的孩子樣。她的四肢變得輕巧靈活，身體姿態也更隨性自在，還會出現小女孩般的神情和說話方式。她開始想玩**遊戲**。藏鑰匙──幾晚前，他們就玩了藏鑰匙。哈肯沒表現出玩遊戲該有的興致，這讓依萊發了頓脾氣。但她後來又搔他癢，逗得他笑呵呵。這時他終於享受到依萊的撫摸。

的確很迷人，這種歡笑，這種……**生活**。但也讓人驚恐，這對他來說太陌生。自從認識她後，他不曾這麼有情欲，也不曾這麼害怕過。

昨晚，哈肯的摯愛進到他房間，將門反鎖，躺在床上敲了半小時牆壁。他獲准進入後發現床頭牆壁貼著一張紙，上頭是摩斯密碼。

後來他躺在床上試圖入睡，卻有股衝動想把自己的想法敲給奧斯卡聽，讓他了解**真實**的依萊。哈肯將密碼抄在紙上，以便日後能解碼出他們的聊天內容。

不過他沒這麼做。哈肯低著頭，前額頂膝蓋。浴室裡的水濺聲停止了。他不能這樣下去，他快爆炸了。他欲火焚身，妒火中燒。

浴室鎖頭轉動，門打開，依萊站在他面前，全身赤裸，純淨潔白。

「咦，你怎麼坐在這裡？」

「妳好美。」

「謝謝。」

「妳可以轉過身嗎？」

「為什麼？」

「因為……我希望妳這麼做。」

「不要，走開，別擋路。」

「如果妳願意為我轉過來，我就跟妳說件事。」

依萊一頭霧水望著哈肯，最後還是聽話，轉了個一百八十度。

哈肯嘴裡湧現唾液，他嚥了嚥口水，雙眼之中充滿肉欲，貪婪望著面前這具胴體。世上再也找不到比這更美麗的事物，就在咫尺距離，卻遙不可及。

依萊轉過身。

「妳……餓了嗎？」

「餓了。」

「那我為妳做一次，但妳要報答我。」

「怎麼報答？」

「一晚，我只要一晚。」

「好。」

「我可以這樣嗎？」

「可以。」

「躺在妳身邊？摸妳？」

「可以。」

「我可以……」

「不，不能更多了，就這樣。」

「那我今晚就下手，今晚。」

依萊蹲在他身邊，哈肯的掌心開始灼熱，他好想撫摸她，卻不敢。不過今晚……

依萊抬頭望著他，「謝謝，可是如果有人……報紙上那張素描畫像……會有人認出你住在這裡的。」

「這點我有考慮。」

「萬一有人在白天我休息的時候來──」

「我說這點我考慮過了。」

「所以到底該怎麼辦？」

哈肯抓起依萊的手，起身帶她進廚房，打開食物櫃，拿出一罐扭蓋的果醬罐，罐子裡裝著半滿的清澈液體。他把計畫告訴她。

聽完後，依萊激烈反對，「不可以這樣。」

「可以，妳知道我有多在乎妳。」

哈肯準備出門。他將玻璃罐連同其他工具放入袋裡。依萊穿好衣服站在玄關等他，傾身吻了他臉頰。哈肯眨眨眼，凝視依萊的臉龐好久好久。

我迷惑了。

然後，他出門為她辦事。

摩根將四盤小菜一盤接一盤吃光光，根本忘了旁邊還有一小碗飯。雷基靠過來低聲說：「我可以吃你那碗飯嗎？」

「不行。還要來點醬汁嗎？」

「只要一點醬油。」

賴瑞從手中那份《快捷小報》抬起頭，看見雷基拿走一碗飯，還在上面咕嚕咕嚕倒醬油，這狼吞虎嚥的吃相，彷彿以前沒見過食物。他忍不住做出難以置信的鬼臉。賴瑞朝著摩根盤子裡的炸蝦下手。

「你知道嗎，你應該說：大家一起來吃吧。」

「喔，對不起，當然要一起吃啊。你要蝦子還是什麼？」

「不用，我的胃裝不下了。不過還有雷基。」

「你要蝦嗎？雷基？」

雷基點點頭，遞出飯碗。摩根以誇張的姿態夾了兩隻炸蝦進他碗裡，又主動多給了其他食物，雷基道謝後立即埋頭猛吃。

摩根咕噥著搖搖頭。自從喬齊失蹤，雷基就變了個樣。他以前很放不開，但現在會大口喝酒、大口吃肉。喬齊的事是很奇怪，不過也沒道理因此而絕望度日。喬齊失蹤四天了，誰知道他跑哪裡去？會不會遇見什麼小妞，兩人跑去大溪地逍遊，玩夠了最後才現身在大家面前。

賴瑞放下報紙，將眼鏡推上頭頂，揉揉眼睛，開口說：「你們知道離我們最近的核武防空洞在哪裡嗎？」

摩根捧腹大笑，「什麼啊？你打算去那裡冬眠嗎？」

「不是，是出現潛水艇啦。假設他們來個全面入侵呢？」

「那就歡迎你來用我們社區的防空洞。幾年前國防部之類的單位來檢查庫存品時我下去過。那裡防毒面具、罐頭食物、乒乓球桌，應有盡有，一樣不缺。」

「乒乓球桌？」

「是啊，你知道的嘛，俄羅斯人登陸時我們可以說：『別打了，那些封面有偶像男孩的雜誌全拿去，放下你們的ＡＫ－47，我們來打場乒乓決勝負。』然後就會看到咱們的將軍打出內曲線球，讓對方疲於奔命。」

「俄國人知道怎麼打桌球嗎？」

「應該不知道，所以我們肯定大獲全勝，搞不好連波羅的海的領土都能收復。」

雷基以謹慎到誇張的姿態拿紙巾抹嘴，說：「這整件事真的很奇怪。」

摩根點燃一根銀約翰香菸，追問：「怎樣奇怪？」

「就是喬齊的事啊，你知道的，以前他要去哪裡都會告訴我們，就算只是前往離斯德哥爾摩不到一百公里的瓦度島看哥哥，也能搞得煞有其事，一個禮拜前就說個不停，要帶什麼禮物，兩人會去哪裡玩之類的。」

賴瑞一手放在雷基肩上。

摩根搖搖頭。

「你怎麼講得好像他不會回來一樣啊。」

「是嗎？啊，真的耶。反正我就是覺得他好像出事了，我真的這麼覺得。」

摩根灌下一大口啤酒，打了個嗝。「你認為他死了嗎？」

雷基聳聳肩，以懇求的眼神看著賴瑞，希望他出來打圓場。不過賴瑞只是逕自低頭研究紙巾上的圖案。

「不可能，如果是這樣總會聽到消息吧。警察說，如果他們知道什麼一定會打電話給我們。不是說我就那麼相信警察，不過……聽到消息再來擔心吧。」

「沒消息沒這麼久，總該打通電話吧。」

「我的老天，你們是夫妻拌嘴還是怎樣，這樣有來有往說個不停。別擔心了，他很快就會出現，帶著玫瑰和巧克力，答應我們再——也不會搞失蹤。」

雷基無精打采地點點頭，喝著賴瑞請他的酒。賴瑞還要雷基保證真相大白後就要回請賴瑞。兩天，最多等兩天，到時如果仍音訊全無，雷基就要自己去找人，打電話到每家醫院，每家殯儀館，竭盡所能地找。他不能讓最好的朋友失望，就算他生病、死了或發生任何事，也不能讓他失望。

七點半了，哈肯開始擔心。他在納亞小學的體育館和年輕人聚集的華倫拜動物商城漫無目的晃了好久，那裡有各種運動訓練課程正在進行，泳池也開到很晚，所以不愁沒獵物。問題是大家都集體行動。他無意中聽見三個女孩在聊天，其中一個說她媽很怕那個殺小孩的兇手，整天緊張兮兮。當然他可以找遠一點，去那些比較沒被他上次行動驚嚇到的區域。不過這樣一來就得冒著回家路途太遠，血液變得不新鮮的風險。況且，既然決定要再動手，就得給摯愛最好的血。離家越近、越新鮮越好。他就是這樣被交代的。

昨晚天氣驟變，氣溫降到零度以下。所以此刻的他戴著滑雪面罩，只露出兩隻眼睛和嘴巴，也不會引人側目。

不過總不能一直在這附近鬼鬼祟祟吧，再這樣下去，遲早有人起疑。

萬一沒找到可下手的對象怎麼辦？他很確信摯愛不會因為這樣而餓死，此時不像第一次那麼重要。但今天不同，成功的話就會是個很棒的夜晚，整晚都是。他的摯愛會躺在他身邊，柔嫩的四肢和平滑的胸腹都可以任他撫摸。臥房裡的燭光會在她如絲的細緻肌膚上搖曳。今晚，她完完全全屬於他。

他搓搓自己因渴望而蠢蠢欲動的陰莖。

冷靜，要保持冷靜……

他知道該怎麼做了，這樣雖然很瘋狂，但就是要這麼做。

他要到華倫拜的游泳池，他要去那裡尋找獵物。這個時段應該沒什麼人。他決定了，他清楚知道該怎麼做。這樣當然危險，但成功率很高。

萬一真的出錯，他也準備了最後手段。不，不會出錯的。如今一切步驟細節都盤算清楚，他快速走向入口，陶醉而亢奮。悸動的喘息讓凝結的水氣弄溼鼻頭面罩。

這次行動肯定值得向摯愛好好吹噓。他會一面講述自己的豐功偉業，一面以顫抖的手撫摸過她緊實圓翹的臀部，將她每吋肌膚永遠烙印在回憶深處。

他走到泳池入口，聞到熟悉的氯氣。他已經在這裡晃了好幾小時，有時附近有人，有時就他一個。這些年輕的軀體被身上汗珠或水漬的光反射照得閃閃發亮。僅咫尺距離，卻也遙不可及。他只能將這景象好好封存，等到躺在床上、手握衛生紙時再喚出來盡情享受。氯水的氣味真舒服，有家的感覺。他走到收費處。

「一位。」

「冷。」

收費處的女人從雜誌抬起頭，雙眼嚇得瞪圓。他趕緊指指自己腦袋那頂蓋住整張臉的面罩。

她點點頭，但仍有些遲疑。要把面罩拿掉嗎？不行。他實在不知道該怎麼做才不會讓人起疑。

「需要置物櫃嗎？」

「請給我私人更衣間。」

她遞出鑰匙，他付錢。離開她視線範圍後，他決定脫下面罩。現在她看見他坦蕩蕩拿開面罩，不過沒看見他的臉。這招高明。哈肯快步走向更衣區，整路低頭，不想與任何人打照面。

「歡迎光臨寒舍，請進。」

湯米從史泰凡身旁掠過，逕自走入玄關，身後的媽媽和史泰凡發出噴噴接吻聲。史泰凡壓低聲音：「妳告訴他了——？」

「嗯，我們得……」

「還沒，我想……」

又是噴一聲。湯米環顧屋內，他從沒到過警察家（到條子家可是違背他的意願），他非常好奇，不知道警察家裡是什麼模樣？

雖然才走到玄關，他已經明白史泰凡家不能代表其他警察的住處，因為他家根本不符合湯米心中的模樣。他的確有想像過……沒錯，是像偵探小說裡的描述，有點破舊、有點荒涼，不過是沒出門追壞蛋時用來睡覺的地方。

追像我這樣的壞蛋。

但史泰凡家完全不是那樣。他家真是……琳琅滿目。玄關填滿從郵購目錄上買來的**每個小東西**。

有幅落日的絨布畫，是拄著枴杖的老婦從高山小屋裡探頭外望；電話桌上有塊小飾巾，電話旁

有小孩與狗的陶瓷小雕像，雕像底座還刻了一句簡明扼要的話：「你不知道該怎麼開口嗎？」

史泰凡拿起小雕像。

「這東西很可愛吧？還會和氣候一起變顏色呢。」

湯米點點頭。史泰凡這傢伙要不是跟自己老媽借地方招待他們母子，就是腦袋有問題。史泰凡

小心翼翼將雕像放回去。

「你們應該看得出來吧──我喜歡收藏各種東西。像這個──能告訴你天氣唷。」

他戳戳高山小屋裡探頭外望的老婦。老婦被他手指一碰，縮回小屋，換了個老伯。

「老太太探出頭表示天氣不好，如果是老伯探出頭，那⋯⋯」

「天氣就更糟。」

史泰凡笑出來，只是聽著很勉強。

「這玩意兒不太靈光。」

湯米回頭看媽媽，差點被她嚇一跳，她還穿著大衣，站在那裡緊握雙拳，硬擠出來的苦笑簡直

能讓馬匹拔腿狂奔。她慌張了，湯米決定努力釋放善意。

「你的意思是說像氣壓計之類的？」

「沒錯，就是那樣。事實上我就是從這種東西開始的──氣壓計──我是說收藏。」

湯米指指牆上一根木頭小十字架，十字架上掛了銀製耶穌。

「那也是氣壓計嗎？」

史泰凡看看湯米，再看看十字架，又轉回來看湯米。瞬間一臉嚴肅。

「不是，不是氣壓計，那是耶穌基督。」

「就聖經裡那個人。」

「對，沒錯。」

湯米手插口袋，走進客廳。果然，這兒也有氣壓計。數量大概二十個，各種形狀尺寸，掛滿客廳整面牆。灰色皮沙發就靠著那面牆，沙發前則有一張玻璃桌。

每個氣壓計的指針都指著不同度數，真像代表不同時區的二十幾個時鐘。湯米碰碰其中一個氣壓計的玻璃面，指針跳了一下。他不知道這代表什麼意思，反正他見過人這麼拍氣壓計。

角落有個玻璃櫥櫃，裡頭全放著小獎盃，另外還有四個大獎盃立在櫥櫃旁的豎式鋼琴上。鋼琴上方那面牆有幅聖母瑪利亞懷抱聖嬰的大幅畫。聖母看著聖嬰的空洞眼神彷彿在說：「我是做了什麼才要受這種罪？」

史泰凡走進客廳，清清喉嚨。

「嗯，湯米，你是不是想問我什麼？」

湯米非常清楚他希望他問什麼。

「這些是什麼獎盃？」

史泰凡手一揮，指著鋼琴上那些東西。

「你是說這些嗎？」

不是，你這白痴王八蛋，我指的當然是足球場旁那間俱樂部裡的獎盃。

「是啊。」

史泰凡指著鋼琴上兩座獎盃中間，那個高約二十公分、立在石製底座的銀色雕像。湯米以為這只是座雕像，原來不是，連這也是獎盃。人形雕像兩腿開立，伸直手臂，握著左輪手槍，瞄準前方。旁邊那個是全國競賽第三名，站姿射擊，用的是點四五的槍⋯⋯」

「我參加了射擊比賽，這是地區比賽第一名的獎盃。」

湯米媽媽終於走進客廳，加入他們的談話。

「史泰凡是瑞典頂尖的前五大射擊手喔。」

「這樣一定很方便。」

「那你開過槍嗎？」

「沒有。」

「什麼意思？」

「就是要開槍射人的時候啊。」

史泰凡凝視著其中一獎盃的底座。

「警察工作的重點是設法不要開槍殺人。」

「不過你很想，對不對？」

史泰凡深深吸了口氣，再將氣長長嘆出來。

「我⋯⋯去看看食物。」

看看⋯⋯瓦斯是否還開著。

他走到廚房，媽媽抓住湯米手肘，壓低音量：「你怎麼那樣說話？」

「我只是好奇啊。」

「湯米，他是個好人。」

「是啊，一定是。我的意思是，他雖然有射擊獎盃，可是也有聖母瑪利亞。不過，難道這樣就有比較好嗎？」

哈肯走進泳池後沒遇見半個人。果然如他所料，這時間沒什麼人。更衣室裡有兩個與他年紀相仿的男人正在穿衣服。兩人肥胖超重，體態臃腫，皺縮的陰莖藏在鬆垮的腹肉下，簡直醜到極點。他找到私人更衣間，將門鎖上。很好，初步準備工作完成。他又戴上滑雪面罩，以防萬一。他先將那罐氟烷氣體放下，再將大衣掛在掛鉤上。打開袋子、拿出工具：刀、繩、漏斗和容器。該死，忘了帶雨衣，只好脫下衣服代替。這樣很可能會被血濺到，不過完成後他可以將血跡藏在衣服底下。沒錯，就這麼做。況且這是游泳池，光著身子也不足為奇。

他兩手抓住掛鉤，雙腿離地，試了試掛鉤能承受的重量。很牢，應該掛得住他輕個三十公斤的身體。不過高度是個問題。如果繩子綁在腳踝，頭就不可能懸在地面上，得把繩子固定在膝蓋上方，讓小腿彎曲。鉤子和天花板之間的那片牆面夠大，腳不會露出來。萬一露出來，肯定會讓人起疑。

那兩個人好像要走了。他聽見他們在說話。

「那工作呢？」

「老樣子，還是沒空缺給從北部曼博蓋得油礦鎮來的人。」

「你聽過這種說法嗎：問題不在於它是不是芬蘭人的石油，而在於石油是否是芬蘭人的？」

「是啊，這種說法就很棒。」

「芬蘭人真是老奸巨猾。」

哈肯笑出來，腦袋有些什麼急遽高漲。他好興奮，興奮到喘氣，身體有如變成一群蝴蝶，想往各處飛舞而去。

簡單，很簡單的。

他深呼吸、深呼吸，直到瀰漫的氯氣讓他頭暈，然後他開始脫衣服。將衣服摺好放進袋子裡。

那兩個人離開更衣室了，四周一片靜默。他爬上凳子探出門外查看。很好，他的視線正好從門的上緣冒出。三個男孩，約十三、四歲，他們走了進來。其中一個用毛巾甩打另一人。

「別鬧了，討厭。」

哈肯低頭。底下勃起的陽具正好戳進更衣間的角落，彷彿插在兩片張得開開的硬實臀部之間。

很簡單的。

他又從門上緣探出去。兩個男孩已經脫下泳褲，正彎著腰在櫃子裡拿衣服，見到這畫面，他的鼠蹊部一陣緊縮，精液噴湧而出，射進角落，就連站著的凳子也濺得到處都是。

冷靜。

好，現在好多了，不過精液真麻煩，會留下線索。

他從袋裡拿出襪子，將角落和凳子擦乾淨，盡可能不留痕跡，再將襪子塞回袋裡，一邊聽男孩

交談。

「……有一款新的雅達利賽車遊戲叫超耐力，要不要過來玩玩看？」

「不行，有些事情得……」

「那你呢？」

「好啊，可是你有兩個搖桿嗎？」

「沒有，不過……」

「我們可以先回我家拿我的，這樣就能兩人一起玩。」

「好，再見囉，馬帝思。」

「再見。」

兩個男孩好像走出去了。完美，這樣就只剩一個。他又從門上緣窺視，果然走了兩人，剩下的那個正在穿襪子。哈肯趕緊蹲下，這才想起自己早已戴上了滑雪面罩。真幸運，沒人見到他的長相。

他拿起那罐氟烷氣，手指擱在擊發器上。要繼續戴著面罩嗎？**萬一**被那孩子溜了怎麼辦？**萬一**有人進來？**萬一**……

該死，不該把衣服脫光的，萬一臨時得逃跑呢。沒時間想了，他聽見男孩關上置物櫃、走向出口。再過五秒他就會穿過這更衣間的門，沒時間考慮了。

他看見門和牆之間有個影子正在趨近，立刻打斷所有思緒，扭開鎖、用力推門、撲上前。

馬帝思轉身，發現有個頭戴滑雪面罩的碩大蒼白裸體直撲而來。在他靠著本能往後仰之前，腦海只閃過一個想法、一句話。

死神。

站在那欲取他性命的死神面前，他退縮想躲，但死神手上某個黑色東西撲來。男孩嚇得抽了口氣，想要放聲尖叫。

他來不及，黑色東西已經罩下，蓋住他的口鼻。那人用另一手抓著他的後腦杓，將他的臉緊壓在軟軟的黑色東西裡。原本的尖叫變成嗆咳的呻吟，當他努力嚎出變調的哭喊，彷彿也聽見了氣體噴出的嘶嘶聲。

他又想尖叫，但一吸氣身體就開始不對勁。麻痺感蔓延到四肢，下一聲尖叫成了微弱呻吟，他又呼吸一口，雙腿頓時癱軟，眼前有色彩繽紛的紗簾飄動。

他不想再喊了，沒有力氣了。整片紗簾蓋住了視線，他感覺不到自己的身體。紗簾顏色變幻，霎時，他整個人消融在彩虹中。

奧斯卡一手拿著寫有摩斯密碼那張紙，另一手敲打牆壁。指關節一敲是一個點，手掌一拍是一長線。兩人就是這麼約定。

指關節、停、指關節、手掌、指關節、指關節、停、指關節、指關節。**依萊**。

出・來・出・來。

幾秒鐘後有了回答。

我・就・來・了。

他們在她家那棟樓下大門外見面。才一天，她就⋯⋯整個變了。一個月前，有個猶太婦女到他

學校講納粹集中營的事，還放幻燈片給他們看。現在的依萊看起來有點像幻燈片裡那些孩子。

大門天花板那盞燈散發的刺眼光線在她臉上投下陰影，她變得更消瘦，臉的骨頭好像就要穿皮

透出。而且⋯⋯

「妳頭髮怎麼了？」

他以為是光線的緣故，不過走近一瞧才發現的確有幾絡白絲在她頭上。看起來真像老人。依萊

用手梳梳頭髮，對他微笑。

「會消失的。現在我們要幹麼？」

奧斯卡讓口袋裡的幾枚銅板發出叮噹響。

「Tjorren。」

「什麼？」

「小亭子啊，賣報紙的小亭子。」

「好，最後到的是小臭蛋。」

奧斯卡腦袋閃過一個畫面。

黑白電影中的孩子？

依萊拔腿狂奔，奧斯卡在後追趕。雖然現在她模樣病弱，仍跑得比他快，甚至像羚羊那樣躍

起，跳過路上的石頭，沒幾步就越過街道。奧斯卡拚命跑，但老是想到那畫面，因而分心。

黑白電影中的孩子。

當然，他是在跑下山丘、經過小熊軟糖工廠時想到這畫面的。週日午後，電視總會放些老電影，譬如某部描述愛惡作劇的小男孩凱雷的五〇年代影片。這類電影常有這種臺詞：「最後到的是小臭蛋。」

依萊在路邊等他，離報亭只剩二十公尺，奧斯卡故意以慢跑姿態朝她跑去，努力不讓自己一副氣喘吁吁。他從沒和依萊到過報亭，應該告訴她嗎？應該。

「妳知道那裡也叫情人亭嗎？」

「為什麼？」

「因為……大人聊天時我聽到的。有人說——當然不是我啦，是我聽說的——他說，進去裡面的話……」

現在他後悔提起這件事了。真笨，丟臉死了。依萊揮揮手，要他繼續說。

「到底怎樣？」

「呃，報亭的老闆會……邀請**女士**進去……妳知道的嘛，然後就把門關起來……」

「真的嗎？」依萊望向亭子，「裡面空間夠嗎？」

「好噁心對不對？」

「對。」

奧斯卡走向亭子，依萊快步跟在他旁邊，悄聲說：「那他們一定都**瘦得皮包骨**。」

兩人哈哈大笑，走入亭子透出的一圈光線，依萊打量正坐在裡面看著小電視的老闆。「就是他？」

奧斯卡點點頭。

「長得好像猴子唷。」

奧斯卡手拱成杯狀，放在依萊耳旁，壓低音量說：「他五年前從動物園溜出來，現在他們還在找他呢。」

依萊被逗得咯咯笑，也把手拱成杯狀，放在奧斯卡耳旁。她溫熱的氣息灌進他腦袋。「沒，他們沒找他，是他們把他關在這裡的。」

兩人抬頭看看報亭老闆，爆笑出聲，想像著這個一臉嚴肅的老闆，像隻猴子被關在四周都是棒棒糖的亭子裡。太好笑了，只是這笑引起老闆注意，他蹙著粗濃大眉，看起來更像大猩猩了。奧斯卡和依萊笑得差點不支倒地，還得用手蓋住嘴巴，努力讓自己正經點。

老闆從窗戶探出頭。

「你們要買什麼啦？」

依萊很快就恢復正經，走到窗口說：「我要買香蕉，謝謝。」

奧斯卡還在笑，按著嘴巴的手壓得更緊。依萊轉身將手指擱在唇前，以一種前所未見的嚴厲表情要他安靜，老闆還在窗邊。

「我沒賣香蕉。」

依萊假裝不敢相信。

「沒有香——蕉？」

「沒有。妳要什麼？」

奧斯卡努力克制不爆笑出聲，結果壓抑得太用力，連下巴都抽筋了。他跟蹌離開報亭，衝到幾步外的郵筒倚靠著它，讓自己笑個夠。依萊走向他，搖搖頭。

「沒有香蕉。」

奧斯卡繼續大笑，好不容易才說出話：「一定……一定是他自己把香蕉吃掉了。」

然後他調整心情，硬把嘴巴閉上，拿出四克朗銅板走到窗口。

「我要一袋綜合糖。」

老闆用不爽的眼神看著他，不過還是用長鉗從一個個塑膠罐中夾出各色糖果，放進小紙袋。奧斯卡側瞥一眼，確定依萊能聽見他要說的話，然後開口：「別忘了香蕉啊。」

老闆的動作戛然而止。

「我沒有賣香蕉。」

奧斯卡指著裡頭一個塑膠罐。

「我是說糖果做的那種香蕉。」

他聽到依萊咯咯笑個不停，轉身將手指擱在脣上，學她之前那樣要她安靜。老闆氣呼呼地將幾個糖果做的香蕉扔進紙袋，遞給奧斯卡。

兩人往回走。奧斯卡還沒吃就先將整袋遞出去給依萊。她搖搖頭。

「不用，謝謝。」

「妳不吃糖果？」

「我不能吃。」

「一顆都不吃?」

「不吃。」

「真可惜。」

「是也不是,反正這東西吃起來味道怎樣我也不知道。」

「妳連吃都沒吃過?」

「沒吃過。」

「那妳怎麼知道⋯⋯」

「我就是知道。」

這種事情三不五時會發生。他們會聊著一些事情,奧斯卡問她問題,得到的回應總是「反正就是這樣」或「我就是知道」。沒有進一步解釋。這也是依萊怪的地方。

真可惜不能請她吃糖果。他本來打算用這招取悅她的,展現慷慨大方,讓她愛吃多少就吃多少,結果人家根本不吃。他把嘴裡的香蕉糖咬得喀喀響,偷瞄了依萊一眼。

她看起來其實在不怎麼健康,頭上還有那些白頭髮⋯⋯奧斯卡曾讀過一些故事。據說,經歷過某些巨大驚嚇後頭髮會變白。依萊是因為這樣才有白頭髮嗎?

她正看著旁邊,雙手交叉,環抱自己,看起來好嬌小。奧斯卡很想過去摟著她,但不敢。

走到通往社區中庭入口的屋簷下,依萊停下腳步,望著自家窗戶。那兒漆黑一片。她仍環抱著自己,低頭凝視地面。

「奧斯卡⋯⋯?」

他踏出那步了。是她用整個身體做出要求，才讓他有勇氣這麼做。奧斯卡緊緊摟著她。有那麼幾秒感覺很可怕，他以為自己做錯了，因為她身體整個僵直，毫無反應。奧斯卡正打算鬆手，卻發現她在他懷裡逐漸放鬆。那個結打開了。她還自己伸出雙手到他背部回抱，緊緊相擁，顫抖地倚靠著他。

她的頭靠在他肩膀，倚著他的肩緩緩呼吸。兩人就這樣站著，緊緊相擁，沉默不語。

奧斯卡閉上眼睛，他知道這是一大突破。外頭的街燈光芒從他微閉的眼瞼滲入，在他眼前製造出一片紅。這是最大的突破。

依萊的頭在他頸部磨蹭，吐出的氣息越來越熱，她原本放鬆的身體現在又開始緊繃，嘴脣在他頸部竄動，一陣悸動貫穿他全身。

突然間，她一陣戰慄推開他，往後退一步。奧斯卡垂下手，依萊正猛搖頭，彷彿想將噩夢甩開，轉身直接朝家門走去。奧斯卡呆立在原地。在她打開樓下大門時，他終於喊出聲來。

「依萊？」她聽到聲音後轉身。「妳爸爸人呢？」

「他出去幫我帶吃的。」

「依萊，可以到我家一起吃晚餐。」

她吃得不夠，難怪這麼瘦。

「如果妳願意，可以到我家一起吃晚餐。」

依萊把門放掉，走回他面前，奧斯卡開始想打消主意，他不要媽媽見到依萊，也不希望依萊見到媽媽。或許他可以做些三明治帶到她家一起吃。對，這種安排最合適。

依萊在他面前止步，真誠地凝視奧斯卡。

「奧斯卡，你喜歡我嗎？」

「喜歡，很喜歡。」

「如果我不是個小女孩……你還會喜歡我嗎？」

「什麼意思？」

「就是這個意思。如果我不是女孩，你還會喜歡我嗎？」

「會吧……我想。」

「你確定嗎？」

「會。為什麼這麼問？」

有家的窗戶卡住了，咚咚弄了半天終於打開，就在依萊頭頂上方，奧斯卡看見媽媽正從他臥房探出頭來。

「奧──斯卡！」

依萊立刻縮進牆邊。奧斯卡雙手緊握成拳，衝上小坡，走到自家窗戶下停住腳步，像個小孩一樣嘟著嘴問。

「幹麼啦？」

「啊，你在下面喔？我是想……」

「什麼啦？」

「快開始了。」

「什麼？」

「**我知道**。」

媽媽很想再說些什麼，不過看到窗戶下的他緊握拳頭，緊繃著身體，決定閉嘴不說了。

「你在那裡做什麼？」

「我待會兒就回去。」

「可是……」

他氣到有點淚眼朦朧。「進去啦，」他大喊道，「關上窗戶！進去！」

母親盯了他幾秒，神色一變，砰一聲用力關上窗戶，氣沖沖走開。奧斯卡想，他可以不用吼她

進去的，只要讓她了解他的想法，冷靜、小聲地解釋，只要讓她知道不要這樣，因為他……

他衝下小坡。

「依萊？」

她不在那裡了。她若進去，他應該會注意到。她應該是搭電車去城裡見每天放學後要找的姨

媽。很有這個可能。

奧斯卡站在剛才媽媽開窗時依萊躲的陰暗角落，面向著牆，佇立半晌才進屋。

哈肯將男孩拖進更衣室，鎖上門。男孩幾乎沒出半點聲，唯一可能讓人起疑的是氣體罐發出的

嘶嘶聲。他手腳得快一點。

直接用刀先致死比較快，可是不能這麼做。鮮血得從活體流出來，這點她也解釋過，死人身上

的血沒用，甚至有害。

嗯，男孩還活著，他的胸膛仍在起伏，吸進去的氣體只是讓他昏沉麻痺。

他把繩索套在男孩膝蓋上方，綁緊他的腿，將剩餘長繩的兩端擲過掛鉤，開始用力拉。男孩的腿慢慢離開地面。

外頭更衣室的大門打開，人聲響起。

他一手固定繩子，另一手將氣罐鎖緊，然後拿下貼住男孩臉龐的氣罐罩口。麻醉效力應該還夠撐個幾分鐘，他得安靜迅速地動手，即使現在更衣室裡還有其他人。

有幾個人就在門外。是兩個？三個？還是四個？他們提到了瑞典、丹麥，好像是什麼比賽，手球吧。就在他們聊得不可開交之際，哈肯拉直男孩的身體，可是掛鉤竟開始發出吱嘎聲，支撐的力道怎麼和他之前測試時不同？他們沒交談了，是不是聽到了聲音？他定住不動，大氣也不敢喘，只能將男孩身體抓緊。那顆頭就快碰到地面了。

不是，只是剛好說到一個段落。他們繼續聊。

繼續聊，繼續聊。

「史喬仁受到的懲罰根本就……」

「沒有蠻力也要有腦力嘛。」

「其實他很擅長把其他人拉進來，這點不能否認。」

「這倒是真的，不曉得他是怎麼辦到的。」

男孩的頭離開地面了。現在……

要怎麼把繩頭固定住？木凳板條之間的空隙太窄，繩子穿不過去。而且他力氣不夠，沒法一手拉住繩子、另一手固定，只好緊抓繩子站著不動。哈肯開始冒汗，面罩好熱，真想脫掉。

待會兒，等搞定再來脫。

另外還有個掛鉤，不過得先繞出個圈，繩圈套上另一掛鉤。太短了。他又把身體放低。這時，他們不再說話。汗水滴入眼睛。他再將男孩拉高，繩圈套上另一掛鉤。他把男孩身體放低，鬆開繩子，弄出個繩圈。汗水滴入眼睛。

離開！現在就離開啊！

一面聽著外頭的沉默，他又做了另一個繩圈，等待著。他們繼續說話了，這次聊到保齡球、瑞典女性在紐約功成名就的故事、罷工和封鎖。汗水再次刺痛他雙眼。

太暖了，幹麼把溫度調得這麼高？

終於，他把繩圈套上掛鉤，微微喘著氣。他們為什麼不走？

男孩身體終於懸到正確位置，現在只要在他醒來前動手就行。他們怎麼不離開？竟然繼續聊起回憶：什麼以前大家約打保齡球的軼事，某人的手指卡在球孔，連球帶人一起送去醫院才把手指救出來。

不能等了。哈肯將漏斗套在塑膠桶上，桶子就放在男孩頸旁。他從袋子裡拿出刀，轉過身，就在準備劃開男孩脖子、讓鮮血汩汩流出之際，外頭的談話慢慢停下，男孩的眼睛突然張開，斗大而圓睜。被倒吊著的他眼珠骨碌碌轉，想弄清楚眼前狀況。他一見到赤身裸體、手握刀刃的哈肯就定睛不動。有那麼片刻，兩人只是四目相望。然後──

男孩張嘴，放聲尖叫。

哈肯踉蹌後退，撞上更衣間牆壁，因出汗而溼濡的背一滑，整個人差點失衡摔跤。男孩繼續尖叫，聲音迴盪在更衣區，在四周牆壁反彈。那叫聲分貝之高，震得哈肯兩耳欲聾。他握著刀柄的手

僵硬，滿腦袋只想著怎麼讓他閉嘴。割下他的頭就會讓他安靜吧。他靠向男孩。

有人用力敲門。

「喂，開門！」

哈肯手中的刀子滑落，金屬撞擊地面的鏗鏘聲淹沒在尖叫與砰砰敲門聲裡。外面一拳又一拳地打，門絞鏈被捶到鬆開。

「開門聽到沒，不然我就把門撞開！」

哈肯遽然跌坐，背狠狠撞上牆，門絞鏈被捶到鬆開。

完了，一切就要結束了。周圍嘈雜盡褪，他的視野漸窄，變成一條隧道。哈肯轉身找袋子。他從有如隧道的狹窄視野望出去，看見自己從袋子裡拿出玻璃罐。

哈肯遽然跌坐，背狠狠撞上牆；他握著玻璃罐，扭開蓋子。

他們撞開門之前，在他們扯下他兜帽之前。他的臉──

在尖叫聲與撞門聲的混亂中，他想到了摯愛。這次他們終於合而為一。他腦海浮現她化為天使的身影，還有個男性天使從天堂飛下，展開雙翅要來接他、帶他走，帶他到一個能和摯愛永遠廝守的地方。永永遠遠。

門砰地彈開，狠狠撞上牆壁。男孩仍在尖叫。三個男人站在外頭，多多少少穿了點衣服。難以置信地呆望眼前景象。

哈肯輕輕一點頭，接受了一切，喊著「依萊──依萊！」隨即將濃縮液體潑往自己臉上。

• ⋯⋯ ⋯

史泰凡和湯米的媽媽坐在鋼琴前，兩人不時互望，微笑傳情。湯米坐在皮沙發，痛苦地忍耐他們的唱和。沙發扶手有個小洞，就在史泰凡和媽媽彈琴合唱之際，那個洞被湯米越挖越大，他的食指戳進裡面挖呀挖。真納悶史泰凡和媽是否在這張沙發上做過，在那些氣壓計下面搞過。

晚餐馬馬虎虎，就是一些醃過的滷雞肉配上白米飯。晚餐後，史泰凡帶湯米看他藏手槍的地方，就在床底下的保險箱。見到這張床，湯米也同樣納悶，他們在這張床上睡過嗎？被史泰凡撫摸時，她有想到爸爸嗎？史泰凡會不會一想到床底藏著那些槍就欲火焚身？那麼，她呢？

他終於彈出最後一段曲調，尾音漸漸消逝。湯米趕緊將手指從已成大窟窿的洞裡縮回。媽媽對史泰凡點點頭，抓起他的手，坐在鋼琴長凳上，依偎在他身旁。從湯米所坐的位置望過去，聖母瑪利亞畫像正好在他們頭上方，位置之精確，彷彿已排練過走位。

媽媽含情脈脈，微笑看著史泰凡，然後轉向湯米。

「湯米，有件事我們想跟你分享。」

「要結婚了是吧？」

媽媽愣了一下，彷彿排練時沒料到他會冒出這句臺詞。

「對，你覺得呢？」

歡喜！歡喜！

在主裡歡喜！

歡喜！歡喜！

榮耀君王和上帝！

湯米聳聳肩。

「好啊，去結吧。」

「我們在想……或許夏天……」

媽媽看著湯米，好像以為他能給個更好的建議。

「喔隨便——我是說當然好。」

他又將食指戳進洞裡，讓它插在那兒。史泰凡傾身向前。

「我知道，無論如何我都無法……取代你爸的位置。不過我希望你和我能更熟悉，成為好哥兒們。」

「你們結婚後打算住哪裡？」

媽媽突然一臉惆悵。

「嗯，湯米，你知道這也與你有關係。我們還沒決定住哪兒，不過我們正在考慮或許去花園住宅區安格拜那裡買房子，如果負擔得起。」

「安格拜區？」

「是啊，你覺得呢？」

湯米低頭看著媽媽和史泰凡反射在玻璃桌上的倒影，半透明，若隱若現，彷彿鬼魅。他扭動戳在洞裡的手指，想挖出些泡棉。

「很貴吧。」

「什麼？」

「安格拜那裡的房子很貴吧，要花不少錢，你們有那麼多錢嗎？」

史泰凡正要回答，電話就響起。他先摸摸湯米媽媽的臉頰，再站起來走到玄關接電話。媽媽坐到沙發上的湯米身邊，問他：「你不喜歡我結婚嗎？」

「喜歡啊。」

史泰凡的聲音從玄關傳進來，聽來很激動。

「這簡直……好，我火速趕到。我們要不要……不，不用，我直接過去那裡，好。」

他走回客廳。

「那個兇手就在華倫拜游泳池，警局裡人手不夠，所以我得……」

他走入臥室，湯米聽見床底下保險箱開啟又關上的聲音。史泰凡在裡面換裝，出來時已全副警察配備，眼神看起來變了個樣。他湊到湯米媽媽的脣上親吻，然後拍拍湯米的膝蓋。

「我得立刻趕過去，不知道何時才能回來。我們晚點再聊吧。」

史泰凡快步走到玄關，湯米的媽媽跟在後頭。

湯米聽見「小心」、「我愛你」、「留下來？」之類的話。他起身走到鋼琴旁，不知為何想伸手拿起那座射擊獎盃。很重，至少兩公斤。媽媽和史泰凡道別，兩人沉醉於劇情，男人遠征赴沙場，女人為伊消得人憔悴。趁著此刻，他走到陽臺，大口將夜晚的冷冽空氣吸進肺裡，幾小時來，這是他第一次覺得可以呼吸。

湯米倚著欄杆，看見下方有濃密樹叢，先握著獎盃越過欄杆，放手，再落入草叢，發出沙沙響。樓下大門開啟，史泰凡走出來，半跑半走去到停車場。

媽媽也來陽臺站在他身旁。幾秒鐘後，

媽媽揮起手，但史泰凡沒抬頭。看到史泰凡不理媽媽、逕自跑走，湯米咯咯笑了出來。

「笑什麼？」媽媽問。

「沒什麼。」

只是有個小孩拿槍躲在樹叢裡瞄準史泰凡，僅此而已。

整體來說，湯米覺得今晚還不賴。

有了卡爾森加入，這夥人的陣容更為堅強。他是他們當中唯一「真正」有工作的人——他自己這麼說的。賴瑞提早退休，摩根在廢車處理廠的工作有一搭沒一搭。至於雷基，則讓人搞不清楚他到底靠哪行維生，反正他三不五時總能亮出鈔票來用。

卡爾森在華倫拜地區的玩具店有份全職工作。以前他是老闆，不過迫於「財務困境」，將店頂讓了出去。新店主最後還是聘他當員工，因為如卡爾森自己說的，「在這行幹了三十年，多少也累積了不少經驗」。這個事實的確難以否認。

摩根往後靠在椅背上，雙腳在兩旁晃呀晃，十指交錯、撐著後腦杓，兩眼直視卡爾森。雷基和賴瑞交換了個眼神。又來了。

「卡爾森，最近你的玩具生意有啥新鮮事？有沒有想到什麼新點子，可以騙光小孩口袋裡的零用錢呢？」

卡爾森一臉氣呼呼。

「你到底在講什麼啊，如果有人會被騙，那肯定是我。你們真的不知道順手牽羊有多猖獗。那些小鬼……」

「對對對。不過只要從韓國買些每個兩克朗的塑膠小玩意兒，用一百克朗賣掉，就能彌補損失了。」

「我們才不賣那種東西。」

「是喔？不賣才怪。那前天我在櫥窗看見的是什麼？好像是藍色小精靈的東西吧？那東西又是什麼？難道是在班特福做出來的高品質產品嗎？」

「你這人賣的車得用馬拉才跑得動，竟然有臉對我說這種話，真是讓人搖頭。」

就是這些有的沒的打屁抬槓。賴瑞和雷基在旁邊聽，偶爾插嘴發表看法。如果薇吉妮雅在這裡，兩人互損的風險會提高一些，畢竟在女人面前可不能失了風度。這樣一來，摩根就不會搞到卡爾森真的火大才罷手。

不過薇吉妮雅不在這裡，喬齊也是。今晚的感覺就是不對。八點半，氣氛正要開始輕鬆，門卻緩緩打開。

賴瑞抬起頭，見到那個他沒想過會在這裡出現的人——養了一窩貓的古斯塔。「臭彈」，摩根這麼稱呼他。賴瑞以前曾在社區的戶外長椅和他聊天，不過從沒來過這裡。

古斯塔看起來心煩意亂，走路姿態彷彿整個人是東拼西湊出來，還黏得不怎麼牢靠，一步出錯就會全身垮掉。他瞇著眼、猛搖頭。這傢伙要不是醉到神智不清就是病到腦袋出問題。

賴瑞朝他揮手，「古斯塔！來這裡坐。」

摩根轉過頭，打量他一番後說：「啊，該死。」

古斯塔好不容易移到桌邊，卻神情驚恐，彷彿剛剛穿越地雷區。賴瑞拉了張椅子在他身邊坐下，代表大家歡迎他。

「歡迎來到我們的俱樂部。」

古斯塔似乎沒聽見，如坐針氈扭來扭去。他的破舊西裝裡穿了件背心，還打了領結，頭髮被雨水打溼，平貼頭皮，渾身臭得要命，有尿騷味——尿騷味，還是尿騷味。就算和他在戶外並肩坐著也能聞到，空氣流通尚可一忍。但在這溫暖的室內，氣味太過嗆鼻，非得以口呼吸才能應付。所有人，包括摩根都努力不露出嫌惡神色。侍者過來，聞到古斯塔發出的氣味停頓了一會兒才開口：「請問您……要喝點什麼？」

古斯塔搖搖頭，沒看侍者，對方皺眉微慍，賴瑞暗示道：「沒關係，我們會處理。」侍者離開後，賴瑞將手搭在古斯塔肩頭。

「怎麼這麼榮幸讓您大駕光臨？」

古斯塔清清喉嚨，凝視地面，開口說：「喬齊。」

「他怎麼了？」

「死了。」

「你怎麼曉得？」

賴瑞察覺雷基震驚地屏住氣息，他手仍擱在古斯塔肩上，鼓勵他繼續說下去。賴瑞感到古斯塔需要一點鼓勵。

「我看見的，那件事發生時我看見了，我看見他被殺死。」

「什麼時候的事？」

「上週六晚。」

賴瑞移開手，「上週六？可是……你報案了嗎？」

古斯塔搖搖頭。

「我還無法平靜，而且我……不算真的親眼目睹，但我知道他被殺死了。」雷基摸摸他的臉，低聲安慰道：「我知道、我知道。」古斯塔說出他見到的一切：有個孩子用石頭將最靠近人行地下道的街燈打破，然後躲在地下道等待。喬齊走進去後就再也沒出來。隔天早上，枯葉堆中隱約可見人形痕跡。古斯塔說完後，賴瑞將手搭在他前臂。「我們去看看，你覺得怎麼樣？」

另一頭的侍者憤怒地向賴瑞示意，指了指古斯塔。又指指門口。古斯塔點點頭，大夥兒起身，摩根灌下最後一口啤酒，對著卡爾森咧嘴笑開。卡爾森正在收拾報紙，摺好之後塞進自己大衣口袋。每次都這樣，這貪小便宜的吝嗇鬼。只有雷基還坐著。他茫然地把玩著斷裂的牙籤。賴瑞彎腰問他：「一起去吧。」

「我真的知道，我感覺到了。」

「好，那要不要一起去？」

「要，當然要，你們先去，我隨後到。」

一行人走入冷冽的夜色，古斯塔終於平靜下來。他走得好快，快到賴瑞出聲叫他走慢點，只怕

自己那顆心臟承受不住。卡爾森和摩根並肩走在他們後面，摩根等著卡爾森主動說些蠢話，好趁機損他，肯定很痛快。不過好像連卡爾森也沉浸在自己的思緒中。

打破的路燈已經修好，現在人行地下道裡出奇明亮。一夥人圍著古斯塔・他指指那堆落葉，描述起當時情景。大家狂跺腳取暖，免得被凍到血液不循環。眾人的腳步聲在地下道裡迴盪，宛若行進的軍隊那樣響亮。古斯塔說完後，卡爾森開口：「可是你完全沒證據，對不對？」

摩根等的就是這一刻。

「老兄，他說的話你不是聽見了嗎？難不成你以為他是憑空捏造啊？」

「不是，」卡爾森的口吻彷彿在對孩子耐心解釋。「不過我認為，如果沒有證據，警察恐怕不會像我們這麼篤定。」

「拜託，他就是目擊證人啊。」

「你以為這樣就夠了嗎？」

賴瑞手一揮指向那堆落葉。

「問題是屍體在哪裡？如果他真的被殺死的話？」

雷基沿著小路走到古斯塔身邊，指了指地面。

「你是說那裡嗎？」

古斯塔點點頭。雷基雙手插進口袋，佇立在那兒久久不動，凝視著地上那堆不規則的落葉，彷彿那是塊他必須解開的大拼圖。他咬緊下巴——放鬆，再咬緊。

「嗯，你們現在怎麼說？」

賴瑞朝他挪去幾步。

「對不起，雷基。」

雷基抗拒地揮揮手，似乎要將賴瑞拒於千里之外。

「你們怎麼說？我們要不要把那傢伙揪出來？」

眾人的視線各自找地方聚焦，就是不敢看雷基。終於，摩根清清喉嚨走到雷基身邊，一手搭在他肩上。

「我們要去，雷基，這是當然的，我們會抓到他的。」

本辦不到，不過他克制住了。賴瑞很想開口，想告訴他這恐怕很難，或許根

「你不怎麼喜歡史泰凡對不對？」

「我還好。」

「是嗎？」

「想唐老鴨。」

「你在想什麼？」媽媽問。

湯米從陽臺欄杆往下看，覺得彷彿看到什麼發亮的金屬，像唐老鴨的三隻小鴨姪子贏得比賽後

拿回家的獎品。

湯米眺望遠方的城鎮中心，看見那座高聳的紅色巨大Ｖ型霓虹燈慢慢地轉啊轉。Ｖ代表的是華

倫拜（Vällingby），也代表勝利（Victory）。

「那是後天。不過好，我和你去。」

「對，明天是萬聖節──之類的。」

「明天？」

湯米的手扶著欄杆，媽媽將手疊在他手上。「明天可以和我去看爸爸嗎？」

「你想說什麼呢？**你**到底想說什麼？」

媽媽嘆了口氣，上身稍微前傾，想看清兒子的眼睛。

「常常？」

「想啊，當然想。常常。」

「妳想過爸爸嗎？」

「很冷欸。」她說。

「什麼時候的事？」

媽媽用手拂開落在上衣的一些東西，又搓搓自己手臂。

「有。為什麼這麼問？」

「媽，這也沒那麼難懂。他有打開保險箱拿出槍讓妳看嗎？」

「我不懂。」

「只是好奇。所以他拿給妳看過嗎？」

「你為什麼想知道這種事？」

「他有拿槍給妳看嗎？」他問。

「湯米。」

她抓著他的手離開欄杆，把他轉過來，面向她，然後緊緊摟住。湯米僵硬地站在那兒，隨後掙脫母親懷抱，轉身進屋。

湯米穿上大衣，他知道，若要下去撿那座被他拋下的雕像，就得先把媽媽叫進屋。他喊著媽，她便立刻進來，似乎很想跟兒子說些什麼。

「呃……幫我問候史泰凡。」

她點燃一根菸。

「我會的。你不留下來嗎？」

「不，我……妳要待整晚嗎？」

「嗯，我有點擔心。」

「不用擔心，他開槍很準的。掰掰。」

「掰掰……」

前門砰地關上。

「……我的寶貝。」

史泰凡駕駛的富豪汽車以高速衝上路邊碎石道，汽車引擎內部隱約傳出砰砰聲，撞擊力道震得他上下兩排牙齒啪嗒緊閉，甚至失去幾秒視線，差點撞上聚集在泳池入口圍觀的一位老人家。

新來的菜鳥警察拉森正在巡邏車裡講無線電，可能在請求支援，或要求派遣救護車。史泰凡將車停在巡邏車後方，空出位置給正在趕來的其他警消。他下車一定鎖門，就算只離開幾分鐘也一樣。不是因為怕被偷，而是想養成習慣，才不會哪天一個失神忘了鎖**巡邏車**。這可是非常要不得。

他走上通往泳池入口的階梯，努力在人群面前擺出該有的權威氣勢。他知道自己的舉止讓人覺得從容而自信——至少多數人這麼認為。圍觀群眾見到他或許會想：「哇，要進去處理的長官就是這個人啊。」

就在入口處，有四名男子穿著泳褲，肩披浴巾。史泰凡走過他們身邊，直朝更衣室走去，其中一人喊：「哈囉，不好意思。」他赤腳跑到他旁邊。

「嗯，對不起，不過我們的衣服……」

「怎樣？」

「什麼時候可以拿到？」

「你們的衣服？」

「對，還在更衣室裡，可是他們不讓我們進去。」

史泰凡正想開口嚴厲地教訓他們一番——和眼前的急迫事項相比，你們的衣服算什麼？這時，他看見一個穿白T的女人臂上掛著浴袍，走向那四個男人。史泰凡對她舉手打招呼，便繼續前往更衣室。他在走廊遇見另一個穿白T的女人，陪同一名十二、三歲的男孩走向出口。男孩的面孔對比身上的潔白浴袍顯得特別暗紅。他的雙眼空洞無神。女人以近乎責難的眼神看著史泰凡。

「他媽媽要來接他。」

史泰凡點點頭。這男孩是……受害者嗎？他很想問，不過倉促間一時也想不出該怎麼問。他心想，同事洪柏格應該已經記下男孩的詳細資料，也做出判斷，認為現在最好由母親來接手，陪他上救護車，由專業人員進行危機輔導與治療。

保護這些最脆弱的孩子。

史泰凡繼續沿走廊前進。跨上階梯時，他心裡背誦著一段祈禱詞，感謝上主憐憫，懇求上主恩賜力量以面對前方挑戰。

兇手真的還在這棟建築物裡嗎？

更衣室外頭，就在「男」字標誌的正下方，三個男人正在跟洪柏格警官說話，只有一人衣衫完整，其他兩人不是缺褲子就是缺上衣。

「真高興你這麼快就趕到。」洪柏格說。

「他還在這裡嗎？」

「在裡面。」洪柏格指指更衣室的門。

史泰凡看著這三人。

「他們是……」

洪柏格還來不及開口，沒穿褲子那人就跨了半步搶話講，還露出點驕傲的神色。「我們是目擊證人。」

史泰凡點點頭，好奇地看著洪柏格。

「他們不是應該……」

「沒錯，不過我想等你過來再說。那傢伙顯然沒有攻擊性。」接著，洪柏格以和善的態度對這三人說：「那我們就保持聯絡。現在你們最該做的就是回家——喔，還有件事，我知道這樣要求你們有點難，不過希望你們盡量別私下討論這件事。」

沒褲子的男人要笑不笑，點頭表示同意。

「你的意思是怕有人無意間聽到我們談話。」

「不是。我是怕你們聊過後，會誤以為自己看到了別人看見的東西，其實你很可能沒有親眼見到那些事，只是因為別人說到，聽久了就以為自己也見了。」

「我不會這樣。我見到的每件事都千真萬確，真的太恐怖……」

「相信我，無論是誰都會受人影響。不好意思，我們得開始忙了，謝謝你們的協助。」

那三人離開，還在嘟嘟囔囔。洪柏格很擅長處理這種事，他很會和人交談，所以這種場合多半由他出面。諸如巡迴各校演講，和學生討論毒品與警察的工作。不過現在不那麼常做這些了。

此時有個金屬聲，彷彿鐵片掉落地面，直接從更衣室傳出來。史泰凡縮了一下，凝神傾聽。

「你不是說沒暴力傾向？」

「他受了重傷啊——我是說臉。他倒了某種強酸在自己臉上。」

「為什麼？」

洪柏格被問倒，只能一臉茫然，轉身面向更衣室的門。

「我得進去問個明白。」

「他身上還有武器嗎？」

「應該沒有吧。」

洪柏格指著附近窗臺上那把木頭刀柄的廚房大菜刀。

「我身上沒袋子。總之，在我來前那個沒穿褲子的人就先奪下菜刀了。我們待會兒再處理凶器。」

「就這樣留在那裡？」

「不然你有更好的方法嗎？」

史泰凡搖搖頭。在緊接而來的沉默中，他察覺到兩件不同的事：更衣室傳來一種不規律的輕柔喘息聲，還有風吹進排氣煙囪的咻咻響，恍若破音的長笛。此外還有一股味道。一開始他以為是瀰漫整棟建築物的氯氣，細聞之下才發現不同。這氣味比氯更刺眼、更嗆鼻。史泰凡皺起鼻子。

「我們要不要……」

洪柏格點頭，但沒移動。想當然耳，畢竟他是有妻有子的已婚男人。史泰凡拔槍出鞘，另一手放在門把上。當警察十二年來，這是他第三次持槍進入房間。他不知道掏槍之舉是否正確，但應該不會有人怪他吧，這可是個弒童凶手啊。不管他受傷多嚴重，被逼入絕境還是可能狗急跳牆。

他對洪柏格比了個手勢，推開門。

一陣惡臭襲來，團團將他包圍。

史泰凡雙眼刺痛、淚水直流、開始狂咳。他趕緊掏出手帕遮掩口鼻。他曾和消防隊員出入火場幾次，經歷過類似場面，但這次不同，並無濃煙，只有瀰漫空氣中的淡淡薄霧。

天啊，什麼東西？

眼前這座置物櫃的另一頭還在傳出重複劈砍的聲音，史泰凡揮手要洪柏格到置物櫃另一側，兩人從兩邊包抄進攻。史泰凡走到置物櫃邊緣，由角落探出頭查看，槍口朝下，維持在大腿旁。

有個金屬垃圾桶傾覆，旁邊趴著一具裸體。

洪柏格從另一側冒出來，示意史泰凡放輕鬆，認為當下沒有立即危險。史泰凡不禁有點惱怒。

洪柏格這傢伙怎麼掌控起全局來了？還擅自主張當下沒有危險。他透過摀著的手帕深吸口氣，然後拿開，大聲喊道：「我是警察，聽得見我的聲音嗎？」

躺在地上的男人似乎沒聽懂，繼續面朝下，趴在那裡發出喘息。

史泰凡往前走了幾步，繼續喊：「把手擱在明顯的位置讓我看見。」

男人沒移動，史泰凡更靠近，可以看出那軀體正在痙攣。要他伸出手證明沒拿武器根本沒必要。

那人一手蜷曲著擱在垃圾桶上，另一手攤在地面，掌心腫脹龜裂。

強酸⋯⋯那麼他現在的面貌⋯⋯

史泰凡又用手帕摀住口鼻，走向那男子，不過這回他把槍放回皮鞘，信任若有突發狀況洪柏格會盡力掩護他。

那副軀體斷續抽搐，每次赤裸的身體從瓷磚地面彈起又摔落，就發出輕輕的一聲「啪」。他攤在地上的手抖啊抖，好比站在岩石上跟蹌晃動。他嘴裡一直發出這個聲音，對著地面說：「⋯⋯依

萊⋯⋯依⋯⋯」

史泰凡示意洪柏格離遠一點，然後蹲在軀體旁。

「聽得到我說話嗎？」

男人不再發出聲音——突然之間，他整個身體再次扭動掙扎，瞬間翻轉過身。

他的臉。

史泰凡嚇得往後跳，一時失去平衡，尾椎骨重重撞在地上，下背因此一陣劇痛，得咬緊牙根才不至於叫出聲。他緊閉雙眼，再次睜開。

他沒有臉了。

史泰凡見過毒癮犯吸毒之後神智不清，不斷用臉去撞牆壁的慘狀；也看過有人沒先清空瓦斯槽，直接在旁邊焊接，因而炸掉整張臉。不過，和眼前這人相比，他們的毀容程度實在不算什麼——這人的鼻子全部消失，只剩兩個鼻孔；嘴巴遭強酸侵蝕，雙唇緊黏，只有嘴角露出個小洞；他一眼被澆溶到臉頰，至於另一眼……則大大睜著。

史泰凡看著那隻眼。在面目全非的模糊血肉中，也只剩這隻眼能讓人辨出形貌。那隻赤紅的獨眼眨呀眨，僅存的一點點眼瞼上下拍動。

面容其他部位只見殘片軟骨，不規則的零碎皮肉和焦黑的薄裂組織中赫然伸出一截骨頭，赤裸而發亮的肌肉收縮又放鬆，那痙攣抽動的姿態，彷彿整顆頭顱被一大團剛宰殺的鰻魚取代。

那整張臉，或以前曾經是臉的部位，有了自己的生命。

史泰凡喉頭湧起一陣酸噁，若非下背劇痛陣陣襲來，占領身體所有感受，恐怕他真的會吐出五臟六腑。他慢慢將雙腳縮回，費力起身，靠在置物櫃上。對方的赤紅獨眼一直盯著他。

「搞啥……」

洪柏格垂下兩手，望著地上那具畸殘的軀體。不只臉，那些強酸也流到了胸膛，兩側鎖骨的肌肉蝕溶，一塊骨頭大剌剌戳出，像極了燉肉裡突兀地冒出一截亮白粉筆。

洪柏格猛搖頭，一手舉在半空又垂下、舉起再垂下。咳。

「搞啥……」

沒有回應。

依……萊……

依……萊……

晚上十一點，奧斯卡躺在床上，慢慢在牆壁拍擊出字母。

十月三十日星期五

6 B 這班男孩列隊站在校外，等著體育老師阿維拉過來發號施令、准許他們前進。每個學生手上都提了運動袋。萬一他們忘了帶體育服，或無法提出足以讓老師接受的理由，逕自坐在一旁不參與會有何種後果，恐怕就只能祈求上帝保佑。

四年級開學第一天，阿維拉老師就說過排隊該怎麼排，此時大家就是按照這種方式，以一臂之距隔開站好。四年級起，阿維拉老師就從班導師手上接下了體育課。

「整齊排好！一條手臂距離！」

阿維拉老師以前開過戰鬥機打仗。有幾次，他講述空中交戰及緊急降落在麥田的故事給同學聽，大家聽得津津有味，印象非常深刻。所有學生都非常尊敬他。

以前6B素以難管教聞名，可是現在，即使老師沒看到，他們也自動自發以一臂之距隔開站好。如果隊伍讓老師不滿意，他會罰學生多站十分鐘，或者取消原本答應讓大家玩的排球，改成伏地挺身或仰臥起坐。

奧斯卡就像班上其他同學，對這位體育老師很敬重。阿維拉老師接近平頭的灰短髮看起來硬硬的，鷹勾鼻和上了年紀卻仍驚人的體格及鐵腕作風，總讓人認為他可能不同情或不喜歡柔弱肥胖、老讓人想欺負的學生。不過他上課時以秩序為優先，但凡有他在場，就連強尼、麥奇或多瑪士也不敢造次。

現在喬漢跑出隊伍，迅速瞥了校舍一眼，做了希特勒式的舉手禮，還模仿老師的西班牙腔調說：「排隊站好！今天進行火災演習！繩索逃生！」

有些學生想笑又不敢笑。阿維拉老師很喜歡叫大家進行火災逃生演習，每學期都要學生以繩索從窗戶垂降到地面。他會在旁用碼錶計算時間，如果大家這次花的時間打破上次最佳紀錄，下堂課就能玩大風吹──若大家表現良好、值得嘉獎的話。

喬漢表演完畢、立刻跑回隊伍。算他運氣好，因為一回隊伍後沒幾秒，阿維拉老師就從前門出來，快步邁向體育館。他直視前方，幾乎沒看全班一眼，直接走過操場中央，腳步沒停，目不斜視，直接比出**跟我來**的手勢。

隊伍開始移動，但學生仍努力與前後人保持一臂距離。排在奧斯卡後面的多瑪士故意踩他，刨下他的鞋後跟。奧斯卡不理會，繼續前進。

前天用鞭子欺負過奧斯卡後，他們就沒繼續騷擾他了。不是因為改邪歸正、心有虧欠，而是因為奧斯卡臉上的鞭痕還清晰。或許他們覺得這樣就夠了——就目前來說。

依萊。

後跟被踩掉的奧斯卡拱起鞋內的腳趾頭，以趾抓鞋，繼續前進，以便跟上邁向體育館的隊伍。依萊在哪裡？昨晚，他從家裡窗戶探出頭，想看看依萊爸回來沒有，卻正好看見依萊溜出門，那時大約是晚上十點鐘。後來他和媽媽一起喝熱可可，吃肉桂捲，或許錯過了她回家的時間。可是，不管他怎麼敲牆壁，依萊就是沒回應。

全班浩浩蕩蕩走進更衣室，隊伍解散。阿維拉老師交叉手臂，等他們換上體育服。

「好，今天來做體能訓練，單槓、鞍馬和跳繩。」

一陣嘟囔。阿維拉老師點點頭。

「如果大家夠認真、表現良好，下次就能玩排球。不過今天要做體能訓練，動作快！」

毫無討論餘地。為了老師答應的排球，全班加快速度、趕緊更衣。奧斯卡如常在換褲子時刻意背對他人，因為塞了尿尿球的內褲看起來會很奇怪。

在體育館的大堂裡，其他人正忙著擺放鞍馬、把單槓調低，喬漢和奧斯卡負責拿出墊子，一切就緒。等阿維拉老師滿意器材擺放方式後，便吹了哨子，開始上課。鞍馬共有五座，所以他將全班兩人兩人分成五組。

奧斯卡和史塔夫一組，太好了，因為史塔夫是全班體育成績唯一比奧斯卡還差的學生。他有蠻力，可是笨手笨腳。看起來比奧斯卡還圓潤，但就是沒人捉弄他。史塔夫給人一種感覺：如果惹毛他，你就走著瞧吧。

阿維拉老師又吹起哨子，大家開始動作。

抓住單槓、下巴超過橫槓。下來，再上去。還有仰臥起坐。史塔夫乾脆整個人躺在地板上不動了，他直盯著天花板。至於奧斯卡，則以混水摸魚的方式撐到下一次哨聲響起。接下來是跳繩，這項奧斯卡很擅長。他一直跳，跳到史塔夫的跳繩全纏在一起他才停下來幫忙。然後是必做的伏地挺身。這個項目史塔夫就能撐很久。最後是鞍馬，可惡的鞍馬。

和史塔夫一組讓人鬆了口氣。奧斯卡偷偷瞄了麥奇、強尼和歐洛福一眼，他們在助跳板上輕輕一彈就跳過鞍馬。史塔夫擺出預備動作，起跑──然後狠狠把助跳板撞倒、甚至裂開。他都「人仰馬翻」了還是沒能跳過去。

史塔夫轉身回起跑點。阿維拉老師走過來。

「要跳上去。」

「什麼？」

「直接上去。」

「我跳不上去。」

「直接**上去、上去**，跳上去，用跳的。」

史塔夫抓住鞍馬，奮力將自己撐到上頭，然後像隻蛞蝓一樣從另一側慢慢滑下來。阿維拉老師

揮手。**上！**奧斯卡開始奔跑。

就在跑往鞍馬時，奧斯卡下定決心。他要試試看。

以前阿維拉老師告訴過他鞍馬沒什麼好怕，任何事情都取決於你的態度。以前他不敢使出全力從助跳板上彈起，因為怕會失去平衡或撞到東西。但此時此刻，他要使盡力氣、放手一搏，**假裝**他真能辦到。

阿維拉老師正在看著，奧斯卡全力衝刺，跑向助跳板。

他腦袋沒想著跳起來的動作，只是一心一意要讓自己離開鞍馬。上課以來第一次，他用力蹬上助跳板，毫無遲疑，身體自然躍起，雙手展開、操控身體繼續往上——他飛過了，雖然力道過猛，失去平衡，頭著地後踉蹌翻滾。但他真的跳過了。

奧斯卡轉頭看看老師，他當然還是一臉嚴肅，不過點了點頭，給他鼓勵。

「很好，奧斯卡，如果能再平衡點就好。」

阿維拉老師接著吹哨，大家先休息一分鐘，之後再試一次。這一次，奧斯卡不僅能跳過鞍馬，落地時的平衡感也抓得穩穩。

下課後，阿維拉老師直接走進辦公室，留下學生歸位器材。奧斯卡拉開鞍馬下的輪子，推進儲藏室，將它當成馬兒一樣拍拍，謝謝它終於願意順服，讓他躍過。他將鞍馬靠在牆上，走向更衣室。他想找阿維拉老師談些事情。

走往更衣室途中，突然有一截用繩子做的絞索套住他的腦袋，落到雙肩——有人把他套住了。

他聽見身後傳來強尼的聲音：「快跑啊，豬頭！」

奧斯卡轉身，讓那圈絞索往下滑到腹部，貼住背。站在他面前的強尼拉著跳繩的兩端，將繩子

揮上又揮下。

「快跑、快跑。」

奧斯卡雙手抓住跳繩，用力將兩端從強尼掌心扯出來，那繩子一甩，便掉到奧斯卡身後的地上。強尼指著跳繩。

「現在**你**要把它撿起來。」

奧斯卡從跳繩中間猛地一拉，甩往頭頂，跳繩兩端的把手相互撞擊，他喊著「撿起來了」，隨即放開手，跳繩因此甩了出去，飛向強尼。強尼本能地伸出雙手護臉。跳繩咻咻飛過他頭上，砸中他身後的牆壁。

奧斯卡走出體育館、跑下樓梯，心跳在耳裡怦怦響。開始了。他一次跳下三道階梯，雙腳著地，穿越更衣室，走進教師辦公室。

阿維拉老師還穿著體育服坐在桌前，正用外語講電話，應該是西班牙語吧。奧斯卡唯一能聽懂的是「perro」，也就是「狗」。阿維拉老師示意他坐在辦公桌另一側的椅子上，繼續講電話，重複說了好幾次「perro」。奧斯卡聽見強尼走進隔壁更衣室，扯開嗓門。

阿維拉老師還沒講完狗的事，更衣室好像就人去樓空。老師掛上電話，轉向奧斯卡。

「嗯，奧斯卡？有事嗎？」

「嗯，我……就是關於週四的訓練課……」

「怎麼樣？」

「我也能參加嗎？」

「你是說游泳池的體能訓練?」

「對,就是那個訓練,我要先報名嗎?還是——」

「不用報名,直接去就行了,週四晚上七點鐘。你想參加啊?」

「對,我……想參加。」

「很好,是可以練練,這樣就能把身體拉到身上單槓……一次做個五十下。」

阿維拉老師比畫出吊單槓的動作。奧斯卡搖搖頭。

「不是,我只是想……沒錯,我會去。」

「那就週四見囉。很好。」

奧斯卡點點頭,準備離開,順口問道:「老師您的狗怎麼了?」

「狗?」

「對啊,我剛剛聽到您講電話時說到狗,那個字不是狗的意思嗎?」

阿維拉老師想了一會兒。

「喔,不是 perro,是『 pero 』,在西班牙文裡的意思是『但是』。我說的是『但那不是我』, pero no yo。明白了嗎?要不要也來上西班牙文?」

奧斯卡微笑搖頭,他現在想先上體能訓練。

更衣室空了,只剩奧斯卡的衣服還留在那兒。奧斯卡脫下體育服,愣了半晌——褲子不見了。褲子不見了。他在更衣室裡呀找,連廁所隔間也找過,就是沒看見褲子。他真蠢,怎麼沒料到呢?想也知道。他只好穿著體育短褲回家了。奧斯卡的雙腿幾乎凍僵,剛剛上體育課就開始下雪,雪花飄落

在赤裸的雙腿，還在上面融化。奧斯卡走到社區中庭，在依萊家的窗戶下駐足了一會兒，百葉窗仍然緊閉，裡頭沒有動靜。大片雪花輕撫過他仰起的臉龐，他用舌尖接住了幾片，嘗起來真甜。

某個酒鬼坐在廣場中央長椅上一動也不動，身上裹著大衣，任憑雪花將自己變成一個比例失衡的大雪人。

警員洪柏格指著華倫拜廣場的方向，廣場地面鋪設的鵝卵石已蒙上一層薄雪，常在這裡閒晃的

「看看雷格納。」

洪柏格嘆了口氣，「如果短時間內他還是一動也不動，我們就得過去看看。對了，你還好吧？」

「還好。」

史泰凡又放了塊椅墊來舒緩下背的劇痛。他寧可站著，或者躺在自家床上。不過昨晚那樁案件得趕在週末前把資料送到凶殺組。

洪柏格低頭看看自己桌上那疊紙，拿筆在上面敲敲。

「更衣室那三個人說，那傢伙——就是那個兇手——把強酸潑上自己的臉前，一直喊著『依萊，依萊』。我在想……」

史泰凡胸膛底下的心臟噗通跳一下，他傾身越過桌面追問。

「他是這麼說嗎？」

「是啊。你知道些什麼嗎？」

「果然。」

史泰凡突然坐下，背部的劇烈疼痛像箭一樣直射他腦門。他抓緊桌邊，慢慢將背挺直，雙手蓋住臉，洪柏格靠近看他。

「真是的，你去看醫生了嗎？」

「沒有，只是……一會兒就好了。依萊、依萊。」

「這是人名嗎？」

史泰凡慢慢點頭，「沒錯，這個名字的意思是……上帝。」

「我懂了，他在呼求上帝。你覺得上帝聽見他的呼求了嗎？」

「什麼？」

「我是說上帝，你覺得神聽到了嗎？想想那場面，真是有點不可思議。不過關於這個你才是專家啦。」

「耶穌基督上十字架前喊的就是這句，『我的神，我的神，為什麼離棄我？』希伯來話就是

Eli、Eli、lema sabachthani。

洪柏格難以置信地眨眨眼，低頭望著自己的筆記本。

「沒錯，就是這樣。」

「聖經中的馬太和馬可福音就提過這句話。」

洪柏格點點頭，咬著筆桿。

「要把這個寫進報告嗎？」

奧斯卡回到家，穿上新褲子，走到「情人亭」買報紙。據說兇手抓到了，他迫不及待想知道一切。

此外，他還要做剪報。

走去報亭的路上，他總覺得有哪裡不一樣。當然，因為現在在下雪，所以感覺不同，不過除了這場雪，還是有些地方異於平常。

他拿著報紙走回家，驀然明白哪裡不同了。他沒東張西望，十分自在地走著。他直接走到報亭，不再環顧四周，看是否有人會跳出來欺負他。

他雀躍不已，手拿報紙，臉上被雪花舔舐，輕快地一路跑回家。奧斯卡從屋裡將大門反鎖，進入臥房，躺在床上。他敲敲牆壁⋯⋯沒有回應。他要跟依萊說話，他想要跟她說話。

他打開報紙。華倫拜游泳池、警車、救護車、殺人未遂的兇手。男子臉上的灼傷讓人難以辨識身分。兇手此刻入住的丹德亞醫院的照片也出現在報紙上。此外，還有第一宗弒童凶殺案的簡單摘要。不過沒人據此發表評論。

然後是潛水艇的報導。潛水艇、還是潛水艇。軍方高度警戒。

門鈴響起。

奧斯卡從床上跳起來，衝到玄關。

依萊，依萊，依萊。

他的手擱在門把上猶豫了一會兒。如果是強尼和其他人呢？不對，他們不曾這樣登堂入室。他

打開門，是喬漢。

「嗨，你好。」

「喔……嗨，你好。」

「想要做些什麼嗎？」

「好啊……例如什麼？」

「我不知道，反正就找些事情做。」

「好。」

喬漢在樓梯間等著，奧斯卡穿上鞋子和大衣。

「強尼在那裡幹出那種事，真讓人不齒——我是說在體育館。」

「他拿走了我的褲子對不對？」

「是啊，我知道他藏在哪裡。」

「哪裡？」

「就在那裡，游泳池後面，我帶你去。」

奧斯卡雖這麼想，但沒說出來。他想，喬漢既然知道，大可直接幫他把褲子帶過來呀。或許他沒好心到那種程度吧。奧斯卡點點頭回答：「那太好了。」

他們走過游泳池，拿回掛在樹叢裡的褲子，又四處晃晃。他們做雪球，拿樹當目標，看誰丟得準。他們在箱子裡發現一些舊的電纜線，切了幾截當彈弓。兩人還聊起了兇手、潛水艇、強尼、麥奇和多瑪士。喬漢認為他們全都是白痴。

「根本就是低能兒。」

「可是他們又沒對你怎樣。」

「是沒有，不過我還是覺得他們很白痴。」

兩人走向電車站旁的熱狗攤，各花了一克朗買了一個大亨堡。烤過的熱狗夾在長麵包裡，加上芥末、番茄醬、漢堡醬和生洋蔥。天色快黑了。喬漢還在跟熱狗攤上的女孩聊天，奧斯卡無聊地望著電車來來去去，思索著鐵軌上那些電線。

兩人走向學校，得在那兒分道揚鑣。他們嘴裡滿是洋蔥味，奧斯卡開口：「你想，會有人跳到鐵軌上那些電線自殺嗎？」

「結果呢？」

「不知道，有可能吧。我哥認識一個人就曾跳下去，在通電的鐵軌上尿尿。」

「不會吧。難道他真的**想尋死**？」

「不是，他是喝醉了。實在是，一想到就……」

「死了，電流從他尿尿的地方貫穿身體，把他電死了。」

喬漢故意學那人，假裝掏出陽具尿尿，然後觸電抽搐。奧斯卡笑翻了。

到了學校，兩人揮手道別。奧斯卡走回家，突然覺得這件褲子的褲頭太緊。他愉快地哼著電視影集《朱門恩怨》的主題曲。雪不下了，但眼前萬物早已白茫茫一片，泳池的大片玻璃覆蓋一層霜。星期四晚上他就要去那兒開始體能訓練，讓自己變得更強壯。

週五晚上，中國餐館。在四周的紙燈籠與金龍圖案的裝飾下，牆上那只鑲著鐵邊的圓時鐘顯得格格不入。時鐘指著八點五十五分。這夥人握著自己的啤酒，低頭沉浸在餐墊的圖案中。外頭的雪仍在落。

薇吉妮雅攪拌一下自己眼前這杯舊金山調酒，吸吸攪拌棒的尾端，另一端有個約翰走路的人形在上頭。

約翰走路是誰？他用那種堅定的姿態是要走到哪裡去？

她用攪拌棒敲敲杯子，摩根抬起頭。

「要敬酒嗎？」

「確實該敬某人。」

他們已經告訴她了，就是古斯塔說的那些事，喬齊、人行地下道，還有孩子。這群人又陷入沉默。

薇吉妮雅讓玻璃杯裡的冰塊鏗鏗作響，看著天花板黯淡的燈光反射在冰塊上。

「有件事我實在不懂。如果古斯塔所說的事情真的發生，那麼人在哪裡呢？——我是說喬齊。」

卡爾森眼神一亮，彷彿他期待已久的開口機會終於降臨。

「我就是一直有這疑問。屍體在哪？屍體？如果要……」

摩根的食指戳到卡爾森面前。

「不准你用『屍體』來講喬齊，聽見了嗎？」

「不然你要我怎麼說？**死者**嗎？」

「什麼都不准說，除非我們真的確定。」

「我就是這麼說的啊，只要一天沒找到屍……只要他們還沒發現他，就不能當作他死了。」

「誰是『他們』？」

「你認為呢？難不成是東部鳥不生蛋的貝爾加地區的直升機中隊？當然是警察啊。」

賴瑞發出低沉的咯咯聲，用手揉揉一眼，「這就是問題所在。如果沒找到他，他們就沒興趣插手，但如果他們沒興趣插手，就找不到他。」

薇吉妮雅搖搖頭，「我們得去警察局將知道的一切說給他們聽。」

「是嗎？那妳認為我們該說些什麼？」摩根哼一聲，「欸你們，把什麼弒童兇手、潛水艇之類的鳥事擱到一旁。我們原本有三個快樂的貝爾加朋友，現在有個酒友失蹤，一個酒肉朋友告訴我們，有天晚上，就在他喝得醉茫茫時看見了……妳覺得這樣說好不好啊？」

「那古斯塔怎麼想？他可是目擊證人，他……」

「沒錯，不過他就是該死的精神狀況不穩定。在他眼前拿件警察制服晃晃就能把他嚇得崩潰，簡直要住進貝齊斯精神病院。他無法承受的啦，那些訊問之類的鳥過程。」摩根聳聳肩，「根本沒望了。」

「難道我們真的**什麼也不做**？」

「嗯，不然你有什麼建議？」

大夥兒你一言、我一語熱烈討論，雷基在旁靜靜灌著啤酒，自言自語，由於音量很低，所以沒

人聽得清楚。薇吉妮雅湊近，將手搭在他肩上。

「你說什麼？」

雷基凝視著他餐墊上如墨染般的模糊圖案，悄聲說道：「妳告訴他們，我們會抓到他的。」

摩根大力捶桌，震得啤酒杯跳了一下，然後像伸爪一樣將手倏地伸往前。

「我們會抓到兇手——但是一定要先採取行動。」

雷基像夢遊一樣無意識地點點頭，從椅子上站起來。

「一定要……」

然而他雙腳一軟，頭撞到桌面。玻璃杯掉落地上，那聲音惹得餐館裡八位顧客轉頭行注目禮。

薇吉妮雅抓住雷基的肩膀，幫他重新坐回椅子。雷基的眼神飄向遠方。

「對不起，我……」

侍者衝過來，雙手還猛搓著自己的圍裙。他彎下腰，壓低聲音（但怒氣沖沖）對薇吉妮雅和雷基說：「這裡是餐廳，不是豬舍！」

薇吉妮雅努力露出能力所及最大的笑臉，扶著雷基站直身子。「來，雷基，我們回我家。」

侍者又對其他人投以譴責目光，但也迅速幫忙撐住雷基身體另一側，將他扶出門。總得讓其他客人看到他也和他們一樣，迫不及待把這號討厭人物踢出去。

薇吉妮雅幫雷基穿上那件雖過時卻仍優雅的大衣（這是幾年前他父親過世留下的），攙扶他到門口。

她聽見身後摩根和卡爾森吹出幾聲意有所指的口哨。雖然她肩上仍掛著雷基的手臂，依舊轉過

身扮了個鬼臉。她推開門，扶著雷基走出去。偌大的雪片緩緩飄落，替這對男女交織出一方冷冽沉默的天地。薇吉妮雅扶著雷基走上公園步道，臉孔已呈粉紅。沒有什麼能比得上這一刻。

「嗨，我本來和爸爸約好，可是他沒出現……可以跟妳借個電話嗎？」

「沒問題。」

「我可以進去嗎？」

「電話在那裡。」

女人指著玄關另一頭，有具灰色電話放在小桌上。依萊還站在門外。這女人沒正式開口邀請她進屋。門邊有個鑄鐵製豪豬形狀的鞋刷，刷毛是用椰子纖維做的。依萊刷刷鞋子，掩飾她還不能進門的窘境。

「妳確定我能進去嗎？」

「當然啊，**進來，進來。**」

女人的手勢有點不耐煩，不過還是邀依萊進屋。她好像不想理依萊，逕自走進客廳。依萊聽見裡面傳出電視聲。女人頭上綁了兩個蝴蝶結，一側是黃色，另一側的蝴蝶結已然鬆開，垂成一條長絲帶，像隻寵物蛇一樣爬在她背上。

依萊走進玄關，脫下鞋子和外套，拿起話筒，隨便撥了個號碼，假裝講電話，然後把話筒放回

去。

依萊用鼻子嗅了嗅：有餅乾香、去汙劑、泥土、鞋油、冬天的蘋果、淫霉衣物、電流、塵埃、汗水、壁紙膠水，以及……貓的尿騷味。

沒錯。通往廚房的走道上有隻煤炭一樣漆黑的貓咪，正張牙舞爪對她咆哮。貓耳朵往後貼平，怒髮衝冠、背脊拱起。牠的頸部綁了圈紅帶子，上頭掛了個小圓柱，或許裡面還放了寫有主人姓名電話的小紙片。

依萊朝向貓咪上前一步，貓咪齜牙，嘶嘶尖叫，繃緊了身體準備攻擊。她再往前一步。貓咪畏縮，準備撤退，但仍繼續嘶吼，用力瞪視。牠氣得全身顫抖，就連頸部的金屬圓柱物也跟著晃動。雙方相互對峙，依萊慢慢逼近，貓咪節節敗退、進入廚房的門關上，被關在另一邊的貓咪繼續憤怒地嚎叫。依萊走進客廳。

女人正坐在皮沙發上。這張沙發保養得光可鑑人，甚至能反射出電視螢幕。她坐姿筆直，全神貫注盯著藍光閃爍的螢幕。前方茶几上有一碗脆餅，小砧板還放著三片起司，旁邊有瓶沒開封的紅酒和兩個酒杯。

女人似乎沒意識到依萊的存在，完全融入劇情，忘了周遭一切。那是個自然類的節目，介紹南極企鵝。

「公企鵝將寶寶的蛋夾在腿上帶著走，這樣才不會接觸到冰層。」

一隊企鵝正左搖右擺穿越冰漠，依萊坐下來，就在女人身邊。她端正坐著，彷彿電視是什麼生氣的老師，正在訓誡她。

「等到母企鵝回來，公企鵝的脂肪層已經全數耗完。」

兩隻企鵝摩擦嘴喙地歡迎彼此。

「妳在等人嗎？」

女人嚇了一跳，不解地與依萊對看幾秒，頭上的黃色蝴蝶結更凸顯她那慘不忍睹的面貌。她迅速搖搖頭。

「沒有，要什麼就自己來吧。」

依萊沒動，螢幕變了，現在播的是曾隸屬蘇聯的喬治亞共和國南部某區域的全景畫面，還配上了音樂。廚房貓咪的喵聲也改變了，變成某種⋯⋯哀求。房間裡有種化學味，女人身上散發醫院的味道。

「會有人來嗎？」

女人又嚇了一跳，彷彿被人從夢中驚醒。她轉向依萊，這次有點火大，眉頭皺緊。

「沒有，沒有人會來，想吃就吃吧。」她以僵硬的手指點點那些起司。「法國卡門貝爾起司、義大利戈爾根朱勒起司、法國頂級藍紋起司。吃，吃吧。」

她堅持不懈望著依萊，依萊只好拿起一塊脆餅放進嘴裡，慢慢咀嚼。女人滿意地點點頭，又把視線轉回螢幕。依萊將變得黏答答的脆餅糰吐在手裡，扔到沙發扶手後面。

「妳什麼時候要走？」女人問。

「很快。」

「愛待多久就待多久吧，反正對我也沒差。」

依萊更靠近，假裝要看清楚電視，兩人手臂終於相碰，渾身顫抖，整個人癱軟，有如鼓起的咖啡即溶包霎時被刺破。此時此刻，她看著依萊的眼神竟是溫和又迷濛。

「妳是誰？」

依萊朝她的雙眸靠近，她嘴裡飄散出醫院的味道。

「我不曉得。」

女人點點頭，拿起茶几上的遙控器，關掉音量。

「春天來臨時，喬治亞南部會散發出荒漠的自然美……」

貓咪的哀求現在清晰可聞，但女人似乎不理會。她指指依萊的腿，「我可不可以……」

「當然可以。」

依萊稍微坐離女人遠一點，女人將自己的腿抬上沙發，頭枕著依萊大腿。依萊慢慢撫摸她的頭髮。兩人維持這樣的姿勢一會兒。螢幕上，鯨魚閃亮的背鰭正劃破水面，噴出一道湧泉，接著遁入水裡，消失無蹤。

「說故事給我聽。」

「想聽什麼？」女人說。

「美麗的故事。」

依萊將女人的一絡鬢髮塞到她腦後。她呼吸緩慢，身體完全放鬆。依萊以低沉的嗓音開口說：

「很久很久以前，有個很窮的農夫和太太，他們養了三個孩子，男孩和女孩年紀大到能在田裡幫大人幹活。另外，還有個小男孩，只有十一歲大。所有人見到小男孩都說從沒見過這麼美麗的孩子。

「他們的父親是奴隸，必須替擁有田地的貴族耕種，幾乎每天都要辛勤幹活，因此家裡和庭院裡的一切都得仰賴母親和兩個大孩子照顧。最小的男孩什麼都還不會。

「有一天，貴族宣布，所有替他耕種的家庭都要舉辦一個比賽，八歲到十二歲的孩子都要報名參加。雖然沒有獎品和獎金，不過也叫做比賽。

「比賽當天，媽媽帶著最小的男孩去貴族的城堡，那裡不只他們，還有七個孩子，各自由爸爸或媽媽陪同，聚集在城堡的院子裡。後來又來了三個人，全是窮苦人家。可是孩子都穿上了最美麗的衣服。

「他們在院子裡整天等待，快天黑時，有人從城堡出來，要他們全都進去。」

依萊聽著女人的呼吸變得深沉且規律。她睡著了，吐出的氣息帶給依萊的膝蓋一股暖意。就在女人耳朵下方，依萊看見鬆弛起皺的皮膚下不斷咚咚、咚咚跳的脈搏。

貓咪安靜下來。

自然節目的工作人員名單正在螢幕上捲動，依萊的食指放在女人頸動脈，指尖下那怦怦跳的感覺真像鳥兒的心臟。

依萊靠著沙發背部，撐住自己，小心翼翼將女人的頭往下移到膝蓋。藍紋起司的刺鼻壓過眾多味道。依萊從沙發背部抓起一條毯子、扔向茶几，蓋住那些起司。

女人的呼吸輕柔而短促。依萊彎下腰，鼻子湊近女人的頸動脈。肥皂味、汗水味、老皮味……

醫院……還有這女人自己的味道。在這些氣味底下最重要的是：鮮血味。

依萊鼻子拂過女人頸部時，她輕輕呻吟了一下，想轉頭，但依萊一手壓住了她的雙臂和胸部，

另一手緊緊圈住她的頭。依萊將嘴張得大大的，移到女人頸部，舌頭壓住動脈，用力咬下去。她鎖緊下顎。

女人抽搐了一下，彷彿遭到電擊。她的四肢猛揮，雙腳用力地踢著扶手，讓自己稍微掙脫。依萊趕緊用膝蓋繞過她背部，壓制住她。

裂開的動脈一下一下規律湧出鮮血，濺得褐色皮沙發血跡斑斑。女人尖叫，在空中揮動雙手，扯下桌上的毯子。依萊撲向女人時，藍紋起司的濃烈氣味竄進鼻腔，她張嘴咬進她頸子，深深吸吮。女人的尖叫刺穿耳膜，依萊只好放掉一手，摀住她的嘴。

尖叫聲雖被壓住，但女人不受束縛的手伸向了茶几，抓到遙控器猛砸依萊的頭。塑膠製品的碎裂聲伴隨著電視音量同時響起。

《朱門恩怨》的主題曲在室內流洩，依萊將女人的頭從頸子一扭。

這血嘗起來真像藥。有嗎啡的味道。

女人圓睜雙眼瞪著依萊。現在依萊嘗出了另一種味道，混合著藍紋起司的腐敗味。

依萊開始反胃。她得放掉女人，她必須坐直身體才不至嘔吐。

音樂響起，鏡頭飛過《朱門恩怨》的拍攝場景，德州達拉斯的南叉牧場。女人不再哀號，只是靜靜躺著，任憑血液噴得越來越弱，流到沙發座墊底下。她與依萊視線交會，流露消沉茫然的眼神，對依萊說：「拜託……拜託……」

癌。這女人得了癌症。

依萊壓抑反胃感，傾身靠向女人。

「妳說什麼？」

「拜託……」

「妳要什麼？」

「拜託……拜託……」

半晌後，女人的眼神變了，變得呆滯、再也看不見。依萊以手闔上她的眼睛，她突然又睜開眼。依萊趕緊拿毯子將她臉蓋住，直挺挺地坐在沙發上。

這血雖然口感不佳，不過還算可以。只是那嗎啡……

螢幕裡出現摩天大樓的玻璃帷幕。有個男人西裝筆挺，戴著牛仔帽步出汽車，走向摩天大樓。摩天樓開始傾斜，轉彎。玻璃帷幕反射出緩緩飄過天空的雲朵。忽而像動物，忽而像樹木。

依萊想從沙發起身，卻動不了。

戴著牛仔帽的男人坐在桌子後方開始說英語，依萊忍不住放聲大笑。她聽得懂他在說什麼，不過全都是些沒意義的話。她四處張望，整個客廳開始以奇怪的方式傾斜，令人想不透的是，房子斜成這樣，電視竟然不會滾下來。牛仔帽男人的話語在她腦海迴盪，依萊想找遙控器，但它已經變成碎片，散落在茶几和地板上。

一定得讓牛仔帽男人閉嘴。

依萊滑坐到地板，四肢並用爬到電視機前，嗎啡正竄流她全身，她對著螢幕裡解離成一團色彩的人物大笑。她沒力氣了。依萊精疲力竭地蜷縮在電視前面，任憑色彩在她眼前閃爍跳動。

有幾個孩子各自乘著雪橇在小丘上滑行，小丘就位於伯橋森蓋頓街和公園路旁的那片空地。因為某種原因，大家管這裡叫「死亡之丘」。丘頂上有三個身影正要出發，其中一人滑出跑道、衝入樹林，接著輪番聽見幾聲咒罵，其他兩人爆笑出聲，繼續往下滑，滑到底部後往上彈起，落地時撞出的咚隆聲被厚雪削弱不少。

雷基停住不動，往下看。薇吉妮雅小心翼翼地推著他，「來，雷基。」

「該死，這太難了吧。」

「我可揹不了你喔，你知道的。」

原本的淺笑後來變成幾聲咳嗽。

雷基肩頭放鬆，兩手一攤，轉頭看著滑雪坡。

「可惡，到處都是孩子的雪橇，就連那裡也⋯⋯」他隨手指向位於雪坡遠端的人行地下道，

「⋯⋯那裡就是喬齊被殺死的地方。」

「別再想了啦。」

「我怎麼能不想，或許就是這些孩子其中一人幹的。」

「我不這麼認為。」

薇吉妮雅抓起雷基的手，要他繼續抱著她的頸子，但他將手抽掉，「不用，我可以自己來。」

雷基小心翼翼滑下坡道，腳下的雪地嘎扎嘎扎響。薇吉妮雅站在那裡看他，看著這個她深愛卻

永遠不能一起生活的男人。

她曾試過。

八年前，薇吉妮雅的女兒搬出去，雷基搬來與她同居。那時薇吉妮雅已在目前這家超市工作，就是中國公園前面那條阿維德莫內街上的ＩＣＡ超市。從她那個只有一間臥房的住處走到店裡，只要三分鐘。

他們住在一起那四個月，薇吉妮雅一直搞不清楚雷基到底靠哪行維生。他懂電器之類的東西，會把客廳的電燈裡裝上調光器。烹飪也略懂，數次做出一些以魚為主要食材的創意料理，讓她驚豔不已。但他到底靠哪行維生？

他會坐在屋裡、出去散步、和人聊天、看很多書和報紙──就這樣。對薇吉妮雅這個學校一畢業就開始工作的人來說，這種生活方式簡直不可思議。

「雷基，」有次她這麼問，「雖然我沒有那個意思……我只是很好奇你到底靠什麼謀生？錢從哪裡來？」

「我沒有錢。」

「有啊，你有**一些**錢啊。」

「這是瑞典，只要搬張椅子放到人行道，坐在那裡等，等得夠久自然會有人過來給你錢，或者以某種方式給你照顧。」

「你是這樣看我的嗎？你以為我的錢是這樣來的？」

「薇吉妮雅，哪天如果妳開口說『雷基，拜託你滾出去』，我二話不說一定離開。」

不過，她一個月後才開口。於是他將衣物塞進袋子，書裝成另一袋，就這樣離去。之後六個月，她沒見過他。那段期間她喝得更多，自己一人喝悶酒。

再見到他時他似乎變了，變得更悲傷。他搬去和住在史馬蘭省的父親同住，他爸得了癌症，日漸消瘦。父親死後，雷基和姊姊繼承了那間房子，賣屋的錢兩人均分。雷基分到的錢夠他在布雷奇堡鎮買間小公寓，每月需付的管理費用也只要一點點。現在，他永遠回來這裡定居了。

之後幾年，兩人越來越常在中國餐館見面。薇吉妮雅晚上經常到那兒和大家碰頭。有時兩人會一起離開，以拘謹壓抑的方式做愛。根據兩人不明說的約定，雷基會在隔天她下班回家前離開她家。他們是寬鬆定義下的情侶，有時幾個月也沒同床而枕。這種方式對他們來說再適合不過。

兩人走過ICA超市，看見便宜牛絞肉促銷的海報，還有勸人要「生活、飲酒、享樂」的酒商廣告。雷基站在店門前等著她。她走出店門，他立刻伸出手臂迎向她，薇吉妮雅挽著雷基的手，他對著商店點頭問，「最近工作都還好吧？」

「老樣子囉，」薇吉妮雅說，「不過那個是我做的。」

有張海報寫著：「碎番茄，三罐五克朗。」

「寫得很棒。」

「你真的這麼覺得？」

「當然，看了就讓人想買。」

她戳戳他，感覺手肘碰到了他的肋骨，「你連真正的食物嘗起來是什麼滋味都忘了呀。」

「妳真的不需要……」

「我知道，但我就是想。」

「依──萊──依──萊──」

從電視喊出來的名字怎麼跟她那麼像呢。依萊後退，想離電視遠一些，但身體就是不聽使喚，彷彿那是條救命繩，只要靠它，就能逃出這條盡頭有臺電視正對著依萊講話的隧道。

她現在只剩雙手能慢慢地在地板上移動。她想抓住些什麼，然後摸到了電線。緊緊揪住，

「依⋯⋯妳在哪裡？」

她的頭好重，重到離不開地板，她唯一能做的只有抬起眼，看著螢幕。當然，它變成了⋯⋯他。

真人頭髮製成的假髮上露出一截金色捲毛，捲毛在絲綢長袍上飄呀飄，讓他原本柔弱的面容顯得更嬌小。兩片薄唇緊閉，塗上口紅的一抹微笑好似匕首在厚粉塗抹的白臉上劃出一道傷口。

依萊想抬起頭，好好看清他整張臉。那稚氣的藍色大眼，還有眼睛上方⋯⋯氣息從依萊肺腔斷續吐出，她的頭重重落地，鼻子撞出碎裂聲。真好笑啊，他還戴著牛仔帽。

「依──萊──」

還有其他聲音。孩童的聲音。依萊又抬起頭，像嬰兒一樣不穩晃動，她的鼻孔流出有病的血液，流到嘴巴裡。那人展開手臂表示歡迎，露出長袍的紅色襯裡，這些襯裡翻騰湧出、蜂擁而至，全都變成了紅脣。幾百張孩童嘴巴痛苦扭曲，低聲訴說自己的故事⋯⋯還有依萊的故事。

「依萊⋯⋯回家⋯⋯」

依萊閉上眼睛，嗚嗚啜泣，等著冰冷雙手緊摟她的頸——什麼都沒發生。她又睜開眼，畫面已然改變。現在，衣衫襤褸的孩子排成長長隊伍，漫步走在雪地，朝向遠方地平線上那座冰堡蹣跚前進。

這些都沒發生。

依萊對著電視吐出口中的血，紅點戳破延伸至冰堡的白雪畫面。

這不是真的。

依萊抓住救命繩，想將自己拉出隧道。插頭被拔掉，喀啦一聲關了，電視關了。數條黏稠血色唾液滑下已轉黑的電視螢幕，滴滴答答流到地板上。依萊以頭枕臂，消失在暗紅的漩渦裡。

薇吉妮雅趁著雷基沖澡時快速燉出一鍋牛肉，裡面放了洋蔥和碎番茄。他這澡洗得真久。食物備妥後，她進浴室看看。雷基坐在浴缸裡，頭垂在兩膝間，蓮蓬頭掛在一肩上，背部皮膚下隆起的一節節脊椎很像串起來的一顆顆乒乓球。

「雷基？可以吃飯囉。」

「好，太好了。我洗很久了嗎？」

「還好，不過自來水公司剛剛打電話來說他們的水庫快乾了。」

「什麼？」

「來，起來了。」她從掛鉤抓起浴袍遞給雷基。他一手抓在浴缸邊穩住身體，慢慢起身。薇吉

妮雅見到他消瘦的裸體，不禁皺了眉。雷基看見了她的表情。

「他沐浴過後起身，」他故意說：「像尊神，美到讓人讚嘆。」

兩人共進晚餐，共飲一瓶酒。雷基食量不多，但至少有吃。他們移到客廳，又開了另一瓶酒，然後兩人上床，依偎並躺，四目相望。

「我沒吃避孕藥了。」

「我知道，我們不必⋯⋯」

「我不是那個意思。只是不需要，我停經了。」

雷基點點頭，思索了一會兒，摸摸她臉頰。

「難過嗎？」

薇吉妮雅笑了笑。

「你是唯一會這樣問我的人。是啊，的確有點難過。那是⋯⋯讓我成為女人的東西，不過現在已經不適用在我身上。」

「真的？」

「是啊。」

「嗯，不過這對我來說很棒。」

「過來。」

他照她的命令，開始辦事。

谷納·洪柏格拖著步伐在雪地行走，免得留下足跡，妨礙待會兒的鑑定。他停下腳步，回頭望著從房子一路延伸過來的痕跡。火光將雪地照得橘亮，熱氣在他髮際烘出一顆顆汗珠。

洪柏格曾多次試探自己天真的信念，堅信年輕人本性善良。他之所以常到學校演講，與那些誤入歧途的孩子懇談，就是出於這信念。而這也正是他對眼前景象如此震驚的緣故。

從雪中的腳印可看出這是雙童鞋。

甚至稱不上「年輕人」，真的是孩子的腳印。小巧俐落，但步距驚人。是用跑的，跑得非常快。

他從眼尾餘光看見實習警員拉森走過來。

「拜託，拖著走，免得破壞嫌犯腳印。」

「喔，對不起。」

拉森開始拖步跋涉過雪地，來到洪柏格身邊。拉森斗大凸出的雙眼老是一副大驚小怪的神情，此時這雙金魚眼正注視著雪地上的足跡。

「該死。」

「我也有同感。應該是個孩子。」

「不過……這些腳印這麼……」拉森視線往前延伸，用雙眼追蹤足跡，「有夠像是三級跳遠跳出來的。」

「沒錯，步距很大。」

「不只『大』，簡直是不可思議，竟然能跨這麼遠。」

「你的意思是？」

「我常跑步，可是再怎麼樣也不可能跨這麼大步啊。這……至少兩大步吧。而且還跳了一整路。」

他們圍住正在將女屍蓋上白布、抬上救護車的救護人員。

史泰凡越過附近房舍小跑步過來，甚至還得先穿過好奇的圍觀民眾，以及路中間的一小撮人，

「怎麼樣？」洪柏格問。

「呃……走到伯橋森蓋頓街，然後就追不到蹤跡了，那些車子……我們得放狗去追。」

洪柏格點點頭，不過也分神聆聽旁邊的交談。有個鄰居目睹了一些過程，正在接受詢問。

「一開始我以為是放煙火之類的，後來看見手——她的手在空中揮，接著就衝出來——從窗戶

——她跳出來。」

「所以窗戶是開的？」

「沒錯，是開的，然後她跳出來，接著房子就起火了。我看見房子在她身後燃燒，熊熊大

火……她衝出來……真慘，她著火了，全身都是火，她離開房子……」

「等等，你說這樣才……她是用走的。手這樣揮，好像要……我不知道。總之她**停下腳步**。你

「不是，就是這樣走的？不是跑嗎？」

「不是，就是這樣才……她是用走的。手這樣揮，好像要……我不知道。總之她**停下腳步**。你

「等等，你說她是用**走**的？不是跑嗎？」

聽懂了嗎？我說她停下腳步。她整個身體著火，卻像這樣停住，**四處張望**，好像很平靜，然後又開

始走。接著彷彿……彷彿就這樣了，你懂嗎？她沒有驚慌或任何表情……甚至沒**尖叫**，一聲都沒

有。她就這樣倒下，雙膝跪地，然後……碰一聲倒在雪地裡。

「接著好像……我不知道……反正就是很奇怪。那時我跑進屋裡拿毯子，喔，我拿了兩張毯子，然後跑出門。真是見鬼，你知道嗎，她就躺在那裡……太可怕了。」

那人以燻黑的手摀住臉開始啜泣，警官一手搭在他肩上。

「我們明天會把整件事理出個正式說法。你還有見到其他人離開房子嗎？」

男人搖頭，警官在紙上快速寫了些什麼。

「如我之前所說，我們明天會和你聯絡，要不要我請醫護人員離開前先開些藥給你？幫助你入睡？」

男人拭去眼中的淚水，手在同樣燻黑的臉上抹出一條涇痕。

「不用，要是真的需要藥才能睡……我自己有。」

谷納·洪柏格再看那燃燒的屋子一眼。救火員效率很高，現在幾乎看不見火焰了，只剩下巨柱般的濃煙竄入夜空。

就在薇吉妮雅張開手臂迎向雷基、刑事鑑定專家採集雪地腳印之際，奧斯卡站在窗邊往外望。

窗戶底下的樹叢已覆上一層雪，白色雪堆之厚實，讓人以為真能從上面溜下來。

這麼晚了依萊還沒回來。

奧斯卡佇立著，走動、等候，來回踱步，快要凍僵。從七點半到九點，他在社區中庭痴痴等

著，還是沒看見依萊蹤影。九點，他看見媽媽站在窗戶外，知道自己得進屋了。雖然他仍滿心焦慮。《朱門恩怨》、熱巧克力和肉桂捲都已備妥，媽媽追問他一些問題，奧斯卡差點吐露祕密，幸好沒穿幫。

已經超過午夜十二點，他站在窗邊，心焦如焚，又打開窗戶吸了一口夜晚的冷冽空氣。奧斯卡決定反擊真的是為了她嗎？難道不是也為了自己嗎？

沒錯，是為了自己。

但也是為了她。

雖然悲哀，但的確如此。如果他們是週一找他麻煩，那他就不會有力氣，也不會想和他們對抗。他知道一定就是這樣。此外他也不會去參加週四的體能訓練，因為沒有動力。

他讓窗戶開著，隱約期望她半夜會回來，在下面輕喚他名字。如果她會在半夜溜出去，也很可能半夜溜回來。

奧斯卡脫下衣服爬上床，他敲敲牆壁：沒回應。他用被子蓋住頭，跪在床上。他十指交錯，頂住前額，壓低音量說：「親愛的上帝啊，拜託讓她回來，隨便祢要什麼，我所有的雜誌、書，所有東西祢都拿去，什麼都可以，只要讓她快回來。回到我身邊。拜託，上帝，拜託。」

奧斯卡躲在被子裡直到悶出汗。他探出頭，躺在枕頭上，縮成胎兒姿勢，閉上眼睛。腦海浮現出依萊、強尼、麥奇和多瑪士的身影，還有媽媽和爸爸。他躺了好久，想像自己想要看見的畫面（它們栩栩如生），然後慢慢入睡。

依萊和他坐在鞦韆上，越盪越高，高到鐵鍊鬆開，兩人飛上天空。他們緊抓著鞦韆，雙膝互碰，依萊低聲喚道：「奧斯卡、奧斯卡⋯⋯」

他睜開眼睛，地球儀的燈已關，月光將所有東西照得藍霧霧。Kiss 樂團的主唱吉恩‧西蒙斯正從靠床牆壁的另一頭看著他，伸出長長的舌頭。

他嚇得縮成一團，閉上眼睛，他又聽到了低語。

「奧斯卡⋯⋯」

聲音是從窗戶傳過來的。他睜開眼，抬頭看，看見窗戶玻璃另一側有一小顆腦袋的輪廓。奧斯卡拉開棉被，還沒來得及下床，就聽到依萊悄聲說：「你在那兒等著，留在床上。我可以進來嗎？」

奧斯卡壓低聲音說：「好。」

「你要說可以進來。」

「你可以進來。」

「閉上眼睛。」

奧斯卡將雙眼緊閉。窗戶打開，一陣冷風竄入室內，接著窗戶再輕輕關上，他聽到了依萊的呼吸，低聲問道：「我可以張開眼睛了嗎？」

「等一下。」

另一間房內的沙發床吱嘎叫了一聲，媽媽起床了。奧斯卡仍緊閉雙眼，這時被子掀開，有個冰

冷的赤裸軀體鑽進來，拉起被子蓋住兩人，蜷縮在他背後。

房門打開。

「奧斯卡？」

「媽。」

「是你在說話嗎？」

「沒有啊。」

媽媽搖搖頭。

吐息滲進他背上一小塊肉裡。

媽媽待在走道上，聽著動靜，依萊躲在他背後，額頭緊貼在他肩胛骨中間，一動也不動，溫熱

「一定是鄰居。」她又凝神聽了一會兒，然後說：「晚安，小寶貝。」隨後將房門關上。

只剩奧斯卡與依萊共處一室。他聽見身後傳來低語。

「鄰居？」

「噓──」

媽媽躺回沙發床，隔壁又傳出吱嘎聲。他抬頭看窗戶。關上了。他的雙手疊在那隻手上給她溫

一隻冰冷的手爬上他肚子，一路摸索到胸膛，停在他的心窩。

暖。依萊另一手穿過他腋窩，探到他胸口，塞入他雙手之中，然後轉過頭將臉頰貼著他肩胛骨。

一股味道瀰漫房間。是爸爸的輕型機車灌滿油的味道。汽油。奧斯卡低頭聞聞她的手。沒錯，

這氣味就是來自她的手。

兩人用這個姿勢躺了很久。奧斯卡從隔房媽媽的呼吸聲聽出她睡著了，而兩人交疊的手也變得溫熱，開始冒汗。奧斯卡低聲問：

「妳剛剛去哪裡了？」

「去吃東西。」

她的脣搔得他肩膀好癢。依萊鬆開手，轉身背對他，奧斯卡仍保持原來姿勢好一會兒，注視著海報上吉恩·西蒙斯的眼，然後翻過身趴著，望著她的後腦杓，逕自想像牆上海報裡的團員也好奇地看著她。此時此刻，她的雙眼圓睜，在月光下變成藍黑。不知為何，奧斯卡的手臂突然起了雞皮疙瘩。

「妳爸爸呢？」

「走了。」

「走了？」奧斯卡忍不住提高音量。

「噓——沒關係的。」

「可是他……怎麼……？」

「沒、關、係、的。」

奧斯卡點點頭，以手勢表示他不會再問任何問題。依萊翻過身躺著，雙手貼在腦後，凝視著天花板。

「我覺得好孤單，所以來找你。可以嗎？」

「可以。不過妳怎麼沒穿衣服？」

「對不起，這樣很噁心嗎？」

「不是，不過妳不冷嗎？」

「不會冷。不會。」

她的白頭髮不見了，沒錯，她現在的模樣比昨天見面時健康許多。雙頰變得豐腴，聽到奧斯卡說的話後被逗笑的酒窩也更明顯。奧斯卡說：「妳該不會剛好經過情人亭之類的吧？」

依萊嘆噗笑了出來，故意以鬼魂般的嗓音嚴肅說道：「沒錯，我的確去過，你怎麼知道？那個猴子老闆探出頭說：『來——來——我有糖果，還有香——蕉。』」

奧斯卡將臉埋進枕頭，依萊轉向他，在他耳邊低聲說：「來——有軟糖。」

奧斯卡尖叫，「不要！不要！」又埋進枕頭。兩人就這樣玩了一會兒。依萊抬頭看床頭櫃書架上的書，奧斯卡將他最愛的那本書說給她聽。那是詹姆士‧哈伯特的《霧》。依萊趴在那裡研究書架時，赤裸的背部亮得像黑暗中一張純潔的白紙。

他的手離她肌膚如此近，甚至感覺得到她溫熱的身軀。他蠕動手指，拍拍她的背，輕聲說：

「布勒哩布勒哩巴克，多少角兒跑出頭？」[5]

「嗯，八根？」

「妳說八，就是八。布勒哩布勒哩巴克。」

然後換成依萊要他猜，不過他不像依萊那麼會，他比較擅長「剪刀、石頭、布」。七比三。接著又玩一次，他九比一大獲全勝，依萊看來有點生氣了。

「你**知道**我要出什麼對不對？」

5

「對啊。」

「你怎麼知道的？」

「我就是知道，常常這樣，我腦袋裡會出現妳要比的東西。」

「再來一次，這次我不會先想，你隨便亂出。」

「那試試看吧。」

他們又玩了一次，這次奧斯卡還是八比二輕取依萊，依萊假裝生氣，轉過身面向牆壁。

「不和你玩了，你作弊。」

奧斯卡看著她白皙的裸背。他敢嗎？敢，現在她沒看著他，他敢開口了。

「依萊，妳願意和我出去嗎？」

她轉身躺著，將棉被往上拉到下巴。「什麼意思？」

奧斯卡凝視著眼前一排排的書脊，聳聳肩。

「就是……妳願意和我在一起嗎？」

「『在一起』是什麼意思？」

她聽起來很遲疑，好像有什麼困難，奧斯卡趕緊接著說：「還是妳在學校已經有男朋友了？」

「不，我沒有……可是奧斯卡，我不能。我不是女孩。」

「布勒哩布勒哩巴克，多少角兒跑出頭？」是瑞典人會玩的小遊戲。遊戲的玩法是一人伸出十根手指，在另一人背後以手指輪流拍打他的背，然後要他猜猜伸出了幾根手指來拍打。猜對了就換人。

奧斯卡哼了一聲，「什麼意思？難道妳是**男的**？」

「不是，不是。」

「那妳到底是什麼？」

「什麼都不是。」

「『什麼都不是』是什麼意思？」

「我什麼都不是。不是小孩，不是老人，不是男生，也不是女生。我什麼都不是。」

奧斯卡手指撫過《老鼠》的書脊，抿著雙脣，搖搖頭。「妳要不要和我出去？」

「奧斯卡，我真的很想，可是⋯⋯我們不能像現在這樣就好嗎？」

「⋯⋯好吧。」

「你很難過嗎？如果你要的話，我們可以接吻。」

「不要！」

「你不想接吻嗎？」

「不要，我不想。」

依萊蹙眉。

「你會和一起出去的人特別做些什麼，是不是？」

「不一定。」

「所以就和平常一樣？」

「對。」

依萊似乎突然高興起來，雙手疊在肚子上，凝視奧斯卡。

「好，那我們出去，我們在一起。」

「可以嗎？」

「可以。」

「太棒了。」

奧斯卡內心有股寧靜的喜悅，但仍不動聲色，繼續端詳自己的藏書。依萊靜靜躺著，等待，半晌後，她決定開口。「還有其他事嗎？」

「沒有。」

「可以像剛剛那樣躺著嗎？」

奧斯卡翻過身，背對她。她伸出手抱住了他，他握著她的手，兩人就這樣躺著，慢慢地，奧斯卡昏昏欲睡、雙眼沉重，幾乎睜不開。沉沉入睡前，他喊：「依萊？」

「嗯？」

「我好高興妳來找我。」

「嗯。」

「可是妳怎麼⋯⋯聞起來都是汽油味？」

依萊的手握得更緊，緊緊貼著他的心，緊緊抱住他整個人。奧斯卡身處的這房間好像越來越大，牆壁和天花板開始變柔軟，地板鬆滑，連整張床都飄浮了起來。他知道，這代表自己睡著了。

十月三十一日星期六

夜晚的燭光已熄滅，歡樂的白晝，
躡腳登上雲霧迷濛的山巔。
我得離去求活，否則留下必死。

——莎士比亞，《羅密歐與茱麗葉》

灰色。萬物都是灰色。雙眼無法聚焦，彷彿躺在雨雲中。躺著嗎？沒錯，是躺著沒錯。他的背、臀和腳跟都感到被東西頂著的壓力。左邊有嘶嘶聲——氣體，氣體開著。不對，關掉了——又開了。每次一有嘶聲，他的胸腔感覺就不一樣。隨著嘶聲時有時無，肺腔一會兒灌滿氣，一會兒又全空。

他還在游泳池嗎？他是被自己那罐氣體迷昏了嗎？若是這樣，怎麼感覺清醒著呢？但他真的是清醒的嗎？

哈肯試著眨眼：什麼都沒發生，幾乎沒有，他只感到一隻眼睛前方有東西在抽動，讓他視線更加渾濁。至於另一眼——不在了。他想張嘴，嘴也不在。他想像著自己嘴巴的形狀，想著照鏡子時看到的模樣，再一次嘗試……還是不存在。無論什麼都不聽他使喚，彷彿硬把意識灌進一顆岩石，硬要它動，自然毫無交集。

他整張臉好灼熱，一股恐懼流遍全身。他的臉被某種溫熱而僵硬的東西蓋住。是石蠟。機器在幫他呼吸，因為他整張臉都被石蠟覆蓋住了。

他將精神集中到右手。有，它在。他張開手，握緊拳頭，感覺指尖碰到掌心。有觸覺。他鬆了一口氣，並想像自己鬆口氣的樣子，因為胸口已不能隨心所欲地起伏。

他舉起手，慢慢的，前胸和肩膀繃緊。他手移到視線可及之處：一片血肉模糊。再移到臉前，停住。旁邊怎麼有低沉嗶嗶聲？他慢慢將頭轉過去，下巴被硬硬的東西刮著。他移手去摸。

某種金屬造口插入他喉嚨，有條塑膠長管連接了金屬造口，他循著管子摸到最遠，尾端有個溝槽狀金屬物。他知道了。若想死，就要拔掉這東西。他們替他裝了呼吸器。哈肯將手指擱在管子末端。

依萊。泳池、男孩、強酸。

他的記憶只停在扭開玻璃瓶蓋的剎那。他一定是將強酸潑到自己的臉上——按照計畫。唯一沒算準的是他竟然還活著。他看過那些毀容的照片，一些女性被嫉妒的男友潑硫酸。他不要自己有張這樣的臉，更不想見到這種臉。

哈肯緊緊握著管子一扯——沒動靜，嵌得好緊。他試著轉動尾端的金屬，如他所料轉開了。他繼續扭鬆，想伸出左手幫忙，但原本該有手的地方現在只有像是針插滾過的刺痛。還能動的那隻手，指尖感覺到一股噗噗壓力。封口處有氣體跑出來了。嘶嘶聲微微變化，變得薄弱。他閉上眼，想到古希臘哲學家蘇格拉底和他被賜與的某種閃爍紅光滲入四周原本的灰色光線。別忘了拿隻公雞給……那人叫什麼來著？

那杯毒藥，會有如此下場，只因他蠱惑了雅典的年輕人。

阿契曼德拉斯[6]？不對……

有吸吮聲。這時病房門開啟，白色身影朝他過來。有手來扳開他的手指，想拿開他手中的金屬片。女人的聲音。

「你在幹麼呀？」

阿斯克勒庇俄斯，獻隻公雞給阿斯克勒庇俄斯。

「放手！」

一隻公雞，給阿斯克勒庇俄斯，他是醫神。

手指放開後，嘶嘶聲又出現。管子被嵌回原來的位置。

「從現在起得找人來戒護了。」

將公雞獻給他，別忘了。

奧斯卡醒來時依萊兒已經走了。他繼續躺著，面向牆壁。背好冷。他一隻手肘撐起身子，環顧全室，窗戶開了一小縫，她一定是從那裡溜出去的。

光著身體。

他翻過身，臉貼著她睡過的地方，聞了聞：什麼味道都沒有。他的鼻子在床單來回嗅，想找出一絲絲她來過的氣味，卻沒嗅出什麼。連汽油味也沒有。

這真的發生過嗎？他趴在床上，開始回想。

沒錯，發生過。

是真的。她的纖指撫摸他的背，這個記憶確實無誤。他們玩著「布勒哩巴克」。那是他還小的時候媽媽和他玩過的遊戲，但此刻的回憶很鮮明，才剛剛發生，而且是沒多久之前——突然之間，他手臂和頸部的寒毛直豎。

奧斯卡起床穿衣服，套上褲子後走到窗邊。沒下雪了，零下四度。很好。萬一氣溫升高、開始融雪，就會到處泥濘，這樣就不能把裝傳單的紙袋放在外面。

他想像著在零下四度光著身子攀到窗戶外，爬下被雪覆蓋的樹叢，爬到……

不可能的。

他傾身向前看，眨了眨眼。

樹叢上的覆雪絲毫沒有遭破壞的跡象。

昨晚站在窗邊，他看到外頭步道鋪了一層潔淨的新雪，那層雪現在看來與昨晚無異。奧斯卡把窗戶開大些，整顆頭探出去，發現延伸到他窗戶下方牆壁的樹叢也覆蓋著雪，沒有被踩過的痕跡。奧斯卡往左看，沿粗糙的外牆望過去。她家窗戶少說有三米遠。

冷風吹過奧斯卡赤裸的胸口，他心想，應該是昨晚她回去後又下過雪吧，這是唯一解釋。不

6

蘇格拉底底被迫服毒，臨死前對在旁的學生說：「我還欠醫神阿斯克勒庇俄斯一隻公雞，別忘了幫我還他。」當時生病的人會到這位醫神的廟堂住，祈求醫神救治，回禮就是公雞一隻。哈肯記不得醫神正確名字，隨口說了這個顯然不對的名字：「阿契曼德拉斯」。

過……現在讓他不解的反而是：她怎麼爬上他窗戶的？難道是踩著那些樹叢爬上來的嗎？

若是這樣，雪不應該是那個樣子，而且他上床後就一直沒下過雪，她身體頭髮卻都沒溼，可見來之前的確沒下雪。那她什麼時候走的？

從她來，到離開，那段時間應該下了很大的雪，蓋住了她的腳印……

奧斯卡關上窗戶，繼續把衣服穿完。真不可思議，他開始覺得這全是一場夢。可是他旋即看見了字條，摺疊起來放在他書桌的鬧鐘下。他拿起字條，打開看。

那麼，窗兒，讓白畫進來，也讓生命出去。

上頭畫了一顆心，以及：

今晚見，依萊。

他把紙條看了五次，想像她站在那裡、靠著書桌寫下字條。牆壁海報上 Kiss 樂團主唱吉恩‧西蒙斯就在她身後半米處，舌頭吐得長長的。

他走向書桌，將海報撕下，揉成一團丟到垃圾桶。

然後又看了字條三次才摺好放進口袋，穿上最後一件外衣。今天的傳單才五頁，對他來說小意思。

房間瀰漫菸味，百葉窗透進來的陽光裡有塵埃飛舞。雷基剛醒來，他躺在床上咳嗽，眼前這些塵粒飛舞的模樣真是有趣。他像個老菸槍一樣咳嗽，然後轉過身拿邊桌上的香菸和打火機，旁邊的

菸灰缸已經滿溢。

他給自己拿根菸，駱駝牌淡菸。薇吉妮雅上了年紀便開始注意健康，改抽淡菸。他點燃菸，翻過身，一手枕在頭下，開始思索整個情況。

薇吉妮雅幾小時前就出門上班，現在應該很累吧。兩人做完愛後聊天抽菸，熬夜到很晚，凌晨兩點她才熄菸，說該睡了。她睡了後，雷基溜下床，喝了一些酒，又抽了幾根菸才上床睡覺。或許是因為他喜歡鑽進已熟睡的溫暖軀體旁邊。

真可惜，他沒能讓自己的生活過成永遠有人睡在身旁。如果有人能和他同床而枕，肯定是薇吉妮雅。可是⋯⋯該死，他就是聽過有人說她這樣、說她那樣，如雲霄飛車般的生活。據說那段時間她會到城裡酒吧買醉，隨便抓個老男人回家。她不想談這事，不過那段日子的確讓她蒼老不少。

如果他和薇吉妮雅能⋯⋯好，能怎樣呢？變賣一切，到鄉下買間小屋，自己種馬鈴薯。這當然行，但持續不了多久的。一個月後他們就會惹惱對方。況且她媽媽住在這裡，工作也是，而他⋯⋯嗯，有集郵。

這東西沒人知道，連姊姊也不知道，這讓他有點罪惡感。

這是爸爸的集郵冊，沒列在遺產中，若變現能值不少錢。每次他需款孔急，就賣個幾枚。現在市場價錢不好，況且也沒剩多少。不過很快他又得變賣了，或許賣掉最特別的那幾枚吧，挪威一號，然後回請大家喝酒，前一陣子老是喝人家的，是該禮尚往來一下。

還有薇吉妮雅的母親——那在鄉下買兩間小屋。小木屋，兩間離很近。小木屋花不了多少錢。還有她女兒莉娜，那四間。當然好。有辦法的話買下整個村子也行。

現在價錢不好，不過還能值不少錢。

薇吉妮雅告訴過他，只有和雷基在一起她才會快樂。至於雷基，他不確定自己有沒有快樂的能力。不過薇吉妮雅的確是他唯一喜歡相處的人。那，為何兩人就是無法長相廝守？

雷基將菸灰缸放在肚子上，抖抖菸灰，菸放進嘴裡，深深吸口氣。

薇吉妮雅是這些日子以來他唯一想在一起的人——自從喬齊消失。喬齊真的很棒，他是這些熟人中他唯一會稱為朋友的。但他就這樣失蹤，簡直太扯。這樣不對，至少要有葬禮啊，有遺體可以瞻仰，讓人可以說：嗨，老友，原來你在這兒，不過你死了。

雷基淚水盈眶。

每個人總有一些他媽的朋友，讓自己的世界運轉起來不會那麼吃力。他也有，有一個，但就這麼巧，這一個被冷血的盜匪幹掉了。那小鬼到底為什麼要殺喬齊？

不知為何，他就是知道古斯塔沒說謊，也沒編造假話。喬齊的確走了，可是整件事就是該死的太沒道理。唯一合理的解釋就是嗑藥。喬齊一定染上毒癮，又背叛了不對的人，才慘遭毒手。可是怎麼之前都沒聽他說？

雷基離開前把菸灰缸清乾淨，空酒瓶塞進櫥櫃，還得和其他瓶酒一樣上下顛倒放，免得被發現。

對，該死，就這麼辦。兩間小木屋，一畝馬鈴薯田。膝上有泥土，春天有雲雀，之類之類的。

就等著那個某一天。

他穿上大衣走出門，經過薇吉妮雅工作的ICA超市，對著坐在收銀臺的她拋個飛吻。她笑顏綻放，噘嘴回應。

走回伊伯森嘉頓街途中，他見到個男孩抱著兩大袋紙袋。是住在同社區的，雷基不知道名字，

不過還是對他點點頭。

「看起來很重，你竟然拿得動。」

「還好。」

男孩蹣跚地抱著袋子走向隔壁棟，雷基一路看著他。他媽的，這傢伙看起來真快樂，就是應該這樣嘛，接受你的重擔，快樂地扛起來。

就是應該這樣嘛。

他在中庭閒晃，希望能遇見那個請他喝威士忌的人。大概這個時刻，那人偶爾會出現，在中庭繞著圈子走來走去。不過好幾天沒見到他人了。雷基抬頭看看某扇窗，他猜想那人應該住在那裡，不過窗戶緊閉。

當然，他可能在裡頭喝酒，可以去按按門鈴。

或許改天吧。

到了天色快黑湯米和媽媽才來到墓園，爸爸的墳墓就在瑞克斯塔湖旁的堤岸裡。媽媽整路都不說話，湯米以為她是因為難過不想開口，不過當兩人來到坎南維根鎮，走上那條與湖平行的小路，媽媽咳了一聲，對他說：「湯米，那個……」

「什麼？」

「史泰凡說他屋裡有東西不見了，而我們昨晚都在那兒。」

「我懂了。」

「你是不是知道些什麼？」

湯米從頭上抓起一把雪，揉成雪球，砸向一棵樹。正中紅心。

「嗯，在陽臺下。」

「這對他來說很重要，因為……」

「我說了，在陽臺下的樹叢裡。」

「怎麼會跑到那裡？」

被雪覆蓋的墓園圍牆出現在眼前，一道柔和的紅色光線由下往上照亮了松樹，媽媽提的小油燈因晃動而發出噹啷聲響。湯米問媽媽：「妳帶打火機了嗎？」

「打火機？喔，有，我有帶打火機。那獎盃到底是怎麼……」

「是被我丟下去的。」

他們走進墓園大門，湯米駐足看地圖。不同區域以不同字母標示，爸爸在D區。

若真的仔細去想就會覺得可怕。竟然把人燒了，留下骨灰、埋在地底，然後標上「D區第一〇四號墳」。

大概三年前吧。湯米對葬禮或喪禮（隨便怎麼稱呼）的印象很模糊了，只記得有具棺材，還有很多人又哭泣又嘆息。

他記得當時穿了過大的鞋子，那是爸爸的。走回家途中，腳在鞋裡滑來滑去。他很怕那具棺材，整個過程都坐在那裡直盯著它，而他深信爸爸會從裡面起身，活過來，可是……一切都變了。

葬禮過後兩星期，不管走到哪裡，他都怕出現殭屍。尤其天一黑，他會望著陰暗處，覺得自己看到了醫院病床上那具乾癟的軀體，這軀體不再是爸爸，它硬挺挺地伸出雙手，要走過來抓他，就像電影演的那樣。

這種恐懼持續到他們將骨灰罈埋起來。那天只有他、媽媽、挖墓人和牧師在場。挖墓人捧著骨灰罈，莊嚴地跨大步走。牧師在旁安慰媽媽。整個過程根本他媽的有夠荒謬。穿著工作服的挖墓人捧著一個小小的有蓋木盒往前走，那東西怎麼說都跟爸爸沒關係。

真是個大笑話。

不過說來奇怪，自從那天，湯米就不再害怕。而且他和那座墳墓的關係也慢慢變得不一樣。現在他偶爾會獨自來這裡，坐在墓碑旁，手指輕撫過刻出爸爸名字的那些形狀。他來這裡就是為了這個，不是為了地下的那個木盒子，而是為了這個名字。

病床上扭曲變形的那個人、盒子裡的骨灰，那些都不是爸爸，只有這個名字與他記憶裡的人有關。所以有時他會坐在這裡，輕輕撫過石頭上這些字，它們被雕成爸爸的名字……馬汀·山謬森。

「真漂亮。」媽媽說。

湯米望向墓園。

小燭光全部亮起，彷彿從空中俯瞰的城市夜景。墓園到處都有陰暗的身影在四處走動。湯米望著她消瘦的背影，突然悲從中來。他不是替自己感到難過，也不是替媽媽悲傷，而是為了所有世間人哀悼。包括手拿著燈從雪地走到這裡探墓的這些人。

向爸爸的墳墓，手中的小油燈盞呀盞。

他們不過是坐在墓碑旁，看著碑文、摸著碑文的陰魂。實在太……太蠢了。

死了就死了。消失了。

雖然如此，湯米還是走到媽媽身邊，蹲在爸爸的墳墓旁，等著媽媽把燈點亮。因為她在這裡，他便不想去摸那些字。

母子倆坐了一會兒，凝視著大理石上的陰影搖曳且稀微的亮光緩緩移動。此刻，湯米唯一的感覺只有困窘，自己竟然跟她一起玩這麼虛偽的遊戲。一分鐘後他起身，往家裡走。

媽媽在後跟著——跟得太快了吧，他這麼覺得。在他看來，媽媽應該大聲哭泣、淚流滿面，在那裡坐整晚。她趕上他，小心翼翼伸手挽著他。湯米隨她抓著，兩人並肩行走，望向已經結冰的瑞克斯塔湖。如果寒流繼續襲來，再過幾天應該能在湖上溜冰。

有句話如固執的吉他旋律那樣在他腦海反覆出現。

死了就死了、死了就死了、死了就死了。

媽媽抖了一下，緊靠著他。

「真可怕。」

「妳這麼覺得？」

「是啊，史泰凡告訴我很多可怕的事。」

「喔。」

「你知道花園住宅區安格拜那裡的房子起火了嗎？那女人……」

「知道。」

「史泰凡告訴我了，他們把女人解剖驗屍，我真的覺得這種事情好恐怖，就是他們做的那些事。」

「是啊，是很恐怖。」

有隻鴨子正走在薄冰上，朝一片小水池而去，水池於通往湖裡的排水管出口附近。夏天時，水池的氣味就像臭水溝，不過還是抓得到小魚。

「那些排水管是從哪裡來的？」湯米問，「從火葬場流出來的嗎？」

「不知道。你不想聽那些事嗎？是不是覺得很恐怖？」

「不是。」

兩人穿越樹林走回家的路上，她將那些事說給他聽。沒多久，湯米開始有興趣了，問了些她回答不了的問題。她知道的只有史泰凡告訴她的那些，事實上，湯米有這麼多問題，媽媽反倒後悔不該提起這個話題。她怕兒子太沉迷。

那晚回家沒多久，湯米去了避難室，高踞板條箱上，拿著手槍對著某人的照片這樣射、那樣射，然後將雕像放在三個裝有錄音帶的紙箱上頭，讓它成為一座獎盃，最上面還擺了顆草莓。

偷來的……從警察那裡！

他小心翼翼將避難室用鐵鍊和掛鎖鎖住，鑰匙藏回原處，坐在俱樂部裡，開始想媽媽告訴他的那些事。一會兒後，他聽見外頭迴廊有躊躇的腳步聲，有人壓低聲音喊著，「湯米？」

他從扶手椅起身，走到門口，迅速打開：奧斯卡站在門外。他一臉緊張，對他遞出一張紙鈔。

「這是要付你的錢。」

湯米接過五十克朗塞進口袋，對著奧斯卡笑。

「你是想當這裡的常客嗎？進來吧。」

「不是，我是要……」

「我叫你進來。我想問你一些事。」

奧斯卡坐上沙發上，十指交握，湯米一屁股坐進扶手椅，看著他。

「奧斯卡，你是聰明人。」

奧斯卡謙虛地聳聳肩。

「你知道安格拜地區有間房子著火的事情吧？有個老女人全身著火衝到花園裡？」

「嗯，我看到報紙了。」

「我就覺得你知道。報紙有提到什麼解剖的事情嗎？」

「這我沒看到。」

「你不知道喔，嗯，總之他們這麼做了，它們把她解剖驗屍。你知道嗎？他們沒在她肺部發現濃煙嗆傷的跡象，你知道這代表什麼嗎？」

奧斯卡想了想。

「火災發生時她已經沒有呼吸。」

「沒錯，人什麼時候會停止呼吸？就是死掉的時候，對不對？」

「沒錯，」奧斯卡急著接話，「我讀過這類事情。所以如果發生火災就要解剖驗屍，好確定沒有……沒人故意放火，掩飾在屋裡殺了人的罪行──我讀過，好像是……喔，從《家庭週刊》看到的。英國有個人殺了妻子，他知道這件事，所以放火前先塞了一根管子到她喉嚨裡，而且……」

「行了，行了，所以你知道，很好。那老女人沒有吸進濃煙，竟然還能衝到花園，跑了一段路才死──這怎麼可能呢？」

「她應該是閉氣的。不對，當然不是那樣，不可能辦到。我在某個地方看過這類報導，就是因為這樣人才會……」

「好好好，解釋給我聽。」

奧斯卡用手撐頭，認真思考。「要不是法醫搞錯就是她衝出來時已經死了。」

湯米點點頭，「沒錯。可是你知道嗎？我不覺得那些驗屍的傢伙會犯這種錯。你認為呢？」

「是這麼說，不過……」

「死了就是死了。」

「對。」

湯米將扶手椅鬆落的線頭抽出來，用手指搓成一團球，彈開。

「沒錯，至少我們是這麼覺得。」

第三部 雪，融化在肌膚上

他的手擱在我手上，
洋溢歡樂氣息，我由此得到安慰，
他領我進入祕密裡。

——但丁·《神曲——地獄篇》第三章

「我不是張床單，我是真正的鬼。呼……呼……你應該要害怕！」
「但我就是不怕。」

——瑞典搖滾樂團，國家劇院（Nationalteatern）的歌曲《Käldolmar och kalsipper》

十一月五日星期四

摩根的腿凍僵了。潛水艇沉沒之際，冷鋒也逼近了。過去這個禮拜天氣雪上又加霜。他很愛自己這雙舊牛仔靴，但就是塞不進厚襪子，而且一隻鞋底也破洞。當然，他可以花個一百克朗去中國餐館買外帶食物暖暖身子，不過他寧可讓自己冷。

早上九點半，他正下電車要回家。剛剛去了位於斯德哥爾摩西邊的烏爾森達廢車處理場，想看那裡缺不缺人手，有機會賺個兩、三百塊也好，無奈他們生意很差，看來今年又買不了新冬靴。他和辦公室那些人喝了杯咖啡才去坐電車。辦公室裡什麼都有，備用零件、目錄、養眼海報，堆滿整間辦公室。

回家路上，他突然見到賴瑞從高樓後頭冒出來，一如往常一副剛剛聽到自己被判死刑的臭臉。

「嗨，老兄。」摩根喊他。

賴瑞草草點了個頭，走向他，神情之自然，彷彿一早起床就知道摩根會出現在這裡。

「嗨，還好吧？」

「腳趾快凍僵了。我車子已經進了廢車場，現在又沒工作，正想回家喝個沖泡濃湯果腹。那你呢？還好嗎？」

賴瑞朝著伯橋森蓋頓街方向前進，走的是那條穿過公園的步道。

「我想去醫院看看赫伯特。一起去嗎？」

「他精神狀況好點了嗎？」

「沒有，我想還是老樣子。」

「那我就不去了，看到那景象就讓我難過。上次他還以為我是他媽，要我說故事給他聽咧。」

「那你說了嗎？」

「當然啊。我說了金髮女孩和三隻小熊的故事。不過今天沒那個心情。」

兩人繼續走。摩根看見賴瑞戴的厚手套才驚覺自己手已凍僵，趕緊收進丹寧外套的窄小口袋裡。這口袋之小，他還得折騰一番才插得進去。

喬齊失蹤的人行地下道就在眼前。

或許是想避開**那件事**吧，賴瑞開口問道：「你看到今早的報紙了嗎？總理費爾丁說俄國人那艘潛艇上面載有核子武器。」

「不然咧？他以為載的是彈弓啊？」

「不是。不過……那艘潛艇已經沉在那裡一個禮拜了，萬一爆炸怎麼辦？」

「別擔心，俄國人很懂他們的那些玩意兒。」

「你知道我不是共產黨員。」

「難道我就是？」

「這麼說吧——上次選舉你投誰？自由黨？」

「這不代表我效忠莫斯科啊。」

兩人以前就抬槓過這話題，現在又老調重彈，只是為了在走過地下道時不用去見、去想**那件事**。雖然如此，兩人一走進這座地下道，談話濃度仍越來越稀薄，到最後連一點聲音都沒了。兩人

都認為是對方先不說話。他們看看落葉堆（現在已變成幾堆雪），雪堆的形狀讓他們渾身不自在。

賴瑞搖搖頭。

「所以到底該怎麼辦？」

摩根兩手往口袋縮得更深，跺著腳取暖。

「古斯塔是唯一能做什麼的人。」

兩人望向古斯塔家的方向。

沒有窗簾，窗戶玻璃上還有一條條汙漬。

賴瑞掏出一包菸。摩根拿了一根，賴瑞跟著拿，然後將兩根菸點燃。兩人站在那裡抽，凝視雪堆。沒多久，孩童的聲音打斷他們的思緒。

一群孩子拿著溜冰鞋和頭盔魚貫走出學校，由一個神情如軍人般威武的男子領軍。這些學童彼此間隔幾米之距，步伐整齊劃一。他們走過摩根和賴瑞身邊，摩根對著一個孩子點點頭。他認出了這學生，他和他住同棟樓。

「是要上戰場啊？」

那孩子搖搖頭，好像要說些什麼，不過還是繼續跟著前進，似乎很怕脫隊。兩人繼續往醫院走，心想這些孩童可能是要去郊遊之類的。摩根以腳踩熄菸蒂，雙手圈在嘴巴兩旁，對那群學生喊：

「空襲警報！敵軍來襲！」

賴瑞笑個不停，也將菸蒂踩熄。

「天啊，沒想到這年頭還有這種老師，該不會連外套都要立刻掛好吧──喂，你到底要不要跟

我去醫院？」

「不要，今天不想——跑快點，或許能追上他們喔。」

「那就待會兒見。」

「嗯，待會兒見。」

兩人就在地下道分手。賴瑞跟著孩子往同一方向慢慢走，摩根則步上階梯。現在他整個身體真的凍僵了，沖杯即溶濃湯應該不錯，攙點牛奶風味應該會更棒。

奧斯卡走在老師身邊。他得找人談談，而這位老師是他唯一能想到的人選。可是即便如此，有機會他還是想更換今天參加的團體。每次有戶外活動，強尼和麥奇通常不會選擇健行團，不過他們今天卻在隊伍裡。打從一大早，兩人就不斷竊竊私語，還望著奧斯卡。所以奧斯卡和老師走在一起。連他自己也不曉得他是希望有老師保護，或者真的得找個大人談一談。

最近五天他和依萊的交往順利，兩人每晚在外頭見面。奧斯卡都告訴媽媽他要去找喬漢。昨晚依萊又從他窗戶進來，兩人在床上躺了好久，輪流說故事。一人說完一人又接著開始，而後兩人相擁入睡。早上起床，他就發現依萊離開了。

口袋裡，那張讀千百遍也不厭倦的字條旁邊又有張新字條，這是他今早準備上學時在書桌發現的。

我得離去求活，否則留下必死。你的愛，依萊。

他知道這句話出自《羅密歐與茱麗葉》。依萊曾告訴他，第一張字條就是從這齣戲裡抄出來的，所以他去圖書館將這本書借出來看。他很喜歡這本書，雖然有很多地方看不懂。她那身純潔堅貞的制服，是令人作嘔的慘綠。這些句子依萊都懂嗎？

強尼、麥奇和一群女孩走在奧斯卡及老師身後二十米。他們走過中國公園，那兒有幾個托兒所的小孩正在滑雪橇，尖銳的叫聲劃破冷冽空氣。奧斯卡踢著一團雪，壓低音量。「瑪莉老師？」

「什麼事？」

「妳要怎麼知道自己談戀愛了？」

「喔，我⋯⋯」

老師將手插進粗呢大衣的口袋，抬頭瞥了眼天空。奧斯卡忍不住好奇，她此刻是不是正想著來學校等過她幾次的男人。奧斯卡不喜歡他的長相，總覺得看起來令人不寒而慄。

「這要看人而定，每個人都不一樣。不過我想你會知道的，或者當你真正相信你想永遠和那個人在一起，那應該就是了。」

「妳的意思是，如果覺得沒有那個人活不下去，就是在戀愛。」

「對，沒錯，沒有對方活不下去⋯⋯愛情不就是這樣嗎？」

「就像《羅密歐與茱麗葉》。」

「對，而且阻礙越大，就愛得越深⋯⋯你讀過這本書嗎？」

「讀過了。」

老師看著他，給了他一個微笑，以前奧斯卡很喜歡這樣的笑，現在卻覺得這笑容讓他有點不好意思。他脫口說出：「那如果是兩個男的相愛呢？」

「那是友誼，也是一種愛。或者，你是指……嗯，兩個男的也能那樣相愛啦。」

「那要怎麼愛？」

老師壓低音量。

「我不是說那樣不對，不過……如果你想多聊聊，改天我們再找時間來討論。」

奧斯卡和老師沉默地走了一會兒，走到通往柯瓦爾尼肯灣的小丘。這裡就是鬼丘。老師大口吸入松樹林的氣味，說：「愛情就像和某人立了約，兩人合而為一。不論是男是女，都可以立約，那代表……你和那個人……你們之間有獨一無二的約定。」

奧斯卡點點頭。他聽見女同學的聲音越來越近，她們很快就會過來，分散老師的注意力。這種事很常見。他離老師很近，近到兩人的外套都碰到了，他開口繼續問：「一個人能同時……是女生又是男生嗎？或者，既不是女生也不是男生？」

「不行，人類無法這樣的。有些動物……」

蜜雪兒跑過來，扯開尖銳的嗓音打小報告。「老師！強尼把雪塞進我背後。」

這段下坡山路已經走到一半，不用多久，所有女同學都會過來告訴老師強尼和麥奇幹了什麼好事。

奧斯卡放慢速度，落後幾步，轉過身，便看見強尼和麥奇正站在丘頂上。他們向奧斯卡揮手，但他不理，而是走向路邊大樹，折下一大根樹枝，邊走邊將岔出來的小枝椏摘掉。

一行人經過那棟聲名遠播的鬼屋，鬼丘這名字就是由此而來。這棟大倉庫盛立在四周矮小的樹木中，牆壁是波浪鐵片做的，顯得格格不入。面對小丘的那面牆被人噴了漆，大大寫著：**可以搶你的機車嗎？**

女同學和老師正在玩抓鬼遊戲，於水邊步道上嬉鬧。他不打算上前，雖然知道強尼和麥奇就在後面。奧斯卡把手中的枝條抓得更緊，繼續踱步。

今天外頭真舒服。幾天前湖面就結冰了，現在厚度能讓那群由阿維拉老師帶領的溜冰團上去練習。一聽到強尼和麥奇說要參加健行團，奧斯卡便慎重考慮衝回家拿溜冰鞋，改參加溜冰團。不過他已經兩年沒買溜冰鞋，現在或許已穿不下那雙了吧。

而且他也怕冰。

還小時，他曾和爸爸去斯德哥爾摩東北方的索德史維克鎮釣魚。爸爸走到湖面檢查魚餌，奧斯卡站在碼頭的制高點，看到爸爸掉入冰水，他頭沒入水裡那幾秒真的好可怕。那時奧斯卡孤孤單單站在碼頭上，使盡全力大喊救命，幸好爸爸口袋裡放著冰上救援用的十字鎬，他勾住冰層，將自己拉出水面。從此以後，奧斯卡就不喜歡走在底下是水的冰層上。

有人抓住他手臂。他馬上轉頭，發現老師和女同學已經拐過轉彎處，消失在小丘後。強尼說：

「豬頭要洗澡囉。」

奧斯卡將手中的枝條握得更緊，牢牢扣住。這是他唯一的機會。他們抓住他，準備將他丟進冰層下的湖水裡。

「豬頭身上好臭，來給他洗洗澡。」

「放開我。」

「等一下，放輕鬆，待會兒就放你走。」

他們將他抓到結冰的湖面上，那裡空曠荒蕪，沒東西能讓他抓著抵抗。他們將他往後拖，走向溫泉池。奧斯卡的腳跟在雪地裡拖出兩條痕跡，而在兩條痕跡之間，則是手中那根枝條畫出的一道淺線。

他看見遠方冰上有小小的身影在移動，於是大聲呼喊，想找人來救他。

「你喊啊，搞不好他們來得及把你拉出來。」

漆黑的水面就在幾步之外，奧斯卡繃緊全身肌肉，猛然一扭，將自己甩往一旁。麥奇鬆了手，現在只剩強尼的手抓著奧斯卡。奧斯卡趁機拿枝條猛鞭強尼的小腿，用力之猛，反彈的力道差點讓枝條從手中飛出去。

「啊好痛，可惡！」

強尼鬆開手，奧斯卡跌在冰上。他就在冰洞邊，雙手緊握枝條。強尼摸著自己的小腿。

「死白痴，看我怎麼收拾……」

強尼慢慢逼近，可能不敢用衝的，因為他怕直接撲過去自己也會跟著掉進水裡。他指著奧斯卡手中的枝條。

「把那根東西放下，不然我宰了你，聽見了嗎？」

奧斯卡咬緊牙根，就在強尼逼近到一臂多一些的距離時，奧斯卡一把揮向他的肩。強尼被打得痛到蹲下，枝條的另一端狠狠甩中強尼耳朵，奧斯卡的手也感到一股沉默的共振。強尼有如被保齡

球擊中的瓶子倒向一邊，四肢大張攤在冰上，放聲哀嚎。

站在強尼身後兩步距離的麥奇開始往後退，伸出雙手阻擋。

「你搞什麼東西？我們只是好玩，又不是想……」

奧斯卡左右揮舞的樹枝，一面發出低沉的咻咻聲，一面走向麥奇。麥奇轉身往湖邊跑。奧斯卡停住，垂下手中枝條。

強尼縮成一團，手壓著耳朵，鮮血從指間淌下。奧斯卡想道歉，他不是故意打這麼大力。他蹲到強尼身邊，用枝條撐地，正想開口說「對不起」，卻**看見強尼**——

他變得好小，蜷縮成胎兒狀，「嗚嗚嗚嗚」啜泣，稀稀的血流到衣領旁，他的頭慢慢來回轉動。

奧斯卡納悶地望著他。

現在冰層上這團流著血的小東西不能對他怎樣了。他不能欺負他、嘲笑他，因為他連自己都保護不了。

我可以再多鞭他幾下，然後一切就會結束。他不會再被欺負。

奧斯卡站起來，仍用枝條撐住地面。然而那股反擊的衝動已消失，取而代之的是打從心底湧出的噁心。他做了什麼？強尼流血一定很痛。萬一失血過多死掉怎麼辦？奧斯卡又坐下來，脫下一只鞋子，將羊毛襪拉出來，跪爬到強尼身邊，戳戳他摀住耳朵的手，將襪子塞過去。

「拿著，給你止血。」

強尼抓著襪子，用力壓在受傷的耳朵上。奧斯卡望向冰層另一邊，有個人穿著溜冰鞋靠近。是個大人。

遠方傳來尖叫聲，有孩童驚惶失措地大喊。幾秒後，一聲幾乎要刺破耳膜的高亢叫聲加入，正要朝他們走來的人停住腳步，愣了幾秒，轉身往回溜走。

奧斯卡還跪在強尼身旁，感到膝蓋底下的冰層正在融化，濡溼他的膝蓋。強尼閉上雙眼，咬緊的牙縫擠出一聲聲哀鳴。奧斯卡低頭靠近。

「你可以走路嗎？」

強尼張嘴想說話，結果雙脣間吐出的竟是某種白黃的液體，將冰層染了色，有些還落在奧斯卡手上。奧斯卡看著那些黏滑的東西在手背上抖動，突然好害怕。趕緊丟下枝條，衝回陸地找人幫忙。

醫院旁傳來的孩童尖叫越來越響亮，奧斯卡往他們的方向跑過去。

阿維拉老師全名是費南多‧克里斯多伯‧雷耶斯‧阿維拉，他很喜歡溜冰。他喜歡瑞典的理由之一就是這裡冬季很長。他曾連續十年參加「瓦沙」全國長距離溜冰賽。只要外島的海水凍得夠堅固，他週末就會開車去古拉多島，前往索得盎姆島。海水結冰到哪裡，他就溜到哪裡。

群島海域上次結冰已是三年前的事，不過今年冬天提早來，讓他又燃起希望。當然，海水一結凍，古拉多島上就會擠滿溜冰迷。不過只有白天。阿維拉老師喜歡晚上溜冰，可以避開人潮。

雖然他對瓦沙溜冰賽很敬重，不過總覺得在比賽中，自己彷彿變成上千萬隻突然決定大移民的螞蟻之一。那種感覺和自己一人伴著月光在寬闊冰層上溜冰截然不同。費南多‧阿維拉是個不怎麼虔誠的天主教徒，不過，當他獨享遼闊冰天雪地這一刻，的確能感受到上帝距離很近。

金屬冰刀有節奏的發出刮磨韻律，月光映照在冰層上散著灰濛濛微光，還有無邊無際的星斗織成的蒼穹。冷風拂過臉龐，滲入這遼闊世界每個角落構築出的永恆和時空。生命絕不可能大過當下這片刻。

有個小男生抓住他的褲管。

「老師，我要尿尿。」

阿維拉從溜冰幻想曲中的陶醉驚醒，四處張望，看向岸邊長到水面上的那幾株樹木，它們的光禿枝椏在冰層上方形成一片防護遮網。

「你去那裡尿吧。」

男孩瞇眼望著樹。

「在冰上？」

「是啊，不可以嗎？製造新的冰啊。黃色的冰。」

男孩看著老師，以為他瘋了。不過還是乖乖朝向樹木溜去。

阿維拉環顧四周，確定沒有大孩子溜得太遠。他快速滑了幾步巡視，大致掌握狀況，數數人頭：九個學生。沒錯，加上去尿尿那個，共十個。

他轉向另一邊，看著柯瓦爾尼肯鎮的方向，停住腳步。

那裡好像發生了什麼事，有兩、三個人圍在冰層裂開的水面旁，那兒長了些蔓生的枯樹，很好辨識。他遠遠駐足觀看，不知為何，他們突然一哄而散，他看見有個人手裡拿了根樹枝。

樹枝揮舞，一個男孩倒地，然後傳來哀號聲。阿維拉老師先轉頭看看自己帶出來的這群學生

——沒問題。然後他隨即溜向冰洞邊的那些身影。其中一個正往陸地跑。

這時他聽見了後方傳來尖叫聲。

他帶的這群孩子裡有人發出足以震裂耳膜的尖叫，他緊急煞車，冰刀旁濺起幾絲冰屑。他看出在冰洞旁那幾個孩子年紀較大，好像有奧斯卡，還有其他高年級的學生。他們應該可以自己處理問題……所以他回頭確認低年級的孩子。

尖叫聲越來越大，於是他決定轉身往回溜，又聽見更多孩子的尖叫加入。

Cojones！（有種一點，別驚慌。）

他離開的短短片刻就出了事。上帝啊，千萬別是冰層滑動。他火速趕回去，奔向尖叫來源，冰刀旁的硬雪被刮得旋轉飛起。他看到更多孩子聚在一起，歇斯底里的尖叫此起彼落。有更多孩子要湊過去，某個大人從醫院那兒往冰層跑來。

阿維拉老師滑出最後幾個強勁大步，終於來到孩子身邊，然後戛然而止，濺起的冰塵噴到孩子的大衣上。他還不知道發生什麼事。每個孩子都聚在那片枝椏旁，低頭望著冰層，尖叫不停。

他靠近一些。

「怎麼了？」

一個孩子指著冰層下方，裡頭凍住了什麼東西，看起來好像一大團草。但是側邊有條紅線。可能是被輾斃的豪豬吧。他彎腰靠向那團東西，仔細端詳才發現——竟是顆頭顱！一顆人頭凍在冰層裡，現在只看得到頭頂和前額。

被叫來這裡尿尿的孩子正坐在幾米外的冰上嗚嗚大哭。

「我、我、我看到那東西了！」

阿維拉老師站起來。

「離開！**現在**全部的人都回陸地上。」

孩子似乎也被凍在原處動彈不得，幾個更年幼的仍在繼續哭泣。他拿出哨子，用力吹了兩聲，尖叫聲停止。他走在孩童後面，逼著他們回岸邊。大家都離開了，不過有個五年級的孩子還留在那裡，彎腰看著那團東西，滿臉好奇。

「你也上去！」

阿維拉用手指了指他，要他也離開。學生走後，阿維拉對著從醫院跑過來的女人說：「快報警，叫救護車，有具屍體凍在冰層裡。」

女人跑回醫院。阿維拉數數陸地上的人數：少了一個。發現屍體的孩子還坐在冰層上，臉埋在手裡哭泣。阿維拉滑過去，從胳肢窩把他架起，小男孩轉過身，雙手緊緊抱住阿維拉，這位老師溫柔地扶著男孩，姿態彷彿擁抱易碎的包裹，將他帶回岸邊。

「我可以和他說話嗎？」

「他現在無法開口……」

「我知道，不過他聽得到別人說的話。」

「是沒錯，不過……」

「只要一會兒就好。」

哈肯從籠罩視線的那團朦朧望出去，見到一個穿深色衣服的男人拉了張椅子坐在他床邊。他看不清楚那人長相，不過神情似乎非常嚴肅。

過去幾天，哈肯的意識在一片紅色雲霧中浮浮沉沉，這片紅霧被細如髮絲的一條條線穿過。他知道自己被麻醉過幾次，他們替他做了些手術。今天是他首次意識完全清醒，不過他仍不知道自己住進來幾天。

今早哈肯曾用有感覺的手去摸摸自己的新臉。他整張臉被有如橡膠的繃帶蓋住，不過他忍痛戳進繃帶裡探索，根據指尖摸到的那一丁點兒輪廓，他知道自己沒有臉了。

哈肯‧班特森已不存在，只剩躺在病床上那具無法辨識的軀體。當然，他們可以將他與其他殺人案扯在一起，但絕不會聯想到上次那條人命，也不會連累到依萊。

「你覺得怎樣？」

喔，非常好，警官，謝謝你。再好不過，除了覺得有人把灼熱的凝固汽油貼在我臉上，其他都很棒，沒什麼好抱怨。

「嗯，我知道你不能開口，如果你聽懂我的話就點點頭，可以嗎？你能點頭吧？」

我可以，但我不想。

他床邊那人嘆了口氣。

「你企圖自殺，不過顯然沒有……很徹底。抬頭有困難嗎？如果聽得到我說話，就舉個手，好嗎？可以舉起手吧？」

哈肯刻意從警察的談話脈絡中脫離，逕自思考義大利詩人但丁描寫的地獄——煉獄。那個不識基督的偉人離世後所去之處。他想著那裡的一切細節。

「你應該懂吧，我們很想知道你是誰。」

但丁死後是到了哪一層呢？

警察把椅子拉近病床。

「你知道我們查得出來，遲早的事。不過現在你如果能配合，和我們好好溝通，可以幫我們省些事。」

不會有人懷念我的，不會有人認識我，儘管去查吧，去試啊。

護士進來，「有人打電話找你。」

警察站起來，朝門走出去，並在踏出門前回頭望了一眼，補上一句。「我會再回來的。」

哈肯的思緒現在回到更重要的事情上。但丁會落在哪一層？弒童的兇手又會在哪一層？是第七層吧，不過也可能是第一，為愛而犯罪的人都會落在這一層。當然，像他這樣的雞姦者也另有一層。

最合理的方式應該是以最重的那項罪來決定。所以，倘若犯下可怕重罪，以後就能隨心所欲去幹些落在較上層的小罪，反正也不可能更壞了，頂多就像美國那些被判了三百年刑期的殺人犯。

地獄每層都以螺旋方式旋轉，形成一個地獄大漏斗，還有冥府的看門狗在搖尾巴。哈肯想像暴力的男人、惡毒的女人和傲慢者各自在油鍋裡、火焰雨裡受苦，失神漫遊，尋找自己的位置。

有件事他很確定：他絕不會落在最低那一層。在這一層中，撒旦路西法站在冰海裡，嘴裡嚼著背叛耶穌的猶大和背叛凱撒大帝的布魯特斯。這層是背叛者要落入的地獄。

房門又開啟，還出現一種奇怪的吸吮聲音。警察坐在他病床邊。

「嗨，看來他們又發現另一個受害者了，他被扔在布雷奇堡鎮的湖泊裡。是同樣的繩子。」

不！

聽到警察說出布雷奇堡鎮，哈肯身體不自主縮了一下。警察點點頭。「顯然你聽得到我說話，很好。我們猜你應該住在西郊，在哪裡？瑞克斯塔？華倫拜？布雷奇堡鎮？」

那段回憶在哈肯腦海裡奔騰：他把那人沉入醫院旁那座湖泊，過程做得太草率，把事情搞砸了。

「好吧，我不吵你，你自己想一想，看看是不是要和我們配合。你不覺得這樣大家都比較輕鬆嗎？」

警察起身離開。有個護士過來補上他的位置，坐在椅子上盯著他看。

哈肯左右轉頭，以表不滿，然後伸出手開始拉扯連接呼吸器的管子，護士立刻跳起來撥開他的手。

「看來得把你綁起來了。你再拉一次我就綁你，聽到了嗎？你不想活是你的事，不過只要你在這裡，不管你之前做了什麼或沒做什麼，我們的責任就是要讓你活下來，懂嗎？而且我們會竭盡所能盡到責任，就算要把你綁起來也在所不惜。聽到沒？乖乖合作對你比較好。」

合作、合作、合作。突然之間每個人都要我合作。

我不再是人，我成了一個任務，喔，神啊。依萊，依萊，救我。

•　••　••

奧斯卡從樓梯間就聽到了媽媽的聲音，她正在講電話，聽起來很生氣。是和強尼的媽媽說話嗎？他站在家門外偷聽。

「他們會打電話給我，問我我做錯了什麼……對，他們就是會這樣。所以我要怎麼說？對不起，不過你也曉得我這孩子就是沒爸爸……要遵守……不，你又沒……我想你應該自己和他談談這件事。」

奧斯卡扭開門鎖，踏進玄關，媽媽對著話筒說：「他現在就是這樣。」然後轉身看著奧斯卡。

「學校打電話來，我……我得和你爸談一談，因為我……」她又轉回話筒：「現在你可以……

我很平靜……你說得容易，你只會坐在那裡……」

奧斯卡進自己臥房，躺在床上，手搗住臉。他的腦袋裡好像有顆心臟怦怦跳。

到醫院時，他還以為那些人這樣匆忙是跟強尼有關，原來不是。今天是他這輩子第一次見到屍體。

媽媽打開他的房門。奧斯卡將手從臉上移開。

「你爸要和你說話。」

奧斯卡接過話筒，壓在耳朵上，聽見話筒另一頭隱約有個聲音複誦著燈塔名、風力、風向等。奧斯卡將手壓在話筒上，悄聲對媽媽說：「是海上天氣預報。」

他拿著話筒等了一會兒，什麼也沒說。媽媽皺起眉，以質問的眼神望著他。奧斯卡坐在玄關椅子上，拿話筒和爸爸一起聽海上氣象報告。

媽媽張嘴，似乎想說些什麼，不過終究只是嘆了口氣，雙手無力垂下。她走進廚房。奧斯卡坐

奧斯卡知道，如果現在硬要對話，爸爸還是會分心去聽收音機。海上氣象報告就像聖旨。有陣子他和爸爸住，每天一到下午四點四十五分，屋內所有活動都要停止，爸爸會坐在收音機旁，出神地望向窗外野地，彷彿想確認收音機所說的是否正確。

爸爸很久沒出海了，不過舊習難改。

「歐莫古蘭德海域吹西北風，風力八級，晚間轉為西風。視線良好。阿蘭德海和群島地區吹西北風，風力十級，晚間轉為大風。視線良好。」

來了，最重要的部分終於結束。

「嗨，爸。」

「很好。」

「那，最近好不好？」

「我聽到了。」

「喔，是你，你好。晚上我們這裡會颳大風。」

「你都曉得吧，剛剛你媽告訴我強尼的事，聽起來不太妙喔。」

「是不太妙。」

「他有腦震盪。」

「對，他吐了。」

「他有腦震盪吧。」

「這是常見的腦震盪副作用。那個哈利……你見過他，他曾被鉛片砸到頭，他……倒在桌上像隻病牛，一動也不動。」

「他還好嗎？」

「他……很好，不過去年春天死了——死因與腦震盪無關啦。腦震盪的問題很快就好了。」

「真好。」

「我們也希望強尼這孩子很快就會好。」

「嗯。」

收音機仍反覆提到不同的海域名稱，像是波騰維肯和其他地方。兩度，他在爸爸住處坐下來將地圖攤在面前，隨著收音機指出每一座燈塔。那段時間他把那些地名都記熟了，還照著順序記，不過現在全忘了。爸爸清清喉嚨。

「你媽和我談過，如果你想要……這週末來找我吧。」

「嗯——」

「我們可以聊聊這件事——以及其他事。什麼都可以。」

「這週末？」

「是啊，如果你想要的話。」

「應該可以吧，不過我有點……那就週六吧。」

「週五晚上也行。」

「不……週六，早上。」

「好啊，很棒，那我就把野鴨拿出冷凍庫退冰。」

奧斯卡貼近話筒，壓低音量。「我比較喜歡沒有彈頭的。」

爸爸噗嗤笑了出來。

去年秋天，奧斯卡去爸爸那裡，兩人吃了海鳥，結果奧斯卡咬到彈頭，斷了一顆牙。他告訴媽媽馬鈴薯裡有石頭。奧斯卡很愛吃海鳥，不過媽媽認為射殺這種毫無抵抗力的鳥類「非常殘忍」。

尤其如果知道奧斯卡的牙齒是因為謀殺凶器斷掉，很可能會氣得暫停他們父子的聚餐。

「我這次會更小心檢查。」爸爸說。

「你那輛機車還會跑嗎？」

「會啊。怎麼了？」

「沒有，只是突然想到。」

「喔。這裡下了不少雪，我們可以騎出去繞一繞。」

「太棒了。」

「好，那就週六見。你可以搭十點那班公車來。」

「好。」

「我會騎著那輛小機車去接你，因為我那輛不太能跑了。」

「好，太棒了，還要跟媽媽說話嗎？」

「呃，不用……你會告訴她我們的計畫吧？」

「啊哈。再見啦。」

「就知道你會。掰掰。」

奧斯卡放下電話，坐在原處發呆，想像那天是怎樣的情景。騎著小機車一定很有趣。奧斯卡會

站在迷你滑雪板上，拉條繩子綁住機車，兩端各放一截棍子，然後兩手抓住拖曳繩，讓爸爸騎車帶他在村裡繞，在雪地上滑水。雪地滑水和沾著花楸漿果凍的烤鴨都是他的最愛。況且，他只不過與依萊離別一晚。

他走進臥房，將鍛鍊身體的器材放入背包，還有那把獵刀也一起，因為今晚見到依萊之前他不會再回家。奧斯卡站在玄關穿大衣，媽媽從廚房走出來，沾了麵粉的手在圍裙上抹了抹。

「所以呢？他怎麼說？」

「我週六會去他那裡。」

「很好，其他呢？」

「我得出去運動了。」

「去哪裡？」

「游泳池。」

「什麼游泳池？」

「就是學校隔壁那間，小游泳池。」

「你去哪裡做什麼？」

「去運動，大概八點半回來，也可能九點。運動完要和喬漢見面。」

「他沒說其他話嗎？」

「有——不過我現在得走了。」

媽媽看起來很沮喪，沾著麵粉那雙手不知該怎麼擺，索性直接插在圍裙前的兩個大口袋。

「喔，我知道了，小心點，別在池邊摔跤或發生其他意外。你會戴上帽子吧？」

「會，會。」

「要戴好，因為你會下水，外頭天氣冷，萬一頭髮溼溼的……」

奧斯卡往前一步，輕吻媽媽臉頰，道別後走出家門。到樓下大門外後，他抬頭看看自己家的窗戶。媽媽還站在那裡，雙手插在圍裙的大口袋中。奧斯卡揮了揮手，媽媽慢慢舉起手，朝他揮了揮。

走到泳池路上，他落下眼淚。

這夥人聚集在古斯塔家門外的樓梯間。雷基、薇吉妮雅、摩根、賴瑞和卡爾森。沒人願意按門鈴，因為彷彿誰先出手誰就有責任開口表明來意。即使只到樓梯間，他們也已聞到古斯塔的氣味：尿騷味。摩根戳戳卡爾森身側，嘟囔了些什麼。卡爾森將用來代替帽子的保暖耳罩拿下，問說：「幹麼？」

「我說你能不能把那玩意兒拿掉？看起來真蠢。」

「只有你這樣說。」

不過他還是拿下了耳罩，塞進大衣口袋，說：「你去，賴瑞，是你看到的。」

賴瑞嘆了口氣，伸手按門鈴。裡面傳出斥責聲，接著似乎有東西掉到地上，輕輕咚一下。賴瑞清清喉嚨。他真不喜歡這樣，此刻的他就像身後有一群匪徒脅迫的警察，只差背後沒頂著一把豎起的手槍。

屋裡傳來窸窣腳步聲，而後是人的說話聲。

「小寶貝，都還好吧？」

門打開，一陣尿騷味撲面而來，賴瑞差點窒息。古斯塔站在門裡，穿著破舊T恤、套著背心，還打領帶。臂彎裡夾著一隻蜷起身體的橘白貓。

「有事嗎？」

「嗨，古斯塔，最近還好吧？」

古斯塔的視線飄過他們的臉。看來他醉了。

「很好。」

「我們來這裡是因為……你知道發生了什麼事嗎？」

「不知道。」

「嗯，我們找到喬齊了。就在今天。」

「我懂了……好。」

「那……你知道嗎？」

賴瑞轉過頭，希望這些成員能幫他加油打氣，結果只有摩根一人給了他鼓勵的手勢。賴瑞實在無法處理這種場面，他站在那裡，活像是宣讀最後通牒的官方代表。但儘管不喜歡，也只有這個辦法。他終於開口：「我們可以進屋嗎？」

他以為會被拒絕，畢竟古斯塔不習慣一下冒出五個人登門造訪。沒想到他點點頭，退後幾步讓他們進去。

賴瑞躊躇了一會兒。屋裡那股氣味真讓人難受，像某種黏答答的東西瀰漫在空氣中，甩都甩不

掉。就在賴瑞猶豫的當兒，雷基跨出一步進屋，後面跟著薇吉妮雅。雷基還搔了搔貓耳後——就是古斯塔臂彎裡那隻。

「真可愛，叫什麼名字？」

「她是女生，迪絲碧。」

「好名字，有叫皮拉姆斯的貓嗎？」[7]

「沒有。」

大家一個個溜進屋，還不忘以口代鼻呼吸。

約一分鐘後，眾人就不再拒這氣味於千里之外，開始放輕鬆，慢慢就會習慣了。貓咪被趕下沙發和扶手椅，古斯塔又從廚房拉出幾張椅子，桌上還擺了伏特加、葡萄通寧水和杯子。他們針對貓咪和天氣閒聊數分鐘，古斯塔便開門見山。「所以他們找到喬齊了。」

賴瑞灌下酒杯裡的最後一口酒。有了酒精暖肚，任務應該更容易達成。他又給自己倒了一杯，「沒錯，就在醫院附近，屍體被凍在冰層裡。」

「凍在冰層裡？」

「是啊，今天那兒可熱鬧了。我正要去看看赫伯特，不知道你是否認識他，總之⋯⋯我去到那附近，發現到處都是警察，還有救護車，沒多久連消防車都出動了。」

「發生火災了嗎？」

　7
皮拉姆斯和迪絲碧是希臘神話中相愛的一對戀人。

「不是，是要把他從冰層裡弄出來。那時我還不知道屍首就是喬齊，不過他們一把他弄到陸地上，我就從那身衣服認出他了。之所以靠衣服認，是因為那張臉……整個被冰凍住，所以沒辦法……那個。不過那身衣服錯不了。」

古斯塔揮手，彷彿在撫摸一隻隱形的大狗。

「等等……所以他是溺死的？我的意思是……我不懂……」

賴瑞啜了一口酒，用手抹抹嘴巴。

「一開始警察也這麼認為──一開始。他們站在那裡，兩手交叉胸前，看著救護車的人忙著處理某個腦袋上流血的孩子，所以……」

古斯塔要不是更起勁地撫摸那隻隱形狗，就是想趕走牠。他激動到連酒都濺出杯子，灑在地毯上。

「等等……現在我真的不……他頭上流血了嗎？」

摩根放下蜷縮在腿上的貓，拭著自己的褲子。

「那是兩件不相干的事。你繼續說吧，賴瑞。」

「沒錯。他們將他弄上陸地，我認出他。後來他們發現繩子──瞧，就像這樣綁著，繩子上還捆了石塊，這時警察就有動作了。他們拿無線電呼叫，將那區域以封鎖線隔離起來，還把所有人趕出封鎖線外。他們突然有了興致，所以……總之，有人想把他丟入水裡毀屍滅跡，就是這個目的。」

古斯塔背靠沙發，一手摀住眼睛。坐在他和雷基之間的薇吉妮雅拍拍他膝蓋，給他安慰。

摩根又把杯子倒滿。「重點是他們找到喬齊了，對吧？要不要加點通寧水？來，在這裡。他們

找到喬齊，知道他是被謀殺的。你們不覺得這是個轉捩點嗎？」

卡爾森清清喉嚨，以發號施令的語氣說：「在瑞典的司法制度中有種東西叫……」

「你閉嘴啦。」摩根打斷他，「我可以抽菸吧？」

古斯塔有氣無力地點點頭。摩根拿出菸和打火機之際，雷基傾過身，直視古斯塔的眼睛。

「古斯塔·你親眼目睹了這件事，你應該說出來。」

「說出來？怎麼說？」

「去警局，將你所看到的事情一五一十告訴他們，就這樣。」

「不……**不要**。」

雷基嘆了口氣，給自己倒了半杯伏特加，攙一些通寧水，大口喝下，閉上眼，感受那團灼熱的酒精灌入腹肚。他不想強迫他。

之前在中國餐館，卡爾森嚷嚷著目擊證人肩負責任、有法律義務要出來作證。不過，不管雷基多麼希望將兒手繩之以法，也不願意變成告密者，讓警察登門找上自己的朋友。

一隻灰斑貓咪用頭頂著他的小腿，他將貓抓起來放在大腿上，恍惚地撫摸著牠。**那又怎樣**？喬齊人都死了，他現在非常確定。死都死了，再做什麼都沒用了吧？

摩根起身，拿著杯子走到窗邊。

「你那時就站在這裡，對嗎？你目睹整個過程？」

「對。」

摩根點點頭，啜了一口酒。

「好，我懂了。站在這裡的確一目了然，果然是個好位置，視野佳。沒錯，我的意思是除了……那個視野的確很棒。」

一滴淚水悄悄滑落雷基臉龐，薇吉妮雅握起他的手捏了捏。雷基又灌了一大口酒，想燒去在胸口撕扯的痛。

一直看著貓咪在屋裡隨意走動的賴瑞敲了敲玻璃杯，說：「要不就用密報的方式？就是把地點透露給他們，或許他們會在那裡採集到指紋……或其他證據。」

卡爾森笑了出來：「那我們是如何知道的？這要怎麼講？難不成說我們就是知道？到時候他們就會很想知道我們的訊息打哪兒來。」

「可以打匿名電話啊，只要把資訊提供出去就好了。」

坐在長沙發的古斯塔咕噥著。薇吉妮雅把頭靠過去聽。

「你說什麼？」

古斯塔凝視自己的酒杯，小小聲地說：「請原諒我。我太害怕，我辦不到。」

窗邊的摩根轉過身、揮揮手。

「就這樣，不用再談了。」他向卡爾森投去一個銳利的眼神，「我們再來想想其他法子，換別的方式。或許畫張素描，打電話。我們會想到的。」

他走到古斯塔身邊，用自己的腳輕推古斯塔的腳。

「嘿，老兄，振作點，我們會處理這件事，放輕鬆點古斯塔？聽到了嗎？我們會處理的，打起精神！」

「我們會處理的，是不是？」

他把自己的酒杯和古斯塔的杯子對碰之後，啜飲一口。這時，他聽見學校那頭傳來她的聲音。

他和體育館外頭那些人道別，準備回家。

「嘘——奧斯卡！」

階梯傳來一陣腳步聲，她從陰暗處出現，似乎坐在那裡等了一段時間才聽到他和其他人道別。

根據奧斯卡和別人、以及別人和奧斯卡道別的方式，他彷彿是個再普通不過的正常人。

訓練課上得非常好。他不像自己以為得那麼瘦弱，甚至比已上過幾次的兩、三位同學表現更好。他本來擔心阿維拉老師會質問他今天在湖冰上是怎麼回事，幸好他沒問。老師只是說：「你想談談嗎？」奧斯卡搖頭，他就沒再多說什麼。

體育館是另一個世界，和學校不同。阿維拉老師在那裡沒那麼嚴厲，而且那裡的人也不會騷擾或欺負他。當然麥奇不在那兒——麥奇現在怕他了嗎？光想到這種可能奧斯卡就樂得暈頭轉向。

他走過去見依萊。

「嗨。」
「嗨。」

沒有多餘的話，兩人這樣便算打過招呼。依萊穿了件顯然過大的格紋襯衫，而且看起來……又是枯瘦不已。皮膚乾巴巴，臉頰消瘦。昨天奧斯卡發現她冒出一根白髮，才過一天就多出非常多。

奧斯卡覺得健康時的她是他見過最可愛的女孩，但她現在……實在想不出有誰像她這副模樣，或許只有發育不全的侏儒吧。可是就連侏儒也沒那麼瘦……沒人是這樣的。他真慶幸她沒在其他人面前現身。

「妳還好吧？」他問。

「馬馬虎虎。」

「要不要做些什麼？」

「好啊。」

兩人並肩走回家。奧斯卡有個主意。他覺得兩人要立約，或許兩人立了約依萊就會健康點。這種如魔法般神奇的好點子是從書裡學來的。不過所謂魔法……這世界當然是有魔法的，可是就是有人不相信，魔法對這些人自然起不了作用。

兩人走入社區中庭，他碰碰依萊的肩膀。

「我們今天去垃圾間看看？」

「好啊。」

他們走進依萊家那棟建築物的大門，奧斯卡解開通往地下室的門鎖。

「妳家沒有地下室的鑰匙？」他問。

「應該沒有。」

地下室入口黑漆漆，門在身後重重關上，兩人並肩而立，喘氣呼呼。「依萊，妳知道嗎？」奧斯卡壓低音量。「今天強尼和麥奇想把我丟進湖水──就是冰層的洞。」

「不會吧！你……」

「別緊張。妳知道我做了什麼嗎？我拿了根樹枝——很大一根——然後打強尼的頭，把他打到流血甚至腦震盪，還進了醫院。我絕不要被丟進水裡，所以就……打了他。」

一陣靜默。

依萊開口：「奧斯卡？」

「嗯。」

「太棒了。」

奧斯卡手伸向電燈開關，他想看她的臉。燈打開了，她凝視著他的眼睛，他也看著她的雙眸。

適應光線的片刻之前，她的雙瞳看起來就像物理課提到的水晶……橢圓水晶。

很像蜥蜴，不對，是貓。是貓的眼睛。

依萊眨眨眼。她的瞳孔又恢復正常。

「怎麼啦？」

「沒什麼。來吧……」

奧斯卡走向擱置大型物品的垃圾間，打開門，裡面塞滿東西，看來有段時間沒清理了。依萊挨在他身邊，兩人在散落的袋子之間翻找。奧斯卡找到了一袋空瓶，也許可以退押金。依萊找到一把塑膠劍，恣意揮舞。他問奧斯卡。「可不可以再去看看另一間？」

「不要，湯米和那些人可能會在那裡。」

「他們是誰？」

「喔，一些高年級的，他們占用了一間儲藏室，晚上經常會來。」

「他們人多嗎？」

「沒有，就三個，然後多半只有湯米一個人。」

「那他們是危險人物嗎？」

奧斯卡聳聳肩，「好吧，我們去看看。」

兩人穿越奧斯卡家那棟的地下室，進入下一條迴廊，從那迴廊直進去就會抵達湯米的基地。奧斯卡站在那裡，手拿鑰匙，正準備打開最後一道鎖，突然猶豫了起來。萬一他們在裡面怎麼辦？萬一他們……事情有可能發展到他無法掌控的地步。

依萊拿著塑膠劍問：「怎麼了？」

「沒什麼。」

他打開鎖，一踏入迴廊就聽到儲藏室裡傳出音樂聲。他轉向她，「他們在裡面！」他壓低音量。

「走吧。」

「什麼味道？」

奧斯卡看了一下，確定迴廊另一頭沒東西移動，然後跟著嗅——什麼都沒聞到，除了本來就有的地下室氣味。依萊說：「油漆、強力膠。」奧斯卡又嗅了一次，可是聞不出來，不過他知道應該就是那氣味。他轉身想叫依萊跟著他，卻發現她正在扣動門鎖。

「走了——妳在幹麼？」

「我只是……」

奧斯卡想將下一道迴廊的門鎖打開，從那裡走出去，這時身後的門卻碰一聲關上。那個聲音不太對勁，沒有鎖扣上的喀啦聲，只有金屬的砰咚響。奧斯卡在走回自己家那棟樓的地下室才告訴依萊有人在這裡吸強力膠，還說那些人吸了之後就會變得很奇怪。

回自家地下室有安全感多了。他跪在地上，開始數袋子裡的空瓶。十四支，還有一支是不能退錢的酒瓶。

他抬起頭，正想向依萊報告數瓶子的成果，卻發現她站在他面前，手握塑膠劍，好像正準備攻擊他似的。習於遭人突襲的奧斯卡踉蹌退縮了一下，依萊似乎呢喃著些什麼，又將劍擱在他肩頭，然後以她能裝出最低沉的嗓音說：「我以此冊封你為強尼的征服者，布雷奇堡鎮騎士，方圓百里之內，包括華倫拜……呃……」

「或許還包括安格拜？」

「瑞克斯塔。」

「瑞克斯塔？」

「也包括安格拜。」

依萊每說一處就輕輕點他肩頭一下，奧斯卡從自己袋子拿出獵刀，朝前舉起，昭告天下自己就是安格拜的騎士，而他希望依萊是漂亮的公主，他要從惡龍巢穴裡將她救出。

不過，依萊想扮演吃掉公主當午餐的可怕怪獸，現在她成為奧斯卡要奮戰的對象。

刀放回刀鞘，兩人開始混戰嬉鬧，在迴廊奔跑喊叫。玩到一半，他們就聽見通往地下室的門鎖發出

刮擦聲。

兩人趕緊躲進凹穴，那個狹隘空間讓他們幾乎難以並坐。兩人壓抑著急喘的呼吸聲，並聽見男人的聲音。

「你們在那裡幹什麼？」

奧斯卡和依萊屏住氣息，男人就站在那裡聆聽。他只說了句「可惡的小鬼」就離開，兩人繼續留在凹穴中，確定男人已走遠才慢慢爬出來，倚著木牆咯咯笑不停。一會兒後，依萊躺在水泥地上，凝視天花板。

奧斯卡摸摸她的腳。

「妳累了吧？」

「嗯，累了。」

奧斯卡從刀鞘抽出獵刀注視。刀子沉甸甸又漂亮，他小心翼翼將指尖壓到刀鋒上，然後移開。

手上出現一個紅色小點。他又將指尖壓上去，這次更用力。他拿開手指，一顆珍珠大的血滴冒出來。但真正的歃血立約不是這樣的。

「依萊？妳想不想做一件事？」

她還望著天花板。

「什麼事？」

「妳……和我立約嗎？」

「好啊。」

如果她追問該怎麼做，那他就會把自己的想法告訴她，然後才動手。不過她只是說好，不管是要做什麼。奧斯卡用力吸了口氣，握緊刀身，讓利刃那側貼住掌心，然後閉上眼睛將刀子抽出。一陣尖銳刺痛襲來。他屏住呼吸。

我這麼做了嗎？

他睜開眼，張開手。沒錯，細細血痕出現在掌心之中。血流得很慢，不像他以為的會馬上流出一條紅線，反倒像一串珍珠。他陶醉地看著那些細小珍珠慢慢凝聚成粗大而不勻的血團。

依萊抬起頭。

「你在幹什麼？」

奧斯卡的手還舉在自己眼前，凝視著。「很簡單，依萊，這甚至不會……」

他將流血的手移到她面前，她雙眼圓睜，激烈搖頭，緩緩往後爬，遠離他的手。

「不行，奧斯卡……」

「怎麼了？」

「奧斯卡，不行。」

「不太會痛的。」

依萊不再後退，但仍盯著他的手，搖頭不止。奧斯卡另一手握著獵刀，將刀柄遞給她。

「妳只要在指尖刺一下就行了，把我們兩人的血和在一起，這樣就叫歃血立約。」

依萊沒接過刀。奧斯卡先將刀放在地上，以便用手接住正從另一手傷口流下的血滴。

「來吧。還是妳不想做了？」

「奧斯卡……我們不能，你會被感染的，你……」

「這其實沒那麼……」

突然間，依萊的臉孔蒙上一層鬼魅般的神情，將她扭曲成一副他完全認不得的模樣。他驚愕得忘了接住掌心滴下的血液，此時的她看起來與她剛剛演繹的怪物無異。奧斯卡嚇得後退，掌心的刺痛也突然加劇。

「依萊，妳怎麼……」

她坐起來，縮回雙腳，以四肢伏地，直盯著他滴血的手掌，靠前一步，停住——齜牙咧嘴，粗聲吼道：「滾！」

奧斯卡嚇得哭了出來，「依萊，別這樣，別玩了，妳不要這樣。」

依萊爬近他，又停下。她拱起身體，頭靠近地面，咆哮著。

「走！不然你會死的。」

奧斯卡起身，後退了幾步，雙腳撞倒那袋空瓶，鏗郎鏗郎響。他貼住牆面，依萊爬到他掌心淌流的那片小血漬前。

奧斯卡緊貼著牆，注視依萊伸出舌頭舐著骯髒的水泥地，她的舌頭在血滴下的地面來回彈動，突然之間，另一支空瓶滾掉落，砸碎在水泥地上。

還有支瓶子從袋中滾出，輕輕發出噹啷聲，再戛然而止。依萊不斷舐著地面，她抬頭面向奧斯卡，他看見她的鼻尖有灰色汙跡。「走……拜託……快走。」

那鬼魅般的神情再次出現，但就在她整張臉被那神情占據之前，她站起來衝到迴廊，打開通往

樓梯的門，消失無蹤。

奧斯卡呆在原地不動，另一手握著受傷那隻手，血開始汩汩流出。他張開手掌，看著傷口。看來這比他原本以為的劃得更深，不過應該沒有危險。他想，因為有些血已經凝固了。

他注視著原本有血、現在卻只剩蒼白殘痕的地面。接著謹慎地舔了一下掌心，立刻吐出來。

夜燈亮著。

明天他們就要給他動手術，處理嘴巴和喉嚨，或許希望能讓他開口說些什麼。他舌頭還在，雖然嘴巴黏住了，不過舌頭能在口腔裡移動，甚至能搔得上顎發癢。即使雙脣都沒了還是能說話吧。

不過他不打算再開口。

有個女人——不知道是警察或護士——坐在幾米外的角落看書，監視著他。

若是個無名小卒想結束生命，他們會這樣勞師動眾、浪費資源來阻止嗎？

他知道自己有價值，對他們很重要，或許他們正埋首翻找舊紀錄，希望找出能將他定罪的案子。

昨天有警察來採集他的指紋，他沒抵抗，反正無所謂。

或許指紋會把他與維克久市和諾羅平市的凶殺案連起來。他努力回想當初是怎麼進行，自己是不是留下了指紋或其他線索。很可能留下了吧。

唯一讓他擔憂的是，透過這幾樁案件，人們會循線找到依萊。

人們……

人們放紙條在他信箱裡威脅他。

有個在郵局上班的鄰居向其他鄰居洩漏他收到的信件內容，還有錄影帶。這樣的人不能在有孩子的地方工作。他認命離開，雖然應該可以向教師工會申訴。

大約一個月後學校才解聘他。

事實上他在學校根本什麼都沒做，他沒那麼笨。

反對、仇視他的行為越來越激烈，終於在某天晚上，有人從他家客廳窗戶扔進燃燒彈。他逃到外頭草坪，當時只穿了件內褲。他站在那裡，注視自己的畢生心血付之一炬。

當時警方已經在調查他的犯罪案件，所以保險公司不理賠。他帶著微薄的積蓄搭火車到維克久市，在那裡租房子。他就是在那裡開始過著尋死的生活。

他嚴重酗酒，任何東西只要有酒精，他就拿來喝：治療青春痘的化妝水、工業用酒精。他還到油漆行偷製酒的原料和酵母，酒精還沒發酵完全，他也直接拿來喝。

他幾乎整天待在外面，故意讓「人們」見到他快死的模樣，一天一天死去。

爛醉如泥的他變得漫不經心，隨便出手猥褻年幼男孩，被人狠揍抓進警察局。有次在牢裡蹲了三天，吐得五臟六腑都要出來。可是他被放出來後仍繼續喝。

那天晚上，哈肯坐在遊樂場旁的長椅，手中的塑膠袋裡裝著一瓶半發酵的酒，依萊過來坐在他身邊，醉茫茫的哈肯立刻伸手摸依萊大腿，依萊讓他的手留在那裡，雙手捧著哈肯的頭，將他轉向

自己，對他說：「你要和我在一起。」

哈肯嘟囔說自己配不上這麼美麗的小女孩，不過若未婚妻答應……

依萊將他擱在她腿上的手移開，彎腰拿起他的酒瓶，將酒倒光，說：「你不懂。你不能再喝了，你得和我在一起，幫我，我需要你，我也會幫你。」依萊伸出手，哈肯握住，兩人一起離開。

從此他不再酗酒，也開始接受依萊的供給。

依萊給他錢買衣服，還租了房子。他對她言聽計從，什麼都做，從不懷疑依萊是「善」是「惡」或者是其他什麼。依萊很漂亮，依萊會讓他有尊嚴，而且在難得的片刻……還有溫柔。

晚上值班的女警沙沙翻著書頁，可能是廉價商店買來的小說吧。在柏拉圖《共和國》一書裡，「守衛者」應該從人民當中挑選教育程度最高者來擔任。但這是一九八一年的瑞典，大家讀的可能是瑞典作家約翰．吉盧[8]寫的通俗小說。

那個在水裡的男人，就是被他沉入湖裡的屍體，果然又是他笨手笨腳造成的結果。他該照依萊的話將他埋起來的。不過，從那人身上應該追查不到依萊吧。他脖子上的咬痕是不尋常，不過他們會以為他的血是被湖水沖了個乾淨。至於他的衣服……

────────

8 約翰．吉盧（Jan Guillou），一九四四年生，是瑞典著名的記者與小說家，創作的偵探小說在瑞典很受歡迎。一九七三年曾因洩漏機密組織被判刑十個月，因而聲名大噪。

她的上衣！

依萊的上衣。哈肯去處理時發現依萊的上衣在那人身上。他應該帶回家的，應該燒掉，怎樣都好。

然而他卻將那件衣服塞進男人大衣。他們會怎麼解釋這件事？小孩的上衣還沾有血漬。會不會有人見過依萊穿這件上衣？會不會有人認出來？萬一出現在報紙上……依萊之前見過的人，那人……

奧斯卡，隔壁那個男孩。

哈肯不安地在床上扭來扭去，女警放下書盯著他看。

「別想做蠢事啊。」

依萊走過伯橋森蓋頓街，進入被九層樓建築包圍的中庭，這兩座九層高樓有如巨大燈塔，巍峨俯瞰四周形貌卑怯的三層樓建築。外面沒有人，不過體育館仍亮著燈。依萊從逃生梯溜上去，探看裡面。

一臺小錄音機吼出高分貝的音樂，中年婦女隨著節拍跳動，震得木地板砰砰作響。依萊蜷縮在逃生梯的一層層鐵格下，下巴從雙膝上方凸出，看著裡頭情景。

幾個婦女身材肥腫，T恤底下的碩大雙峰像興高采烈的保齡球，跳動不停。她們蹦啊蹦的，抬起雙膝讓過緊運動褲裡的肥肉顫抖。她們繞圈圈，拍手又跳動，整個過程都有伴奏。溫暖、涵氧的血液在缺乏水分的肌肉中流竄。

可惜她們人太多了。

依萊跳下逃生梯，輕輕落在下方結冰的地面，再繞到體育館後方，駐足在游泳池外頭。

泳池大扇大扇的霧面玻璃投射出的長條燈光映照在積雪上，每扇窗戶都有一小片透明的普通玻璃。依萊跳起來，雙手抓住屋簷，從窄窄的透明玻璃望進去。裡面沒人。泳池水面被鹵素燈一照，閃閃發亮，水中央還浮著幾顆球。

游泳、水花、玩耍。

依萊前後擺動身子，像只暗黑的鐘擺。她注視著球，彷彿見到它們飛過半空，再被拋高。歡笑聲、尖叫聲，還有四濺的水花。依萊放開抓著屋簷的手，讓身體落下。她故意重重跌到地上，讓自己感覺到痛，然後穿越操場，走到通往公園那條步道，駐足在那棵能替步道遮蔭的大樹下。四處黑漆漆，沒有人跡。依萊抬頭，沿著平滑的樹幹望向五米高的樹頂。她踢掉鞋子。集中意念，想像自己長出了新手和新腳。

新的手腳不再痛，只有剛拉長、快變成新形狀時有點剌剌的感覺，好似電流穿過手指腳趾。當雙手拉長，骨頭出現碎裂聲，手指的肌膚溶解，變成彎曲的長爪。腳趾也變了形。

依萊跳上兩米高的樹幹，爪子戳進去，攀爬到蔓生至步道上方的樹枝，她將爪子縮入緊抓著樹枝的腳，盤踞在那兒一動也不動。

依萊想，牙齒必須更銳利才行。果然，馬上產生外凸的感覺。琺瑯質膨脹，還有一股隱形的力量慢慢削磨著牙齒，將它們磨得又尖又利。依萊小心翼翼咬著下唇測試，如新月般的一排獠牙差點咬穿嘴巴。

現在，只要等待就行。

將近十點，室內溫度幾乎讓人無法忍受。兩瓶伏特加已經灌下，還拿了一瓶新的出來。大家都同意應該要由古斯塔出面，還說他的好心不會不被當一回事。

只有薇吉妮雅一副無所謂，因為她得告辭了，明天還要上班呢。她似乎也是唯一受不了屋內空氣的人。貓的尿騷味加上悶溼的空氣，現在還混合香菸、酒精以及六副身軀的汗臭味。

已經半醉的雷基和古斯塔仍癱在沙發上，分別坐在她兩側，古斯塔拍拍大腿上的貓。這隻貓老翻著白眼，摩根看了捧腹大笑，說牠大概是一頭撞上桌子後灌一杯醇酒來麻痺疼痛。

雷基整晚說太多話，多半坐在那裡凝視前方，眼神一開始只是迷茫，後來變得矇矓，再陷在雲霧中。雙唇偶爾無聲動一動，彷彿正和鬼魂交談。

薇吉妮雅起身走到窗邊，「開一下好嗎？」

古斯塔搖搖頭。

「我會站在這裡看守。」

「貓……會……跳出去。」

古斯塔像機器人一樣猛搖頭，薇吉妮雅仍打開窗。空氣！她貪婪地猛吸幾大口清新的空氣，瞬間舒暢許多。少了薇吉妮雅可倚靠的雷基在沙發上越坐越斜，但他突然坐直身子，大聲喊著：「朋友！真正的……朋友！」

屋內各個角落傳出同意的咕噥聲，人人都知道他說的是喬齊。雷基望著手中的空玻璃杯，繼續說道：「你有朋友……從不讓你失望，這比任何事都值得。聽到了嗎？任何事。你們要知道，我和喬齊……就像這樣！」

他手握拳頭，激動地在自己面前晃。

「沒有什麼能取代這種友情，什麼都不能！你們只是坐在這裡哀哀叫『他是個這麼棒的人』，卻什麼都沒做，只會空口說白話。喬齊走了，我什麼都沒有。所以別跟我談什麼失落，別談……」

站在窗戶邊的薇吉妮雅靜靜聽著，然後走到雷基身邊，想提醒他還有她在。她蹲在他膝蓋邊，想捕捉他的眼神。她輕輕喚了聲：「雷基。」

「不！別過來……什麼『雷基、雷基』……反正就是這樣，妳不會明白，妳根本……冷血無情。妳去城裡隨便釣個他媽的卡車司機，把他帶回家，讓他上妳，妳就是這種德性。去死吧……妳水性楊花、放蕩無情，至於朋友……朋友……」

薇吉妮雅噙著淚起身，甩了雷基一巴掌，衝出屋外。坐在沙發上的雷基被她一摑，失去平衡，歪倒撞上古斯塔肩膀。而古斯塔還在喃嚷：「窗戶……窗戶。」

摩根關上窗，說：「很厲害嘛雷基，你很帶種啊，看來你這輩子都別想再見到她了。」

雷基站起來，抖著不穩的雙腳蹣跚走到正瞄著窗外的摩根面前，「我怎麼會？我不是故意的……」

「不是，當然不是，那你自己去告訴她啊。」

摩根以頭示意薇吉妮雅剛剛衝出去的路徑，她正低著頭，疾速朝公園走去。雷基聽到自己說的

話，最後那句有如回聲，不斷撞擊他腦袋。我真的這麼說了嗎？他腳跟一轉，衝到門口。

「我只是要⋯⋯」

摩根點點頭，「快一點啊，替我安慰安慰她。」

雷基顫抖著腿，以能力所及最快速度衝下樓。這道汙跡斑斑的樓梯在他眼前成了亮晃晃一片，欄杆從手中快速溜過，磨得手刺痛。他失足跌跤，手肘猛力撞擊，整隻手臂灼痛，而後麻痺。他掙扎起身，踉蹌衝下樓。他要去解救一條性命，他自己的命。

回家這一路既然沒人看見，那她索性放聲啜泣。她用雙手壓著胃，疼痛有如壞脾氣的胎兒不斷作怪。

薇吉妮雅離開建築物，直向公園走去，完全沒回頭。

她因啜泣而抽搐，半走半跑，彷彿想超越眼淚飆出的速度，可是淚水卻緊追不捨，硬從眼眶冒出，形成斗大淚珠，滑下她雙頰。她鞋後跟穿透積雪，踩在柏油路上喀啦作響，雙手環抱胸前。她想抱抱自己。

敞開心房讓人進來，讓他進來傷害妳。

她讓每段感情快快結束不是沒有原因的。別讓他們闖進來。一旦他們闖進妳心房，就更有機會傷害妳。安慰自己，靠自己吧。如果生活之中只有自己，就不會過得那麼痛苦。只要沒希望，就不會失望。

但對雷基來說，她已經付出希望。兩人間有某種東西正慢慢滋長。然而到頭來，終有一天才發

現——那又怎麼樣？他接受她的食物和溫暖，事實上根本沒把她當一回事。

她縮著身子走在步道上，悲從中來，身形更加佝僂，弓著背，彷彿惡魔坐在背上，在她耳邊悄

悄說出可怕的話。

不會了，再也不會了。

她開始想像坐在她背上的惡魔是何模樣，就在這時，它還真的落了下來。

某個沉重的東西壓住她的背，她無助地失去平衡、倒往一邊，臉頰撞上雪地，朦朧之中眼淚結

成冰。那重量還壓在身上。

好半晌，她還以為是悲傷惡魔幻化成形、撲上她背，讓她承受不住。但獠牙一穿透肌膚，她馬

上感覺到頸部的劇烈痛楚。

她想站起來旋轉身體，意圖甩掉背上的東西。

有東西在啃齧她的頸、她的喉，一道鮮血流往前胸。她聲嘶力竭、放聲呼號，再一次想將背

的生物狠狠甩下。當她倒臥雪地，仍不斷尖叫。

直到有東西蓋住她的嘴。那是一隻手。

然而，有爪子戳入她臉頰的柔嫩肌膚，一路深戳，直到頰骨。

獠牙不再啃齧，此時聽到的是類似拿吸管將杯底渣渣吸出的聲音。她一隻眼流出某種液體，她

不知那是淚還是血。

雷基衝到外頭，薇吉妮雅只剩一道暗影，快步走在步道上朝著阿維德莫內街前進。他從樓梯摔下，撞到胸口的疼痛陣陣襲來，手肘的痛麻也一波波湧向肩頭。儘管如此，他還是奔跑起來，使盡全力狂奔。冷冽的空氣讓他的腦袋清醒過來，可能失去她的恐懼讓他拔腿快跑。

他走到轉彎處，喬齊道（他現在這麼稱呼）和薇吉妮雅道相交位置，他停下腳步，深吸一口氣後，準備大聲呼喚她的名字。她就在前方大約五十米遠。

雷基正要開口之際，看見有個身影從樹上跳下，落在她背上，將她壓倒在地。因為驚愕，他原本的呼喚霎時化成無力的氣音。他加快腳步，想要大喊，卻吸不到足夠的空氣，無法讓他邊跑邊叫。

他只能跑。

在他眼前，薇吉妮雅站起身，背上隆起個大大的形體。她像個發瘋的駝子不停轉呀轉，然後倒地。

他無計可施、手足無措，什麼都管不了了，只想救回薇吉妮雅，把她背上的東西弄掉。她正躺在步道旁的雪地上，那團黑色物體趴在她身上。

他終於到了，使盡全力朝那東西猛踢。他的腳碰到某種硬硬的東西，隨後聽見一聲爆裂，是冰破碎了。那黑色的玩意兒從薇吉妮雅背上被踢開，重重落在旁邊的雪地。

薇吉妮雅一動也不動躺在那裡，白色雪地上都是深色污跡。那個黑色物體坐起來。

是個孩子。

雷基愣住，呆呆望著那張臉，在他所見過的美麗臉龐之中沒有一張比得上眼前這女孩。她一頭黑髮宛如面紗，一雙黑色大眼注視著他。

女孩四肢著地，像隻貓咪，準備使出攻擊。當女孩咧嘴，那張臉瞬間改變。雷基看見一排撩牙在黑暗中閃閃發亮。

兩人保持原姿勢，對峙了幾個喘息的時間。雷基看著那孩子著地的四肢，她前肢的手指成了爪子，在雪地裡顯得銳利無比。

突然之間，孩子臉上出現痛苦的扭曲表情，她立起兩腿，以飛也似的大步奔往學校。幾秒後，她在陰暗處消失不見蹤影。

雷基呆立原地，將流入眼中的汗水眨掉，隨即撲到躺在地上的薇吉妮雅身邊。他看見了傷口：她整個喉嚨被扯裂，深色血液流到頭髮和背後。他脫掉自己的外套，拉起毛衣，捲成一團壓在傷口處。

「薇吉妮雅！薇吉妮雅！我的寶貝、我的最愛……」

他終於能說出口了。

十一月七日星期六

去爸爸家路上的每個轉彎都是如此熟悉，他走過這條路……多少次呢？自己一人大概有十次或十二次吧，和媽媽一起的話至少三十次。四歲時他爸媽就離婚了，不過奧斯卡和媽媽還是會在週末

過去這三年，媽媽都讓他自己搭公車，這次甚至沒陪他到科技大學的公車站。他現在是大男孩了，錢包裡有自己的儲值車票。

——事實上他之所以有皮夾就是為了放車票，不過現在裡面也會放二十克朗來買買糖果，還有假日去找爸爸。

奧斯卡漫不經心地撫摸著掌心的繃帶。他不想再見到她了。她太可怕，因為發生在地下室那件事……

依萊寫給他的字條。

她終於露出真面目了。

她身上有種東西，那東西……非常恐怖。就像那些他必須提防的事物：高處、火、碎玻璃、蛇。這些都是媽媽竭力不讓他碰的。

或許就是這樣他才不想讓媽媽和依萊見面。媽媽會認出恐怖的東西，會禁止奧斯卡接近它——接近依萊。

公車駛下高速公路，朝史皮勒史波達區去。這是唯一一會到雷德曼索島的公車。之所以上上下下高速公路那麼多次，就是想繞到更多載客點，提高載客量。公車駛經史皮勒史波達鋸木場成堆木材附近的蜿蜒山路，那兒有個急彎，公車後方差點滑下河畔碼頭。

週五晚上他不想等依萊。

那晚他帶了雪橇，自己來到鬼丘。媽媽很不高興，因為他白天還因感冒沒上學在家休息一天。

不過他告訴媽媽自己好多了。

他揹著雪橇走過中國公園。滑雪坡的前一百米會經過公園最後幾盞路燈，後一百米則會進入漆黑的樹林。他可以感到腳底的雪嘎扎嘎扎響，樹林裡傳來輕微颼颼聲，彷彿有人在呼吸；月光從樹隙灑落，樹木之間的地面成了陰影斑斑的織錦，某種無臉的形體等候著，來回搖晃。

他停下腳步。從這裡開始就是通往柯瓦爾尼肯灣的陡坡。他坐上雪橇。小丘旁黑漆漆的牆面是鬼屋，它似乎正在怒吼：不准晚上到這裡來，現在這裡是我們的地盤。如果要在這裡玩耍，就得和我們一起玩。

從小丘底端可見柯瓦爾尼肯灣上船家俱樂部偶爾閃爍的燈火。奧斯卡身體微微前傾，重心向下，雪橇開始滑。他抓緊方向盤，想閉上眼睛又不敢，就怕自己偏離跑道，滾下通往鬼屋的陡坡。

他滑下山丘、放膽奔馳。他的肌肉緊繃著。越來越快、越來越快。被雪覆蓋的無影手從鬼屋竄出，拂過他臉龐，試圖勾走他的帽子。

或許只是颳起了一陣風。然而，在小丘最底，他的確撞上了一道透明黏稠的薄膜障礙物。那東西從步道延伸而出，試圖阻擋他，不料他速度太快，仍直接往前衝。

雪橇衝過那薄膜般的障礙物，讓他的臉和身體都黏到東西。奧斯卡繼續滑行，直到撐破薄膜，一股腦兒衝了出去。

柯瓦爾尼肯灣上有漁火點點。他坐下來望著昨天早上擊倒強尼的地方，一轉過身，鬼屋便成了醜陋的鐵皮屋。

他將雪橇拉上丘頂，再滑一次；又上去，再滑下。一遍一遍，完全不想停。他滑呀滑，滑到臉上凍了一層冰。

然後他走回家。

昨晚他只睡了四、五個小時，因為怕依萊會來找他，也怕萬一她真的出現，他會被逼得必須說出某些話、做出某些事：譬如推開她。所以在往諾泰傑鎮的公車上，他累得睡著，直到終點才醒來。不過換乘往雷德曼索島的公車後，他就努力保持清醒，玩一些猜沿路景致的遊戲。

例如，那間草坪上有風車的黃色房子等下就會出現。

窗外果然有間黃色房子，屋前的風車覆蓋白雪。諸如此類，他一路玩。到了史皮勒史波達區，有個女孩在他前方幾排的椅子上車。奧斯卡見到她，緊張得抓住前方椅背。那女孩長得好像依萊，不過當然不是她。女孩坐在他前方幾排的椅子，他則凝望著她的後頸背。

她到底怎麼回事？

那天，他在地下室收集瓶子，並用垃圾堆裡的破布抹去血跡，心中已經有譜：依萊是吸血鬼。

這樣一想，就全都通了。

難怪她從不在白天外出。

難怪她**在黑暗中**也能看得見──這點他是後來才明白的。

還有其他很多事：她說話的樣子、魔術方塊、她身體的柔軟度和彈性。當然這些都可以有更合理的解釋……可是，她竟然去舔他滴在地上的血，還有讓他一想到就更戰慄的是：「我可以進來嗎？說我『可以進來』。」

得有人邀請她才能進到他房間、到他床上。而他邀請了吸血鬼進來，這靠著他人血液才能活的生物。依萊。他**沒人**可以訴說這一切，沒人會相信他。然而若有人信，會怎麼樣？

奧斯卡想像大批人馬拿著能置吸血鬼於死地的尖銳木樁，在布雷奇堡鎮梭巡，他們走進他和依萊相擁的屋簷下。他現在的確很怕依萊，也不想再見到她。即便如此，他也不想見到**那種事**發生。

在諾泰傑鎮坐上公車已過四十五分鐘，他總算來到索德史維克鎮。他拉了繩子，司機座位旁的下車鈴響起。公車停在一間商店前，奧斯卡讓一位老太太先下車，他認得這老人家，不過不知道她的名字。

爸爸站在公車的臺階下，對老太太點頭打招呼。奧斯卡下車，在爸爸面前呆站了幾秒。上個禮拜發生的那些事讓奧斯卡變成熟了，雖然還不是大人，但的確更成熟。可是在父親面前，那些成熟的感覺突然全部消失了。

媽媽說，他的爸爸就像個孩子，意思是幼稚不成熟，沒責任感。她也會稱讚爸爸，不過說來說去還是會回到這句：不成熟。

可是對奧斯卡來說，爸爸伸出寬闊手臂讓奧斯卡投入懷抱，就是他心目中的大人形象。

爸爸身上的氣味和城裡人就是不同。他身上那件破舊到用魔鬼氈黏起來的哈里漢森牌背心仍散發混合木材、油漆、金屬——以及最特別的——石油氣味。這些味道不好聞，但奧斯卡不這麼覺得，反正這就是「爸爸的味道」。他非常喜歡這氣味，於是貼在爸爸胸膛，深深把這氣味吸進去。

「嗨，兒子好。」

「嗨，爸爸。」

「路上都還好吧？」

「不好，撞上糜鹿了。」

「不、不會吧，那一定很糟。」

「我開玩笑的啦。」

「我就知道、我就知道。不過你曉得嗎，我記得……」

兩人一邊走向商店，爸爸一邊說他曾開卡車撞到糜鹿的故事。以前就聽過這故事的奧斯卡心不在焉，四處張望，偶爾應幾句。

索德史維克鎮這家商店永遠像是垃圾間。那些能用到夏天的冰品海報和布條把整間店搞得活像超大的冰淇淋攤。商店後方原本有頂大帳篷，下面賣庭院用具、一些土、戶外桌椅之類的，現在倒是因應季節收了起來。

一到夏天，索德史維克鎮的人口就會增為四倍。附近整個區域，從這裡到諾泰傑肯灣和拉加洛鎮，會遍布隨意蓋起的避暑小屋，通往拉加洛鎮的路上分立兩排各十五個人家的信箱，但這個季節郵差根本不需要去到那裡，因為沒有人煙，自然沒有郵件。

兩人走到爸爸的機車旁邊，他也剛好說完撞上糜鹿的故事。

「……後來我得拿原本用來撬開抽屜的鐵橇將牠打昏，就砸在牠兩眼中間。牠像這樣抽搐，然後……沒錯，這樣不好，這樣做是不太好。」

「不好，當然很不好。」

奧斯卡跳上掛在機車後面的小拖車，雙腿縮到身體底下坐著，爸爸將手伸入背心口袋，掏出一

頂帽子。

「戴上，不然耳朵會很冷。」

「不用，我自己有。」

奧斯卡拿出自己的帽子戴上，爸爸將這頂塞回口袋。

「那你呢？你的耳朵會很冷的。」

爸爸嘆噓笑出來。

「不用，我習慣了。」

奧斯卡當然知道爸爸不怕冷，他只是故意揶揄他。印象中他沒見過爸爸戴毛帽。如果真的很冷又颳風，他頂多戴上那種能遮耳的熊皮帽，他說這是他繼承來的「遺物」。

爸爸踩動引擎，機車如電鋸般開始轟隆咆哮。爸爸吼著說排檔如何如何，一說完車子就發動了。

從二檔到三檔，機車在鎮上穿梭，奧斯卡雙腿盤坐在鏗啷鏗啷響的拖車上，感覺自己就像世界之王，也覺得好像能一直這樣稱王下去。

醫生跟他說明過：他吸入的毒煙傷到了聲帶，很可能永遠都不能正常說話。他們會幫他動手術，讓他可以發出基本的母音，不過由於舌頭和雙唇嚴重損傷，所以恐怕得另外動手術才有可能發得出子音。

以前曾身為教師的哈肯忍不住痴迷地想著這種以手術來創造語言能力的奇蹟。

他略懂音位，這是語言的最小組件，許多文化都有這種東西，不過他從未以這種方式思索產生語言的實際工具：上顎、嘴脣、舌頭和聲帶。利用手術刀處理這些奇形怪狀的語言原始材料，就能慢慢製造出語言能力。

其實他們這麼做沒什麼意義，因為他根本不打算再開口說話。此外他也懷疑醫生這麼告訴他其實另有目的：他們認為他有自殺傾向，所以要灌輸他線性的時間感，讓他感受到生命有目標，對未來的挑戰有夢想。

但他可不買帳。

如果依萊需要他，他會考慮活下來，否則活著沒意思。但現在看來，依萊毫無需要他的跡象。

不過話說回來，他在這種地方依萊要怎麼跟他聯繫？

從窗外的樹梢研判，他所在的樓層應該頗高。況且還有警力戒護，除了醫護人員，隨時至少有一名警察在旁邊。依萊接觸不到他，他也無法靠近依萊。他之前曾起心動念，打算逃跑去找依萊，但要怎麼做？

喉嚨的手術讓他已能自行呼吸，不需要再插著呼吸器，但仍無法正常進食（醫生向他保證這部分他們絕對能醫治），鼻胃管老是在視線旁懸盪。若把管子拉掉，病房某個地方就有鈴會響起，看來機會渺茫。逃跑？連想都別想。

他還動了整型手術，背部一塊皮膚移植到眼皮，好讓他能閉上眼睛。

當下他就閉上。

病房門開啟，時間又到了。他認得那個聲音，之前那男的。

「唉、唉，」那人說：「他們告訴我短期內你不可能說話，真糟糕。不過我這人很固執，我想我們還是能溝通，就你和我，如果你同意。」

哈肯努力回想柏拉圖在《共和國》一書中所說的話，關於殺人犯和殘暴之人，以及對這二人該有的處置。

「我發現你現在能閉上眼睛，太好了。你知道嗎？我要把狀況具體說給你聽，因為我突然想到，或許你不會相信我們快要查出你的身分了，沒錯，我們一定會查出來的。我想你應該記得你那支手錶吧。運氣真好，那支老錶上有廠商名的縮寫，還有序號等各種資料。幾天內就能查出來了，不管用什麼方式，頂多一個禮拜吧。而且除了這個，還有很多線索。

「總之我們會查出你的身份，百分之百肯定。

「所以……麥克斯，不知道為什麼我就想叫你麥克斯，反正這名字只是暫時的對吧？麥克斯？或許你願意多幫我們一些。否則我只好拍張你的照片，送到各報社，然後……嗯，你知道的，這樣一來事情就會變複雜。如果你現在能跟我談談……或用任何方式溝通，大家都會比較輕鬆。」

「你口袋裡有張紙寫了摩斯密碼。你知道摩斯密碼吧？知道的話我們就能透過敲打來溝通。」

哈肯張開眼睛，望向那條又長又白的模糊影子的兩個黑點。這個影子應該就是男人的臉。男人顯然決定將這句話當成邀請，而非詢問，所以他逕自往下說。

「水裡撈出來的那個人不是你殺的，對不對？法醫說他脖子上的咬痕很可能是小孩子幹的，根據我們手上的報告，可惜不能透露更多細節，不過……我想你是在保護某個人，我說的沒錯吧？如

果我說對了，請你舉起手。」

哈肯閉上眼。警察嘆了口氣。

「好吧，那就讓調查機制繼續運作吧。我走之前你有什麼想說的嗎？」

就在男人起身之際，哈肯舉起手，警察趕緊坐下。哈肯把手舉得更高，揮一揮。

再會。

警察不悅地哼了口氣，起身離開。

薇吉妮雅的傷勢沒有生命危險，週五晚上就能出院，不過得帶著縫合十四針、脖子上的大繃帶和臉頰上的小繃帶回去。雷基說要陪她，住在她家直到復元，但被她拒絕。

週五晚上上床時她告訴自己，明天週六一早她就能起床上班。她可負擔不起家裡蹲無薪水。她輾轉難眠，被攻擊的景象不斷在腦海重演，她無法平靜，躺在床上眼睛睜得大大，老是覺得那團黑漆漆的東西會從房間陰暗處冒出來，撲到她身上。她脖子繃帶下的傷口好癢。凌晨兩點了，她肚子餓，起床到廚房打開冰箱。

她飢腸轆轆，卻站在那裡看著冰箱內的食物，沒一種想吃。不過她還是出於習慣拿出麵包、奶油、起司和牛奶，將這些食物一一擺在餐桌上。

她給自己做了起司三明治，再將牛奶倒入杯中。她坐在餐桌邊看著杯子裡的白色液體，還有夾著黃色起司片的褐色麵包──一看就反胃，她不想吃，於是將食物扔掉，牛奶倒進水槽。冰箱有半

瓶白酒，她將酒倒入酒杯，送到脣間，可是一聞到味道就又失去興致。

她帶著進食失敗的挫折感，乾脆給自己倒杯白開水，躊躇一下。妳確定自己能永遠只喝**白開水**嗎？沒錯，是可以只喝白開水，不過嘗起來……好難喝。彷彿水裡所有好的東西都被剔除，只剩平淡的渣滓。

她乾脆上床，翻來覆去幾小時，終於慢慢睡著。

她醒來時已經十點半。薇吉妮雅跳下床，在昏暗的臥房內穿衣服。天啊，八點就應該上班，他們怎麼沒打電話來找人？

喔，等等，她是有聽到電話響，起床前最後那個夢裡的確有電話聲，不過後來斷了。如果不是那聲電話，她可能會繼續睡。她扣上鈕釦，走到窗邊，拉開百葉窗。

外頭陽光撲向她的臉，有如扎實的一拳。她踉蹌後退，遠離窗邊，還不忘將百葉窗的拉繩往下扯，百葉窗嘩啷滑下，卡在一個歪曲的角度。她坐在床上，一束陽光從窗子透進，照到她赤裸的足踝上。

有如千根針刺。

彷彿皮膚同時往兩個方向扭。

怎麼會這樣？

她將腳移開，穿上襪子，再放回陽光下。好多了——只有百根針刺。她起身準備去上班，立刻

又坐下。

她產生某種⋯⋯震驚。

拉開窗簾的感覺怎麼會那麼可怕。光線成了某種沉甸甸的東西，直撲向她，讓她想逃離。眼睛是最難受的，彷彿被兩隻有力的拇指壓住，威脅著要將眼珠從頭顱裡挖出。現在她的兩眼仍刺痛。

她用手掌揉揉眼，從臥房櫃子拿出太陽眼鏡戴上。

肚子好餓，可是她只要想到冰箱那些食物和食物櫃裡的東西，胃口就全失。反正也沒時間吃。

她遲到快三小時了。

她走出家門、上鎖、飛奔下樓。她身體好虛弱，或許今天還不該急著上班。超市再四小時就休息，況且**此刻**正是週末顧客開始湧入的時候。

薇吉妮雅的心思全被這些事占據，想都沒想直接打開樓下大門。

可怕的光線霎時湧入。

雖然戴著太陽眼鏡，但她的雙眼仍刺痛不堪，手和臉彷彿被滾燙的熱水澆淋。薇吉妮雅尖叫一聲，將手縮回大衣，頭壓得低低的趕緊跑出去。由於保護不到頭皮和脖子，那個部位現在就像被火灼燒。還好家裡離超市不遠。

她衝入店裡，刺痛感因而舒緩許多。超市多數窗戶都被廣告海報和塑膠薄膜遮住，免得太陽曬壞貨物。她拿下太陽眼鏡。還是有點痛，或許是廣告海報之間仍有空隙讓陽光照進來吧。她將太陽眼鏡放入口袋，走進辦公室。

雷納特是店經理，也是她上司。他正忙著低頭填寫文件，不過仍抬起頭看了她一眼。她以為會

被訓兩句，沒想到他只是說：「嗨，還好吧？」

「喔……很好。」

「妳不是應該在家多休息嗎？」

「不用，我想……」

「妳不用來的，蘿婷會幫妳代班。稍早我打了電話給妳，不過妳沒接……」

「那我今天沒事做嗎？」

「去問問肉品部的貝瑞特。還有，薇吉妮雅——」

「是。」

「妳發生了那種事，我很抱歉。我不知道該怎麼說，不過……我真的很難過。如果妳想休息一陣子，我完全能諒解。」

薇吉妮雅一頭霧水。雷納特平常可不像別人那樣，會對請病假或者遇上麻煩的員工報以同情，此刻他卻表現出屬於**個人的關懷態度**，真是前所未聞。想必她腫脹的臉和繃帶看起來十足十病懨懨。

「謝謝。」薇吉妮雅說：「我想應該沒事了。」然後走到肉品部。

她繞到收銀臺，向幫忙代班的蘿婷打招呼。她的收銀臺有五個客人在排隊，薇吉妮雅心想，應該多開個結帳櫃。不過問題在於雷納特可能不希望她這副模樣坐在收銀臺嚇客人。

當她走進結帳櫃檯後方窗戶照射進來的陽光裡，那種可怕的感覺又出現了——皮膚繃緊，雙眼刺痛，雖然不像在街道上被陽光直射那麼痛苦，但也夠折磨人了。她不能坐在那兒。

蘿婷看到她，趁著服務兩位客人的空檔對她揮手。

「嗨，我看了報紙……妳還好吧？」

薇吉妮雅舉起手，左右擺動，意思是馬馬虎虎。

看了報紙嗎？

她抓起《瑞典日報》和《每日新聞》朝肉品部裡面走，快速瞄過頭版。沒有。媒體一定會渲染得很大。

肉品櫃在超市最後面的乳品部旁邊，這種賣場安排很有技巧，讓人必須走過整間超市才能拿到肉。薇吉妮雅站在罐頭食物架旁，餓得發抖。她仔細看著這些罐頭：碎番茄、蘑菇、淡菜、鮪魚、義式餛飩、啤酒香腸、豆子湯……都不行。她看到這些毫無食欲，只想反胃。

貝瑞特從肉品櫃檯後方見到她，揮揮手。薇吉妮雅一走到後面就被貝瑞特熱情擁抱，他還小心翼翼碰觸她臉頰上的繃帶。

「好可憐哪。」

「還……」

還好？

她趕緊躲進櫃檯後方的儲藏室。如果讓貝瑞特起了話頭，就得忍受他的長篇大論，說什麼社會大眾都在受苦，竟然還有這種邪惡的人。

薇吉妮雅坐在磅秤和冷凍櫃門之間的椅子上。這裡只有幾平方公尺空間，卻是整間店最舒服的地方。她翻開報紙，《每日新聞》地方版裡有一小篇報導。

布雷奇堡鎮有女性受到攻擊

一名年約五十的婦女週四晚上在斯德哥爾摩郊區的布雷奇堡鎮受到攻擊，幸好有路人出手相救。攻擊者可能是名年輕女子，她迅速逃離現場。攻擊動機目前仍不明。警方現正調查此樁攻擊案件是否與過去幾週西郊的暴力事件有關。婦女的傷勢沒有大礙。

薇吉妮雅放下報紙。這種措辭讀起來實在很怪：「五十歲婦女」、「路人」、「傷勢沒有大礙」。這幾個措詞掩蓋了真實的一切。說「有關」可能沒錯，雷基深信攻擊她的就是殺死喬齊的小孩。週五早上，他幾乎要把舌頭咬斷了才克制住，沒對女警和正幫她檢查傷勢的醫師這麼說。

他打算告訴警察，不過想先知會古斯塔。他心想，既然薇吉妮雅也被攻擊，或許這會讓古斯塔從新的角度來思考整件事。

她聽見窸窣聲，四處張望，半晌才發現是自己手中的報紙抖得太厲害發出的聲音。她將報紙放在工作白袍上方的架上，過去找貝瑞特。

「有什麼能幫忙的嗎？」

「親愛的，妳真的覺得沒問題嗎？」

「沒問題，況且做點事也比較好。」

「我懂了。那妳就去那裡幫忙把蝦子裝袋吧，五百公克一袋。可是妳不是應該……」

薇吉妮雅搖搖頭，走回儲藏室。她穿上白袍，戴上帽子，從冷凍櫃拿出一箱蝦，一手套上塑膠

袋，開始準備秤重。她將套住手的塑膠袋戳入箱中，撈起一大把蝦，分裝到小塑膠袋，放到磅秤上。真是無聊又機械式的工作，裝到第四袋，她右手就凍僵了。不過還是得找事情做做，這樣才能趁機思考。

在醫院時雷基說了些奇怪的話：攻擊她的小孩看起來不像人，因為它有獠牙和利爪。

薇吉妮雅將將這些當成他酒醉的胡言亂語。

她不記得這麼多，不過她算是同意。跳到她背上那東西很輕，不可能是大人，但也輕得不太像小孩。或許五、六歲吧。她僅有的印象就是她還站著，但是背上有東西的那一幕，之後只剩一片漆黑。

接著她就在家裡醒來，除了古斯塔·還有整夥朋友圍在身邊。

她把秤重好的袋子綁緊，拿起下個袋子，放進一把蝦，四百三十克，再七隻。五百一十克。

本店請客。

她低頭看著自己那雙與思緒分離、逕自工作的手。那手，有著長指甲和尖牙齒，叫什麼來著？

雷基大聲說了出來：吸血鬼。但薇吉妮雅噗哧一笑，慢慢緩緩，因為怕臉頰傷口的縫線撐開。可是雷基笑都沒笑。

「那是因為妳沒看到。」

「可是雷基……世上沒有吸血鬼。」

「如果沒有，那它到底是什麼？」

「是個小孩，活在奇怪、扭曲的幻想世界裡的小孩。」

「小孩會長出那樣的指甲？那樣的牙齒？我得去問問牙醫師了。」

「雷基，那地方很暗，你又喝醉了，它……」

「當時的確很暗，我也很醉，不過我真的看見了。」

她臉頰繃帶底下的肌肉開始灼熱、繃緊。她放開右手的塑膠袋，將冰冷的手貼在繃帶上——舒服多了。不過還是好虛弱，覺得雙腿快撐不住身體。

裝完這箱就得回家了。這樣不行。或許這週末好好休息，下週一就會好很多。她將塑膠袋套回手上，微慍著開始工作。

噢，她食指一陣刺痛，可惡，不專心就是會這樣。蝦子結凍後會變得很利，果真刺傷了食指。她抽掉套在手上的塑膠袋看著食指。那道小傷口滲出一些血。

她恨自己這樣病懨懨。

本能的，她將食指伸進嘴裡吸。

她的舌頭接觸食指的地方散發一股溫暖、療癒、美味的感覺，並開始擴散。她更用力地吸吮手指。人世間所有美味全在嘴裡湧現，幸福的悸動貫穿全身。她吸吮又吸吮，沉醉在那股愉悅之中，直到驚覺自己做出什麼舉動。

她將手指抽出來凝視。那上頭唾液閃亮，小小血滴一滲出就被稀釋，像水彩那樣調得過淡。她看著箱子裡的蝦，幾百隻粉紅蝦體覆蓋著一層霜，還有蝦子眼睛，有如散布在白與粉紅之間的黑色針頭，這混亂顛倒的滿天星斗，星座、星圖開始在她眼前跳躍。

世界繞著一個軸心旋轉，某個東西撞到後腦杓，她眼前有層白色的東西，那是天花板角落的蜘蛛網。她知道自己倒在地上，但就是沒力氣做出反應。

她聽見遠方傳來貝瑞特的聲音。「喔我的天啊……薇吉妮雅……」

強尼喜歡和哥哥混在一塊兒，至少那群膚淺的狐群狗黨不在身邊時，他就會黏著哥哥。吉米認識一些來自瑞克斯塔的傢伙，強尼還挺怕這些人的。幾天前那個晚上，他們來找吉米，沒按門鈴直接在屋外徘徊。強尼告訴他們吉米不在家，強尼還挺怕這些人的。

「告訴你哥，如果週一前沒把錢拿出來，我們就把他的頭用老虎鉗夾住——你知道這是什麼意思嗎？就是像這樣扭，扭到錢從他耳朵掉出來——像這樣。你會告訴他吧？好，很好，你叫強尼是吧？那就掰掰了，強尼。」

強尼把口信帶給哥哥，吉米只是點點頭說知道了。後來媽媽錢包裡少了些錢，她大發雷霆。吉米現在沒那麼常在家。自從小妹妹出生，他就沒了自己的房間。強尼已經有兩個弟妹，照理說不應該再有，不過媽媽後來認識個傢伙……反正就是這麼發生了。

至少強尼和吉米是同一個爸爸，他想。爸爸在挪威海岸的石油鑽井臺工作，現在不只會定時送上扶養費，還會多寄些錢彌補以前的虧欠。媽媽很感激他，好幾次喝醉哭著說，她再也沒機會遇到這麼好的男人了。就強尼有記憶以來，這段時間是爸媽第一次沒因為缺錢而吵鬧不休。

此時此刻，這兩兄弟坐在布雷奇堡鎮主廣場的披薩店內。吉米今天早上回家，和媽媽吵了一架，然後就和強尼走出家門。吉米在自己那塊披薩上加了一堆調味料，兩手將披薩捲成大大一捲，吃了起來。強尼以普通的方式吃著披薩，他心想，下次哥哥若不在，他也要學他這樣吃看看。

吉米不停咀嚼，朝著強尼耳朵上的繃帶點點頭。「看起來真慘。」

「是啊。」

「會痛嗎？」

「還好。」

「媽說這肯定會留下後遺症，以後你會聽不見。」

「還不確定，應該不會有事吧。」

「哼，你說那傢伙撿起一根大樹枝，往你的頭打下去？」

「嗯。」

「可惡，那你打算怎麼做？」

「不知道。」

「要我幫忙嗎？」

「不用。」

「為什麼？我和一些兄弟可以把他揪出來。」

強尼抓起一隻大蝦，這是他的最愛。他放進嘴裡嚼呀嚼。不用，不能把吉米那些朋友扯進來，或許還有那些來自瑞克斯塔的兄弟出現在奧斯卡家門口，把他嚇得臉色發白，強尼就得意地笑了起來。他搖搖頭，不要哥哥出面。

否則肯定很難收拾。雖然有這層顧慮，不過一想到自己跟著吉米，

吉米將披薩捲放下，嚴肅地看著強尼。

「好，我只是說說。不過如果他再來一次……」

他大力彈了一下手指，然後握緊拳頭。

「你是我老弟，我絕不會讓你受一丁點委屈……如果他再這樣搞一**次**，看你想怎麼報仇，儘管開口，我去把他揪出來，好不好？」

吉米的拳頭橫過桌面，強尼也握拳和老哥對碰。有人這麼挺他，感覺好棒。吉米點點頭。

「好，對了，我有東西要給你。」

吉米彎下腰，從桌底拿出塑膠袋，整個早上，他這袋子都不離身。吉米從袋裡拿出薄薄一本相簿。

「上個禮拜爸爸來找我，他留了大鬍子，我差點認不得。他帶這個來。」

吉米將相本遞給強尼。他先用紙巾擦擦手指才打開相本。

那是他們小時候拍的照片，裡面也有媽媽，大概十年前照的。他認出那個幫孩子推鞦韆的人就是爸爸。另外一張照片裡，他戴著一頂顯然太小的牛仔帽。吉米那時約九歲吧，就站在他身邊，手裡拿著塑膠步槍，還裝出一臉凶狠的表情。有個更小的男孩坐在旁邊草坪上，睜著大眼看他們。這應該是強尼。

「他說可以借我看，但下次見面時要還，他要把相本拿回去，他說這是……呃，什麼東西來著……『我最珍貴的財產』。他應該就是這麼說的。我猜你可能也想看看這些照片。」

強尼點點頭，視線仍留在相本上。強尼四歲時爸爸離家，此後父子只見過兩次面。家裡有張他的照片，不過那張感覺很不好，他旁邊坐了其他人。可是相本裡這張不同，這能構築出他心目中真正的爸爸形象。

「還有件事，別讓媽看到，我想這是爸爸離家時偷夾帶出去的，如果給媽看到……嗯，我說了爸爸要把這本拿回去，所以答應我，千萬不能給媽看到。」

強尼繼續埋首相本，不過仍伸出拳頭、橫過桌面。吉米笑了出來，強尼感覺到吉米的指關節與他的指關節對碰。一言為定。

「喂，待會兒再看啦。這袋子也拿著。」

吉米遞出裝相本的袋子，強尼心不甘、情不願將相本闔上，放進袋中。吉米已經吃完披薩，靠著椅背，拍拍肚子。

「櫃檯那小妞如何？」

村落從旁飛逝而過，機車後方那只拖車的輪子濺起的雪花朝後噴，沾到奧斯卡臉頰上。他雙手緊抓拖曳繩，重心忽左忽右，徜徉在雪花般的雲朵之上。雪屐刮過鬆軟雪地，發出尖銳摩擦聲響。

他們飆過岔路時雪屐外側輕輕擦撞橘色反光板，震得奧斯卡抖了一下，然後才抓回平衡。

通往拉加洛鎮和那片避暑小屋的道路沒人鏟雪，機車駛過無人踏過的雪地，留下三條深深的輪跡。機車後五米是奧斯卡，他穿的雪屐在雪地上多劃出兩條痕來。順著機車胎痕蜿蜒蛇行，他像特技表演一樣有時單腳站立，有時蹲伏成一顆快速前滾的小球。

他來到一處長坡，從這裡下去就是老蒸汽船的碼頭，爸爸在長坡前放慢速度，奧斯卡卻衝過了頭，得來個緊急煞車才沒讓拖曳繩過鬆。倘若繩子過鬆，待會兒坡度平緩、機車加速後，奧斯卡就會劇烈晃動。

機車一路騎到碼頭，爸爸換檔踩煞車，奧斯卡也放慢速度。但他仍在滑行。有那麼片刻，他想

放掉繩子繼續滑……一路滑到碼頭外，掉進黑色海水中——不過他還是在離岸兩米處將迷你雪屐內偏，及時煞住。

他停在原地喘氣，望向大海。海面開始結凍的那層薄冰隨著湧上岸的海浪起起伏伏。或許今年有機會真正結冰吧，這樣就能走到另一端的瓦多村。還是說通往諾泰傑鎮的隧道已經打通？奧斯卡不記得，海水結冰已經是好幾年前的事了。

奧斯卡若在夏天來這裡，會在岸邊釣鯡魚。鬆開繩鉤，尾端綁魚餌。如果遇上魚群，有耐心可以釣上好幾公斤，不過他多半只釣個十來隻。夠讓他和爸爸當晚餐就好，小隻的送給貓吃。

爸爸走過來站在他身後。

「很棒吧。」

「嗯，不過有幾次被雪花濺得滿頭滿臉。」

「的確是，現在雪還太鬆軟，可以想法子弄緊實點，或許可以……拿塊重重的板子拴在機車上，在雪地上壓點重量。你知道的吧，如果放了板子、壓下去，那麼……」

「現在嗎？」

「不行，得等到明天，天色快暗了，我們得回家準備野鴨大餐，不然就沒晚飯可吃囉。」

「好。」

爸爸望著海水，沉默地站了一會兒。

「你知道嗎，我在想一件事。」

「什麼事？」

終於來了。媽媽告訴奧斯卡——她**斬釘截鐵**告訴過爸爸，要他和奧斯卡談談強尼的事。事實上奧斯卡也想和爸爸談。爸爸和這件事有個安全距離，不會真正插手介入。爸爸清清喉嚨，整理思緒，吐了一口氣，又看看海水，才開口：「嗯，我是在想……你有溜冰鞋嗎？」

「沒有，舊的穿不下了。」

「沒有？沒、沒有？嗯，這個冬天海水如果能結冰……有機會溜冰一定很好玩，對不對？我有溜冰鞋喔。」

「應該不合腳吧。」

爸爸噗嗤一聲笑了出來。

「不，不是……那是歐斯頓家的男孩以前穿的，三十九號。你穿幾號？」

「三十八。」

「可以的，只要穿上厚毛襪就……我問問看他們是不是可以送你。」

「太棒了。」

「那就說定囉。很好，那現在可以走了嗎？」

奧斯卡點點頭。強尼的事或許爸爸待會兒才會說吧。不過有溜冰鞋呢，太好了。如果明天能談妥，那他回家時就能帶著溜冰鞋了。

他穿著迷你雪屐走到機車拖曳繩尾端，將繩子拉緊，舉手對爸爸示意可以出發。爸爸發動引擎。得打一檔，他們才能衝上山坡。機車震耳欲聾的聲響把松樹梢的烏鴉嚇得振翅疾飛。

奧斯卡慢慢爬上山坡，那姿態彷彿讓繩子拖著走。他身體打直、雙腿併攏。此刻的他心無旁

驚，只是專注讓自己的雪屐保持在先前的舊軌跡上，免得陷進鬆軟的雪地。暮色漸沉，父子倆踏上回家的路。

雷基從主廣場走下階梯，褲頭塞了一盒阿拉丁巧克力。他很不想偷，可是沒錢買禮物送薇吉妮雅。其實也該送幾朵玫瑰才是，不過只能看在花店順手偷到什麼就送什麼。

天色已黑。他在通往學校的那座小丘底駐足，躊躇不定，四處張望，用腳磨開地面的雪，露出一顆約拳頭大小的石塊，他將石塊踢鬆，撿起來，緊握著放入口袋。他才不是想用這石塊來對付可能出現的什麼，而是石塊的重量和冰涼的觸感讓他很舒服。

他曾到各社區的中庭詢問，但沒什麼結果，只惹來與孩子一同堆雪人的家長警戒狐疑的眼神。

他是個全身髒兮兮的老男人。

不過直到他開口詢問正在搥打地毯的那個婦女，才知道這樣的舉止有多怪異。女人停下手邊的工作轉身看著他，手裡那根棒子真像武器。

「對不起，」雷基說：「是這樣的，就是……我正在找一個孩子。」

「噢？」

他聽著自己的口氣，這口吻聽起來就很不篤定。「沒錯，她……她失蹤了。不知道有沒有人看

過她出現在這附近。

「是你的孩子嗎？」

「不是，不過……」

除了那幾個青少年，他已經決定不再向陌生人開口詢問，或至少要找他認識的人。沿路他遇到幾個熟人，不過他們也沒看見。聖經說，尋求的必尋見——可是至少也得明確知道自己在找什麼吧。

他走上穿越公園就可直達學校的步道，遠遠瞥向屬於喬齊的人行地下道。

昨天的新聞引起軒然大波，主要是因為屍體被發現的過程太可怖。被謀殺的醉漢本來不怎麼值得社會大眾注意，不過孩子好奇又驚嚇的圍觀和消防隊員將冰塊鋸開、撈出屍體的場景太過駭人。

那篇報導旁放了張喬齊的護照照片，照片中的他反倒看起來像個殺人魔，至少有那麼一點。

雷基繼續走，經過布雷奇堡鎮小學。學校陰鬱莊嚴的磚牆正門有著寬大的高聳臺階，真像國家法院——或者地獄——的大門。最低一層臺階旁的牆面被人噴漆，寫著「鐵娘子」——不知道是什麼意思。可能是某些團體幹的吧。

他走過停車場，進入伯橋森蓋頓街。平常他會從學校後面抄捷徑，不過在這當下……太暗了。他抬頭看看立於步道兩側的高聳松樹頂，枝椏間有幾團深色物體。應該是鳥巢吧。

不僅那東西的長相嚇到他，它攻擊的方式更讓他驚恐。如果它不是從樹上跳下來，**或許**他會相

信那獠牙和利爪有合理的解釋。可是，那天把薇吉妮雅扶回家前，他抬頭看了那棵樹。那生物跳下的枝椏離地應該有五米。

從五米高的地方跳到人的背上！如果他們所說的「合理解釋」再加上「馬戲團特技演員」或許能說得通。可是不管從哪個方面來看，他對薇吉妮雅說的那種解釋似乎都不太可能。現在他真後悔那麼說了。

該死……

他從褲頭拿出巧克力，會不會被體溫融化了？他輕輕晃動盒子，沒有，還是有硬物碰撞的聲音，巧克力沒融在一塊兒，他繼續沿著伯橋森蓋頓街走，經過薇吉妮雅工作的ICA超市。

「碎番茄，三罐五克朗。」

六天以前。

雷基的手還握著石塊。他看著海報，想像薇吉妮雅專心寫下勻稱且筆直的字體的模樣。她今天大概不會好好在家休息吧？她就是那種等不及傷好就蹣跚趕去上班的人。

他靠近她家那棟建築物了，雷基抬起頭看著她的窗戶。沒燈。或許去找女兒了吧。他至少得上樓將巧克力擱在門把上，如果她真的不在。樓梯間漆黑一片，他的頸背寒毛突然直豎。

那個孩子在那裡。

他僵住不動半晌，接著匆忙走到閃著紅光的電燈開關旁，用拿巧克力的手背用力按下去，另一手緊緊抓住口袋裡的石頭。

電燈亮起時，地下室的電箱傳出輕輕一聲咚。可是什麼都沒有，薇吉妮雅家的樓梯間只有像黃

色嘔吐物圖案的水泥樓梯，還有一扇扇的木門。他深呼吸了幾次，然後步上階梯。

直到現在，他才發現自己真的累了。薇吉妮雅住在遙遠的三樓，他得拖著下半身兩條毫無氣力的腿爬到上面。真希望薇吉妮雅在家，身體也舒服多了。他希望自己能放鬆地坐在她的扶手椅上，在這個他最想待的地方好好休息。他放開手中的石塊，伸手按門鈴。等了一會兒又再按一次。

他試著讓那盒巧克力穩穩地擱在門把上，卻聽到屋內傳出拖緩的腳步聲，趕緊從門前退後幾步。裡面的腳步聲停下，她正站在門邊另一側。

「誰啊？」

不對，她從不會這樣問，通常他一按門鈴，就會聽到裡頭腳步快速啪啦啪啦走過來，接著門會咿一聲打開，說進來、進來。他清清喉嚨。

「是我。」

沒動靜。他聽到的是她的呼吸聲嗎？或者是他自己想像的？

「有事嗎？」

「我只是想來看看妳，就這樣。」

再次沉默。

「我不太舒服。」

「我可以進去嗎？」

他佇立等待，雙手捧著那盒巧克力，心想自己此刻看起來一定很蠢。她轉開第一道鎖，裡面傳出砰砰聲，接著是鑰匙插入門閂的沙沙響，鎖鍊解開時又是另一陣窸窣。門把壓下、大門開啟。

他本能地後退半步，後背撞到樓梯欄杆。薇吉妮雅站在門口，看起來好像病得快死了。

除了滿是水泡的腫脹臉頰，她的雙眼彷彿宿醉了一世紀，眼白布滿密密血絲，瞳孔縮小到幾乎看不見。她點點頭，「我看起來跟鬼沒兩樣吧。」

「不，不是，我只是……我只是在想我可以進來嗎？」

「不要，我現在沒力氣。」

「妳去看醫生了嗎？」

「我會去，明天。」

「很好，嗯，我……」

他將巧克力遞給她。從頭到尾，他都把那盒巧克力當成盾牌一樣拿在身前。薇吉妮雅接過，說了聲：「謝謝。」

「薇吉妮雅，有什麼我可以——」

「沒有，沒事，我只是需要休息，沒辦法站太久。我們再聯絡吧。」

「好，那明天——」

薇吉妮雅關了門。

「——我會再過來。」

門閂和鎖鍊再次沙沙響，他站在她門外，雙手無力癱垂在兩側，往前走到門邊附耳傾聽。她聽見櫃子開啟，屋內腳步聲緩緩移動。

我該怎麼辦？

他沒立場強迫她做不想做的事，不過現在他真的很希望說服她去看醫生……唉，明天早上再過來吧。如果沒起色，不管她願不願意，他都要帶她上醫院。

雷基走下樓，一次一階慢慢走。好累。他終於走到樓下大門前最後那段階梯，決定坐下，坐在最上面那階，雙手撐頭。

我是……有責任的。

電燈滅了，他的頸部肌腱繃緊，喘了起來。不過是電箱，不過是定時器罷了。他坐在漆黑的階梯上，慢慢拿出口袋裡的石塊，穩穩以兩手握著，凝視黑暗。

來啊，那就來啊。

薇吉妮雅對著雷基那張充滿懇求的臉狠狠關上門、鎖上門閂、掛上鎖鏈。她不想讓他見到她，不想見到任何人。現在她得費盡力氣才能說出那些話，做出正常的行為。

從ICA超市回家情況快速惡化。蘿婷扶她走回來，在暈茫狀態下，她也只能咬著牙，任由陽光刺痛燒灼她的臉。回到家，她一照鏡子，便發現手臉出現上百顆水泡。那是灼傷的痕跡。

她睡了幾小時，天黑後才醒來，飢餓感已然轉變，變成一種焦躁。身體整個循環系統彷彿有群歇斯底里扭動的魚，讓她躺也不是、坐也不是、站也不是。她在屋裡不斷走動，全身搔癢。她沖冷水澡來減輕那讓人不安的刺痛感。無濟於事。

這種感覺令她想起二十二歲那年，她聽說父親從避暑小屋的屋頂摔下來跌斷頸

椎。那次她也是在屋裡走來走去，彷彿地球上找不到一處地方，可以讓她坐下來而不感覺到痛。她現在就是這種感覺，但這次更糟。那種焦躁一秒都不曾離去，逼得她整屋子踱步，直到沒力氣站立。好不容易，她坐在椅子上，卻開始用頭撞餐桌。絕望中，她拿此刻嘗起來像洗碗水的紅酒灌下兩顆安眠藥。

通常只要一顆就能讓她像撞到頭那樣昏睡到不省人事，然而現在這兩顆安眠藥的唯一效果只是讓她反胃，整整吐了五分鐘，吐出一堆綠色黏稠物和兩顆半溶解的藥錠。

她繼續滿屋子走，將報紙撕成碎片，在地上爬行啜泣。她爬到廚房，推倒餐桌上的酒瓶，讓它滾落地面，在她眼前裂成碎片。

她拿起一片碎玻璃，不做多想，直接戳進掌心。那種痛很舒服、很暢快。身體裡的那群魚奔游到血液湧出的痛點，她將掌心壓在唇上吸吮，焦躁感消失了。她暢快吐氣，又在手臂多戳幾個點，不斷吸吮。嘗著血液與淚水交融的滋味。

她蜷縮在廚房地板，手貼著嘴，像嬰兒首次找到母親乳房般貪婪地吸吮。她感覺到一種平靜，就在這時，雷基按了門鈴。

她站起來，將碎玻璃掃乾淨，傷口貼上繃帶，半小時後焦躁感又出現了，那是這混亂一天裡的第二次平靜。

她將他打發走，鎖上門後進廚房，將巧克力放入櫥櫃。她坐在餐椅上，努力想弄明白搞清楚。原來這焦躁感不會放過她，很快地又會逼得她蜷縮起來。她唯一清楚的是這時旁邊不能夠有人，尤其不能讓雷基在場。她會傷害他的，那股焦躁感會逼她動手。

她染上了某種病，就有藥醫。明天她會去找醫生，去找能診斷出病，並這樣告訴她的人——「妳感染了X病毒，只要以Y和Z的藥物治療兩週，就能把病毒殺光光。」

她在屋裡踱步，又開始難受。

她用手、用腳去撞牆。那群小魚活了過來，讓她毫無招架餘地。她知道自己非那樣做不可，雖然想到那種痛她就開始嗚嗚啜泣。那股痛覺很短，紓解的感覺很暢快。

走進廚房，她拿起銳利的水果刀，退回客廳，坐在沙發上，利刃壓在手臂內側。

只要撐過今晚，明天她就會去求助。不用說也知道她不能這樣下去。不斷喝自己的血？當然不行。必須設法改變這狀況。可是現在……

唾液在嘴裡湧現，溼漉漉、她滿心期待割傷自己，深深地……

十一月七日星期六晚上

奧斯卡擦桌子，爸爸洗碗盤。野鴨好好吃，裡面當然沒子彈，父子倆吃得精光，光到碗盤幾乎不用洗。解決掉整隻鴨子和馬鈴薯後，兩人還拿了白吐司將盤底餘渣抹得乾乾淨淨，這可是整道菜的精華。他們先將肉汁倒在盤子裡，用吸滲力很強的吐司來蘸肉汁，吐司半溶於肉汁後，再送進嘴裡慢慢溶化。

爸爸不是什麼了不起的廚師，不過有三道菜可說是殘羹佳餚之神的「霹提啪納」、煎鰈魚和烤

野鴨，爸爸煮到快變成專家。明天，他們父子就會用今天剩餘的食材來做「霹靂啪納」。

晚餐前，奧斯卡待在臥房內。在爸爸這裡，他有自己的房間，雖然無法和布雷奇堡鎮家的臥房相提並論，他還是很喜歡。那個家的臥房裡有海報、照片和很多東西，他經常將擺飾物換來換去。

但爸爸家的房間從來不會變，而他之所以喜歡，正是因為這樣。

這裡看起來和他七歲時一模一樣。

只要一走進房間就能聞到這房間熱切期盼他歸來散發的熟悉溼氣，彷彿什麼都不曾發生過

——在這麼長的時間裡。

這裡還有那幾年夏天買的唐老鴨和巴姆賽漫畫。住在鎮上時他不再看這些漫畫，但一回來這裡就會重新拿起來讀。其實他已經把裡面的故事倒背如流，可是就是想再翻一翻。

廚房香味飄進房間，他正躺在床上看著舊的唐老鴨。唐老鴨和姪子及史高治叔叔要去很遠的國家旅行，那兒沒有貨幣，所以他們把史高治叔叔的舒緩平衡液蓋子拿來當錢幣。他將鬆開的五個魚鉤綁上新的魚線，再把夏天用來釣鯡魚的誘餌綁上去。

漫畫看完，他轉去摸摸那些放在舊針線盒裡的誘餌和鉛錘，這個針線盒是爸爸送他的。

接著父子共進晚餐。爸爸洗完碗盤後，兩人就玩井字遊戲。

奧斯卡喜歡和爸爸這樣坐著，單薄桌面上擺張方格紙，兩人俯在紙面上，頭靠得好近。壁爐裡有柴火正劈劈啪啪響。

按照慣例，奧斯卡是叉叉，爸爸是圈圈。爸爸從不會故意放水，所以一直到幾年前，爸爸還能輕易打敗奧斯卡，不過奧斯卡偶爾也會走好運，至於現在，他更常是贏家。這或許與他經常玩魔術

方塊有關。

　　遊戲可以玩上半張紙，這種方式對奧斯卡最有利，因為他記憶力好。不管爸爸怎樣畫，他都能記住自己應該填上哪個空格，還會利用以退為進的策略。

　　今晚又是奧斯卡贏下一城。

　　整面紙已經連續三局都被奧斯卡圈起來，每局正中央還標示了代表奧斯卡名字的「Ｏ」。只有一局在奧斯卡分心的狀況下第五個叉叉，並將整局大大圈起，工工整整寫了個「Ｏ」。爸爸搔搔頭，上面標示代表爸爸的「P」。而這一局，奧斯卡一畫叉，原本有機會的兩排空格現在只能被爸爸填滿一排。爸爸嘆了口氣，搖搖頭。

　　「哇，奧斯卡，看來我遇到對手囉。」

　　「一點也沒錯。」

　　再來一盤，這一次，爸爸將一排四個的空格填滿，不過奧斯卡也隨即填上另一邊，奧斯卡隨即在另一邊畫上第五個叉叉，並將整局大大圈起，工工整整寫了個「Ｏ」。爸爸搔搔頭，抽出一張新格紙，拿起筆。

　　「這次我要⋯⋯」

　　「別做夢了。你開始吧。」

　　格子上填入了四個叉叉和三個圈圈，這時傳來敲門聲，門旋即打開，兩人聽見有人踏步將腳上的雪跺掉。

　　「哈囉，哈囉！」

　　爸爸從方格紙上抬起頭，背靠椅子望向玄關。奧斯卡攏著自己的嘴唇。

不會吧。

爸爸點頭向訪客打招呼，「進來吧。」

「謝啦。」

那人腳上穿著厚毛襪，走進玄關，發出輕輕的聲音。沒多久他就見到嘉納走進廚房，「喔，原來啊，」他說：「是父子倆在享受溫馨時光。」

爸爸指向奧斯卡，「我兒子，你見過的。」

「是。」嘉納說：「嗨，奧斯卡，你好嗎？」

「很好。」

到剛才都很好。你走開。

嘉納大聲地走到廚房餐桌旁，腳跟毛襪滑下一半，堆在腳趾前有如畸形的腳蹼，抖動不止。他拉出椅子，逕自坐下。

「你們在玩井字遊戲啊。」

「是啊，這孩子太厲害，我已經贏不過他了。」

「不會吧，在鎮上都有練習喔？敢不敢跟我玩一局啊奧斯卡？」

奧斯卡搖搖頭，連瞧都不想瞧一眼，他知道抬頭會見到的那張臉是什麼德性：醉到茫然的雙眼，咧成綿羊模樣的嘴巴。嘉納看起來就像隻老綿羊，尤其那頭金色髮髮，更加深了這個形象。他是爸爸的「朋友」，卻是奧斯卡的敵人。

嘉納搓搓手，發出像砂紙摩擦的聲音。在玄關的逆光位置，奧斯卡看見一片片皮膚屑落地。嘉

納有某種皮膚病，一到夏天就會惡化，整張臉變成腐爛出血的橘皮。

「喔喔喔，這裡真舒服。」

你每次都這樣說。最好帶著你那張噁心的臉和老掉牙的行為滾出我家。

「爸爸，我們不玩了嗎？」

「當然要啊，不過現在有客人……」

「繼續啊，你們繼續玩。」

嘉納靠著椅背，看起來多的是時間和他們消磨。奧斯卡知道自己輸了，一切都結束了，又跟以前一樣。

他現在好想尖叫摔東西，而他最想摔的就是嘉納。可是爸爸卻走到櫥櫃拿出一瓶酒和兩只玻璃杯，將酒瓶和杯子放在桌上。嘉納又搓搓手，弄得皮屑滿天飛。

「哇哇哇，這裡有……」

奧斯卡低頭看著那局還沒結束的遊戲。

他要把又畫在那兒。

看來今天會有很多叉叉，但不會有圈圈。什麼都沒有了。

爸爸倒酒的聲音咕嚕咕嚕響，裝了透明液體的精緻倒錐玻璃杯被爸爸握在手裡，顯得渺小脆弱，好像會看不見。

一切還是毀了，什麼都毀了。

奧斯卡將那張還沒結束的遊戲紙揉成一團，丟進爐灶。爸爸沒生氣，因為他和嘉納已經開始談

起某人跌斷腿的事，接著又聊到自己或別人跌斷腿的經驗，並持續往酒杯裡倒酒。

奧斯卡待在灶門敞開的爐灶前看著那張紙變成一團火焰，接著焦黑。他又拿起其他玩過井字遊戲的方格紙，同樣丟入火裡。

爸爸和嘉納拿起酒杯移往客廳，還對奧斯卡說：「來聊聊」，奧斯卡回他：「待會兒吧。」他繼續坐在爐灶前凝視火焰，熱氣直撲他的臉。奧斯卡站起來，從餐桌拿起整本方格紙，即使沒用過的也一頁頁撕下，全丟進火焰裡。最後整本方格紙從封面到封底全變得焦黑，他甚至連鉛筆也一起丟進去。

晚上這時刻的醫院感覺不太尋常。毛蒂·卡伯格坐在服務臺，望著幾乎空蕩的大廳。自助餐廳和小報亭都關了，偶爾出現的人影有如幽魂，在挑高的大廳中遊蕩。

在這般深夜，她總喜歡想像整棟巨大的丹德亞醫院全靠她一人守護。當然事實並非如此，若有任何狀況，只要按下按鈕，夜間警衛三分鐘內就會趕到。

她還會玩一種遊戲來度過漫漫長夜。

她會想像某種職業、某種居住處所，和某種生活背景輪廓──譬如生了某種病──然後將這些想像冠在等一下走經服務臺的人身上，通常……結果會非常有趣。

她會想像有個機師住在果賈頓街，養了兩條狗。飛國外時就由鄰居來照顧他或她的狗。這鄰居暗戀機師，她或他的最人困擾是，他或她在天上飛時，她或他總會看到天上有戴著紅色制服帽的搞

蛋小綠人在雲朵四周游來游去。

好，現在只要等待就行。

或許不消多久就會出現個頹廢邋遢的女性。原本是個女機長，卻將機上供應的小瓶酒夾帶進駕駛艙，執勤時喝得爛醉，看見了小綠人，結果遭到開除。如今整天和狗兒坐在家裡，不過鄰居還是愛慕她。

毛蒂繼續想像。

有時她會訓誡自己別愛這樣幻想，因為這會讓她不把別人當一回事。不過她就是克制不了。而這會兒，她要等的是個牧師，一個對跑車十分著迷，還喜歡讓人搭便車好趁機勸人信教的牧師。

男或女？老或年輕？長什麼樣？

毛蒂撐著下巴，注視前方大門。今晚人不多，探訪時間已過，而週末夜晚受傷的病患多半與酒精有關，所以通常直接送到急診室。

旋轉門動了，可能是熱愛跑車的牧師現身。

不是，遇到這種狀況她就不得不放棄，因為那是個孩子，像流浪兒一樣的小……女孩，大約十到十二歲。毛蒂想像這女孩遭遇了一連串事件，最後變成牧師。不過她還算節制，很快打住，因為這女孩看起來不怎麼快樂。

她走到那張醫院平面圖前方，圖上用各種顏色的線條標示路徑，指引訪客方向。不過看得懂這圖的成人恐怕沒幾個，更何況是個孩子，她怎麼可能搞得清楚？

毛蒂傾身向前，壓低聲音。「需要我幫忙嗎？」

女孩轉身，笑得靦腆，走向服務臺。她頭髮都溼了，還沒融化的雪花襯著烏黑的頭髮更顯白亮。她不像一般孩子，來到陌生環境會低頭盯著地板。她沒有，走向服務臺時，她那雙深色的憂鬱眼眸直直凝視著毛蒂。有個念頭——如歷歷可聞的話語——閃過毛蒂腦海。

我要送些東西給妳，不過要送什麼呢？

她竟然愚蠢地開始在腦海快速思考桌子抽屜裡有什麼。原子筆？氣球？

女孩在服務臺前駐足，伸長脖子橫過桌面。

「不好意思……我要找我爸爸。」

「喔，他住在這家醫院嗎？」

「對，不過我不確定是在……」

毛蒂從她身旁望向大門，快速瞥了大廳一眼，視線接著停留在這個連外套都沒穿的小女孩身上。

她只穿了件黑色的高領針織衣，衣服上有幾滴水珠和雪花，並被服務臺附近的燈光照得閃閃發亮。

「妳自己來的嗎？親愛的？怎麼會在這種時間？」

「對，我只是……我想知道爸爸是不是在這裡。」

「那我來查看看吧，他叫什麼名字？」

「我不知道。」

「妳不知道？」

女孩低著頭，似乎在尋找地上的什麼。再抬起頭時，那雙黑色大眼已經裝滿汪汪淚水，下脣還顫抖著。

毛蒂覺得自己胸口彷彿有什麼東西碎裂，心好痛啊，她得做些什麼來減緩這種感覺。毛蒂低下頭，從抽屜底部拿出一捲紙巾，撕了一張給小女孩。她至少有能力給個什麼，雖然不過是張紙巾。

女孩擤擤鼻子，擦乾眼淚，但那姿態……好像大人。

「謝謝。」

「那妳得去找警察喔。」

「他……警察把他帶來這裡。」

「我知道。可是他們把他留在這裡。他生病了。」

「喔，他生了什麼病？」

「他……我只知道警察把他留在醫院。他會在哪裡？」

「可能在頂樓，可是妳不能上去，除非妳……事先和警察約好時間。」

「我只想知道我爸病房的窗戶是哪一個，這樣我才能……我不知道。」

女孩又哭了起來。毛蒂喉頭一緊，甚至覺得痛。這女孩只是想知道爸爸的病房是哪一間，這樣就能站在醫院外頭的雪地中，抬頭看著爸爸的窗戶。毛蒂不禁哽咽。

「如果妳願意，我可以幫妳打電話問他們，妳一定可以……」

「不用了，沒關係。現在我知道了，我可以的……謝謝，謝謝妳。」

「我不知道。他……可是他在這裡。」

「親愛的，這樣的話……」

「那我就不知道……妳爸爸怎麼了？」

女孩轉身，走向旋轉門。

我的天啊，這些破碎的家庭。

女孩走向大門，毛蒂繼續注視女孩剛剛消失的地方。

好像有什麼不對勁。

毛蒂心裡閃過女孩的模樣和她走路的方式，總覺得有什麼不太自然……有點……她思索了半分鐘，終於想起那是什麼：那小女孩沒穿鞋。

毛蒂從椅子上跳起來，衝到門邊。只有在特殊情況下她才能離開服務臺，不過她心想，這應該算特殊狀況。她匆忙通過旋轉門，快點、快點、快點，然後衝向停車場。女孩不見人影。現在該怎麼辦？應該要有社福人員介入的，他們一定沒找人確定這女孩是否有人照顧，這是唯一的解釋。不過，她爸爸到底是哪一位？

毛蒂在停車場四處張望，還是沒見到小女孩。她又跑到另一頭，就是電車站的方向——也沒有。走回服務臺途中，她不斷思索該打給誰，又該怎麼做。

奧斯卡躺在床上等狼人出現。此刻在胸腔裡翻湧的除了憤怒，還有絕望。他聽見客廳傳來爸爸和嘉納的大嗓門，混雜從錄音機流瀉出的音樂。是「深奧兄弟」的歌曲。奧斯卡記不住所有歌詞，不過這首歌的確已相當耳熟能詳。

我們住在鄉村，

很快我們就會發現，這裡需要有動物跑來跑去，我們賣掉瓷器，買了一頭豬……

唱到這裡，樂團開始模仿各種農村動物的叫聲。平常奧斯卡覺得「深奧兄弟」很有趣，當下卻恨死他們了。因為他們也是這個厭惡情境的一部分。他們替酒醉的爸爸和嘉納唱出那些白痴歌曲。

他非常清楚接下來情況會怎麼發展。

大概再一個小時，酒瓶就會見底，嘉納終於要回家，接著爸爸會在廚房踱來踱去，決定和奧斯卡好好談一談。

他會進奧斯卡房間，這時的他已經不是爸爸，而是一個渾身酒臭、東倒西歪、多愁善感、窮困潦倒的醉漢。他會要奧斯卡滾下床，說要和他談，談他多愛媽媽、多愛奧斯卡，還會問奧斯卡愛不愛他。爸爸會含糊說著自己做過什麼錯事，說到最慘處還會對自己生氣，暴跳如雷。

雖然他不曾暴力相向或出手打人，不過此時，從他眼中的確可以見到一些最可怕的東西。這時的他不再是爸爸，而是一個被魔鬼占據身體、控制一切的人。

爸爸酒醉後的模樣與清醒時判若兩人，所以，把喝醉的爸爸想成狼人會讓奧斯卡心裡好過些。就像滿月會把狼變成狼人，酒精也會把爸爸變成另一個怪物。

他想像爸爸被一個完全不同的人格占據。

奧斯卡拿起巴賽姆漫畫，想讀卻無法專注。他覺得……淒涼而無助。再一個小時，他就得獨自一人去面對那個怪物，現在他能做的，只有等待他出現。

他將巴賽姆砸向牆壁，下床拿錢包。裡頭有張電車儲值票和兩張依萊寫的字條。他將字條拿出來併排放在床上。

那麼，窗兒，讓白晝進來，也讓生命出去。

今晚見，依萊。

畫了一顆心。

第二張字條。

我得離去求活，否則留下必死。

你的愛，依萊。

吸血鬼是不存在的。

窗外夜色漆黑。奧斯卡閉上眼睛，想著回斯德哥爾摩的路，腦海閃過途中的那些房子、農地和原野，飛進布雷奇堡鎮社區的中庭，穿進她家窗戶，看見她在那裡。

他睜開眼睛，凝望著長方形的黝黑窗戶。就在那裡。

「深奧兄弟」現在唱的是一輛單車破輪胎，而爸爸和嘉納正大聲笑談某件事，接著有個什麼東西翻倒。

要選哪個怪物？

奧斯卡將依萊的字條放回皮夾，穿上衣服，偷偷溜到玄關，穿上鞋子大衣，還戴上帽子。他在玄關佇立半晌，聆聽客廳傳出的聲音，然後轉身準備離開，卻看見了某個物體。奧斯卡停住腳步。

玄關的鞋櫃上有雙他的舊靴子，是四、五歲時穿的那雙。在他印象中，這雙靴子放在那裡好久

了，雖然現在根本沒人穿。旁邊則是爸爸的大靴。大靴腳後跟貼著一塊像補單車輪胎用的補靪。

他為什麼還留著靴子？

但奧斯卡知道原因：因為靴子有他和爸爸的共同回憶。爸爸寬闊的後背旁總有奧斯卡單薄的後背。奧斯卡會將手往上伸，讓爸爸的大手握住他的小手，父子倆穿著靴子走在圓石上，可能要去採覆盆子。

他強壓住從喉頭湧起的淚水和啜泣，伸手摸摸那雙小靴，此時客廳爆出哄堂大笑。嘉納怪腔怪調的，可能在模仿某個人。他最會這招了。

奧斯卡手指一夾，抓起靴子上端。沒錯，雖然他不知道原因，但就是覺得應該這樣做。他小心翼翼打開門，再輕輕在背後關上。夜晚好冰冷。在月光映照下，片片雪花變成滿天小碎鑽。

他走向大馬路，手上緊緊抓著那雙靴子。

戒護的人睡著了。醫院抱怨得額外調度人力來看著哈肯，於是警方自行派了年輕警員過來負責這項任務。病房門有密碼鎖牢牢扣住，或許就是這樣，戒護的人才敢打盹兒。

只有小夜燈亮著。哈肯研究天花板上的陰影，就像健康的人躺在草地上仰望雲朵。他在陰影裡尋找各種形狀和圖案。不知道還能不能讀書啊，真想好好看本書。

依萊已經走了，他昨日的種種又全部回來。他得坐很久的牢。真想把這段時間拿來讀遍沒讀過以及發誓重讀的那些書。

在他想著女作家賽爾瑪・拉格洛夫的所有作品之際，突然聽見摩擦聲。哈肯凝神傾聽，又出現了。

是從窗戶那裡傳來的。

他努力將頭轉到那個方向。投射在窗邊的夜燈於漆黑夜色中映出一片橢圓亮光，亮光旁有個蒼白的小東西在動來動去。是手，手在揮舞，抓著窗戶，然後又出現尖銳摩擦聲。

依萊。

哈肯真高興自己沒連著監測心跳的機器，因為此刻他的心臟跳得好快，彷彿鳥巢裡撲撲振翅的小鳥。他想像著自己的心臟跳出胸膛，順著地面爬向窗戶。

進來，我的愛人，快進來。

窗戶鎖住了，但就算開著，他的雙唇也說不出准許依萊進入的話語。或許能以手勢代替吧，他一直沒搞懂這些規矩。

可以嗎？

他嘗試拖著一條腿下床，然後另一條。現在雙腿都在地上，他試著站立。他在床上躺了十天，雙腿就是不想撐住他的重量。哈肯趕緊扶著床欄杆穩住身體，他差點倒下去。

點滴的管子繃緊，與肌膚接觸的位置遭到拉扯，他們在點滴上裝了某種警報器，一根細細的電線順著點滴管穿入。若拔掉任一端，警報就會響。他將手臂移往點滴架，讓管子鬆開些，面向窗戶。

他必須過去。

點滴架上有輪子，警報器的電池就裝在袋子下面。他伸手去抓點滴架──抓到了。他以架子為支撐，慢慢、慢慢地站起來。病房在他僅剩的獨眼前旋晃，哈肯謹慎地踏出一步，聆聽著。守衛的

呼吸仍平緩規律。

他以蝸牛般的慢速將自己徐徐拖過房間。只要點滴架的輪子一嘎吱，他立刻駐足聆聽。心中有股聲音對他說，這是他最後一次見到依萊，所以他可不想……

……毀了這次機會。

現在，肌膚開始產生灼燒感。

他彷彿跑馬拉松那樣筋疲力盡，終於抵達窗邊。哈肯緊貼著窗，臉上的膠狀薄膜物黏住了窗戶玻璃，肌膚開始產生灼燒感。

現在，他的眼睛與摯愛的雙眸只隔數公分厚的雙層玻璃。依萊手滑過窗戶，彷彿撫摸著他畸殘的臉，那雙黑色眼眸濡溼了，變得朦朦朧朧。

他以為自己的淚腺就和其他部位一樣被燒光，怎知並非如此。盈眶的淚水令他眼睛看不見，臨時的人工眼皮眨不掉眼淚，只好用沒受傷那隻手小心翼翼抹去。他的全身因無聲嗚咽顫抖不停。

他的手慌亂地摸索窗鎖、轉開。原本留在鼻腔內的鼻涕倏地從鼻孔流出，在打開窗戶之際跟著滴落窗臺。

冷風灌進病房，在警衛醒來前，他只有一丁點時間。哈肯伸出完好的那手，伸出窗戶迎向依萊。依萊爬上窗外小平臺，以兩手握住他的手親吻著、呢喃著：「嗨，我的朋友。」

哈肯慢慢點頭，讓她知道自己聽到了。他抽回手，摸摸依萊的臉。她的肌膚有如結凍的絲綢。

一切都回來了。

他不會在囚牢被一堆無意義的文字圍繞，槁木死灰，不會因他所犯之罪被其他囚犯凌虐。在囚犯眼中，他犯的是最惡劣的罪刑。現在他終於能和依萊在一起了，他可以……

依萊蜷縮在窗外平臺，傾身靠近。

「你希望我怎麼做？」

哈肯將手從她臉頰移到自己喉嚨。

依萊搖搖頭。

「這樣一來我就得殺死你了……就是我這麼做之後。」

哈肯將手從喉嚨移回依萊的面孔，一根手指在她雙脣停駐，然後又收回。

他再次指指自己喉嚨。

吐出的氣息成了朵朵白雲，但他真的不覺得冷。走了十分鐘，奧斯卡終於到了那間商店。月亮跟著他從爸爸家一路來到這裡，在雲端玩著捉迷藏。奧斯卡看看時間，十點半。根據貼在玄關的公車時刻表，由諾泰傑鎮出發的公車大約十二點半發車。

他穿越商店前方被油罐車點亮的寬廣空地，走向卡佩爾卡斯維根鎮。奧斯卡從沒搭過便車，媽媽如果知道肯定會歇斯底里。竟然上陌生人的車……

他加快步伐，走過幾戶燈火通明的人家。那些人愉快地坐在屋中，孩童安詳睡在床上，毋須擔心父母會進房將他們吵醒，鬼扯些無意義的話。

這是爸爸的錯，不是我的。

他低頭看著還拿在手上的靴子，決定丟進路旁小溝，出手後卻又駐足思忖。靴子躺在那裡，月

光在白色雪地映照出兩團黑黑的東西。

媽媽以後都不會再讓我來這裡了。

爸爸很快就會發現他不見，或許……一個小時後吧。他會到外面找他，喊他的名字，然後打電話給媽媽。他會這樣嗎？應該會，他會問媽媽奧斯卡是否與她聯絡。而當爸爸告訴媽媽奧斯卡不見，她就會知道爸爸喝醉了，然後……

等等，就這麼做。

到了諾泰傑鎮，他就要找公共電話打給爸爸，告訴他自己已經回到斯德哥爾摩，打算去朋友家住一晚，明早再回媽媽家，還有他不打算告訴媽媽這件事。

這樣爸爸就會學到教訓，不會再把親子日搞得天翻地覆。

太棒了，而且這樣一來……

奧斯卡走到小溝，撿起那雙合成橡膠製的小靴，塞入大衣口袋，繼續往前走。現在他感覺非常好。奧斯卡是個能決定自己去向的人，月光也溫煦地照耀在他身上，點亮他的路途。他舉起手向月亮打招呼，開始唱起歌。

「前方來個安福傑，雪花飄落他帽簷……」

接下來的歌詞他記不得，只好以哼鳴來代替。

走了約兩百公尺，有車經過。他聽見車聲從遠方駛近，於是放慢速度，趕緊舉起大拇指。車子開過、停車、倒退。乘客座那側車門打開，有個女人在車裡，看起來比媽媽稍年輕。

沒什麼好害怕的。

「嗨，請問妳要去哪裡？」

「斯德哥爾摩──嗯，是諾泰傑鎮。」

「我正要去諾泰傑鎮⋯⋯」

奧斯卡探進車裡。

「喔，天啊，你爸爸媽媽知道你在這裡嗎？」

「知道，我爸的車壞了，所以⋯⋯」

女人看著他，似乎在思索些什麼。

「好吧，上來。」

「謝謝。」

奧斯卡滑進座位、關上車門，車子駛入馬路。

奧斯卡靠著椅背，享受體內升起的暖意──尤其是後背。這椅子一定是電暖椅。沒想到搭便車這麼容易。路邊燈火通明的屋房閃爍而逝。

「要我載你到公車站嗎？」

「好的，麻煩妳。」

來吧，坐上這裡。

唱著歌，玩著遊戲，我們去到西班牙和⋯⋯某個地方。

「你住在斯德哥爾摩嗎？」

「對，郊區的布雷奇堡鎮。」

「布雷奇堡鎮……是在西郊，對不對？」

「我想是吧，大家都說那裡是西郊，所以應該就是。」

「我懂了，那裡一定有什麼重要的事情在等你？」

「對呀。」

「一定是非常特別的事，才會讓你連夜趕回去。」

「是啊，沒錯。」

房間怎麼這麼冷。由於長時間姿勢不良，使得他關節硬邦邦。警衛伸伸腿，關節帕啦啦響。他瞥了病床一眼，兩眼圓睜。

不見了……這陣風……完蛋了！

他踉蹌起身，環顧四周。感謝老天人沒跑掉。不過他是怎麼走到窗邊呢？而且……

什麼東西？

這個受傷的殺人兇手傾身探出窗外平臺，肩上有團黑色的東西，一截赤裸的頸背從病袍下露出。

守衛朝窗前靠近一步，駐足，屏住呼吸。

那團東西是顆頭，兩隻黑色大眼還與他四目交接。

他倉卒摸索武器，才發現自己沒帶在身上——為了安全起見。最近的槍又鎖在外頭走廊的櫃子裡。

幸好，那不過是個孩子，他看清楚了。

「喂，妳，不准動！」

他跨三大步到窗邊，孩子從病人脖子上抬起頭。

警衛靠近的剎那，孩子從窗外平臺跳開，往上竄，消失無蹤──是憑空一躍。

雙腳赤裸。

守衛探出頭，想抓住那個跳上屋簷逃逸無蹤的身影，旁邊的男人卻痛苦地喘息著。

全能的上帝啊，幹。

就著黯淡的光線，他看見男人的肩背一片深色，腦袋垂下，脖子上有道新傷。此時此刻，他聽見屋簷傳來有什麼跑過鐵皮的咚咚聲。他挺直身體，愣在原地，呆若木雞。

誰先誰後？

他想不起來了。救命優先，沒錯！不過那個人可能……他衝到房門，按下密碼，跑出走廊，大聲喊叫：「護士！護士！快來，緊急狀況！」

夜間值班護士衝出辦公室、跑向病房之際，他則朝逃生梯衝去。兩人錯身，她問道：「怎麼回事？」

「緊急狀況，是……緊急狀況。快找人來……殺人了。」

他的話不成句，他從沒遇過這種狀況。而他之所以被派來執行這無聊的監視任務，就是因為他是菜鳥。換句話說，他隨時可以被取代。他邊跑向逃生梯邊拿出無線電呼叫，請求總部增派人力。

‥‥‥‥

護士心裡做了最壞打算：病人躺在地上血流成河，或變成一副被床單吊在天花板熱水管上的屍首。這兩種情況她都見過。

結果她走進病房只見到空病床，不過窗戶邊有東西。一開始她以為是一堆衣服疊在窗臺上，後來發現那堆東西在動。

她衝到窗邊想阻止，但他已爬得太遠。就在她拔腿奔跑時，他爬上窗臺，半身露在窗外，她只來得及抓住他一截衣角，隨後男人就從窗臺滾落，還拔了手臂上的點滴。一陣衣物撕裂聲響起，她呆立原地，手裡握著一塊藍色布料，幾秒鐘後，她聽見軀體掉落地面傳來的重擊。接著，點滴架的高分貝警報器響了起來。

計程車司機停在急診室門口。後座這位老人家從傑克斯堡上車後就一路說些心臟病史來娛樂司機，這會兒他打開車門，但仍留在座位上，彷彿期待著什麼。

好，好。

司機打開自己那側車門，走到老人家那邊伸出手讓他攙扶。雪花飄進外套領子裡。老人正準備伸手，卻瞥見天空有個黑點，他的視線凍結，動作也中止了。

「來，我幫你。」

老人指指上頭，「那是什麼？」

司機抬頭朝老人指的方向望去。

有個人站在醫院屋頂，一個小小的人，那人衵胸露背，雙手緊貼在身體兩側。

得通知別人。

他應該透過無線電發出警訊，卻只能愣在原地，一動都不敢動。彷彿一動就會擾亂某種平衡，讓屋頂上的小人摔落。

老人爪般的指甲緊緊掐入他手掌，掐得他好痛好痛。不過他還是呆立不動。

雪花落入眼中，他眨呀眨的。屋頂上的人張開他（或她）的手臂，舉過頭頂。那手臂和軀體之間有個東西，好像是層薄膜，或蹼之類的玩意兒。老人拉住他的手下了車，站在他旁邊。

就在老人與他並肩之際，那個小人……或孩子跌了下來。他驚愕得倒抽一口氣，老人的指甲又招進他們掌心。孩子朝他們直直落下。

兩人本能抱頭蹲下。

什麼事都沒發生。

抬起頭，那孩子已經不見了。司機四處張望，只見到路燈映照下的飄落雪花。老人斷斷續續吸著氣。

「是死亡天使，死亡天使。我不可能活著離開這裡了。」

十一月七日星期六深夜

「哈巴—哈巴—蘇的—蘇的！」

這群唱著歌的男孩女孩在哈特蓋特站上車，他們約莫和湯米同年紀。男孩三不五時鬼吼鬼叫，倒在女孩身上，女孩咯咯笑著搥打那些男生，要他們滾開。一群人不斷唱歌。同一首歌曲，反覆的旋律。奧斯卡偷瞄他們。

我從來不曾這樣。

遺憾的是，他非常想這樣。那看起來好好玩。可是奧斯卡從沒辦法像這些男孩一樣。有個男孩站到椅子上大聲唱著：「阿─胡列巴─胡列巴，阿─哈─胡列巴……」電車車廂另一頭的殘障座椅上，有個打盹兒的老人對著他們吼。「小聲一點可以嗎？我想睡覺！」

一名女孩對他比出中指。

「要睡回家睡。」

一群人爆出笑聲，又開始大聲唱。幾個座位外有個男人正在看書，奧斯卡伸長頸子，想知道他在看什麼，不過只瞥到作者的名字⋯⋯戈蘭．敦斯崇姆。沒聽過。

鄰近面對面的雙人椅上坐著一位老太太，腿上擱著一只手提袋。她低聲自言自語，朝著隱形的對話者比手畫腳。

奧斯卡不曾在這麼晚的時間搭電車。這些人和白天時那些安靜坐著、凝視前方或低頭閱報的乘客是同一批人嗎？又或者他們是只在夜間才會出現的特殊族群？

看書的男人翻了一頁。說來奇怪，奧斯卡竟然沒把書帶在身上。真可惜，此刻他好希望能像男子一樣埋首書本，忘卻周遭所有事物。可是現在他袋裡只有隨身聽和魔術方塊。他本來想聽湯米給

他的那捲 Kiss 樂團錄音帶，不過在公車上聽兩首就能煩了。

他從袋子拿出魔術方塊，那已經轉出三面，第四面也只剩一點就能完成。依萊曾和他花了一個晚上研究討論該怎麼轉，那天之後，奧斯卡就越來越上手。他看著魔術方塊的每一面，想找出最好的策略，但依萊的臉龐老是浮現在眼前，甩都甩不開。

她變成什麼樣了呢？

他不害怕，只是他不能……不能再待在那個地方，這個時間，不能繼續做以前那些事。那些事情都是不存在的，不是他做的。

我不存在，這樣就沒人可以對我怎麼樣。

奧斯卡已在諾泰傑鎮打過電話給爸爸。有那麼一會兒，奧斯卡差點心軟，不過爸爸後來開始發飆，說什麼他必須有自己的生活，他在自己家裡高興怎麼樣就怎麼樣。奧斯卡一聽，直接掛掉電話。

就在這時，他開始湧上這種感覺，希望自己不存在的感覺。

那群男孩女孩在安拜普蘭站下車，其中一個男孩轉身對著電車廂吆喝：「祝你們有個好夢，我的……我的……」

男孩想不出該說什麼，有個女孩拉了他的衣服，要他跟著走。就在車門關上之際，他從女孩手中掙脫，衝回電車，將門撐開，高聲喊著：「我的乘客朋友！祝你們有個好夢，我的乘客朋友！」

他放開車門，電車就此開動。看書的男子放下手中的書，轉頭望向月臺那些年輕人，再看著奧斯卡，凝視他的雙眼，微微一笑。奧斯卡也淺笑回應，旋即低頭假裝專心玩魔術方塊。

奧斯卡胸中湧起一股感受……像是過關的感覺。男人看著他，以意念告訴他：你很棒，你表現得很好。

他不敢再抬頭看那男子。他覺得他曉得。奧斯卡隨意轉動魔術方塊的一角，再把它轉回來。

布雷奇堡站到了，除了奧斯卡，別節電車廂還有兩人下車。其中一人是老人，奧斯卡不認識，另一個是渾身鄉村搖滾味的男人。他一臉醉相，走向老人，大聲說道：「嗨，老兄，給根菸吧？」

「對不起，我不抽菸。」

鄉村搖滾男顯然沒聽到，逕自從口袋掏出十克朗揮舞，「我有十克朗，只要一根菸。」

老人搖搖頭離去。鄉村搖滾男還佇立原地，搖晃紙鈔。他見到奧斯卡走過去，抬起頭說：

「你！」他兩眼瞇起，聚焦在奧斯卡身上，隨後又搖搖頭，「沒、沒事，乖乖走吧小弟弟。」

奧斯卡走上車站樓梯，心想鄉村搖滾男可能會在手扶梯尿尿。老人已經離開出口，此時此刻，車站除了亭子裡的票務員，只剩奧斯卡。

在夜晚什麼都不一樣。車站裡的照相館、花店和服飾店都打烊了，現在黑漆漆一片。票務員坐著看書，雙腳還蹺在櫃檯上。好安靜。牆上的時鐘指著兩點過幾分。他這時早該上床熟睡了，不然至少也很睏。可是他沒有。雖然現在他疲累到身體虛脫，其中卻帶著興奮。奧斯卡毫無睡意。

下方月臺旁邊的門打開，他聽見鄉村搖滾男的聲音傳來。「趴下，你們這些戴著頭盔、拿著警棍的傢伙……」

他又開始唱起同首歌。奧斯卡咯咯笑著跑開，跑出車站門，下了通往學校的小丘，越過學校和停車場。又開始下雪了。偌大雪片降低了臉龐的熱度。他邊跑邊抬頭看，月亮還在那兒，從房屋間隙偷偷露出臉。

奧斯卡跑到自家社區中庭，停下腳步，讓呼吸平緩一點，幾乎每扇窗都暗了，可是依萊家的百葉窗後卻透出幽微光線。

她現在變成什麼樣子了？

他走上微陡的中庭，望著自己那扇黑漆漆的窗。平常這個時候奧斯卡已經躺在床上睡著。奧斯卡……那是遇見依萊之前的奧斯卡，內褲裡塞著尿尿球的奧斯卡，但現在他已經搞定這個毛病，不需要尿尿球了。

奧斯卡打開自家樓下大門，走到通往她家地下室的迴廊，**沒有停下腳步**看看汙跡是否還在地上。他直直走過去：不在了。此刻，他沒有媽媽、沒有爸爸，沒有之前那些生活，他只是……存在於此。奧斯卡走出地下室的門，爬上樓梯。

他站在樓梯平臺上，望著那道破舊木門，姓名牌子上空空蕩蕩。就在門後。

他曾想像自己衝上樓，啪地出手按門鈴。然而此時此刻，他只是坐在階梯上，離她家門一階之距。

若她不想見到他來這裡呢？

畢竟跑開的是她。她可以叫他走，說想自己獨處，說……

地下室儲藏室，湯米那夥人的祕密基地。

他可以去那兒，睡沙發。他們今晚不會在吧？會嗎？然後明天晚上他就去找依萊，像平常一樣。

但是不可能像平常一樣了。

他望著門鈴，總之就是不可能像平常一樣。他不能老杵在這兒，必須有些突破，譬如走掉、譬如搭便車旅行、譬如半夜溜回家，以表示有其他更……重要的事情。他怕的**不是**她真的變成吸人血活命的怪物，不是的，他怕的是她會將他推開。

奧斯卡按了門鈴。

屋內傳出刺耳的門鈴聲，他的手一放開，鈴聲便戛然而止。他佇立等待，又按一次，這次按得更久。沒動靜。半點聲響都沒有。

她不在家。

奧斯卡坐在階梯上，失望感像顆石頭那樣沉沉壓在心頭。他突然覺得好疲憊，非常疲憊。他慢慢站起來，走向樓梯。半途想到了個主意，雖然很蠢，但有何不可。奧斯卡重又走上她家，以忽長忽短的摩斯密碼利用門鈴拼出她的名字。

短，停，短，長，短。停，短，短。依……萊……

他等待。門的另一側沒聲音。奧斯卡正要轉身離開，卻聽見了她的聲音。

「奧斯卡？是你嗎？」

終於。他內心湧起一股喜悅，彷彿火箭從嘴裡猛然發射，以巨大音量說出：「是！」

為了找些事情做，毛蒂進服務臺後方房間給自己倒了杯咖啡，然後坐在陰暗的櫃檯前。再一小時就下班了，但警察要她再多留一會兒。

有兩個人，沒穿警察制服，正費力將某種粉末撒在女孩赤腳走過的地面。警察凶巴巴地問毛蒂那女孩說了些什麼、做了什麼、還有她長什麼樣。毛蒂從警察的口氣察覺女孩做了什麼不該做的事。可是她哪知道？

值班時間經常與她重疊的警衛亨瑞克走到服務臺，指指她手中的咖啡。

「給我的嗎？」

「要喝就給你啊。」

亨瑞克端起杯子，啜了一口，望向大廳。除了在地上刷刷拂拂採集腳紋的那兩個人，還有一個穿著警察制服的傢伙正在和計程車司機談話。

「今晚很熱鬧喔。」

「是不可能。」

「不可能吧？」

「不知道耶，他們正在研究，看來是爬牆。」

「我真搞不懂她是怎麼爬上去的。」

亨瑞克從口袋掏出一包甘草遞給毛蒂，她搖搖頭。亨瑞克自己拿出三片放進嘴裡，聳聳肩，給自己找些嚼甘草的理由。

「我正在戒菸，兩個禮拜胖了四公斤。」他扮了個鬼臉，接著說：「天啊，妳真該看看那傢

伙。」

「……那個兇手？」

「沒錯，濺得整面牆都是，還有那張臉……真慘，如果要自殺我肯定選擇吞藥丸。只要想到那些要驗屍的人，他們還得……」

「亨瑞克。」

「幹麼？」

「別再說了。」

依萊站在門口，奧斯卡仍坐在階梯上，一手撐著袋子提把，彷彿隨時準備轉身離開。依萊將一絡鬈髮塞到耳後，模樣非常健康。此時此刻，她的神情像個小女孩，覥腆不知所措，低頭看著自己的手，低聲問：「你要不要進來？」

「好。」

依萊以幾乎難以察覺的幅度點著頭，不安玩弄自己的手指。奧斯卡還坐在階梯上。

「我可以……進去嗎？」

「可以。」

於是他起了壞念頭：「妳要說我可以進去。」

依萊抬起頭，想說些什麼，但終究沒說出口。她將門關上一點，停住，重心在赤裸的雙腳之間

移動，然後說：「你可以進來。」

她轉身進屋裡，奧斯卡隨後跟上，關起身後的門。他將袋子放在玄關，脫下大衣，吊在有小掛鉤的帽架上。奧斯卡注意到了：帽架上什麼都沒有。

依萊站在通往客廳的門框邊，雙手隨意垂在兩側，她穿著內褲和紅色T恤，T恤上印著「鐵娘子」的字樣，下面圖案則是「鐵娘子」樂團專輯封面上的骷髏怪物。奧斯卡想起自己認得這幾個字，他在垃圾間的牆壁塗鴉見過。是同一個詞嗎？

依萊盯著自己骯髒的雙腳。

「你為什麼那樣說？」

「是妳先說的。」

「沒錯。奧斯卡。」

「奧斯卡……」

她雙手環抱自己，慢慢搖頭。

「我……靠吸血維生，但不是……那樣的。」

「有什麼不一樣？」

「妳是吸血鬼嗎？」

她欲言又止，奧斯卡站在原地，手還擱在剛掛起來的大衣上。他看著自己的大衣，一邊問她：

「妳是吸血鬼嗎？」

她凝視他的雙眼，以強勢的語氣說：「很不一樣。」

奧斯卡看見她腳趾緊縮又放鬆，放鬆再緊縮。那雙赤裸的雙腿好瘦，T恤長度剛好露出白色內褲的下緣。他指指她，「妳是不是某種……**死人**？」

她噗嗤一笑。這是他來這裡後第一次見到她笑。

「不是，你看不出來嗎？」

「我看不出來，不過我的意思是……妳會不會是曾經死過？就是很久以前？」

「不是，正好相反，我活很久了。」

「那妳多老？」

「我只有十二歲，不過是十二歲很久了。」

「所以妳裡面很老，腦袋裡面很老。」

「不是，也不是。這就是奇怪的地方，我也搞不懂。我不知道自己怎麼從來不會……就某種角度來說……超過十二歲。」

奧斯卡摸摸自己大衣的袖子，思忖了一會兒。

「或許就是這樣。」

「什麼意思？」

「我是說……妳想不透為何永遠十二歲，是因為妳就只有十二歲。」

依萊皺皺眉，「你是說我很笨嗎？」

「不是，只是理解比較慢，小孩都是這樣。」

「我懂了。你的魔術方塊玩得如何？」

奧斯卡哼了一聲，凝視她的雙眼，突然想起她瞳孔的事。那雙眼睛現在看來很正常，可是之前真的很怪，不是嗎？現在……真的改變很多，實在難以置信。

「依萊，那些全是妳捏造的，對不對？」

依萊摸摸肚子上那個骷髏怪物的圖案，手正好落在怪物張大的嘴巴。

「你還想和我歃血立約嗎？」

奧斯卡退後半步。

「不想。」

她神情悲傷地抬起頭看他，似乎還帶了些責難。

「不是你想的**那樣**，你不了解……如果……」

她把話打住，奧斯卡則幫她說完。

「如果妳要殺我，早就動手了。」

依萊點點頭。奧斯卡往前移動半步。多快能衝到門口呢？要把袋子扔在這裡不管嗎？依萊似乎沒留意到他的焦慮，奧斯卡湧上一股想逃之夭夭的衝動，可是故作鎮定，但肌肉繃緊。

「我會被……感染嗎？」

依萊又低頭看著自己T恤上的怪物，搖搖頭。「我不想傳染給任何人，尤其是你。」

「那是怎麼一回事？有什麼吸血鬼聯盟嗎？」

依萊躊躇半晌，決定走到他面前，雙手捧著他的臉，她抬起頭，卻發現他走開了，不在原地。依萊看起來茫然所失，但完全沒有一絲他在地下室見到的樣子。她的手指拂過奧斯卡雙耳，他心裡默默湧上某種平靜。

讓它發生吧。

不管是什麼。

依萊的臉龐就在二十公分外，氣息聞起來很怪，像爸爸堆放鐵片和零件的小棚子，聞起來有股，對……鐵鏽味。她的指尖撫著他的耳。

「我好孤單，」她呢喃。「沒人了解我，你想了解我嗎？」

「想。」

她的臉頰地貼近他，嘴巴封住他的上唇，以微微力道緊壓著。她的雙唇溫暖但乾燥，奧斯卡嘴裡唾涎泛湧，闔起下唇，將她的唇緊擁在裡面，淫潤它，柔軟它。兩人小心翼翼地舔嘗著對方的唇，任它們彼此磨蹭，奧斯卡消融在溫暖的黑暗中，慢慢地，燈光亮起……

這裡成了一間大房，城堡裡的大房，房中有張桌子，擺滿食物，奧斯卡奔向這筵席，從大盤抓起食物開始吃。在他周圍還有其他孩子，有大有小，每個人都吃著桌上的食物。桌子另一頭，有個男人？……女人？總之有個人戴著假髮，頭上頂著巨大毛鬃，手裡握著一只斟了深紅液體的玻璃杯，舒服地斜靠著椅子，啜飲玻璃杯內的液體，對奧斯卡點頭表示鼓勵。

他們吃著吃著。遠端，就在牆邊，奧斯卡看見有個衣衫襤褸的人渴望地看著桌上的筵席，某個女人，頭罩褐色披肩，雙手緊壓住肚子。奧斯卡想到了「媽媽」。

玻璃杯敲擊，眾人注意力全轉向桌子遠端的人。他站起來。奧斯卡很畏懼他。他的嘴巴小小薄薄，呈現不自然的紅色，臉龐卻如粉筆慘白。奧斯卡頓覺嘴角湧出唾涎，頰內有片肉，垮垮地垂向前，他伸舌蹭蹭它。

男子舉起一只絨面袋，以優雅的姿態鬆開握緊袋子的手，袋裡滾出兩顆巨大的白骰子，滾動聲

迴盪在大房裡，骰子終於停住。男人拿起骰子，分別遞給奧斯卡和其他孩子。

男人張嘴說了些什麼，這時奧斯卡嘴裡那片小肉卻掉了出來⋯⋯

依萊的唇離開奧斯卡，雙手放開他的頭，往後退一步。依萊端詳著他，奧斯卡揉揉眼，點了點頭。

仍想再看看城堡，無奈影像已消逝無蹤。雖然剛剛的景象嚇到了他，可是奧斯卡

「那是真實發生的，對不對？」

「對。」

奧斯卡沒回答。依萊舉起手，隨後又讓它們無力垂落。

兩人佇立在那裡片刻，什麼都沒說，然後依萊開口：「你想進來嗎？」

「我從沒想要傷害你。」

「⋯⋯對。」

「那件T恤，是垃圾間撿來的嗎？」

「洗過嗎？」

「我知道。」

「那你在考慮什麼？」

依萊沒回答。

「妳有點噁心，妳知道嗎？」

「我可以改，如果你希望我改。」

「很好，那就改。」

他研究過輪床上被單底下的這個人。這人是為了獻祭儀式殺人的兇手。

班凱·艾德華曾在這走廊上推送各種屍體到冷凍櫃。各種年紀和身材，男男女女。也有孩童。孩童沒有專用的輪床。每次班凱推著孩童屍體，見到沒放滿的輪床，就會湧起一股無可比擬的不舒服感。白布下的小小屍體頂著床頭板，下半段床空蕩蕩，白布平坦。平坦的白布本身就代表死亡。

但此刻他處理的是成人，而且名聲響亮。

他將輪床推過寂靜的走廊，橡膠輪摩擦亞麻油地氈的嘎吱是唯一聲響。這裡的地面沒有指引訪客的標色循線。即使偶有訪客，也一定有工作人員陪同。

班凱在醫院外待了一會兒，等警察照完屍體相片。幾家媒體記者已經拿著相機圍在界線外，以強烈的閃光燈拍攝醫院照片。明天這些照片就會出現在報紙上，還會以點線標示，說明男人如何墜樓。

名人啊。

從白布隆起的身形看不出他的名氣。他這具皮囊與他人無異。他知道他看起來像怪物，撞擊地面時身體還像西瓜般爆開。幸好他們蓋住了他。在白布下誰都一樣。

就算如此，應該還是有很多人慶幸這具皮囊不再有血有肉，即將被送進冷凍庫存放，等著法醫相驗完運至火葬場。男人頸部有傷口，警方拍攝人員特別感興趣地對著傷口多照了幾張相。

這有關係嗎？

班凱自認是攝影師，或許與工作有關吧，他見多了老愛分析到底的人類本質，也發展出一套相對來說不太複雜的理論。

「什麼都在腦袋裡。」

聲音迴盪在空蕩蕩的走廊上。他在太平間門口前停下輪床，按下密碼，打開門。

是的，什麼都在腦袋裡。從呱呱落地便是如此，身體只是服務腦袋的皮囊，而腦袋背負各種壓力，只是為了讓身體活下去。一切的一切都始於那裡，始於腦袋。改變蓋在白布下這人的唯一方式，就是把他的腦袋好好處理處理。

或者直接關掉。

按下密碼後讓門自動開啟十秒的閘鎖設定還沒修好，班凱只好一手壓著門，一手將輪床拉進去，結果輪床撞到門柱，班凱只好咒罵一聲。

如果這裡是手術室，鐵定會立刻修好吧。

這時，他注意到一些不尋常。

白布上——就在男人臉部凸起的下方，約往左偏的位置有個褐色汙跡。班凱彎腰想看仔細，身後的門自動封鎖。那汙跡慢慢變大。

他在流血。

班凱沒那麼容易受驚嚇。這種事情他以前也遇過。可能是輪床撞到門框，把之前堆聚在頭顱裡的血液震開了。

白布上的汗跡越來越大。

班凱走到放急救用品的櫃子，拿出外科膠帶和紗布。他常常覺得好笑，這種地方竟還放著急救用品，不過這當然是給受傷的活人用的，例如不小心被輪床割傷。

他一手放在汗跡上方的白布，鼓起勇氣。萬一血濺得到處都是，把地板搞得亂七八糟，到頭來遭殃的還是他。

他大大吸了口氣，將白布往下摺。

這男人的臉實在無法形容，他竟然就這樣活了一個禮拜。這人面目全非，絲毫看不出人樣，除了一只耳朵和一隻⋯⋯眼睛之外。

他們就不能把它⋯⋯貼起來嗎？

那隻眼睛睜得大大。當然，他幾乎沒眼皮可以闔上，而且眼睛本身受損嚴重，眼球看起來已成了傷疤組織。

班凱努力不理會死人的瞪視，專心手邊的任務。汗跡來源似乎是他脖子那處傷口。

突然間，他聽見輕輕的水滴聲，迅速環顧四周。該死，一定是自己太緊張。接著又一滴，來自他腳邊。他低頭看，一滴水正從輪床滴落在他鞋子上。

水？

他檢查男人喉嚨的傷口，滲出的液體在傷口裡形成小水窪，甚至漫流到擔架扶手外。

他移開腳，又一滴落在瓷磚地面上。

噗通。

液體。

他用食指攪攪那水窪，食指與拇指搓搓，不是水，是某種透明滑溜的東西。他聞聞自己的手，

辨識不出什麼氣味。

他又低頭看著白色地面，現在那裡真的出現一灘水了。那液體不是完全透明，卻帶了點粉紅色，讓他想起輸血袋裡被分離過的血液，就是紅血球沉在袋底後留在上面的那層東西。

血漿。

這人正流出血漿。

到底為什麼會流出血漿？這問題要由專家在明天或者稍晚再解答，他的工作只有把傷口封好，不讓血漿流得到處都是。真想現在就回家啊，他想爬到熟睡的老婆身邊，讀幾頁小說——《來自塞佛爾鎮的可惡之人》——然後好好睡個覺。

班凱將紗布摺得厚厚、壓在傷口上。這要怎麼用膠布固定呢？男人脖子的其他部位根本血肉模糊，幾乎找不到一處完整的肌膚來貼膠布。不過他在乎什麼呀？他現在只想回家。班凱拉出一截長長膠布，隨便纏住脖子，這種纏法肯定會被碎念，不過管他的。

我只是工友，又不是外科醫生。

黏好後，他將擔架擦乾淨，再抹抹地板，把屍體滾入第四格冰櫃後搓搓自己雙手。任務完成。

這樁任務日後還真能用來誇口呢。進行最後檢查、關掉電燈的當下，班凱已經興致勃勃地想著該怎麼吹牛。

你知道那個從頂樓摔下來的兇手嗎？他就是我處理的，我把他推進太平間時看見奇怪的……

他搭電梯到辦公室，徹底洗了手，換掉工作服，走出去時順手丟進洗衣籃。他走到停車場，坐進車裡，發動引擎前先點燃一根菸。之後將菸蒂捻熄在非常需要清理的菸灰缸裡，接著轉動點火孔裡的車鑰匙。

車子拒絕發動，每次天氣一冷或潮溼就會這樣。第三次轉動的嗡嗡聲變成引擎的乾咳，就在這時，他突然想到：那根本沒凝固。

沒有。從那男人脖子流出的東西在包紮的壓迫下根本沒凝固。它會滲出來、流到地面，幾小時後，只要他們一打開冰櫃的門……

幹！

他將鑰匙拔出點火孔，不悅地塞進口袋，下車走回醫院。

客廳不像玄關和廚房那麼空蕩。裡頭有沙發、一張扶手椅和一張大茶几，茶几上放了不少小東西。一座寂寥的落地燈散發出柔和黃光，照在茶几上。就這些。沒地毯、沒掛畫，也沒電視機。窗戶上掛了張厚毯子。

真像監獄。像一間大牢房。

奧斯卡小心翼翼地吹了聲口哨。有回音，不過沒太大，可能是被那些毯子吸走了。他將袋子拿到扶手椅旁，擱到地面，袋底撞擊堅硬木地板，發出的聲音迴盪，聽起來頗為淒涼。

他一一掃視桌面的東西。這時依萊從另一個房間走出來，換上過大的方格襯衫。奧斯卡揮手表示他在客廳。

「你們兩個要搬家啊？」

「沒有，為什麼這麼問？」

「只是猜猜。」

你們兩個？

他以前怎麼沒想過？奧斯卡視線流連於桌上那些小東西。那看起來像玩具。每件都是舊玩具。

「之前在這裡的那個老人不是妳爸爸吧？」

「不是。」

「那他也……？」

「不是。」

奧斯卡點點頭，又環顧屋內。這樣生活真令人難以想像，除非……

「妳是不是有點……窮？」

依萊走到茶几邊，拿起一個像皮蛋的黑色球狀物遞給奧斯卡。他接過，放在落地燈下仔細端詳。

黑蛋的表面看似粗糙，但奧斯卡定睛一瞧才發現上頭有幾百條金線。整顆沉甸甸，彷彿以某種金屬製成。奧斯卡將蛋翻來翻去，看著嵌在蛋殼上的金絲線。依萊走到奧斯卡旁邊，他又聞到那氣味了。鐵鏽。

「你猜這值多少錢？」

「不知道。很多？」

「這東西全世界只有兩個。如果兩個都拿到，賣的錢就能買座……核電廠。」

「不會吧？……」

「嗯，我不知道啦，核電廠價值多少？五千萬嗎？」

「我想應該要……好幾億。」

「真的啊？這樣的話我應該買不起。」

「可是買核電廠幹麼？」

依萊笑了出來。

「把蛋放進兩手，像這樣捧住，然後來回滾。」

奧斯卡照依萊的話做，在捧成杯狀的掌心裡慢慢滾，接著便感覺到蛋……裂開了，在他掌心裡散開，他嚇得倒抽一口氣，將蓋在上面的手移開。這些蛋現在全成了幾百甚至幾千細細銀片。

「天啊，對不起，我**很**小心，可是我……」

「噓，沒關係，本來就會這樣，你別讓任何一片掉下去。捧來這裡。」

依萊指指桌上一張白紙，奧斯卡大氣都不敢喘，慢慢讓那些閃亮奪目的碎片從手中滑落。每片都比水滴小，奧斯卡還得用另一手將掌心最後幾片撥到白紙上。

「可是蛋破了。」

「這裡，看。」

依萊將落地燈靠近茶几，讓昏黃的光集中在銀片堆上。奧斯卡傾身細看。有一片比壁蝨大不了多少，就躺在成堆銀片的一旁，仔細一瞧才發現銀片的幾個側面有凹痕缺口，另一側則有如燈泡形狀的小小凸出，小到要用顯微鏡才能看清楚。於是他懂了。

「這是拼圖。」

「沒錯。」

「可是……能把它們拼回去嗎？」

「應該可以吧。」

「那一定得拼很久。」

「是啊。」

奧斯卡注視著一堆散落在旁的銀片，看起來和第一片一模一樣，不過更湊近瞧才發現細微差異。凹痕的位置不完全相同，凸出的角度也不一樣。此外，有一片非常平滑，只有外緣鑲了條和頭髮一樣寬的金線。這片是在最外層。

他在扶手椅上一癱。

「真是快把我搞瘋了。」

「製作這蛋的人是怎麼**辦到**的啊。」

依萊轉動眼珠，還伸出了舌頭，看起來真像白雪公主裡那個叫糊塗蛋的小矮人。奧斯卡噗嗤笑了出來，哈哈，而他闔上嘴巴後笑聲仍在四壁迴盪，散發某種淒涼氛圍。依萊坐在沙發上蹺著腳，看著他滿心期待。他望向別處，注視茶几，上面的玩具散落如廢墟。

淒涼。

突然之間他又萬般疲憊。她不會是「他的女孩」，不可能，因為她是⋯⋯某種不同的東西。他們之間有道鴻溝，那是無法⋯⋯他閉上眼，靠著椅背，眼瞼下的黑色正是兩人相隔的距離。

他睡著了，沉入短暫的睡夢中。

兩人之間的距離被醜陋而黏濘的小蟲填滿，那些蟲子飛向他，蟲靠近時，他看見它們有牙齒，他揮手想趕它們走，因此醒了過來。依萊坐在沙發上望著他。

「奧斯卡，我也是人，和你一樣，只不過我得了⋯⋯一種非常罕見的疾病。」

奧斯卡點點頭。

有個念頭隱約想冒出來，是某種念頭，某些背景脈絡，但他掌握不到，只能讓它溜走。後來還有另一股念頭出現，很可怕的念頭。依萊是**裝的**。她身體裡有個古時候的人正看著他，那人知道一切，並對他微笑，竊竊地笑。

不可能吧。

為了找點事做，他將手伸入袋子摸索隨身聽，拿出裡面的錄音帶，讀上面的文字⋯Kiss 樂團，《卸下面具》，轉到另一面，Kiss 樂團，《破壞者》。隨後他又將錄音帶放回去。

我該回家了。

依萊傾身向前。

「那是什麼？」

「這個嗎？隨身聽。」

「是用來……聽音樂的嗎？」

「對。」

她什麼都不知道。她超級聰明但她什麼都不知道。她整天都在做些什麼呢？睡覺。當然了，那棺材放在哪裡？沒錯，她來找我時從來沒在睡覺。她只是躺在我床上，等著太陽升起。我要走了……

「我可以聽看看嗎？」

奧斯卡遞給她。她接過隨身聽，彷彿不知道該怎麼做，不過隨即戴上耳機，試探地望著他。奧斯卡指指按鈕。

「按『播放』鍵。」

依萊看著上面的按鈕，選擇了「播放」。奧斯卡心中湧起一股平靜，這樣就正常了，放點音樂給朋友聽。他很好奇依萊對 Kiss 樂團有什麼感覺。

她按鍵，連坐在扶手椅上的奧斯卡都能聽見吉他的呢喃和嘎嘎響，鼓聲和歌聲。一首重節奏的歌曲。依萊聽到一半，便突然將音樂停住。

她雙眼圓睜，開始尖叫。奧斯卡受到驚嚇，整個人縮回扶手椅，用力過猛，椅子往後傾，差點倒栽蔥。這時，奧斯卡見到依萊粗暴地扯下耳機，甚至弄斷接線，還將耳機甩掉。她雙手摀著耳朵，嗚咽啜泣。

奧斯卡驚愕得瞠目結舌，呆望著被甩到牆壁的耳機。他站起來撿，耳機徹底毀了，兩端電線都被扯斷。他將耳機放在茶几上，又癱坐在扶手椅上。

依萊將手從耳朵拿開。

「對不起，我……好難過。」

「別擔心。」

「很貴吧？」

「不會。」

「收下。」

依萊去拿疊在最上層的盒子，伸手從裡面掏出數張紙鈔遞給奧斯卡。

奧斯卡接過，數了數，三張千元克朗和兩張百元克朗。他產生一種近乎恐懼的感覺，注視著依萊拿出錢的紙盒，然後看著她，再看看錢。

「我……這只要五十克朗。」

「你就拿著。」

「不行。可是……壞掉的只有耳機，而且……」

「我就是要你收下，拜託好嗎？」

奧斯卡猶豫半晌，隨即將紙鈔塞進褲子口袋，心裡計算得發多少份傳單才能賺到這些錢——每個週六都發也要花一整年，或許……要兩萬五千份吧，一百五十個小時……應該不只。好大一筆錢啊，口袋裡的紙鈔弄得他不太舒服。

「謝謝。」

依萊點點頭，從桌上拿起一捆看起來像金屬繩的東西，但那也可能是益智遊戲。奧斯卡看著她翻弄那些繩結，還注視著她彎曲的頸子、拂過金屬繩上的纖長手指。他腦海浮現她說過的每件事：

她的爸爸、住在城裡的姨媽、她上的學校。謊言，全是謊言。

還有，她的錢從哪裡來的？偷的嗎？

他實在無法接受這種打從一開始就不知道錢從哪裡來的感覺。從腦袋開始的刺痛繼續蔓延全身，再從肚子來到頭頂，架起一張冷酷的銳利弓箭。他……感到憤怒，不是絕望或恐懼，而是憤怒。

因為她對他說謊……這些錢到底是從哪兒偷來？難道是那些被她……？他雙手交叉在腹肚前，身體往後靠著椅背。

「妳殺了人。」

「奧斯卡……」

「如果這些錢是真的，那妳一定是殺了人，拿走他們的錢。」

「這些錢是別人給我的。」

「妳撒謊，從頭到尾妳都在撒謊。」

「是真的。」

「哪部分是真的？妳撒謊這部分嗎？」

依萊放下那團糾纏的繩結，以受傷的眼神注視著他。她伸出雙手，「不然你要我怎麼做？」

「證明給我看。」

「證明什麼？」

「證明妳是……妳說的那樣。」

她凝視他好久好久，然後搖搖頭。

「我不要。」

「為什麼？」

「你自己猜。」

奧斯卡深陷扶手椅中，感覺口袋裡小團小團的紙鈔，腦海浮現那天早上送到家門口的大捆傳單，週二前得發完。他身體裡的疲憊感灰撲撲，腦中有淚水噴湧——還有憤怒。又要「猜」，又要玩遊戲，又有更多謊言。好想離開啊，好想好好睡一覺。

錢，她給了我錢，我就要留下來。

他從扶手椅裡站起來，將口袋那團皺巴巴的紙鈔掏出來，一張張全放到茶几上，除了一張百元克朗。他將這張紙鈔放回口袋中，說：「我要回家了。」

她傾身朝向他，抓著他的手腕，「留下來，拜託。」

「為什麼？妳說的全是謊言。」

他想離開，但她更用力地掐住他的手腕。

「讓我走！」

「我不是馬戲團的怪物。」

奧斯卡咬緊牙根，平靜地說：「讓我走。」

她不讓他走，奧斯卡胸中湧上的那張憤怒冷弓開始震動、鳴叫，他撲到她身上，將她壓制在沙發。她就像沒有重量一般被他牢牢釘在沙發扶手。他坐在她胸口，舉手用全身力氣朝她的臉揮去，這個瞬間，那道憤怒之弓彎曲搖晃，他眼前出現斑斑黑點。

刺耳的掌摑聲迴盪在牆壁與她偏往一側的腦袋間，幾滴唾液從她嘴巴噴出，他的手一陣灼熱。

憤怒之弓爆裂成碎片，然而那股怒火驟然消失。

他坐在她胸膛上，困惑地望著她的腦袋在黑色沙發映出的輪廓，被他掌摑的那邊臉頰泛起盛開的紅花。她靜靜躺著，雙眼睜大。他摸摸她的臉。

「對不起，對不起，我……」

突然之間，她翻身將他從胸口甩開，反壓在沙發背上。他想抓住她的肩膀，卻不慎失手，抓到髖部。她的肚子直接撞上他的臉。他甩開她，想扭轉翻身，兩人就這樣不斷試圖壓制對方。

他們在沙發上滾動扭打。兩人都肌肉緊繃，全神貫注，可是仍小心謹慎，不想傷到對方。兩人在對方身上扭動，接著碰一聲撞到茶几。

黑蛋碎片掉落地上，陣陣雨滴打在鐵皮屋頂，發出聲音。

他懶得到辦公室換上工作袍，反正值班時間早已結束。

現在是下班，我做這事全為樂趣。

況且，太平間還有多餘的法醫袍可以用，萬一真的搞得……亂七八糟的話。電梯來了，他走進去，按了地下二樓。如果真的這樣，那該怎麼辦？打電話到急診室找人下來幫他縫合？醫院對這種狀況怎麼都沒有明文規定呀。

或許那些流出來的血——或者不管它是什麼東西——已經止住，不過還是得確認一下，否則肯

定睡不著，躺在床上會一直聽到滴滴答答聲。

走出電梯，他忍不住給自己一個微笑。有多少正常人能像他這樣，處理起這種事眼睛連眨都不眨？絕對不多，他很得意自己能……嗯，勝任這份工作，承擔起責任。

我確實是不太正常。

他不能否認自己心中確實有些……希望血還在流，流到讓他必須打電話找急診室的人，這樣一來就很有看頭。即使他現在很想回家睡大覺，這場面肯定是個更能誇口的話題，所以無論怎樣他也要去看看。

不，他確實不太正常。他面對屍體毫不畏懼，反正不過是具腦袋停擺的生物機器。但是這裡的走廊倒是會讓他緊張兮兮。

光想到地底綿延十米的通道，外加宛如地獄行政單位的偌大房間和辦公室，就讓人不寒而慄。

這麼大，這麼安靜，這麼空蕩。

相較起來，屍體反倒看起來健康多了。

他按下密碼，手指擱在只有用力敲才會回應的啟動器上，以人工方式推開門，走進太平間，戴上塑膠手套。

什麼鬼？

原本被白布蓋住的男人現在露出身體，陽具勃起，歪向一邊。白布扔在地上。班凱嚇得倒抽口氣，被菸茶毒的呼吸道發出吱吱哀鳴。

沒死，沒死，不可能死。因為他在動。

他以一種幾近夢遊的姿態慢慢地在輪床上翻身，伸出雙手想摸索什麼，看起來甚至不像手的手掃過班凱臉前，嚇得他本能往後退一步。男人想起身，卻往後跌到擔架上。那隻獨眼直愣愣地瞪著前方，眨都沒眨。

有聲音，他發出了聲音。

「依……」

班凱搓搓臉，觸感不對勁，怎麼……他看看自己的手，原來是塑膠手套。

就在那兒，他看見那人又想起身。

我到底該怎麼辦？

男人再次跌回輪床，發出像是落入液體的聲音。幾滴東西噴濺到班凱臉上，他以戴著塑膠手套的手擦掉，卻越抹越開，沾了整臉。

他抓自己的衣角去擦。

十樓，這傢伙從十樓掉下來。

好，好，現在既然有狀況，就好好處理。

就算這男人沒死，也應該快死了。他需要照料。

「依……」

「我在這裡，我會幫你，我要把你送到急診室，你躺好，我會……」

班凱走過去，將手放在男人拚命掙扎的身體上。男人完好的那隻手突然伸出一握，抓住了班凱的手腕。該死，真是有力。班凱必須用兩手才能讓從男人掌握中掙脫。

附近唯一能幫男人保暖的就只有太平間的標準蓋屍布，班凱抓了三條蓋在男人身上。他仍像掛在魚鉤的小蟲那樣蠕動不停，不斷發出聲音。

班凱往前傾靠向男人，「我把你送去急診室好不好？你不要亂動。」

他將輪床推到門口，雖然發生這種突發狀況，他仍沒忘記開門的啟動器有問題。他走到輪床頭，先將門推開，低頭看了男人一眼——然後真心希望自己沒這麼做。

那嘴巴其實已稱不上嘴巴——現在張得大開。

隨著他發出的聲音，嘴上半癒合的傷口狠狠撕裂。在他下半張臉那處洞口不斷的撐開下，有條粉紅色肌肉延伸變長，好比剝魚皮時拒絕被撕開的組織。

「啊啊啊啊啊！」

哀號聲在空蕩的走廊迴盪，把班凱的心臟嚇得噗通狂跳。

別亂動！安靜！

如果此刻他手中有槌子，很可能會直接往那團噁心東西——還有隻獨眼直瞪、抖動不停——砸下去。嘴洞上藕斷絲連的一條條肌膚就像延伸過度的橡皮筋，啪一聲斷裂。班凱見到滿臉紅褐液體之下的亮白牙齒。

班凱走回輪床尾端，將它推入走廊，朝電梯前進。他稍微小跑起來，真怕這傢伙扭得整個人掉下床。

眼前的走廊好似如噩夢般無盡延伸。沒錯，這根本是場噩夢。什麼值得說說嘴的「好故事」——全毀！此時此刻班凱只想衝到有人的地面層，讓有血有肉的活人將他從這個在輪床上尖叫的怪物手

中解救出來。

終於抵達電梯了。他按下按鈕，彷彿能清晰看見通往急診室的路徑。五分鐘後他就能到達那裡。

只要到地面上，就有人可以幫他。只要再兩分鐘，他就能回到真實世界。

快啊，該死！

男人完整的那手還在揮舞。

班凱看了一眼（他先閉上眼睛再張開），那男人好像想說些什麼，輕輕出聲。他示意班凱靠近，顯然意識清醒。

班凱走向輪床，彎腰看著男人。「怎麼樣？」

突然間，男人抓住班凱的脖子，壓下他的頭。班凱失去平衡，整個人倒在男人身上。招著他脖子的手招得好緊，把他壓往⋯⋯那個嘴洞。

班凱想抓住擔架頂端的鐵棒反擊，頭卻被扭到一邊，雙眼離男人脖子上那個溼漉漉的紗布只有幾公分。

「放開我⋯⋯」

有根手指戳進他耳朵，他聽見耳腔內骨頭碎裂的聲音。那根手指長驅直入、越戳越深，他雙腿狂踢，脛骨撞到輪床下的鐵條，他終於放聲尖叫。

有牙齒咬進他臉頰，耳朵裡那根手指戳到某個點，好像關掉了某個東西⋯⋯關掉，然後⋯⋯他放棄了。

他最後看到的是眼前那團溼漉漉的紗布變了顏色，當男人咀嚼他的臉，紗布變成粉紅。

他最後聽見的聲音則是：

叮。

電梯終於到了。

兩人並肩躺在沙發上冒汗、喘息。奧斯卡全身痠痛，筋疲力盡，打呵欠的嘴張得太大，下巴甚至發出喀吱響。依萊也打了呵欠。奧斯卡轉向她。

「算了吧。」

「算了什麼？」

「妳又不是真的想睡，對不對？」

「是不想。」

奧斯卡努力睜開眼，說著話，可是嘴脣似乎不太能動。依萊的臉開始變得模糊朦朧。

「妳現在要做什麼？應該是去喝血吧。」

依萊看著他，看了良久。奧斯卡看見她雙頰裡似乎有東西在鼓動，表情似乎下定了決心，口中彷彿捲起舌頭往裡面頂。然後，她張開嘴巴——大大張開。

他看見了她的獠牙。她又閉上嘴。

他轉過身，望著天花板，那兒有縷夾帶灰塵的蜘蛛絲，從頭上那盞沒在用的電燈延伸出去。他甚至連驚訝的力氣都沒了——喔，她是吸血鬼。不過他早就知道了。

「你們很多嗎？」

「什麼意思？」

「妳知道呀。」

「我不知道。」

奧斯卡的視線在天花板漫遊，想找出更多蜘蛛網。兩張。其中一張好像還有蜘蛛在上面爬。他眨了眨眼，又眨了眨眼，他眼裡全是沙。沒有蜘蛛。

「那，我該怎麼叫妳？就是像妳這種東西。」

「依萊。」

「這是妳的真名嗎？」

「算是。」

「妳的真名是什麼？」

依萊停頓了半晌，挪遠幾步，靠向沙發背，然後轉身背對他。

「伊雷斯。」

「但這是⋯⋯男生的名字。」

「對。」

奧斯卡閉上眼睛，再也撐不下去了。他的眼皮幾乎黏住了眼球，有個黑洞正在擴大，包覆他整個身軀。腦袋深處隱約冒出個感覺，覺得自己該說些什麼、做些什麼，但就是沒力氣。黑洞以慢速爆炸，他被往前吸引，進入裡面，在太空中緩緩地翻了個筋斗，沉入睡夢中。

隱隱約約，有人撫摸他的臉頰，但無法清楚確定到底是不是，因為他總覺得是他撫摸自己。然

而在某處，就在地球某個遙遠地方，某人正溫柔地摸著某人的臉。

感覺真好。

然後，只剩下星星。

第四部　我們是侏儒好夥伴

我們是侏儒好夥伴，
我們不讓任何人逃開！

——魯恩・安德森（Rune Andréasson）的兒童漫畫

《魔幻森林中的巴姆賽》（Bamse in the Magic Forest）

十一月八日星期日

崔那伯格橋，當一九三四年揭幕啟用，還被譽為工程界的小奇蹟。這是當時**全世界**最長的單一墩距水泥橋，聳立在昆索爾門島和斯德哥爾摩西郊之間的這座巨大拱橋，涵蓋布洛瑪和阿沛維肯這些小小的花園城市。而這種有自家庭院的獨棟花園住宅，原形就是來自安格拜地區。

不過現代化的住宅趨勢已開始流行，三層公寓住型態已出現在崔那伯格和阿布拉罕斯伯格地區，並且延伸到西郊更大的範圍，形塑日後的華倫拜、海瑟拜和布雷奇堡。

而這些新興地區就是靠崔那伯格橋來串連，來往西郊的車輛行人幾乎都會用到這座橋。

一九六〇年代，媒體報導，崔那伯格橋因交通流量頻繁而慢慢損壞。政府偶爾會修繕補強，但大規模的修整更新還只是紙上談兵，有待未來實行。

所以一九八一年十一月八日那天早上，這座橋依舊顯露疲態，有如已厭倦生命的老人，悲哀地緬懷著過去那段天空明亮、雲朵輕盈、還被譽為**世界**最長單一墩距水泥橋的光榮日子。

那天早上開始融雪，泥濘的雪水流進橋的縫隙。市政府不敢在橋上撒鹽，就怕已老化的水泥會被侵蝕得更嚴重。

這個時間交通流量本就不大，週日清晨更是如此，夜間電車已經停駛，開車經過這座橋的人要不渴望著上床睡覺，就是急著想回到床上。

除了貝尼·莫林之外。想當然耳，他也很想回到家中溫暖的被窩，不過這會兒他恐怕興奮到睡不著覺。

他曾透過徵友啟事和八名女子約過會，不過週六見面的貝蒂是第一個真的和他來電的。

兩人會繼續發展下去，他們都感覺得到。

關於兩人名字如此湊巧，他們笑彎了腰，「貝尼和貝蒂」，真像喜劇二人組。不過事實如此，又能怎樣？如果兩人開花結果，生的孩子該怎麼叫？雷尼和雷堤？

是啊，兩人在一起還真有趣。他們坐在她位於昆索爾門島的住處，聊著各自的世界，攜手玩拼圖，拼出非常棒的一張作品。快天亮了，接下來只有兩個選擇。

貝尼選擇了他認為正確的決定，雖然這樣做很難——他起身道別，相約週日晚上再見，然後坐進車裡，駛向位於布洛瑪的家，愉快大聲哼唱《我無法不愛上妳》。

所以貝尼絕不是那種人，那種有額外精力抱怨，甚至注意到週日凌晨崔那伯格橋況不佳的人。

對他來說，這是一座通往天堂、通往愛情的橋。

抵達崔那伯格這端時他唱起副歌，或許是第十遍了吧。突然之間，車燈光束裡出現個藍色身影，就站在橋中央。

他還有時間思考，別急踩煞車！他鬆開油門，扭轉方向盤，偏往左側，距離那人僅剩五米，就在車角撞上分隔島前，他瞥見了那件藍衣和蒼白雙腿。

車子擦撞分隔島發出的劇烈摩擦聲可說震耳欲聾。側照鏡粉碎噴濺，駕駛座的車門內凹，撞到他髖部，整輛車又滑到馬路中央。

他試著導正方向，但車輛不聽使喚，偏滑到對向車道，撞上人行道護欄，另一邊的側照鏡也被撞飛，飛躍橋欄時還將橋梁燈光反射映入空中。他小心翼翼踩下煞車，接下來的打滑沒那麼劇烈，

車子只是輕輕撞上水泥分隔島。

拖行一百米，他終於將車子停住，驚呼一聲呆坐原位，他的雙手攔在大腿上，任憑引擎繼續響。他嘴裡有血腥味，他咬到嘴脣了。

哪個瘋子這樣冒出來？

他抬頭看著車內後照鏡，就著街燈的暗黃光線看見有個人蹣跚走在橋中央，彷彿什麼都沒發生。這景象讓他怒火中燒。肯定是瘋子，毫無疑問，但是瘋也該有分寸吧，可惡。

他想打開車門，卻動不了。鎖被撞壞了。他鬆開安全帶，爬到乘客座側，設法鑽出車前，還不忘打開警示燈，他站在車邊，兩手交叉胸前等待。

走在橋上的人只穿著醫院病服，其他什麼都沒有。那人光著腳，裸著腿。貝尼就等著看能不能和他爭個道理。

嗯？

那身影越來越近，融化的濘雪噴濺在裸足四周，走路姿態有如胸前一條線拉扯著，無情地催他往前走。

貝尼朝他走近一步，然後駐足。現在那人離他約十米遠，貝尼能清楚看見……他的臉。

——他驚愕地倒抽一口氣，得靠著車才能穩住身體。他立刻轉身鑽進乘客座，打到一檔，飛速駛離。後輪濺起的濘雪搞不好還噴濺到站在馬路上的那個……東西。

一回到家，他馬上給自己倒了大大一杯威士忌，一口氣喝掉半杯，然後打電話給警察，告訴他們剛剛所見和發生的事。當最後一滴威士忌下肚，他的身子開始晃，即將進入夢鄉。此時，警方也

正全力動員。

他們搜尋了整片諸達恩樹林。五隻警犬，二十名警員，甚至還出動直升機。以這種搜索規模來說頗不尋常。

畢竟，緝捕對象是個受重傷還精神恍惚的人。照理說一隊警犬就足以撂倒。

不過這個案子備受媒體關注（警方甚至調派了兩名警官，應付聚集在阿凱雪夫電車站旁的威布爾托兒所附近的記者），所以風險跟著提高。況且，警方也想展現出自己週日早上仍會盡全力緝捕兇手的有力作為。

而有部分也是因為他們發現了班凱‧艾德華的屍體。

應該這麼說：他們假定那是班凱‧艾德華。因為他們找到的一枚結婚戒指上刻了古妮拉這個名字。

古妮拉是班凱的妻子，他的同事都知道，而沒人有勇氣打電話給她告訴她班凱已經死了，況且他們也不能完全確定那就是他。沒人敢打電話問他他身體的任何特徵……主要是下半身。

早上七點，本來要相驗那個獻祭儀式殺人的兇手的法醫一到現場，才發現自己接了個新案子。

如果他是在不知相關線索的狀況下見到班凱‧艾德華的遺體，肯定會認為這具屍體在嚴寒戶外曝露了一、兩天，還被老鼠、狐狸，或許狼獾和野熊啃蝕，慘遭毀屍——若「毀屍」一詞可以用在動物加害者的脈絡下。不管怎樣，應該只有大型掠食動物才可能把皮肉撕扯成這樣，齧齒動物頂多咬咬

人體凸出部分，譬如鼻子、耳朵或手指。

法醫這份匆忙製作的初步評估報告也是讓警方決定大力動員的因素，因為兇手被判定為極端殘暴，以官方說法而言。

白話來說，根本是他媽的精神不正常的變態瘋子。

那傢伙還能活著根本是奇蹟——不過可不是梵蒂岡教廷會想膜拜的那種——但終究還是奇蹟。

從十樓摔下前，他曾處於植物人狀態，現在卻能起來走動，甚至做出極度可怕的事。

不過他的狀況應該不會太好。雖然此時氣候溫和了些，但不過攝氏幾度，他只穿著醫院的單薄病袍。就警方所知，應該沒有共犯，所以他不可能在樹林裡藏匿超過幾小時。

貝尼‧莫林的報案電話進來時，大概是在崔那伯格橋見到他一小時後。數分鐘後，警方又接到另一通來自某個老太太的報案電話。

那天早上她出去溜狗，看見有個穿著醫院病袍的人出現在阿凱雪夫區欄舍附近，那裡是國王冬季時節安置羊隻的地方。她立刻回家打電話報案，心想王室的羊隻大概有危險。

十分鐘後，第一輛巡邏車出現，警員下車第一件事就是檢查羊舍。他們警槍上膛，神經緊繃。

羊群焦躁不安，待警員搜遍整棟建築物，那些毛茸茸的動物也被驚擾得慌張不已，暴跳不停，發出非人類的刺耳尖鳴，引來更多警察關注。

警員搜索時，幾隻羊從欄圈跑到外面通道上。警員最後確定建築物內沒有可疑嫌犯，欲離開之際，牠們豎起耳朵察覺機會來臨，有隻公羊趁機溜出大門。一位出生農家的老警察躍身撲上前，一把抓住羊角，將牠拖回羊圈。

就在他終於將公羊哄誘回欄舍時，突然想起剛剛大展身手的剎那已被人用閃光燈拍下。他還以為這個案子非常正經，媒體恐怕不會想用這種照片。沒多久卻發現搜索區域的外圍已經架起媒體採訪基地。

早晨七點半，朝陽正從滴著水的樹隙慢慢露臉。搜捕瘋狂兇手的行動雖井然有序，更火力全開，警方十分篤定能在中午以前逮到人。

兩個小時後，直升機上的紅外線攝影機沒什麼發現，而警犬靈敏的鼻子也沒嗅出什麼東西，至此，大家紛紛懷疑兇手已經死了，因此接下來的任務是要找到屍體。

第一道微弱晨光從百葉窗細縫緩緩滲入，卻像炙熱燈泡一樣灼傷了薇吉妮雅的手。此刻她腦中唯一的念頭就是死。但即使起了這個念頭，她還是本能地縮起手掌，爬回房間。

她的皮膚已經出現三十多處傷口，屋內到處血跡斑斑。

昨晚數次，她割動脈來飲血，但沒時間將流出來的所有血液舔吸入肚，所以滴得地板、桌面和椅子到處都是。客廳那張大地毯活像上面有頭鹿被宰殺過。

每次劃開新傷口，大口喝下自己正快速減少的血液，她心中的滿足和舒緩就越來越少。到了早上，她終於因壓抑和極端痛苦蜷縮起來嗚嗚啜泣。會痛苦是因為她明白，自己若要活下去，就必須那樣做。

這種覺悟漸漸清晰，她也更加確定：別人的血可以讓她變得健康，而且她也沒辦法以自殺結束

自己的性命，或許根本不可能，因為用水果刀在肌膚上割的傷口會異常迅速地癒合。不論割得多深，流出的血液會在一分鐘內止住，一小時後就出現明顯結痂。

總之……

她察覺到了某件事。

那時天快亮，她坐在廚房餐椅上吸吮胳臂內側傷口的血液。那是同個地方割開的第二個口。就在這時，她突然陷入自己身體的深處，看見了那個東西。

感染。

當然她不是真用**肉眼看見**，卻越來越清楚那是什麼。就像懷孕去照超音波，可以從螢幕看見肚子裡的東西。只是現在她看見的不是寶寶，而是一尾扭曲盤繞的巨蛇，她懷的就是這個東西。

剎那間，她明白了那個感染物有自己的生命，自己的力量，完全不受她控制。就算她不想懷它，那東西一樣會自己活下去。準媽媽從超音波見到這種東西肯定會嚇死，可是即使她嚇死也不會有人發現，因為那條蛇會占據她、附身她，讓人看不出她已然死去。

自殺也沒有用。

感染物唯一怕的就是陽光，微弱陽光照到手帶來的傷害，遠勝任何深刻入骨的傷口。

她在客廳角落蜷縮了好久，看著晨光從百葉窗間隙滲入，在沾染血跡的地毯投下一格格陽光。

她想到了孫子泰德。他會爬到午後陽光灑落處，沐浴在陽光下吸吮拇指，舒舒服服地睡覺。

那赤裸柔嫩的肌膚啊，妳只要……

我到底在想什麼！

她竟起了這個念頭，薇吉妮雅心中驚懼，眼神空洞茫然地凝視遠方。她看見了泰德，想像自

己……

不！

她敲打自己腦袋，不斷地打，打到那畫面粉碎。她不能再見他了，不能再見到任何她摯愛的人。

我絕不能見到我所愛的人。

薇吉妮雅強迫自己挺直身體，慢慢爬到一格格陽光下。那個感染物發出抗議，想將她往回拉，

但她很堅持，她仍能控制自己的身體。光線刺痛雙眼，一格格的陽光就像紅熱的鐵絲燒灼她的角膜。

燒吧，全燒光吧。

她把布滿傷疤和乾涸血漬的右手伸到陽光下。

她從沒想過會變成這樣。

週六早晨的陽光通常舒適有如愛撫啊。

但是現在焊槍啟動，朝她肌膚直直燒來。第一秒，皮膚還如粉筆般蒼白，兩秒後開始冒煙；三

秒後水泡出現，焦黑不已，嘶嘶爆破。第四秒，她將手臂收回，哭著爬進臥房。

皮肉燒灼的惡臭瀰漫在空氣。她連走帶爬滾上床，沒膽看自己手臂。

休息吧。

可是……

就算床……

就算百葉窗全拉上，房內的光線依舊太強。就算全身鑽入被窩，待在這床上也覺得赤裸暴露。

她聽到鄰舍傳出的晨間聲響，就連最細微的聲音都太刺耳，什麼聲音都是威脅。樓上有人走過，她

畏縮著，將頭轉往聲音方向聆聽。抽屜被拉開，樓上傳來金屬鏗啷響。

是咖啡匙。

從那細微的聲音，她聽得出是⋯⋯咖啡匙。她眼前浮現天鵝絨盒裡的咖啡匙，那是外婆傳給媽媽的，而媽媽搬進養老院時就把它傳給了薇吉妮雅。她曾打開盒子，看著湯匙，才突然發現**這些湯匙從來沒用過**。

薇吉妮雅滑下床，將身上的被子拉開，爬到雙門衣櫃前，打開門，又突然想起這件事。衣櫃底有張羽絨被，還有兩張毯子。

她看著那些湯匙，覺得好難過。它們躺在盒子裡搞不好都要六十年了，卻從來沒人把它們拿出來使用過。

再也不會了。

四周出現更多聲音，一整棟樓的鄰居展開忙碌的作息。她爬進衣櫃，將羽絨被和毯子全裹在身上，拉起衣櫃門。終於，她聽不到了，裡頭一片漆黑。她將被子和毯子拉過頭頂，蜷曲起來，有如被雙層繭裹覆的幼蟲。

這些精緻的銀製咖啡匙炫耀似的躺在天鵝絨的襯墊上等待，她轉個身，用毯子緊緊壓住臉龐。

現在誰會得到那些湯匙呢？

女兒吧。沒錯，莉娜會得到它們，她會用這些湯匙來餵小泰德。這樣它們應該會很高興。她的孫子泰德會用這些湯匙來吃馬鈴薯泥。太好了。

她靜靜躺著，不動如石，平靜的感覺蔓延全身。在她沉沉睡著前，還有點時間想一件事⋯⋯怎麼

不會熱呢？

她用毯子蒙住頭，身上裹著厚重布料，照理說應該覺得熱，會滿頭大汗。這問題飄浮在這間漆黑的大房內，昏昏沉沉落於一個再簡單不過的答案上。

因為我已經好幾分鐘沒呼吸了。

就在此時，她意識到自己不需要呼吸。她沒有窒息缺氧的感覺，再也不需要呼吸了。就這麼簡單。

彌撒十一點才開始，不過湯米和媽媽伊凡仍於十點十五分就在布雷奇堡的月臺等電車。參加唱詩班的史泰凡已對伊凡說過今天的彌撒主題，伊凡告訴湯米，並小心翼翼地試探他是否想去。出乎意料，他竟然答應了。

主題是今日的年輕人。

講道從舊約聖經以色列人出埃及談起，牧師在史泰凡的幫忙下製作了一系列經句板，以闡述**指引之星**的真諦。在今日社會中，指引之星可說是年輕人應該高舉的明燈，好在迷失、徘徊於荒漠時能找到方向。

湯米曾在聖經讀過這個章節，還說自己很高興有機會參加今天的彌撒。

所以，當電車從冰島廣場的隧道轟隆駛出，車前旋起的陣風將伊凡頭髮吹起，她高興得不得了。

伊凡看著站在身旁的兒子，他的雙手正深深插在夾克口袋中。

會沒事的。

沒錯。他願意和她一起上教堂就是很大的突破，這也代表他願意接受史泰凡了，不是嗎？

母子上電車，在一位老人旁邊的面對面椅子坐下。兩人上車前正聊到今早收音機聽到的事：警方在諸達恩樹林搜捕那個為獻祭儀式而殺人的兇手。伊凡傾身對湯米說：

「你覺得他們抓得到他嗎？」

湯米聳聳肩。

「可能抓得到吧。不過那片樹林很大，而且……這得問史泰凡了。」

「我一想到這件事就覺得恐怖。萬一他跑來這裡怎麼辦？」

「他來這裡幹麼？不過話說回來，他去諸達恩樹林又要幹麼？所以還是可能跑來這裡吧。」

「啊。」

旁邊坐的老人伸展一下，彷彿要抖落肩上的什麼東西，然後開口：「你們想想看，那種人渣算是人嗎？」

湯米抬頭看著老人，伊凡回了聲「嗯」，還對他微笑。老人將這視為她希望他繼續說下去的鼓勵。

「我的意思是，他竟然做得出那麼可怕的事，又從那種高度掉下來。不是啊，我告訴你們，他不可能是人類。我真希望警察一槍斃了他。」

湯米點點頭，假裝同意。

「找到他就直接把他吊死在最近的一棵樹上。」

男人越說越興奮。

「沒錯，我的重點就是這個。在醫院時就應該給他注射毒液之類的，就像處理瘋狗。這樣我們就不會坐在這裡擔心受怕，看警察膽戰心驚地搜捕他，還浪費我們納稅人的錢，連直升機都出動了。真的是，我在阿凱雪夫電車站附近就能看見直升機在天上。哼，這種錢出得起，但要他們發給民眾勉強糊口的養老金，卻說辦不到，也不想我們可是替社會貢獻了一輩子啊。派出直升機在上頭盤旋，把底下的動物嚇得雞飛狗跳的……」

他就這麼一路自言自語到華倫拜，所以或許他得往回搭才能再看直升機一眼，搞不好他會對著新乘客繼續長篇大論。

史泰凡在聖湯瑪斯教堂的磚牆外等他們。

他穿著西裝，打了淺黃條紋的領帶，這打扮讓湯米想起一幅戰時保密防諜的政治宣傳海報。瑞典虎。一見到他們，史泰凡臉上便綻放光芒，興高采烈走上前迎接。他擁抱了伊凡，對湯米伸手，兩人握了握。

「我好高興你們兩個能來，尤其是你，湯米。你是因為什麼才做出這個決定的呢？」

「我只是想來看看。」

「嗯，希望你會喜歡，更期待日後還有機會在這裡見到你。」

伊凡摸摸湯米的肩膀。

「他在聖經裡讀過這章節……就是今天要談的部分。」

「是嗎？真的呀？哇，真沒想到。對了，湯米，我還沒找到那個獎盃，不過我想，我們就一筆

勾銷吧，如何？」

「嗯。」

史泰凡等著湯米開口說些什麼別的，卻等不到，只好直接轉向伊凡。

「其實我應該要去阿凱雪夫區了，不過我不想錯過今天的聚會。待會兒結束後我就得立刻趕過

去，所以只好⋯⋯」

湯米走進教堂。

前方有幾位老人背對著他坐在長椅上，從帽子來看，應該是老太太。

教堂四周牆壁懸著的電燈散發出黃色亮光，替教堂提供照明。兩側的靠背長椅間鋪了條延伸到

講壇的紅地毯，毯面呈現幾何圖案。前方有排石椅，上面插了花。最重要的是，前方牆壁的木製大

十字架釘了頗具現代感的耶穌雕像。祂臉上的表情很容易被解讀為奚落的嘲笑。

教堂後方，也就是湯米佇立的入口處，有個擺了傳單的檯子，還有奉獻箱和聖水盆。湯米走到

盆邊，探往裡面。

完美。

第一眼見到這水盆，會覺得漂亮到不真實，他還以為裡面裝了水，其實不然。整個聖水盆是由

一整塊石頭雕鑿而成，高度約及湯米腰部。盆子部分為深灰色，表面粗糙，裡頭沒有一滴水。

好，動手吧。

他從口袋掏出一個容量兩升、裝了白色粉末的塑膠袋。環顧四周，沒人看著這方向。他用手指

把袋子戳個洞，讓裡頭的白粉灑入聖水盆中。

接著，他將空塑膠袋塞回口袋，朝後方走出去，思索著該編什麼好理由，告訴他們他不能和媽媽坐在一起，而要坐到遠遠後方，聖水盆邊。

——就說他希望能在不打擾別人之下偷偷離開吧，要是他覺得彌撒很無聊。這主意聽起來不錯，聽起來——

很完美。

奧斯卡張開眼，整個人焦慮不已。他不知道自己身在何處，房間燈光昏暗，想不起這光禿牆壁是什麼地方。

他躺在沙發上，蓋在身上的毯子有點臭。

眼前的牆壁開始浮動，在空中自由自在飄來飄去，他努力要它們固定，組合成他能辨認出的房間。沒成功。

他將毯子拉上鼻頭，一股霉味竄進鼻腔。他努力讓自己平靜，不再硬將房間組成他要的樣子，而是開始回想。

沒錯，他想起來了。

爸爸，爸爸的朋友嘉納，搭便車，依萊，沙發，蜘蛛網。

他瞪著上方的天花板，骯髒的蜘蛛網還在那兒，不過燈光昏暗，看不太清楚。他在沙發上睡著時依萊就在他身邊。那是多久以前的事？今天早上？

窗戶都用毯子遮住了，不過能從角落看出朦朧光線的隱約輪廓，他拉開身上毯子，走到陽臺窗邊，拉起掛著的毯子一角。百葉窗已拉下，他將它們調歪角度，弄開來看外面。沒錯，已經早上了。

他頭好痛，雙眼也被光線狂刺，他急促地呼吸，放下毯子後用兩手摸摸脖子。沒有，當然沒有。

她說過她絕不會……

不過她現在在哪裡呢？

環顧四周，他的雙眼落在依萊昨晚進去換襯衫的房間，房門現在已關起，他朝門走了幾步，停住。門藏在陰暗處。他舉起握著的拳頭，緊張地扽著指關節。

萬一她真的……睡在棺材裡怎麼辦？

蠢啊。她幹麼睡在棺材裡？吸血鬼為什麼要這樣？因為它們是死人，可是依萊說她不是……

但萬一……

他又吸了自己的指關節，還伸出舌頭舔了舔。她的吻、滿桌的食物，還有她能做出的事，以及她的牙齒……掠食性動物的牙齒。

如果這裡沒有那麼黑。

頭上電燈的開關就在門邊，他按下，本以為不會亮，但沒錯，燈亮了。強光照得眼睛很不舒服。他先讓雙眼熟悉光線，才走到那扇門邊，將手擱在門把上。

燈光沒什麼用——事實上反而讓氣氛更恐怖。因為現在這扇門看起來只是一道正常的門，就像他自己的房門，一模一樣，連門把感覺都相同。萬一她躺在裡面呢？搞不好還雙手整整齊齊交疊在胸口。

我得看一看。

他壓下門把，小心翼翼——只有些微阻力。門一定沒鎖，只是帶上。他將門把壓到底，門打開來，縫隙變大。房裡漆黑一片。

等等！

如果打開房門，照進去的光線會傷到她嗎？

不會的，昨晚她就坐在落地燈旁，看來也沒事。不過天花板的燈光強烈多了，或許……落地燈用的是某種特殊燈泡，那種光線……吸血鬼可以承受。

荒謬。難不成還有「吸血鬼燈泡專賣店」嗎？

話說回來，為何還留著頭頂那盞燈，如果它會傷到她？

雖然心裡有各種顧慮，他還是謹慎地打開房門，讓圓錐狀的光線慢慢擴大到整個房間。房裡一如客廳，幾乎空無一物。床上只有一張被單和一顆枕頭。他在沙發睡覺時蓋的毯子一定是從裡面拿出來的。床邊牆壁貼著一張紙。

摩斯密碼。

所以這就是她躺的地方，就是在她……

他深吸一口氣，想努力忘記。

我的房間就在這道牆的另一側。

沒錯，此時此刻，他與自己的床、原本的正常生活僅距兩米遠。

他躺到床上，有股衝動想對著牆壁敲訊息，敲給奧斯卡——敲給另一端的人聽。那人會怎麼說

呢？

你‧在‧哪‧裡。

他又吮了自己的指關節。他就在這兒，不在的是依萊。

他一陣暈眩，滿頭霧水，一頭倒在枕頭上，仰著環視房間。枕頭聞起來很奇怪，和毯子的氣味很像——但更強烈。那是一種悶濁、油膩的氣味。他看著床邊那疊衣服。

真令人厭惡。

他不想待在這裡。屋裡太靜太空蕩，而且所有東西似乎都……不正常。他的視線流連在那疊衣服，停在占據他對面整片牆且一路延伸到房門的衣櫃。那是兩個雙門櫃，還有一個單門的。

那裡。

他縮起雙膝、頂住肚子，望著被緊緊關上的衣櫃門。他不想去。胃好痛啊。下腹傳來一抽一抽的感覺。

他得尿尿。

奧斯卡從床上起身，走出臥房，雙眼仍盯著衣櫃門。他房裡也有相同的衣櫃。他知道她可以輕易塞在裡面。她就在那裡，而他不想再見到她。

——連通道的電燈也能開呢。他打開燈，沿著短短的通道走向廁所。廁所的門鎖住了，門把上的條槓露出紅色。他敲敲門。

「依萊？」

沒聲音。他又敲。

「依萊？妳在裡面嗎？」

沒動靜。就在他大聲喊出她名字時，突然想起自己喊錯了。兩人躺在沙發上時，她說的最後一件事就是：她的真名叫……伊雷斯。伊雷斯。男孩的名字。依萊是男生嗎？那之前兩人親吻，睡在同一張床上，還……

奧斯卡手貼廁所門，額頭頂著手，努力思考，用力地想，就是想不通。他可以接受她是**吸血鬼**，不過想到她也可能是**男生**就……難多了。

他知道這個世界。同性戀。他媽的同性戀。強尼就是這麼說的。當個同性戀……慘很多。

他又敲敲門。

「伊雷斯？」

開口說出這個名字讓他內心湧起奇怪感受。不，他無法習慣。她……他的名字叫依萊。這太難接受了。不管依萊是人或鬼，他就是難以接受她是男生，他沒辦法。與她有關的事情實在沒一件正常。

他的額頭離開手，堅定地忍住尿意。

門外樓梯間有腳步聲，沒多久立刻響起信箱口被推開的聲音，碰。他走到門邊，看看是什麼……

廣告傳單。

牛絞肉，每公斤十四點九克朗。

鮮紅字體和數字。他拿起傳單，似乎有點明白。他將眼睛貼在門孔窺視，這時腳步聲迴盪在樓梯間，隨著其他人家的信箱口推開又闔上，響起更多傳單落地的碰一聲。

大約半分鐘後，媽媽經過，她走下樓。他只瞥見她的頭髮和外套衣領，可是非常清楚那就是她。除了她，還會有誰趁他不在時幫忙發傳單？

他手裡緊捏傳單，奧斯卡蹲縮在門邊，前額頂著膝蓋。他沒哭，而尿意就像鼠蹊窩了一巢會叮咬人的螞蟻，這種感覺多多少少壓抑了他的淚水。

可是這個念頭依舊不斷、不斷在腦海中翻騰……

我不存在，我不存在。

雷基擔心了整夜。打從離開薇吉妮雅家，一股隱隱的焦慮折磨得他穿心刺腹。他在中國餐館待了近一小時，對那裡的常客訴說心中憂慮，但沒人想聽。雷基感覺情況快要失控，那種危險他是感覺出來的，所以他起身離開。

那些傢伙不值得他多耗時間。

當然，這不是突然冒出來的新鮮事，但他開始想……想到什麼？

他想到所有人都捲進去了。

至少還有一個人感覺到某種毛骨悚然的事情正在發生。繪聲繪影——大話瞎扯——尤其是摩根。可是說到底，沒人有能耐動根手指真正做點什麼。

要怎麼做？雷基也不知道，但至少他擔憂，如果擔憂有用。他幾乎徹夜未眠，想讀點俄國大文豪杜斯陀也夫斯基的《惡魔》，但老是忘了前一頁甚至前一句的內容，最後索性放棄。

不過這般失眠夜也有些收穫，這讓他下定決心。

週日一早他就到薇吉妮雅家，敲了敲門。沒人回應。他心想：希望她去醫院了。回家路上，他經過兩個女人，她們正在談論警方在諸達恩樹林裡搜捕的兇手。

拜託，最近怎麼老是有殺人兇手躲在天殺的樹叢裡呀。現在報紙又有新聞可以大肆炒作了。

抓到華倫拜倫弒童兇手已經十天，報紙開始懶得揣測他的身分和作案動機。

從那些談論兇手的報導約略可嗅到一絲殘忍且愉悅的心情。他們費力且謹慎地描述兇手此時狀況，還說他傷勢嚴重到半年內出不了醫院，此外更另闢小資訊欄，說明他自殺用的氰化氫酸對人體有何影響，好讓讀者能陶醉地想像它所造成的傷害。

不，雷基對這種事情一點都不覺得有趣，他反而認為社會大眾對於某人「罪有應得」的高昂興致，讓人不寒而慄。他本身絕對反對死刑，不是因為他有某種「現代」的司法觀念。不，而是因為他的司法觀念是前現代的。

他的理由大概是這樣：若有人殺我孩子，我就親手殺那人，不用透過司法來判他死刑。杜斯陀也夫斯基談到很多關於原諒、仁慈的觀念。當然，從社會的觀點來看絕對該這樣。但身為孩子的父母，我當然有道德權利來終結弒我兒女者的性命。至於社會因此判我八年徒刑，那又是另外一回事。

這當然不是杜斯陀也夫斯基的意思，雷基也知道。不過在這點上，他和杜氏的觀點顯然不同。

走回位於伊伯森嘉頓街的住處中，他專心思索這些事，直到返家才發現自己飢腸轆轆，於是煮了包速通心麵，擠些三番茄醬，拿著湯匙直接在平底鍋吃了起來。他對著鍋子沖水，以便稍後易於清洗。此時，他聽見有東西丟入信箱。

所以，就是要這樣進行。

他就要告訴她這個主意，而且他應該可以確定她會答應——事實上，她應該會愛死這個計畫。

下買間房，或者兩間也行，還有一塊小農地。這些錢應該夠，而且也行得通。只要薇吉妮雅康復，

不管行情多差，這些郵票應該賣得到三十萬，再加上賣掉房子的二十萬，如此一來，就能在鄉

他要離開這地方，薇吉妮雅也是。

他要徹底覺悟：這些人不值得一起混。

一腳，讓他徹底覺悟：這些人不值得一起混。

薇吉妮雅出的事成為促使他做出這決定的最後一根稻草，而那些傢伙對他的不理解則是臨門

已至。

這就是他昨晚下定決心的事。當他在自己那床滿是餿味的被褥裡輾轉反側，便下定決心，時機

不菲。

一八五五年發行時才四先令。現在……可值錢了。尤其他手邊這些兩張一組的套票，價值更是

真不可思議。

四枚挪威發行的第一張郵票樣本，上面沒郵戳。他傾身瞇眼端詳，看著藍光背景下那頭以後腿

撐立的獅子。

就在那裡。

他拿起抹布將餐桌擦乾淨，然後從餐具櫃裡拿出爸爸的集郵冊。這是從父親那兒繼承來的，最

後終於被他帶回布雷奇堡。他將集郵冊放在餐桌上，打開。

不對。他有錢。

廣告傳單吧。管他什麼廣告，反正他也沒錢。

他腦中裝滿這些愉快憧憬，踱到臥房內，本來只想躺個五分鐘，卻沉沉睡去。

雷基覺得平靜多了，一切都變得更清晰。今天和未來該做的事，全都行得通。

「我們能做些什麼？」

湯米這輩子從沒這麼無聊。整個彌撒已經進行半小時，湯米心想，坐在椅子上瞪著牆壁發呆還比這有趣。

「稱頌祢的名」、「哈利路亞」、「主的喜樂」，既然如此，為何他們只會坐在那裡愣愣看著前方，痴呆一般看著保加利亞與羅馬尼亞兩國間的資格賽？這一切、讀經內容、唱的聖歌──對他們來說全都**沒有意義**。就連對牧師也似乎沒有意義，彷彿這只是一份差事，把流程走完走好、拿到薪水即可。

終於，他要開始講道了。

如果牧師提到聖經裡的那個地方──就是湯米讀過的那部分──他就要動手。沒有就不做。由他決定。

湯米摸摸口袋，萬事俱備。而聖水盆離他所坐的後排位置只有三米遠。媽媽坐在最前面，想也知道，這樣她才能在史泰凡唱著無聊聖歌、十指輕輕垂在他那根警屏前面時，對他眨眼放電。

湯米咬著牙，真希望牧師很快就會說出口。

「我們看見他們眼神中的迷惘，迷途的羔羊找不到回家的方向。每次看見這樣的年輕人，我總是想起以色列人出埃及。」

湯米全身繃緊。或許牧師不會明確說出那地方，或許只會提到紅海，不過他還是從口袋掏出那東西——也就是一只打火機和小火種——雙手顫抖。

「因此，我們必須將這些有時會離我們而去的年輕人視為迷途羔羊。他們遊蕩在沒有答案的疑問荒漠中，不知未來何去何從。以色列那些人和今天年輕人有很大的不同……」

快啊，說出來啊……

「以色列那些人有人帶領。大家或許已十分熟悉聖經的句子：日間，耶和華在雲柱中領他們的路；夜間，在火柱中光照他們。今天年輕人欠缺的就是這樣的雲和火，而且……」

牧師低頭看著講稿。

湯米已點燃火種，此刻正以食指和拇指捏著，火種頂端有道純藍火焰正逼近手指。就在牧師低頭看稿之際，湯米抓住機會——

他蹲下，跨出長椅，努力伸長手，將火種丟到聖水盆中，然後迅速坐回長椅，沒人注意到他。

牧師又抬起頭。

「……而我們身為成人的責任就是要當那樣的雲柱，成為年輕人的指引之星。他們能往哪裡去？擔起這重任的力量就是來自神的作為。」

白煙從聖水盆裊裊升起，湯米已經聞到那股熟悉的甜美氣味。

他做過好多次了，燃燒硝石和白糖。不過很少一次燒這麼多，況且也從沒在室內做過。他很興

奮，想看看如果沒有風將煙吹散會有什麼結果。他十指交錯，雙手緊握。

華倫拜教區的暫代牧師布羅‧阿德流斯最先注意到。他看到了真實的景象：聖水盆冒煙了。他這輩子就等著見證神蹟顯靈，而此刻眼前出現的第一道雲柱無疑正是神蹟。喔，我的主啊，終於。

但這念頭沒持續多久，神蹟顯靈的感覺迅速消逝無蹤，據此，他認為那不是神蹟、不是顯靈。

只是聖水盆冒煙。不過——

為什麼會冒煙？

可能是那位讓他略有微詞的警衛開玩笑報復吧。可是盆裡的聖水開始……沸騰。

問題是，此刻他正在講道，沒法花太多時間思考。所以布羅‧阿德流斯牧師就做了多數人在這種狀況下會做出的決定：繼續講道，當作沒事發生，暗自期待問題會自行解決。他清清喉嚨，努力回想剛剛說到哪兒。

神的作為。從神的作為中尋求力量。要舉個例子。

他低頭看著講稿。他先前寫了「赤腳」二字。

赤腳？什麼意思？是以色列人赤腳走路還是耶穌……長時間漫遊在……

他抬起頭，見到那陣煙變濃，又形成一道雲柱從盆子竄升到天花板。他最後一句說了什麼來著？啊，想起來了，那話語還在半空迴盪。

「而這力量就是來自神的作為。」

這個結論應該可被接受，雖然不夠好，不像之前擬稿時構思的那麼棒，但應該還算可以接受。

他向信眾擠出個困惑的微笑，對著唱詩班的班長伯吉特點頭示意。

八人唱詩班動作整齊劃一、走上講臺。從他們面向會眾的表情，牧師看得出他們也見到白煙了。上帝賜福，他還以為只有他能見到這種神蹟呢。

伯吉特看著牧師，想知道該怎麼辦，他以手示意：繼續，開始。

於是唱詩班齊聲吟唱。

引領我，神啊，領我走上公義道路。

讓我眼睛看見祢的道路……

這是著名聖樂家族衛斯理所寫的優美聖詩。牧師布羅・阿德流斯真希望自己也能陶醉在美麗的詩歌中，無奈，盆子冒出的雲柱讓他開始擔憂。白色濃煙從聖水盆翻騰湧出，盆裡有某種東西正在燃燒，劈劈啪啪，還冒出藍白火焰和白煙，一股甜味撲鼻而來，會眾開始轉身探尋，找著劈啪聲從何而來。

唯有祢，我的主，

賜我靈魂和平安，保守我……

唱詩班一名女性開始咳嗽，會眾將目光從冒煙的聖水盆移至牧師，想知道現在是該起身離開呢，或者這是彌撒的一部分？

越來越多人咳嗽，以手帕或衣袖掩住口鼻。教堂內瀰漫薄霧，從薄霧中，牧師看見最後一排有人起身跑出門口。

沒錯，現在是該這麼做。

他靠向麥克風。

「沒錯，嗯，現在有個小……狀況，我想大家最好……離開教堂。」

牧師只說到「狀況」這個字，史泰凡就離開講臺，以快速而堅定的步伐走向出口。他知道了，這是伊凡那無可救藥的孩子搞的鬼。就算在這種情況步下講臺，他仍努力控制自己不要驚慌，因為他知道待會兒抓到湯米恐怕得好好揍他一頓。

沒錯，這個不良少年需要人好好管教一下，他欠缺的正是這樣的引導。

雲柱會幫助我，這孩子唯一需要的就是被好好打頓屁股。

但伊凡恐怕不會接受，就像她也不接受剛剛發生的事。不過等到他們結婚，一切就會不一樣，到時他會承擔起管教湯米的責任，上帝會幫助他的。不過現在，他想立刻逮到他，至少抓著他狠狠搖晃，看能不能把他震醒。

史泰凡還沒走遠。牧師在講臺上說出的話就如鳴槍，讓會眾跑起來，他們終於等到這聲槍響，即刻拔腿衝出教堂。史泰凡才走到半途，就被那些無論如何想活著離開而逃竄的小老太婆給包圍。

他右手伸往臀部，卻在半途停住，十指一縮握成拳頭。雖然他帶了警棍，但此時恐怕不是拿出來的好時機。

前方的白煙開始消褪，可是教堂內已濃煙密布，還瀰漫著糖果和化學氣味。大門敞開了，煙霧中能看得見長方門框外的強烈晨光。

會眾朝光線奔去，不斷咳嗽。

廚房裡只有一把木椅，其他什麼都沒有。奧斯卡將椅子搬到水槽邊，站上去，望進排水管，此時他仍讓水龍頭繼續出水。看完後，他將椅子放回去。空蕩蕩的廚房內就這麼把椅子，感覺真怪，好像擺在美術館裡的某個展覽物。

她留著這把椅子幹麼？

奧斯卡環顧四周。冰箱上方有排櫃子，得站在椅子上才能構到。他把椅子拿過來，一手扶著冰箱門把，穩住身體。他的肚子咕嚕叫，好餓。

他沒想太多，直接打開冰箱看裡頭有什麼──沒多少東西。一罐打開的牛奶，半包麵包。奶油和起司。奧斯卡伸手拿牛奶。

可是……依萊……

他拿著牛奶，定住不動，眨眨眼。沒道理啊，她也吃真正的食物嗎？沒錯，她一定吃。奧斯卡將牛奶放到流理臺上，上方的櫥櫃裡幾乎什麼都沒有，只有兩個盤子、兩個杯子。奧斯卡拿下玻璃杯，將牛奶倒進去。

這時他突然想到了。因為端著裝牛奶的冰冷玻璃杯，奧斯卡恍然想起。

她喝人血。

昨天晚上，他被睡意和那股與世界脫離的感覺搞得神智不清，但在黑暗中，每件事情似乎都很真實。而此時此刻在廚房，窗戶沒用厚重毯子封住，百葉窗還能讓微弱晨光傾洩而入，他手中有杯

牛奶，這一切……反而讓他無法理解。

譬如，既然冰箱裡有牛奶和麵包，那應該就是正常人啊。

他喝了口牛奶，立即吐出來——酸掉了。他聞聞杯子裡的，沒錯，絕對壞了。他將牛奶倒進水槽，洗了杯子，喝了些水，將嘴裡味道清掉，看看牛奶盒上的到期日：十月二十八日。

已經過期十天了。奧斯卡頓時明白。

這是那老人的牛奶。

冰箱門還開著。這是老人的食物。

他厭惡，非常厭惡。

奧斯卡將冰箱門用力關上。那老人到底為什麼會在這裡？他和依萊到底……奧斯卡打了個寒顫。

她殺了他。

對，依萊關著這老人一定是為了喝他的血，將他當成活血庫，她的目的就是如此。不過為什麼那老人願意呢？況且，**如果**她真的殺了他，屍體呢？

奧斯卡抬頭看著上方的櫥櫃，突然一分鐘也不想多待，他走出廚房，穿越通道，也走過掩上的浴室門。

她在裡面。

奧斯卡衝到客廳，收拾包包，隨身聽就在桌上，只是得買新耳機。在他拿起隨身聽放入袋子時，見到了字條。

就放在茶几上，在他睡覺時頭躺的地方旁邊。

嗨，希望你睡得好。我也要去睡覺了。我在浴室，拜託別進來。我相信你。我不知道該寫些什麼，只希望你知道我是誰之後還能繼續喜歡我。我喜歡你，非常喜歡。你現在睡在沙發上，還打呼。拜託我。

拜託，拜託，拜託，別怕我。

今晚想和我見面嗎？如果願意，就寫在這張字條上。

如果你寫的是「不要」，那我今晚就會搬走。反正我很快也會搬。如果你寫「要」，那我就會多待一陣子。我不知道該寫些什麼。我好孤單。或許比你想像得更孤單。你也許能明瞭吧。

對不起，弄壞了你的音樂機器。如果你願意，就把錢拿走吧，我有很多錢。別怕我，你沒理由怕我，或許你也知道，我希望你知道。我真的好喜歡你。

你的依萊。

P.S. 歡迎你留下來，不過如果要離開，請記得把門鎖上。

奧斯卡把字條讀了好幾遍，然後拿起旁邊的筆。他抬頭環視空蕩蕩的屋子，這是依萊的生活，

她想給他的紙鈔還放在桌上，揉成一團。他拿起一張千元克朗，塞進口袋。

他凝視著依萊簽名下的空白處好久好久，終於將筆放低，大大寫下：

要

放下筆，他起身將隨身聽放進袋裡，最後一次轉過身，看著此刻變成顛倒的字。

孟

他搖搖頭，將口袋中的千元克朗掏出來放回桌上，走到樓梯間，又回頭檢查門，還動手拉了幾

次，確定有關上鎖好。

一九八一年十一月八日星期日，下午四點四十五分「每日更新」新聞報導

週日清早，兇手從丹德亞醫院殺死一人逃逸，警方立刻展開搜捕，截至目前為止，仍一無所獲。

警方搜尋斯德哥爾摩西郊的諸達恩樹林，想找到那名據說是為獻祭儀式而殺人的兇手。逃脫時，該名兇手身受重傷，警方懷疑另有共犯。

斯德哥爾摩警局的阿諾德‧雷赫曼表示：

「沒錯，這是唯一合理的解釋。以他⋯⋯目前的狀況來說，不可能躲藏這麼久。我們現在派出三十名警察，還出動警犬、直升機。他不可能自己一人躲這麼久。以上大致是這樣。」

「你們還會繼續搜索諸達恩樹林嗎？」

「會，我們不排除他還在那附近，不過我們會把一些警力轉移集中⋯⋯以便調查他是怎麼逃脫的。」

這人嚴重毀容，逃逸時身穿淺藍的醫院病袍。警方要求，民眾如有任何線索應該跟他們聯絡，

聯絡電話是⋯⋯

十一月八日星期日晚上

社會大眾對警方在諸達恩樹林的搜捕行動的興致達到最高潮。晚報也知道他們不能再用兇手的合成照片來敷衍讀者，然而，他們本以為可以拿到嫌犯照片，不料希望落空，於是兩家晚報都以抓羊的照片來充數。

《快捷小報》甚至把這張照片放在頭版。

儘管引人議論，但不能否認，這照片的確很有看頭。抓羊的警員因太過用力，面部表情扭曲，外加張大嘴巴、四肢伸開的羊兒。那照片躍然紙上，甚至恍若聽見喘息和咩叫。

有家報社甚至詢問皇室對此的看法，因為遭受警員粗暴對待的羊可是國王所養。兩天前，國王和皇后才剛昭告天下第三個王子就要出世，而且他們決定只生三個，所以皇室對抓羊事件不予置評。

當然還有幾頁篇幅對諸達恩樹林和斯德哥爾摩西郊的地理狀況多所著墨，譬如那人在哪裡被發現，以及警方的搜捕行動如何進行。不過這些訊息在其他地方早就見過了，只有抓羊的照片算新鮮，所以大家翻了報紙後也只記得這張照片。

《快捷小報》甚至開了個小玩笑。它的標題寫：難道是「披著羊皮的狼」？

下標或許可笑，不過讀者就需要這種報導，因為大家都嚇壞了。這名兇手殺了兩個人，還有一人幸運勉強逃過一劫，而今殘暴的他卻道遙法外，於是孩子又得開始遵守宵禁規定。有所學校本來週一要去諸達恩樹林遠足，現在也被迫取消。

瀰漫在這股恐懼氣氛下的是眾人的憤怒。為什麼有人可以掌控這麼多人的生活，只因為他很邪

惡，以及⋯⋯他能逃過死劫？

沒錯，報紙和電視新聞訪問的專家學者都不約而同提到一件事：這人能活命簡直就是天方夜譚。若被直接追問，他們多半會嘆口氣說，實在想不透他怎麼有辦法逃脫。

丹德亞醫院的一位醫學教授接受晚間新聞訪問，他的發言讓人印象深刻，但也十分令人不快，他以挑釁口吻說道：「那人直到最近都還得插著呼吸器，你知道這代表什麼嗎？代表他不能自己呼吸。而且他從三十米高的地方跌下來⋯⋯」教授的口吻彷彿認為記者是白痴，而整件事根本是媒體捏造，無中生有。

整件事就是一團迷霧之中攙雜揣測、匪夷所思、謠言，當然還有恐懼色彩。也無怪乎有人把抓羊的照片拿來大作文章，儘管這樁緝兇事件如此嚴肅，至少抓羊一事具體明確。這張照片傳播全國，幾乎人盡皆知。

雷基去找古斯塔途中，掏出身上最後幾塊錢，在情人亭買王子牌香菸，結果見到了這張照片。他睡了整個下午，此刻覺得自己就像杜斯陀也夫斯基《罪與罰》故事中的主人公，拉斯科利尼科夫。他眼前的世界總是模糊飄忽，他瞥了眼抓羊的照片，點點頭。以他目前的昏沉狀態來看，警察逮羊這種事似乎不足為奇。

不過去找古斯塔半途中，他突然又想起這張照片，心想⋯⋯「搞什麼東西呀？」可是也沒力氣弄個明白。他點燃菸，繼續往前走。

這張照片奧斯卡是在華倫拜晃了整個下午、快回家時才看到。他下電車之際，湯米正要上車，他看起來緊張兮兮，說剛剛做了件很「他媽的很好笑」的事，不過來不及多談，電車門就關上了。

奧斯卡回到家，發現餐桌上有張字條：媽媽和教堂唱詩班的人去吃晚餐。冰箱裡有食物。傳單已經發完。給你擁抱和親親。

廚房長椅上有份晚報，奧斯卡看到了頭版的抓羊照片，仔細閱讀搜捕兇手的報導，然後開始進行他延宕已久的事⋯⋯將過去幾天報導為獻祭儀式殺人的兇手的新聞剪下來保存。他從放清潔工具的櫃子拿出報紙，把剪貼簿、剪刀、膠水準備好，開始工作。

史泰凡在距離抓羊事件兩百米處見到這張照片。他沒追上湯米，和心煩意亂的伊凡簡短交談後，立即前往阿凱雪夫區。到了那裡，他聽見有人以「抓羊人」稱呼一個他不知其名的同事，不過那時他沒聽懂意思，直到幾小時後才有機會從晚報得知內情。

警政單位對於報社這種輕率做法非常不悅，不過多數警員覺得有趣——當然，除了「抓羊」的當事者。後來的好幾個禮拜，他都得忍受三不五時的嘲笑，諸如「咩——」「毛衣真漂亮，是那隻羊的毛嗎？」

強尼見到這張照片則是在同母異父的四歲小弟凱爾將禮物遞給他時。小凱爾拿晚報頭版包了一

塊積木送給他，強尼發出噓聲，驅趕弟弟出房間，說自己心情不好，然後鎖上房門。他拿出相本，看著爸爸的照片。他是他真正的爸爸，但不是小凱爾的爸爸。

沒多久，他就聽見繼父在吼凱爾，因為他把今天晚報給毀了。強尼解開禮物，邊以手指玩弄積木，邊端詳抓羊的特寫，咯咯笑了出來，耳朵傷口附近繃緊的肌膚因此遭到拉扯。他將相本藏在運動袋。放在學校應該最安全，接著，他開始盤算要怎麼對付奧斯卡。

抓羊照片引起社會對於新聞道德的小小議論，儘管如此，這張照片肯定會躋身兩家報社年度最難忘影像剪輯。不過到了春天，這隻羊主角就會被帶到瑞典皇家夏宮「皇后島」的草地放牧，永遠忘記牠突然爆紅的那一小段時間。

薇吉妮雅蜷縮在羽絨被和毯子裡，雙眼緊閉，身體一動也不動。再過一會兒她就會醒來，她已經躺在那裡十一個小時，體溫降至二十七度，正好與衣櫥內的溫度一致。心跳速度也降到微弱的一分鐘四下。

在這十一個小時裡，她的身體產生了不可逆轉的變化，胃和肺適應了一種新的存在方式。從醫學的觀點來說，最有趣的地方在於其心臟實房結的囊胞還在繼續發展，而實房結就是控制心臟收縮的細胞團。囊胞現在變得兩倍大，一種像腫瘤般的異體細胞不受阻撓地持續膨脹。

若能取出這些細胞的切片放在顯微鏡下研究，就能看見某種心臟專家都會拒絕接受的東西。他們會說這細胞樣本受到汙染，混雜了其他物質。是誰？是誰開這種沒水準的玩笑？

因為，心臟寶房結裡的腫瘤竟然含有腦細胞。

沒錯，就在薇吉妮雅的心臟內，有一個獨立的小腦正在形成。在初期發展階段，這個新腦必須仰賴原來的大腦，但現在它已能自給自足。薇吉妮雅在之前那段恐怖片刻中的感覺完全正確：它能自己存活，即使她的身軀已死。

薇吉妮雅睜開眼，知道自己醒了，知道張開眼皮將一切依舊，仍像之前那樣黑暗。她的意識醒了，是的，她的意識活了過來，可是同時彷彿也有東西迅速離開。

就像……

就像來到一間時值冬季、因而空蕩蕩的避暑小屋。她打開門，摸索著電燈開關，就在這時，聽見什麼東西快速溜逃。小爪子敲叩地板，老鼠鑽入廚房流理臺下方。

那是很詭異的感覺。你知道自己不在的期間老鼠一直生活在這裡，牠認為這是牠家。等到你關上燈，牠又會溜出來。

我不孤單。

她的嘴巴好像紙張，舌頭沒有感覺。薇吉妮雅繼續躺著，想著女兒莉娜還小時和她父親派爾租來度過兩、三次夏天的小屋。

他們在廚房流理臺找到老鼠窩。老鼠將牛奶盒和穀片盒咬成小碎片，築了自己的窩，蓋得有模有樣，宛如小屋舍，是用各種彩色紙板打造而成的夢幻建築物。

薇吉妮雅將那間小屋清掉時心裡有種罪惡感。不，不只罪惡感，而是有如**罪過**的某種迷信。她把吸塵器冰冷的長管深探入老鼠花了整個冬天建造起來的精緻小屋，那瞬間，她覺得自己彷彿正將善靈驅逐而出。

當然，每個捕鼠器都抓不到老鼠，牠們依舊繼續吃乾糧，即使是夏天。派爾忍無可忍，只好祭出毒餌。夫妻倆曾為此爭執，當然他們也為其他事情爭執，可說什麼都能吵。七月某天，老鼠終於死去，死在牆角某處。

隨著老鼠腐爛分解的屍體散發的臭味瀰漫整屋，那個夏天他們的婚姻也慢慢瓦解。終於，他們比原定日程早一星期打道回府，因為再也忍受不了臭味——或對方。善靈真的離開他們了。

那房子最後怎麼了？現在還有其他人住嗎？

她聽見吱吱聲，嘶嘶聲。

有老鼠！就在毯子裡！

她驚惶失措。

薇吉妮雅仍裹著毯子，整個人彈到一邊，撞到衣櫃門，門被撞開，她踉蹌跌到地板上，踢腿揮手，終於從毯子裡掙脫。好噁心。薇吉妮雅爬到床上，縮在角落，下巴頂膝，凝視著那堆毯子和羽絨被，等著有無動靜。牠如果出現她一定會尖叫，然後拿著槌子斧頭猛打那堆毯子，直到確定老鼠死掉。

最上面是那件帶著綠點的藍毯子。那裡是不是有什麼動靜？她吸了口氣，準備尖叫，因為她又聽見吱吱、嘶嘶聲了。

我在……呼吸。

沒錯。她睡著前最後確定的一件事就是：她沒在呼吸。而現在她又在呼吸了。她謹慎地吸了口氣，又聽見吱吱、嘶嘶聲。原來，那聲音是從她自己的呼吸道跑出來。她睡著時，呼吸道已經乾涸，所以才會一呼吸就發出那種聲音。她清清喉嚨，感覺嘴裡有股腐臭味。

她什麼都記得了，什麼事都想起來了。

薇吉妮雅看看自己手臂，上面布滿一條條乾涸的血跡，卻見不到傷口或疤痕。她翻轉手肘內側，知道自己至少割了那裡兩次，可能就是那條隱約的粉紅色。沒錯，應該就是。除了那個地方，其他傷口全都癒合得不留痕跡。

她揉揉眼睛，看看時間。六點十五分，傍晚，天色暗了。她低頭看著那條藍色毯子，綠色斑點。

這光從哪裡來的？

頭頂的燈沒開，外面天色又暗，所有的百葉窗也拉上了，可是此時竟然還能清晰看見四周物體的輪廓和顏色？衣櫃裡太漆黑，什麼都看不見，可是現在……卻清楚得有如白天。

總還是會滲入點微弱光線吧？

她還在呼吸嗎？

她想不通。只是**想到**她無法確定自己有沒有在呼吸。薇吉妮雅覺得她能控制氣息，或許只有想到時才會呼吸吧。

就像……

可是那第一次呼吸，就是她誤以為是老鼠聲音那次……她根本沒意識到自己正在呼吸。或許那

就像……就像……

她閉上眼。

泰德。

打從孫子泰德出生，她就在旁邊照顧他。莉娜受孕那晚過後，她就沒見過孩子的爸爸。他是來斯德哥爾摩參加會議的芬蘭商人。所以泰德一出生，薇吉妮雅就幫忙照顧，並趁機嘮叨責罵，央求她別再幹出這種事。

現在那幕又回來了，泰德的第一聲呼吸。

他是這樣來到人世，小小的軀體，溼黏略紫，一個幾乎不像人的生物。一發現他了沒呼吸，她胸中的喜悅頓時化為一團愁霧。助產士冷靜地從她手中接過這小生物，薇吉妮雅以為她會將嬰孩頭下腳上抓起來拍打屁股，然而，助產士接過寶寶時，他的嘴角吐出口水泡，泡泡開始變大、變大……然後破掉。接著哭聲響起。第一聲哭泣，於是他就這樣開始呼吸。

那麼——？

薇吉妮雅喘息呼呼的呼吸也是如此嗎？像是誕生的哭泣？

她伸直身子，躺在床上，繼續回想接生的畫面。莉娜因失血過多衰弱，所以清洗泰德的任務就交到她手上。沒錯，泰德生出來後，大量鮮血湧流至產床邊緣，護士忙著用紙擦拭——大團大團的紙。終於，血止住了。

那一大團被血浸溼的紙、助產士深紅的雙手、她的冷靜和效率，儘管冒出了那麼多……那麼多的血。那些血。

好渴啊。

她的嘴巴溼黏了起來，開始不斷回想那些畫面，將所有沾上血的東西放大……助產士的手，讓我間如淺溪般緩緩流出的血，都流到了……的舌頭滑過那雙手吧，地上那些被血浸溼的紙，把它們放進我嘴裡，我要吸吮它們。還有莉娜雙腿

她突然坐起，彎腰衝到浴室，將馬桶蓋倏地掀起，頭趴在馬桶上──吐不出來，只有乾嘔。她用前額靠在馬桶邊，接生的畫面再次湧現。

不要不要不要不要不要──

她以額頭狠狠撞製馬桶，頭顱湧上一陣清晰冰冷的刺痛，眼前一切都成了鮮藍色。她微笑著側倒在地，躺在浴室踏墊上……

這張地毯標價十四點九克朗，不過我用十克朗就買到了，因為收銀員撕下標籤時，將一大團絨毛也撕了下來。我從歐聯百貨公司走到廣場，鴿子啄食紙罐裡的東西，裡面有一些薯條，鴿子是灰色……和……藍色……還有……很強的逆光……

她不知道自己昏過去多久。一分鐘？一小時？或許只有幾秒。不過某種什麼改變了。她變得平靜。

浴室踏墊的毛茸茸墊面蹭著她的臉頰，好舒服，她躺在那裡，看從水槽延伸到地面的生鏽水管。心想，這些水管形狀真漂亮。

一陣強烈尿騷味──不是她尿褲子，不是，這是……雷基的尿味。她彎下身，頭移到馬桶下的地面，嗅一嗅。雷基……和摩根。她不知道自己怎麼會曉得，但她就是曉得：摩根尿到外面了。

可是摩根沒來這裡呀。

不，不完全正確。那晚他們把她送回來——就是她被攻擊，被咬了一口那晚。沒錯，果然，一切都清楚了，摩根來過這裡，摩根用過她的廁所。被咬了之後，她被他們送回來躺在外頭沙發，而現在她能看見黑暗裡的事物，她對光敏感，她需要血液，而且……

吸血鬼。

原來如此。她不是被感染了什麼罕見卻能到醫院或精神病院治療的疾病，或者透過……

光療！她開始大笑，接著咳嗽出聲，躺下來望著天花板，開始思索每件事……迅速癒合的傷口、被太陽炙烤的肌膚。血。她大聲地說：

「我是吸血鬼。」

不可能，沒有吸血鬼這東西。不過說出這句話後她突然一陣輕盈，彷彿腦中的壓力盡數解除，重擔卸下。那令人作嘔的幻覺，整晚對自己做出的可怕行為——這些都不是她的錯。它們都是……非常自然的反應。

她坐起身，開始放水，坐在馬桶上，看著水不斷流，浴缸慢慢被水填滿。電話響起。她把那當成無關緊要的噪音，只是某種機器發出的訊號，不代表任何意義。反正她也不能和任何人說話。沒人可以和她說話。

⋮⋮⋮⋮

奧斯卡沒看星期六的報紙，而現在這份報紙就攤在他眼前的餐桌上。他已經停留在同一頁好一會兒，不斷讀著照片的說明文字。他無法放下那張照片。

文字裡提到那個凍在布雷奇堡醫院旁冰湖裡的人，也描述他是怎麼被發現，以及如何將他從冰層裡弄出來。還有張小圖，照片中，阿維拉老師指向水面，那是冰層裡的一個洞。記者引用阿維拉老師的話，不過已將他怪異的講話方式潤飾過。

這些太有趣了，絕對值得剪下來保存。不讓他流連不去、無法抽離的報導倒不是這則。

他沉迷的是那張襯底照片。

遭棄屍的男人大衣口袋有件兒童尺寸的衣服，上頭血跡斑斑。那衣服被放在單色背景下，翻拍成相片。

奧斯卡立刻認出這件衣服。

妳不冷嗎？

報導提到這名死者叫喬齊・班特森，他生前最後被人看見的時間是十月二十四日星期六，也就是兩個禮拜之前。奧斯卡記得那天晚上，依萊把魔術方塊成功轉出來，他摸了她的臉頰，她走出中庭。那晚她和……老人吵架，後來老人走出家門。

這件事是依萊那晚做的嗎？

很有可能，因為隔天她看起來就有精神多了。

他看著照片，雖然是黑白，不過圖說提到那件衣服是淺粉紅色。記者揣測，兇手可能也殺了另一個年紀較輕的人，心生愧疚，便將死者衣服塞在這男人的大衣口袋。

等等。

華倫拜的兇手。報導提到，警方現在強烈懷疑凍在冰層裡那個死者，他也慘遭為獻祭儀式殺人的兇手殺害，這兇手就是一個禮拜前在華倫拜游泳池被抓到的人，而他此刻正逍遙法外。

難道是……那個老人？可是……樹林裡那個孩子……為什麼？

奧斯卡恍然大悟，他全都明白了。這些剪報、收音機、電視，所有的謠傳、恐懼……依萊。

奧斯卡當下不知道該怎麼辦，只好走去冰箱拿出媽媽留給他的千層麵，冷冷的吃，繼續看報紙。吃完後，他聽見牆壁傳來叩叩聲，便閉上眼睛以便聽得更清楚。這時，他聽出了密碼。

我・要・出・去・了。

他立即從桌前起身，走到房間，趴在床上，敲著回應：

來・我・家。

不・在。

奧斯卡繼續敲牆壁回答：

你・媽・媽。

停了一下，接著……

媽媽要十點左右才會回來，他們有三小時可以獨處。敲完最後一句，奧斯卡頭靠在枕頭上。過了半晌，才想起原本要說但忘記的話。

她的上衣……報紙。

他跳了起來，得趕緊將那些報紙收掉，不然她會看到……知道他……

他以手指示意：到門口。

了那件過大的格子襯衫。

窗外傳來輕輕的口哨聲，他爬下床，走到窗邊，倚著窗臺。她就站在下面，臉朝向光。她又穿

可是接著，他又把頭擱回枕頭上，決定不管了。

「別告訴他是我幹的，好嗎？」

伊凡皺著臉，對著半敞的窗戶從嘴角吐出煙，沒有回答。

湯米不高興地哼了一聲：「妳幹麼那樣抽菸？為什麼朝窗戶外抽？」

她香菸的灰色餘柱太長，已開始彎曲。湯米指指那截菸灰，以手指做出**彈彈**的動作，彷彿這樣

就能將灰彈掉。她當作沒看到。

「史泰凡不喜歡菸味，對不對？」

湯米背靠餐椅，看著菸灰，納悶裡頭到底有什麼可以讓它那麼長還不斷，於是故意舉手在她面

前揮空氣。

「我也不喜歡菸味，從很小時就**超級**不喜歡，妳也沒因此打開窗戶。看吧，又來了⋯⋯」

菸灰柱終於斷掉，落在伊凡大腿上。她用手拂掉，仍在褲子留下一條灰色汙跡。她舉起握著香

菸那隻手。

「我有開窗啊，至少大部分時間都有。或許有時有客人或者什麼事讓我忘了⋯⋯等等，你以為

你是誰？有什麼資格坐在那裡教訓我，說自己不喜歡菸味。」

湯米咧嘴笑開，轉移話題，「但是那件事……妳得承認其實還滿好玩的。」

「錯，一點都不好玩，你想想大家嚇成那樣，萬一有人……還有那盆子，那……」

「聖水盆。」

「對，聖水盆。牧師很難過，現在整個……有的雕像都焦黑了。史泰凡不得不……」

「史泰凡史泰凡，又是史泰凡。」

「對，史泰凡，他沒說是你搞的鬼。他告訴了我，這對他來說很困難，因為他的……他的信仰，竟然要他站在牧師面前說謊。可是他……想保護你。」

「妳怎知道，對不對？」

「知道什麼？」

「知道他其實是為了保護自己。」

「他不是，我……」

「妳自己想想就曉得。」

伊凡長長吸了一口菸，將菸蒂捻熄在菸灰缸裡，隨即又點燃一根。

「那可是骨董，現在得送去請人修復了。」

「而這正是史泰凡的繼子惹出來的麻煩，要是說白多難聽啊。」

「你不是他的繼子。」

「現在不是，不過妳心知肚明，如果我告訴史泰凡我要去找牧師，跟他說是我搞的鬼，我叫湯

米，史泰凡是我的……繼父之類的人。我想史泰凡應該不希望我這麼做吧。」

「你應該自己去跟他談。」

「不要，反正我今天不想。」

「你沒種。」

「妳聽起來真像個小孩。」

「你的行為舉止更像小孩，幼稚得要死。」

「不過還滿有趣的，不是嗎？」

「不，湯米，一點都不有趣。」

湯米嘆了口氣。他知道媽媽快要發火，但他還是覺得她能理解其中趣味。不過此時此刻，她就是站在史泰凡那邊，雖然他不滿，也只能接受。

所以——問題，真正的問題就是要找地方住。他們一結婚就得這麼做。現在，史泰凡來家裡那幾晚他還能暫且窩在地下室的祕密基地，待會兒八點史泰凡結束在阿凱雪夫地區的執勤，就會直接過來這裡。湯米實在不想聽那傢伙說教，這輩子都不想。

所以湯米走進臥室，從床上拿起毯子和枕頭，而這時伊凡還在廚房窗邊抽菸。他準備妥當後，就一手夾著枕頭，另一手夾著捲起來的毯子，來到廚房門口。

「好，那我走了。如果妳不告訴他我在哪裡，我會感激妳的。」

伊凡轉向他，眼中噙著淚水，輕輕一笑，「你看起來真像是……每次你來問我……」

話語鯁在喉頭，湯米靜靜站著，伊凡吸了口氣，清清喉嚨，用清澈的眼神看著兒子，輕聲問

道：「湯米，我該怎麼做？」

「我不知道。」

「我是不是該……」

「不，不用為了我這樣。妳該怎樣就怎樣。」

伊凡點點頭，湯米覺得自己也要難過起來了，他必須馬上離開，免得犯錯。

「那妳應該不會說……」

「不，不會，我不會。」

「那就好，謝謝。」

伊凡站起來，走向湯米，抱抱他。她身上菸味好重。如果湯米手上沒東西，就會回抱，不過當下沒辦法，所以只是用頭靠著她肩膀，母子倆就這樣站了半晌。

然後湯米轉身離開。

別信任她。史泰凡可能會因為某些鳥事或者一些什麼……大發雷霆。

湯米走到地下室，將枕頭和毯子丟到沙發上，往嘴裡塞一坨菸草，躺下來想事情。

如果他中彈，那就太好了。

不過史泰凡大概不是那種人……不，他不是。他比較像那種能正中紅心、直接將子彈打進兇手前額的警察，接著從同僚手中接過一盒巧克力。英雄——然後出現在這裡，來找湯米。

或許吧。

他翻出鑰匙，走到迴廊，將避難室的門打開，門上的鐵鍊掛在手上。湯米拿出打火機當燈照

路，走到短迴廊，那兒兩側各有兩間儲藏室。儲藏室裡有乾糧、罐頭、老掉牙的紙上遊戲、野炊爐，以及各種能讓大家度過圍城等緊急狀況的用品。

他打開門，將鐵鍊丟進去。

好，現在有緊急出口了。

離開避難室前，他將那座射擊冠軍獎盃拿下來，放在手上掂掂重量：至少兩公斤。或許可以賣掉吧？當成廢鐵賣掉。他們可以將它熔化，做成其他東西。

他研究著獎盃上射擊手的臉，跟史泰凡還滿像的，對吧？看來熔了它是最好的決定。

焚化。當然了。

他笑了起來。

最好能夠全熔掉，射擊者那顆頭除外，然後再將獎盃還給史泰凡——一團熔化但硬掉的鐵，上面還頂著一顆人頭。不過要熔成那樣可能不容易。可惜。

他將獎盃放回原位，走出去關上門，沒把用來上鎖的輪舵轉上。現在只要他一有需要，就能溜進來。不過他心想，這不太可能會發生。

以備不時之需吧。

雷基讓電話響了十聲才掛掉。古斯塔坐在沙發上，輕撫著橘條紋貓咪的頭，頭也沒抬地問道：

「沒人在家嗎？」

雷基手搓搓臉，有點惱怒地說：「對，該死，難不成你聽見我們說話了嗎？」

「再來一杯？」

雷基消火，努力擠出一絲微笑。

「對不起，我不是故意的，當然好，我是在幹麼呢。謝謝。」

古斯塔將身子謹慎緩慢地前傾，故意去擠膝蓋上的貓咪。牠叫了幾聲，不甘願地跳到地上，一臉指責地瞪著古斯塔。而他此刻正忙著往雷基玻璃杯倒入大量琴酒和幾滴通寧水，再將酒杯遞給雷基。

「給你，別擔心了，她可能只是……你知道的——」

「——住院了。謝謝你的安慰。她應該是去醫院沒錯，他們有叫她住院。」

「沒錯，就是這樣。」

「就那樣。」

「什麼？」

「喔，沒事，乾杯。」

「乾杯。」

兩人對飲。沒多久古斯塔開始挖起鼻孔，雷基驚訝地望著他，古斯塔趕緊將手指移開，不好意思地笑笑。他不習慣家裡有客人。

一隻灰白的大貓咪癱在地上，好像連抬頭的力氣都沒有。古斯塔對著牠點點頭。「米瑞恩快生寶寶了。」

雷基灌了一大口酒，皺眉擠眼。酒精每麻醉他一分，屋子裡的臭味就少一點。

「那該怎麼處理牠們？」

「什麼意思？」

「小貓咪啊。要怎麼處理？讓牠們活著，對吧？」

「是啊，不過多半會死，現在都是這樣。」

「所以，那什麼，那隻肥貓，你說叫米瑞恩？她那麼大的肚子裡裝著一窩……死貓？」

「是啊。」

雷基將杯子裡剩的酒一乾而盡，酒杯放在桌上。古斯塔指指琴酒瓶，雷基搖搖頭。

「不了，休息一下。」

他低著頭。橘色地毯上全是貓毛，乍看之下還以為是用貓毛製成的毯子。這裡那裡，到處都是貓。到底有幾隻啊？他開始數。光是客廳就有十八隻。

「你沒想過把牠們綁起來嗎？——我是說閹掉，或者應該說……結紮？或者也可以只養公貓或母貓，你知道的吧？」

古斯塔一臉不解地望著他。

「我怎麼可能做得到？」

「很難，我懂的。」雷基開始想像古斯塔走進電車，帶著大概二十五隻貓，裝在一個箱子裡，不對，是袋子，麻布袋。到獸醫那裡將貓咪全倒出來，說「全閹掉，麻煩你。」想著想著，他忍不住咯咯笑。

古斯塔的頭歪一邊，「怎樣？」

「沒事，我只是想到，這或許可以享受團體折扣價。」

古斯塔一點都不欣賞這個笑話，雷基在他面前猛搖手，「不是啦，對不起，我只是……我只是太……就是薇吉妮雅，你知道的，我……」接著他突然坐直身子，手往桌面猛力一捶。

「我不想待在這裡了。」

古斯塔嚇得從沙發上跳起來。腳跟前的貓咪也跟著跑開，躲進扶手椅下。屋裡某處傳來貓咪憤怒的嘶嘶叫。古斯塔改變重心，撐著手中的酒杯。

「不必這樣，不要為了我……」

「不、不是這裡，這與這間屋子無關，是因為布雷奇堡。一切的一切，這些建築物、這些步道、這個地方、這裡的人，每件事就像他媽的某種重病，你不覺得嗎？總之就是不對勁。他們處心積慮，把這裡規劃得……如此完美。可是在某些陰暗的角落夾縫就是不對勁，有某種不對勁的鳥事。

「就像……我不會解釋。就像角度，或者他媽的一些鬼東西，譬如建築物的角度、每棟建築物之間的關係，你知道的，一切都搞得這麼井然有序。結果測量或進行三角測量時——媽的管他怎麼說，反正就是出了錯。一開始就不對勁，後面就越來越糟糕，所以走在這些建築物中你就覺得……不、不、不。根本不應該住在這兒，這地方全不對勁，你知道嗎？

「不是建築物角度的問題，而是某種東西，像是……有種疾病，就在牆裡，反正我……我不想繼續待在這裡了。」

古斯塔沒開口問，而是主動替雷基斟了酒，杯瓶發出鏗啷聲。雷基感激地端起酒杯。這樣宣洩

過後，他整個人感到一種愉悅的平靜，而今酒精又溫熱了這種感覺。他靠在椅背上，吐了口氣。

兩人沉默地坐著，突然門鈴響起。「你在等人嗎？」雷基問。

古斯塔搖搖頭，費力從沙發起身。

「沒有啊，媽的，今晚我這裡倒成了熱鬧的中央車站了。」

古斯塔走過雷基身邊，他咧嘴笑開，還舉起酒杯致意。他現在覺得好多了，真的不錯。

門打開，有人在外頭說了什麼，古斯塔回答：「請進。」

薇吉妮雅躺在浴缸裡，皮膚上乾涸的血漬開始溶解，將溫熱的浴水染成粉紅色。她下定了決心。

古斯塔。

她新萌的意識告訴她，必須找個會讓她進門的人。她舊有的意識告訴她絕不能找自己所愛或者還算喜歡的人，而古斯塔正符合這兩種條件。

她起身，擦乾身體，穿上褲子和短衫，上了街才發現自己沒穿外套，不過她也不冷。

隨時都有新發現。

走到高樓下，她駐足仰望古斯塔家窗戶。在家，他總是在家。

他會反抗嗎？

她沒想過，一心只想著自己的所需。不過，或許古斯塔會為了活命而反抗？

當然會想活命啊，他是人，有自己的生命，而且他只要想到那些貓就⋯⋯

她急踩煞車，將這念頭甩開，手放在心臟上。現在她的心臟一分鐘跳五下，知道自己得好好保護它。這樣做還是有些……風險的。

她搭了電梯到頂樓數來第二層，按下門鈴，古斯塔打開門看見薇吉妮雅，雙眼圓睜，似乎受到驚嚇。

他知道了嗎——你察覺到了嗎？

古斯塔說：「……是妳嗎？」

「是，我可以……？」

她指指屋內，她不知道，只是直覺認為自己需要被邀請入內，否則……否則……某種事情就會發生。古斯塔點點頭，後退一步。

「請進。」

她踏進玄關，古斯塔關上門，迷惘地看著她。他沒刮鬍子，垂垮的頸部皮膚髒兮兮，布滿鬍碴。屋內的臭氣遠比她記憶中更熏臭，也更明顯。

我真不想……

可是舊腦已經關閉，現被飢餓占領。她雙手搭著他的肩頭，也看著自己落在他肩頭的雙手。讓它發生。以前那個薇吉妮雅正蜷縮在腦袋深處角落，毫無控制力量。她的嘴巴自動開口。「你可以幫我做些事情嗎？請你站著不要動。」

她聽見什麼東西……一個聲音。

「薇吉妮雅！嗨，我好高興……」

雷基看見薇吉妮雅轉過來的臉，驚得縮了一下。

她眼神空洞，彷彿有人拿針戳進裡頭，將以前那個薇吉妮雅勾出來，現在那雙眸子只剩毫無表情的呆滯目光，彷彿裝在展示生理構造的假人臉上。第八號圖示：眼睛。

薇吉妮雅望了雷基一秒，隨即放開古斯塔‧轉身面向門，壓下門把──無奈門已上鎖。她抓住狂轉，不過雷基衝上前扣住了她，將她拉離門旁。

「妳哪裡都不能去，除非……」

薇吉妮雅想要逃脫，掙扎中，手肘不慎撞到他嘴脣。雷基從後面緊緊抱住她，臉頰貼著她的背。「妮雅，該死，我得和妳談一談，我真的他媽的擔心死了，妳冷靜下來，到底怎麼回事？」

她撲向門，但雷基仍將她抱得緊緊，努力哄她進客廳。他設法以平靜口吻說話，彷彿安撫受驚嚇的小動物，然後一把將她轉向他。

「現在古斯塔要去替我們倒杯酒，我們可以冷靜坐下來聊聊，因為我……我會幫妳，不論發生什麼事，我都會幫妳，好不好？」

「不，雷基，不行。」

「可以，妮雅，可以的。」

古斯塔越過他們進入客廳，拿雷基的杯子給薇吉妮雅倒了杯酒。雷基還在設法將薇吉妮雅勸進來。他終於放開她，但像個哨兵那樣擋在門口。

他舔了舔下脣撞傷流出的血。

薇吉妮雅佇立在屋子中央，緊張得四處張望，想找其他地方出去，視線停駐在窗戶上。

「不行，妮雅。」

雷基衝上前，似乎深怕她會做出什麼蠢事，一把抓住她。

她怎麼回事？一副見到滿屋子鬼的樣子。

他聽見某種聲音，彷彿將蛋打入熱騰騰油鍋裡發出的嘶嘶聲。

又一聲。

再一聲。

屋裡傳出越來越多嘶鳴。

每隻貓咪都毛髮倒豎，拱起背，尾巴狂甩，惡狠狠瞪著薇吉妮雅。就連大腹便便的米瑞恩也蹦蹦起身，大著肚子躍下，雙耳平貼，齜出利齒。

臥房廚房，有更多貓的嘶鳴加入。

古斯塔停住倒酒的動作，握著酒瓶，睜大眼睛望著貓咪，匯聚的嘶鳴聲在屋裡變為一股電流，強度持續加劇。雷基必須放聲大喊才能壓過嘶鳴。

「古斯塔，牠們怎麼回事？」

古斯塔搖搖頭，手往旁一揮，瓶裡的琴酒跟著灑落幾滴。

「我不知道……牠們從來沒……」

一隻黑貓跳上薇吉妮雅的大腿，利爪戳入、牙齒咬緊。古斯塔將酒瓶碰的一聲放在桌面，喝斥道：「不可以，鐵達尼亞，不行！」

薇吉妮雅彎腰抓起黑貓，想將牠拉開。又有兩隻貓趁機跳上她的背頸。薇吉妮雅放聲尖叫，將

大腿上的貓硬生生拔起丟開。貓咪飛出去，撞上桌緣，落在古斯塔腳邊。

薇吉妮雅背上那隻貓爬到頭部，又是利爪攻擊，還想抓她前額。

雷基衝過去解圍，又有三隻撲上去。薇吉妮雅握拳猛捶，牠們扯開喉嚨，嘶聲尖鳴。就算她強力抵抗，牠們還是有辦法以銳利的小齒咬下她的皮肉。

雷基雙手撲向在她胸口蠢動的那群生物，抓起牠們緊繃肌肉上那層毛皮，一把拉開，而薇吉妮雅的衣服也跟著扯裂。她發出尖叫，而且……

她在哭泣。

不行，她臉頰有血流下。雷基趕緊抓住盤據在她頭上的貓，可是貓爪已經戳得很深，彷彿與頭顱緊密縫合，死黏不放。雷基雙手抓住貓頭，左右扭轉，直到他聽見一道聲音從鼻梁竄上腦門。

啪啦。

他放開貓頭，牠失去生命跡象，在薇吉妮雅頭上軟了身體，鼻孔還滴出血。

「啊──我的寶貝──」

古斯塔走向薇吉妮雅，含淚撫摸著到死都緊抓薇吉妮雅頭顱的貓咪。

「我的寶貝，可憐的小甜心……」

雷基視線下移，與薇吉妮雅眼神交會。

又是她了。

是以前那個薇吉妮雅。

讓我走。

薇吉妮雅的目光從眼窩望出去，看著身上的斑斑傷痕，還有拚命救她的雷基。

放手吧。

出手擊退牠們的不是她，而是那個想要活著，也要身為宿主的她活著的東西。當她進門看見古斯塔的喉嚨、吸入屋內的貓臭味，她就決定放棄了。她早就知道會這樣，她不想涉入。

好痛，她感覺到痛，傷口的痛。不過很快就會結束了。

所以……放手吧。

雷基看見了，但他不能接受。

農地……兩間小屋……花園……

他驚慌地想將薇吉妮雅身上的貓拉開，可是牠們抓得好緊，緊繃著身體，像是一團毛球。少數幾隻被他抓下來的貓也順勢撕扯了她的衣服，在底下的皮肉留下深刻傷痕，其他的貓卻像血蛭那樣緊緊吸附，怎樣也拔不開。他出手揍牠們，聽見骨頭碎裂的聲音，但就算打掉一隻，又會有其他隻撲上來，因為牠們前仆後繼，就是急著要……

黑色。

他頓時明白，踉蹌後退，差點跌跤，只能靠牆穩住身子，不敢置信地眨眨眼。古斯塔站在薇吉妮雅身邊握緊雙拳，怒瞪著他。

「你傷到牠們了！你**傷到**牠們！」

而站在古斯塔身旁的薇吉妮雅此時成了一團毛茸茸的物體，懷有身孕的母貓米瑞恩拖著碩大身軀走來，用後腳站起，一口咬住薇吉妮雅的小腿。古斯塔見狀，彎腰對著母貓搖搖手指。

「不可以這樣，小姐，這樣會痛！」

雷基失去理智，他大跨兩步，瞄準米瑞恩踢過去。見到自己踹出去的腳陷進牠膨脹的腹部，雷基一點也不後悔。他看著那團東西飛離腳邊，撞上牆邊的暖氣機，心中只有暢快滿足的感受。他抓起薇吉妮雅的手……

出去，我們必須離開這裡。

……他拉起她朝門口走去。

薇吉妮雅想抵抗，但雷基十分堅定，一如她病態的獨立意志，不管哪個都比薇吉妮雅本人還堅決。她從眼窩望出去，看見古斯塔雙膝跪地，手裡捧著死貓，悲傷哀號，一面撫著牠的背。

原諒我，原諒我。

雷基拉著她，但她的視線此時卻被蒙蔽，因為有隻貓正撲上她的臉，朝她的頭咬下去。她感到一陣痛楚，活生生的尖針刺穿肌膚，她失衡倒在地上，被拖過地板，感覺像被布滿尖釘的刑具戳刺。

眼前的貓改變位置，她看見門打開，是雷基的手，深紅色的手拖著她，她看見了樓梯間和階梯，她又站起來了，並且掙扎逃出去，以她自己的意識來控制，而且……

薇吉妮雅的手脫離了他的掌握。

讓我走。

雷基轉身去抓她已成一團毛茸茸的身體，重新扣住她，是為了……

什麼？為了逃出去。

出去。為了逃出去。

但薇吉妮雅掙脫開。就那麼一瞬間，顫抖的貓背貼住雷基的臉，薇吉妮雅則逃到樓梯間，貓的憤怒嘶鳴成了激動的低語，在樓梯間擴散迴盪，就在這時，她衝到了階梯平臺邊緣……

不不。

雷基伸手，想及時抓住她，但她就這麼放鬆地往前一倒，彷彿以為自己會落在柔軟墊子上——或者根本不在乎可能摔得粉身碎骨，就這麼任憑自己跌落樓梯。

她碰碰滾落，撞擊水泥階梯，被她壓在底下的貓不斷哀號，牠們的纖纖細骨碎裂，發出悶沉吱嘎聲，撞擊地面的沉甸甸聲響讓雷基害怕了一下，他看見薇吉妮雅的腦袋……

有什麼東西走過他腳邊。

一隻後腿有問題的灰色小貓拚命爬到樓梯間，蹲坐在階梯最上層，悲傷地哀鳴。

薇吉妮雅躺在樓梯底下，跟著跌落卻倖存的貓紛紛跳開，爬上階梯，回到屋裡，牠們走進玄關，舔梳打理自己。

只有那隻小灰貓還留在原地，哀嘆自己沒機會參上一腳。

警方週日晚間舉行記者會。

他們選擇警局一間可容納四十人的會議室，不料場地仍太小。來自歐洲各報和電視臺的記者全都出席，白天他們沒能緝捕那人，使得新聞媒體開始議論紛紛，有位英國記者還進行了精闢分析，說明為何此案會引起這般矚目。

「這是一場追緝原形怪物的搜索行動。這人的外貌，他所幹的事，在在說明他是怪物，是所有童話故事核心的邪惡角色。每次想起這樣的形象，我們總會假裝它永遠不存在。」

記者會開始前十五分鐘，通風不良的會議室已悶熱起來，唯一沒開口抱怨的是義大利的電視團隊，他們說自己早已習慣惡劣的工作環境。

終於，大家移師到更大間的會議室。八點整，斯德哥爾摩地區的警政首長出現，旁邊跟著負責調查此案的警局局長，他曾親自在醫院審問過那名為獻祭儀式殺人的兇手。出席的還有負責稍早諸達恩樹林搜索行動的小隊長。

他們不怕餓犬般的記者撲上來圍剿，因為他們已決定要丟出準備好的骨頭。

兇手的照片。

從手錶開始的追查終於有了成果。週六，位於卡爾斯寇嘎市的鐘錶匠花了些時間翻尋過期的保證卡資料，終於看到警方正在追查、其他鐘錶匠也努力確認的那組號碼。

他打電話給警察，將買主的姓名、地址和電話號碼交出去。斯德哥爾摩警局將那人的名字輸入通報系統，並請求卡爾斯寇嘎市的警察前往該地址，看看能否找出什麼線索。

斯德哥爾摩警局瀰漫著興奮雀躍的氣氛，因為從這人的案底來看，他七年前曾被指控強暴九歲孩童未遂，而後被判定精神有問題，在精神病院待過三年。之後院方認為他痊癒，所以准許他出院。

不過卡爾斯寇嘎市的警察去到那人家裡，發現他健康地安坐家中。

沒錯，他也有支相同的錶；不，他想不起這支錶發生了什麼事。警察將他帶到卡爾斯寇嘎市警局訊問了兩個鐘頭，被逼著想起一些恐怕讓他精神狀況良好的證書得重新評估的事件；然後終於，他想起自己將那支錶賣給誰。

卡爾斯達特市的哈肯‧班特森。他們相約碰面，還一起做了些事情，不過細節想不來了，反正他將錶賣給了他，不過沒有他的地址，而且對他的印象也非常模糊。那，他現在能回家了嗎？

警局查不到任何哈肯‧班特森的資料，整個卡爾斯達特市共有二十四個哈肯‧班特森。其中一半不列入考慮，因為年齡完全不符。於是警察開始一一打電話。這項尋人任務很簡單，只要能立刻接起講話，顯然都不是嫌犯。

晚間九點左右，名單只剩下一個人。這個哈肯‧班特森曾是中學教師，他在自家因不明原因遭到縱火燒毀後離開了卡爾斯達特市。他們打電話給該校校長，證實有關哈肯‧班特森的謠言：他有點太喜歡小孩，對，可以這麼說。他們請校長週六晚上到校，從檔案中調出哈肯‧班特森的照片，班特森的照片，這是一九七六年為了製作學校概況而拍攝的。

一位原本這週日就要到斯德哥爾摩的卡爾斯達特市警局的警員，先將影印的照片傳真到斯德哥爾摩警局，然後週六夜晚駕車帶著照片前往斯德哥爾摩。他週日早上九點左右抵達斯德哥爾摩警局總部，此時正是該名兇手從醫院墜樓、宣布死亡的半小時後。

週日早上他們忙著確認身分，透過來自卡爾斯達特市的牙齒與就醫紀錄，查到照片中的男子就是前一晚還待在醫院病床上的人。沒錯：就是他。

週日下午，警局召開內部會議，研究了好久，才釐清這墜樓而死的兇手在離開卡爾斯達特市後幹過些什麼事，研判他的罪行是否只是更大案件的其中一部分，以及後續是否會有更多受害者出現。

不過現在情勢全變了。

這人還活著，甚至逍遙法外。此刻最重要的就是找出他曾居住的地方，因為他很有可能——雖然機會不大——回去那裡。根據情報，他很有可能朝向斯德哥爾摩的西郊移動。

因此他們決定，若在記者會之前仍無法逮捕該人，警方就訴諸（或許不怎麼可靠但為數頗眾）的獵犬來尋找，意即一般民眾。

在他模樣仍與照片差不多時，應該有人見過他，或許也知道他住在哪裡。況且——當然這是次要考量——畢竟總得拿骨頭來餵餵媒體。

於是現在三位警官就坐在講臺旁的長桌，這時，出席的媒體間起了一陣騷動，因為有個長官，他以自己確信最具效果的姿態、最戲劇化的舉止，將那張放大的學校照片舉得高高，說：「我們正在搜尋的人叫哈肯・班特森，在他將自己毀容之前，他的長相就是……這樣。」

那位長官還停頓了一下，等待相機快門此起彼落按下，閃光燈將整個房間變成某種閃光不斷的

觀測站。

當然他們準備了畫素較粗糙的複製照片要分送給媒體記者，不過外國報紙比較有興趣的，是這位長官提到兇手時情緒激昂的戲劇化演出，換句話說，他暗示兇手已在掌握之中。

大家都拿到照片，偵辦此案的團隊也報告了警方會採取的行動，接下來就是提問時間。最先舉手發問的是瑞典大報《每日新聞》日報的記者。

「預計何時能逮捕到他？」

長官深吸了口氣，決定賭上個人名譽。「最晚明天。」

奧斯卡走在她前面，直接走進客廳去拿他要的那張唱片。他在媽媽為數不多的唱片堆中翻找——找到了。「維京人樂團」。團員齊聚在某個看起來像維京船骸的船裡，卻穿著突兀不搭的閃亮服飾。

依萊沒進屋。奧斯卡拿著唱片走回玄關。她還站在門外。

「奧斯卡，你得邀請我進來。」

「可是……窗戶，妳已經……」

「這是新的出入口。」

「嗨，你好。」

「嗨。」

「我懂了，好，妳可以⋯⋯」

奧斯卡停住，舔了一下嘴脣，看著唱片封面。這張照片是在黑暗中用閃光燈拍成的，使得維京人看起來像一群正要踏上陸地的聖人。奧斯卡走向依萊，給她看唱片。

「看這封面，他們好像在鯨魚肚裡一樣。」

「奧斯卡⋯⋯」

「怎麼了？」

依萊仍站在原地，雙手垂在身體兩側，看著奧斯卡，而他笑了一下，走到門口，在門框和門柱之間，在依萊的面前揮著手。

「什麼啦？這裡是有什麼東西還是怎樣？」

「別這樣。」

「好，那我認真問，如果我不說會怎樣？」

「別這樣，快點說。」依萊淺笑，「難道你真的想看嗎？你想知道會發生什麼事？是不是？你就是想要這樣？」

依萊的口氣顯然希望奧斯卡回答不是，但這個回答代表一種可怕的承諾。奧斯卡吞了口口水，說：「對，我想，讓我看。」

「你在字條上寫⋯⋯」

「沒錯，我知道，不過讓我看看嘛，讓我看看會發生什麼事。」

依萊抵著嘴，思索了一會兒，往前跨一步，跨過門檻。奧斯卡全身緊繃，等著一些藍色閃光出

現，或者整道門穿過依萊、然後關閉之類的。不過什麼都沒發生。依萊走進玄關，關上身後的門。

奧斯卡聳聳肩。

「就這樣？」

「不盡然。」

依萊就像她站在門外時一樣，雙臂垂在兩側，兩眼盯著奧斯卡的眼睛。奧斯卡搖搖頭。

「什麼啊？又沒……」

奧斯卡瞬間愣住。他看見依萊一邊眼角有淚，不對，是兩邊眼角各有一滴淚。但那應該不是淚，因為它們是黑色的。她臉上的肌膚開始泛紅，變成粉紅色、紅色、再酒紅。她雙手緊握成拳，就在這時，她臉上的毛孔擴張，裡頭冒出的一顆顆血珠布滿整張臉，連脖子也出現同樣的血珠。

依萊痛苦地扭曲雙唇，嘴角滲出的一滴血與下巴毛孔冒出的血交融成一大顆，沿著下巴滴落，又和脖子上的血融在一起。

奧斯卡雙手麻痺，無力癱垂，唱片從封套裡掉出來，邊緣撞到地面，再倒在玄關地毯上。他的視線移到依萊雙手。

她的手背溼答答地覆蓋了一層薄薄的血，還有更多血正在滲出。他再次凝視依萊雙眼，卻看不見她。她的眼球彷彿陷入充盈著鮮血的眼窩，裡頭滲出的血液沿鼻梁流到雙脣，滲入嘴裡，但他嘴裡一樣有血液冒出，兩道血河從兩側嘴角緩緩流到頸部，消失在她T恤的領子裡，而T恤開始出現深色汙跡。

她的七孔……全身每個毛孔都在流血。

奧斯卡嚇得倒抽一口氣，大聲喊叫：「妳可以進來，妳可以進來……歡迎妳……妳可以進來這裡！」

依萊全身放鬆，握緊的拳頭鬆開，痛苦扭曲的表情消失不見。有那麼一會兒，奧斯卡以為連那些血都會消散無蹤，以為一邀請她進入，情況就會回復到幾分鐘前。

不然。血是不再流了，但依萊的臉和手仍到處深紅。然而，就在兩人佇立不發一語之際，那些血開始凝固，在流出的地方結成更深色的條斑或血塊。奧斯卡隱約聞到一種醫院的氣味。

他從地板拾起唱片，放回封套，避開依萊的眼神，說：「對不起，我……我不知道……」

「沒關係，是我自己決定這麼做的，不過我想，現在我或許該沖個澡。你有塑膠袋嗎？」

「塑膠袋？」

「嗯，用來裝我的衣服。」

奧斯卡點點頭，進去廚房從水槽下方的櫃子裡掏出塑膠袋，上面還有標語：「ICA超市，吃吃喝喝，享受快樂。」他走到客廳，將唱片放在茶几上，又停住動作逕自思忖，手中的塑膠袋被捏得沙沙作響。

「如果我沒說話，如果我讓她繼續……流血。」

他將袋子捏成一團，放開手，袋子離手掉落地面。他又撿起袋子、拋到空中、接住。浴室裡的水龍頭打開。

是真的，她是……他是……

奧斯卡邊走向浴室，邊將袋子攤平。吃吃喝喝，享受快樂。他聽見門後傳出水濺聲，門鎖顯示

白色，沒上鎖。他輕輕敲門。

「依萊……」

「嗯，進來。」

「沒事，只是袋子——」

「我聽不清楚，進來。」

「不用啦。」

「奧斯卡，我……」

「我把塑膠袋放在這裡給妳！」

他將袋子放在門外，逃回客廳，把唱片從套內拿出來放在唱盤上，按下啟動鍵，唱針放到第三軌，這是他的最愛。

長長的優美前奏，歌手的輕柔聲音從喇叭流瀉而出。

女孩將花插在髮際，

緩緩走過原野，

今年就要十九歲，

邊走邊對自己微笑。

依萊走進客廳，頭上包了條毛巾，手中抱著裝了自己衣服的塑膠袋。她的臉現在乾淨無比，幾絡溼鬈髮垂在臉頰和耳邊。奧斯卡雙手交叉在胸前，站在唱機旁對她點點頭。

妳為何笑，男孩這樣問。

就在兩人於大門無意間相遇。

我正想著那可能是我良人的他，

女孩湛藍著雙眼這麼回答，

那個我深愛的他。

「奧斯卡？」

「什麼？」他頭靠向唱機，傾身調低音量。「很蠢的歌對不對？」

依萊搖搖頭，「不，很好聽，我喜歡這首歌。」

「妳喜歡？」

「沒錯。不過奧斯卡……」依萊看起來還想說些什麼，但最後只說：「嗯。」然後解開纏在腰際的毛巾。毛巾滑落腳邊，她就這麼全身赤裸地站著。依萊以手示意自己全身，「這樣你懂了吧。」

……來到湖邊，兩人捧著沙，

悄悄地互訴著衷曲，

你，我的朋友，你就是我要的，

啦啦啦啦啦……

短短的樂器伴奏，歌曲就這麼戛然而止，唱針移動到下首歌時，喇叭傳出輕微劈啪聲。奧斯卡看著依萊。

她的蒼白肌膚襯得小小乳頭恍若黑色，上半身消瘦扁薄，幾乎沒什麼曲線，頭頂電燈只清楚照出嶙峋外凸的肋骨，纖細的手腳從那樣的身體伸出，顯得特別瘦長，彷彿一棵披著人皮的小樹苗。

她兩腿間……什麼都沒有。沒有裂縫陰部，沒有凸出陽具。只有平順的表面。

奧斯卡抓耙頭髮，最後只是用手抱著頸子。他不想說出什麼可笑的話，字句仍不由自主溜出口。

「妳怎麼沒有……小雞雞。」

依萊低頭，看著自己的鼠蹊部，彷彿這是個新發現。下一首歌流瀉出來，奧斯卡沒聽清楚依萊怎麼回答，只是將唱桿往後推，抬起唱針，離開唱片。

「妳說什麼？」

「我說我曾經有過。」

「那後來怎麼了？」

依萊咯咯笑，奧斯卡意識到自己問了好笑的問題，不由得羞紅臉。依萊兩手往旁邊一攤，下唇往上蓋住上唇。

「我把它留在電車上了。」

「別說這種傻話。」

奧斯卡沒看依萊，逕自低頭走進浴室，檢查是否留下什麼蛛絲馬跡。

溫暖的蒸氣飄在空中，鏡子還霧濛濛一片，浴缸仍像以前那麼潔白，只有邊緣殘存著一條永遠洗不掉的淺黃汙跡。水槽，很乾淨。

像是什麼也沒發生過。

彷彿依萊只是進去浴室整理一下儀容，抹去剛剛可怕的假象。可是不對，肥皂。他拿起肥皂，上面隱約有粉紅汙跡，聚積在肥皂盒裡的水還有一團像蝌蚪的東西……活的。他縮了一下，看見它開

……並且移動，搖擺著尾巴，扭動到瓷盆出口，掉入水槽，卡在邊緣，到了那裡就不動了，失去生命。他打開水龍頭，用手去潑，讓它流進水管，接著又洗了肥皂和肥皂盒，拿起掛鉤上的浴袍，走回客廳遞給仍裸體站在那裡四處張望的依萊。

始……

游泳

也……

「謝謝。你媽媽什麼時候回來？」

「再兩、三個小時吧。」奧斯卡拿起裝著他衣服的袋子，「要我拿去丟掉嗎？」

依萊穿上浴袍，袍帶繫在腰間。

「不用，等會兒我會拿走。」他戳戳奧斯卡肩膀。「奧斯卡？你現在知道我不是女生，但我也……」

奧斯卡走開。

「你像該死的破裂唱片。我懂，你早告訴過我了。」

「沒有，我沒說過。」

「有，你當然說過。」

「什麼時候？」

奧斯卡思索了一會兒。

「我不記得，但我就是知道，已經知道一陣子了。」

「你……失望嗎？」

「我為什麼要失望？」

「因為……我不知道。因為你可能會覺得這很……複雜。你的朋友——」

「別說了！別說了！你生病了，總之就是這麼回事。」

「好吧。」

依萊玩弄著浴袍帶子，靠近唱機，看著旋轉的唱片，而後轉過身，環顧室內。

「你知道嗎？我已經很久沒像這樣到別人家裡了。我真的不知道……我該怎麼做呢？」

「我不曉得。」

依萊肩頭一垮，雙手插進浴袍口袋，彷彿被催眠一樣愣愣看著黑膠唱片中央的洞。他張開嘴想說些什麼，隨後又緊閉。右手從口袋抽出來，伸向唱片，手指放在唱片上，讓唱片停止轉動。

「小心，這樣會壞掉。」

「對不起。」

依萊迅速抽回手，唱片加快速度、繼續轉。奧斯卡看見他的手指已在唱片上留下溼印，現在只要唱片一轉，頭頂的燈光就會映照出那枚指印。依萊將手放回浴袍口袋，繼續凝視唱片，彷彿想用研究唱片溝槽的方式聆聽音樂。

「我知道聽起來有點那個……可是——」依萊嘴角抽動，「我真的兩百年沒有……和任何人有平常的友誼關係了。」

他看著奧斯卡，臉上出現一種「對不起說了這種蠢話」的微笑。奧斯卡睜大眼睛。

「你真的那麼老了？」

「對也不對。我大約是兩百二十年前出生的，不過一半時間都在睡覺。」

「這很正常，我也這樣。或者說至少有⋯⋯八小時。這樣也是有三分之一的時間。」

「沒有，可是我說的**睡覺**是指一次睡好幾個月，完全不會醒來。然後再好幾個月，就活著。不過活著時白天也多半在睡覺。」

「原來你們都是這樣的啊？」

「我不知道，不過至少我是這樣。每次我醒來，我就會變得更小、更虛弱。這時我就會需要幫助。或許是因為這樣我才能活下去，因為我很瘦小，人家會願意幫我，不過，幫忙的理由不同。」

一抹陰影閃過依萊臉龐，他咬著牙，手插入浴袍口袋，摸到某個東西，抽出來，是張閃亮細長的紙片，奧斯卡的媽媽放的。有時她會穿奧斯卡的浴袍。依萊輕輕將紙片放回口袋，彷彿那是什麼貴重的東西。

「你睡在棺材裡嗎？」

依萊笑了出來，搖搖頭。「沒有，沒有，我⋯⋯」

奧斯卡再也憋不住了，他決定說出口。他不是那個意思，但話一出口聽來仍像指控。「可是你會殺人！」

依萊回望他，一臉訝異，彷彿奧斯卡高高在上指出他每手有五根手指，或者同樣不證自明的其他事實。

「沒錯，非常不幸，我會殺人。」

「為什麼要這麼做？」

依萊眼中閃過一絲憤怒。

「如果你有更好的方法，我倒想聽看看。」

「當然有。那個血……一定有其他方法……就是其他……」

「沒有其他方法。」

「為什麼沒有？」

依萊哼了一聲，瞇起眼睛。

「因為我就像你一樣。」

「什麼意思？像我？我……」

依萊突然將手往上一抬，彷彿握著一把刀。他說：「你看什麼看？欠揍的白痴，想找死嗎？」

他徒手刺向空中，「你再繼續看我就是這種下場。」

奧斯卡蠕著兩脣，口水溼潤嘴巴。

「你說什麼？」

「說這話的不是我，是你。這是我第一次聽到你說的話，就在社區中庭。」

奧斯卡想起來了。那棵樹、那把刀，還有那天他將刀舉起、當成鏡子，那是他第一次見到依萊

「你會有倒影嗎？我第一次見到你就是在鏡子裡。

「我……殺人。」

「是沒有，但你想，如果可以。若有必要你就會動手。」

「因為我恨某人，這是很大的——」

「──不同。是嗎？」

「是……」

「如果你真的有魔法，能讓它發生，如果你希望某人死，而且他也真的會死，難道你不會這樣做嗎？」

「當然會。」

「你當然會這麼做，而你這樣做只是為了樂趣，為了報復。但我殺人是因為我非如此不可，別無選擇。」

「可是我想殺人是因為……他們欺負我，嘲笑我。因為我……」

「因為你想**活著**，就像我一樣。」

依萊伸出手，摸摸奧斯卡臉頰，臉也朝他靠近。

「你稍稍體會一下我的處境。」

然後親吻了他。

男人蜷起手指，握著骰子，奧斯卡看見那指甲塗得黑漆漆。

沉默像團濃霧籠罩房間，纖瘦的手一歪……慢慢……骰子掉落，掉在桌面。啪砰。骰子互撞、旋轉、停住。

一顆出現的數字是二，一顆是四。

男人繞著桌子走，在一排男孩面前停住，像什麼將軍一樣站在麾下軍隊前方，這時奧斯卡鬆了一口氣，雖然不知這感覺從何而來。男人聲音平緩單調，沒有抑揚頓挫，他伸出長長的食指，開始數人頭。

奧斯卡望向左側男人開始數數的地方。那些男孩輕鬆隨性地站著。啜泣聲傳來，奧斯卡身邊的男孩彎下腰，下脣顫抖。喔，他是……六號。奧斯卡現在知道自己為何鬆了口氣。

「一……二……三……四……」

不！

那根手指直指奧斯卡，男人注視他的眼睛，然後微笑。

「五……六……七……」

……母親……

不是……奧斯卡甩開男人的眼神，轉去看著骸子。現在上面的點數分別是三和四。站在奧斯卡身邊的男孩慌張地環顧四周，彷彿剛從靄夢中驚醒。霎時間，兩人眼神相遇，其中只有空洞不解。

牆邊傳出一聲尖叫。

頭上披著褐巾的女人跑向他，但被兩個男人阻擋，他們抓著她的胳臂，將她推回石牆邊。奧斯卡伸出手臂，彷彿想抓住跌倒的她。他的雙脣發出了這個音。「……媽媽！」戴著假髮的男人仍伸出手指指著他，他一路被推出房間、進入瀰漫酒精味……的陰暗地窖。

接著是閃爍模糊的畫面……光線、幽暗、石頭、赤裸肌膚……終於，畫面穩下來，奧斯卡覺得胸

口有股沉重壓力，他無法移動手臂。他的右耳快爆開了，他被壓在一塊⋯⋯木板上。

他嘴裡有東西，是一截繩段。他吮吮著繩段，然後睜開眼睛。

他趴在桌上，雙手被綁在桌腳。全身赤裸。眼前有兩個身影：戴假髮的男人和另一人，肥肥小小的人，看起來⋯⋯很好笑。不對，看起來像某個會讓他覺得好笑的人。這人總是說些沒人笑的笑話，這個好笑的男人一手握刀，另一手端碗。

有什麼事情不對勁。

胸口和耳朵的壓力；膝蓋的壓力；小雞雞⋯⋯應該也有壓力。可是彷彿有個洞，就在那桌上。

奧斯卡想扭動身子看個清楚，但身體被綁得動彈不得。

戴假髮的男人對好笑的男人說了些什麼，他聽後大笑點頭，而後兩人蹲下。假髮男人盯著奧斯卡，雙眼一如秋季冷冽的天空般湛藍，似乎對奧斯卡抱持友善的興趣。男人看著奧斯卡的雙眼，彷彿想從裡面找到什麼很棒的東西，某種他愛的東西。

好笑的男人仍握著刀、端著碗，爬進桌底。這時，奧斯卡明白了。

他也知道如果能將口中那截繩段弄出來，他就不會在這兒，他就能消失了。

奧斯卡努力將頭後仰，逃離那個吻。可是依萊，正準備吻他的依萊一手捧著他的後腦杓，將他的唇湊近自己的唇，強逼他留在自己的回憶裡，延續下去。

繩段被塞進他嘴裡，他因驚恐而放了個屁，潮溼的嘶嘶聲傳來。假髮男人不悅地皺鼻子，癟著嘴，眼神依舊不變，像個正要打開紙箱，並且知道裡面藏了小狗的孩子。

有冰冷的手指握著奧斯卡的陽具拉扯，他張開嘴想喊「不——！」然而嘴裡的繩段卻阻止他發

出這個字，最後只發出「啊——！」

桌底下的男人好像問了些什麼，假髮男人點點頭，但目光仍沒離開奧斯卡。痛。有根火熱鐵棒逼近他鼠蹊、滑上肚腹，他的胸口被貫穿身體的火柱灼蝕，他放聲嘶喊、嘶喊，喊到淚水盈眶，身體焦灼。

　心臟在桌面上跳動，就像拳頭敲著門。他雙眼緊閉，咬著繩段，聽見遠處傳來水濺聲，他看見……

　……母親跪在溪邊洗衣服。媽媽、媽媽。她掉了件衣裳。奧斯卡起身，他一直趴在那裡，身體恍若燃燒。現在他終於起身了。他奔向溪邊，奔向那件快速消失的衣裳。他跳入溪水，將已成火炬的身體澆熄，順便救起那件衣裳，終於將它抓緊。那是妹妹的衣服，他將衣服舉向亮光，拿給在衣服上映出剪影的媽媽。他……睜開眼睛，朦朧看見的金髮，落入溪裡，濺起水花。他看不清，因為水濺到了眼睛，濺到了臉頰。衣服有水珠滴下，在陽光下閃閃發亮，落入溪裡，還有像遠方森林池水的湛藍眼睛，看見男人捧在手中的碗。碗被捧到嘴旁，他看見自己喝著水，以及閉上眼睛，終於閉上眼了，他喝著……

　繼續下去……永無止境。囚禁。男人咬著、喝著、咬著，又喝。

火紅的棒條逼近他頭部，一切都變成粉紅色。他的頭猛然抽離繩索，落到……

奧斯卡掙脫，往後一倒，依萊接住了他，讓他靠在他懷裡。奧斯卡慌亂地想抓住什麼，他眼前有副軀體，他緊緊抓住，環顧房內，卻看不見。

他直愣愣地站著。

半晌，有些什麼圖案出現在奧斯卡眼前，是壁紙。米黃色中摻雜幾乎隱形的白色玫瑰。他認出來了，這是他家客廳的壁紙。他在客廳，在他和媽媽住的屋子裡。

而在他臂灣中的是……依萊。

一個男孩，我的朋友，沒錯。

奧斯卡覺得噁心反胃，頭昏目眩。他從依萊懷裡掙脫，坐在沙發上，環顧四周，確認自己回來了，已經不在……那裡了。他嚥了口口水，發現自己還能想起那裡的每個細節，就像真實的回憶一樣，好像確實發生在他身上，而且是最近的事。那個好笑的男人，碗，痛楚……

依萊屈膝跪在他面前，雙手貼著他的肚子。

「對不起。」

就像……

「媽媽怎麼了？」

依萊一臉疑惑。

「你是說……我母親？」

「不是……」奧斯卡沉默，眼前浮現媽媽在溪邊洗衣服的畫面，但那不是他的母親，一點都不像。他揉揉眼睛。

「是，沒錯，是你媽。」

「我不知道。」

「他們不是那些……」

「我不知道！」

依萊雙手緊握，直到指關節發白，肩膀聳起，過了一會兒才放鬆身體，輕輕說道：「我不知道，原諒我，原諒這整件……事。我想要你……我不知道……原諒我。這真是太……愚蠢了。」

依萊簡直是媽媽的翻版。他身材瘦了些、平了些，年紀也更輕，但的確是翻版。二十年後，依萊應該會長得和溪邊婦人一模一樣吧。

然而，事實上他不會的。他永遠都會是現在的長相。

奧斯卡筋疲力盡嘆了口氣，背靠沙發。太多了，令人難以承受。他的太陽穴傳來頭痛的預兆，現在似乎找到了立足之處，盤據在那兒。太多了。依萊起身。

「我要走了。」

奧斯卡的手擱在頭上，點點頭，沒力氣反對，沒力氣思索該怎麼做。依萊脫下浴袍，奧斯卡又瞥了他的鼠蹊一眼。而今，他看見那蒼白肌膚的正中央有個粉紅色的點，是傷疤。

那他是怎麼做的……要怎麼尿尿？或者他根本不……

他連問的力氣都沒有。依萊蹲在塑膠袋旁，解開袋口，拿出自己的衣服。

「你可以穿我的。」奧斯卡說。

「沒關係。」

依萊拿著格子襯衫，那是件有著深色格紋的藍襯衫。奧斯卡坐起來。頭痛還在太陽穴逗留。

「別傻了，你可以⋯⋯」

「沒關係。」

依萊正要套上那件血跡斑斑的襯衫，奧斯卡便說：「你這樣很噁心，你不知道嗎？真噁心。」

依萊抓著襯衫轉向他：「你真的這麼覺得？」

「對。」

依萊將衣服放回袋子。

「那我該穿哪件？」

「去衣櫃找找，隨你挑。」

依萊點頭，走進有衣櫃的奧斯卡房間，奧斯卡側躺在沙發上，手壓太陽穴，免得它迸裂。

媽媽、依萊的媽媽、依萊、我。兩百年。依萊的爸爸，依萊的爸爸？那老人他⋯⋯那老人。

依萊回到客廳，奧斯卡正想說出他本來要說的話，但一看見依萊穿上那件洋裝，未出口的話語戛然而止。那是件褪了色的夏天黃洋裝，上面還有白色小碎花。是媽媽的洋裝，依萊摸了摸。

「這件可以嗎？我挑了看起來最舊的。」

「可是這⋯⋯」

「我會還。」

「好，好，好。」

依萊走向他，蹲下來握著他的手。

「奧斯卡，對不起……我不知道該……」

奧斯卡揮著另隻手，要他別再說了。「你知道那個老人——他已經逃了，對不對？」

「什麼老人？」

「就是那個……你說是你爸爸的老人，和你住在一起的那個。」

「他怎麼樣？」

奧斯卡閉上眼睛，藍色閃光在眼皮裡飄動。他從報紙拼湊出來的一連串事件不斷閃過眼前，他開始怒火中燒。奧斯卡掙開被依萊抓著的手，握成拳頭，猛捶自己陣陣作痛的腦袋，閉著眼說：

「夠了夠了，我全知道，別再裝了，別再說謊，我真是他媽的受夠了。」

依萊什麼都沒說，奧斯卡緊閉著眼，憤怒喘氣。

「那男人逃了，他們找了一整天都沒找到，現在你都曉得了吧。」

一陣沉默。奧斯卡頭上響起依萊的聲音。

「在哪裡？」

「這裡，諸達恩樹林，就在阿凱雪夫地區旁。」

奧斯卡睜開眼，依萊已經起身，手遮住嘴，露出上方一雙圓睜驚恐的眼睛。由於洋裝過大，便像布袋一樣鬆垮垮垂在他消瘦的肩頭，一副小孩偷穿媽媽的衣服，正等著被處罰的模樣。

「奧斯卡，」依萊說，「天黑之後別出門，答應我。」

那洋裝、那句子，奧斯卡哼了一聲，忍不住說：

「你聽起來真像我媽。」

松鼠一個箭步溜下橡木樹幹，急停、聆聽。警笛聲，遠遠的。

柏格斯洛維根街上有輛救護車閃著藍燈，警笛大作、呼嘯而過。

救護車內有三人。雷基・索瑞恩森坐在摺疊椅裡，握著薇吉妮雅・林德毫無血色、傷痕累累的手。救護車的醫療人員正在調整給薇吉妮雅生理食鹽水的點滴管，由於她失血過多，得先讓她心臟有力氣跳動。

松鼠判定警笛聲無害，不相干，於是繼續蹦下樹幹。樹林裡整天都有人和狗走動，沒一刻安寧，直到這會兒，天黑了，松鼠才敢溜下橡木。牠已經在上頭躲了一整天。

此時，狗的吠聲和人聲微弱漸遠，而在樹梢盤旋、叫得如雷貫耳的鳥兒也都回巢。

松鼠溜到樹下，沿厚實的樹根走跳。牠實在不喜歡這麼暗還在地面跑，不過由於飢腸轆轆，也只好如此。松鼠機警地移動，隨時駐足聆聽，每十米就環顧一下四周，好確定自己離夏天才築起的這個獲穴遠遠的。牠有段時間沒見到獲家一族了，不過還是小心點好。

終於，松鼠抵達目標，那是牠眾多冬藏之中距離最近的。今晚氣溫降至零下，消融整天的雪地現在結了一層堅硬薄冰。松鼠爪子抓著薄冰，然後停住不動，傾聽一下，又繼續掘。牠掘開雪地、樹葉和泥土。

就在爪掌抓起一顆堅果之際，松鼠聽見了聲音。

危險。

牠的牙齒咬著堅果，直竄上松樹，至於冬藏位置，現在沒時間關起來了。松鼠一到安全的枝椏，又將堅果放入爪掌間，想確認聲音來源。雖然飢腸轆轆，食物又只離嘴邊幾公分，但在進食之前，還是得先辨識出危險來源。

松鼠的頭忽左忽右顫動，抽著鼻子，望著下方灑落月光的地形，搜尋聲音來源。沒錯，帶著食物逃得大老遠還是正確決定。帶著溼氣的刮磨聲音來自獾穴。

獾不會爬樹，松鼠鬆了口氣，咬了一口堅果，但仍繼續觀察地面動靜，不過現在比較像看戲的觀眾，坐在三樓包廂悠閒望著下方，想看看會上演什麼好戲，出現多少隻獾。

然而，從獾穴冒出的不是獾。松鼠移開嘴裡的堅果，望著下方，想弄個明白，靠著牠已知的事實弄懂眼前事物。可是牠仍一頭霧水，只能又將堅果放進嘴裡，沿著樹幹一路竄上樹頂。

或許那東西會爬樹。

小心為上啊。

十一月八日星期日晚上至深夜

週日晚上八點半。

載了薇吉妮雅和雷基的救護車駛過崔那伯格橋，同時間，斯德哥爾摩警局的地方長官正舉著兇

手照片，以滿足急需影像填補版面的媒體；而依萊正從奧斯卡母親的衣櫃挑選衣服；湯米則將強力膠擠入塑膠袋，吸著那能讓他麻痺心神、遺忘一切的刺鼻氣味；松鼠看見了哈肯・班特森——他是第一個經歷這般處境還能活超過十四小時的生物；而搜捕他很久的史泰凡則正給自己倒了杯茶。

史泰凡沒察覺壺嘴那圈銀口已經不見，大量茶水正沿茶壺流到廚房流理臺上。他咕噥著什麼，失神地將茶壺傾得太過，不僅溢出茶水，連壺蓋都翻了個跟斗滾進茶杯。沸騰熱水濺到他的手，他猛然將茶壺放下，手臂僵硬撐在身體兩側，腦中念誦希伯來字母，壓抑想將茶壺扔向牆壁的衝動。

阿法（aleph）、貝特（bet）、吉摩（gimmel）、達勒斯（dalet）……

伊凡走進廚房，見到史泰凡傾身頂著流理臺，雙眼緊閉。

史泰凡搖搖頭。「沒事。」

「你還好嗎？」

拉梅德（lamed）、梅恩（mem）、囊恩（nun）、賽梅區（samekh）……

「你是不是很難過？」

「沒事。」

卡夫（qof）、瑞虛（resh）、須恩（shin）、塔夫（tav）。到這裡。好多了。

他張開眼，指著茶壺。

「這茶壺真爛。」

「是嗎？」

「對，它……倒茶時漏得很嚴重。」

「我從來沒發現。」

「就是很嚴重。」

「可能是哪裡有問題吧。」

史泰凡抿著嘴，將燙傷的手伸向她，比了個和平（**或猶太人問候道別、或安靜**）的手勢。「伊凡，現在我有一股……很強烈的衝動想打妳，所以拜託，什麼都別說了。」

伊凡嚇得退後半步，她似乎早有準備這刻會來臨。雖然不願承認自己對這種事的洞察力，但她的確感覺到，在他虔敬的外表下隱藏著某種怒意。

她雙手交叉胸前，深呼吸了幾次，史泰凡仍站在原地，瞪視壺蓋掉進去的茶杯。她開口說：

「這就是你要的嗎？」

「要什麼？」

「打我啊。事情搞砸時就打我。」

「我打過妳嗎？」

「是沒有，但你說……」

「我是**說過**，不過妳也聽了進去。現在沒事了。」

「如果我沒聽進去呢？」

史泰凡恢復平靜，伊凡也跟著放鬆，交叉胸前的雙手垂落。他握住她的手，輕輕地吻了她手背。

「伊凡，我們**必須**傾聽彼此的聲音。」

他倒了茶，端到客廳喝。

史泰凡心裡默念要給伊凡買只新茶壺。她問了在諸達恩樹林搜索的事，史泰凡也告訴她。她努力想用別的話題轉移他的注意力，不過終究還是出現那避不掉的問題。

「湯米呢？」

「我⋯⋯不知道。」

「妳不知道？伊凡？」

「去朋友家了。」

「那，什麼時候回來？」

「我想他⋯⋯在那裡過夜吧。」

「在那裡？」

「對，在⋯⋯」

伊凡在腦海搜尋湯米朋友的名字，她可不想洩漏自己不知道湯米去哪兒過夜。史泰凡非常看重身為父母該有的責任。

「⋯⋯去羅本家。」

「羅本，就是那個他最好的朋友嗎？」

「對，應該是。」

「他姓什麼？」

「……阿爾葛蘭。怎麼？難道你曾……」

「沒事，我只是隨便猜猜。」

史泰凡拿起湯匙時輕輕碰到了杯子，清脆的噹一聲響起。他點點頭。

「好，妳知道嗎，我在想應該打電話到羅本家叫湯米回來一下，這樣我才能和他談談。」

「我沒有電話號碼。」

「妳沒有？他姓阿爾葛蘭，而且妳也知道他住在哪裡，是不是？這樣查電話簿就知道了。」

史泰凡從沙發上起身，伊凡咬著下唇，心想自己怎麼搞出了個讓自己越來越脫不了身的陷阱。

史泰凡拿起電話簿，站在客廳中央，一頁頁翻找，嘴裡念念有詞。「阿爾葛蘭、阿爾葛蘭、阿爾葛蘭……嗯，他住哪條街？」

「我……伯橋森蓋頓街。」

「伯橋森蓋頓街……沒有，這條街上沒有人家姓阿爾葛蘭，不過倒有一個阿爾葛蘭住在伊伯森嘉頓街。會是這個嗎？」

伊凡沒有回答，史泰凡用手指按住那個電話，以標記位置，繼續說：「反正就打打看。那孩子叫羅本，是嗎？」

「史泰凡……」

「什麼事？」

「我答應他不說的。」

「這我就不懂了。」

「湯米，我答應他，不會告訴你……他在哪裡。」

「所以他**不在**羅本家？」

「不在。」

「那他在哪兒？」

「我……答應過他。」

史泰凡將電話簿放在茶几上，走過去坐在伊凡身旁。她啜了一口茶，茶杯端在臉正前方，彷彿想躲在杯子後。這時，史泰凡等著她喝完茶。她將茶杯放在小碟上，看見自己的雙手微微顫抖。史泰凡將手放在她膝上。

「伊凡，妳要明白……」

「我答應他了。」

「我只是要跟他**談談**。請原諒我說這種話，但我真的覺得事情發生時若沒有即刻處理，就會……嗯，真的發生些什麼。在我的經驗中，如果孩子做了錯事，越快有人糾正他們的行為，他們就有更大的機會——就拿吸食海洛因來說吧，如果孩子一開始——譬如吸大麻——假如有人及時……」

「湯米沒做這種事。」

「妳敢**百分之百**確定嗎？」

一陣沉默。伊凡非常清楚，隨著時間一秒一秒過去，她就算回答「確定」，也會失去說服力。

她心臟怦怦狂跳。

而今，雖然自己不發一語，事實上已經等同回答「不確定」。的確，湯米的舉止有時很奇怪，

他回家時的眼神不太對勁，萬一他⋯⋯

史泰凡往後靠，知道自己贏了這場對決，現在只要等著她開出條件即可。

伊凡用眼神搜索桌面。

「怎麼了？」

「我的菸，伊凡，你是不是⋯⋯」

「在廚房，伊凡⋯⋯」

「對，對，放在廚房⋯⋯」

「好，我不去，由妳決定。總之你現在不能去找他。」

「明天早上，他上學前再和他談。答應我，你不會現在找他。」

「我答應妳。好，那麼總可以告訴我他躲在哪裡吧？」

伊凡告訴了他。

然後她走進廚房點了菸，將煙吐到敞開的窗戶外。她又抽了一根，但這次沒那麼在乎煙往哪裡

飄。史泰凡走進廚房，用手將煙揮散，問她地下室鑰匙在哪裡。她說忘記了，不過**或許**明天早上會

記起來。

如果他對她夠好的話。

⋯　⋯　⋯

依萊走後，奧斯卡又坐回餐桌，瀏覽報紙。頭痛已經減緩，眼前的影像開始具體一些。

依萊說那人……被感染了，變得更可怕。他身上活著的只有那個感染物，腦子已死，現在全是那個感染物在控制他、左右他、追逐他。

依萊求奧斯卡什麼都別做。他說明天天一黑，他就會迅速搬走。當然奧斯卡會問他為什麼不能今晚離開？

因為……我就是不能。

為什麼不能？我可以幫你啊。

奧斯卡，我不行，我太虛弱了。

怎麼會？你不是才……

我就是太虛弱了。

奧斯卡想起自己正是害依萊虛弱的主因，因為他的血剛剛在玄關流盡。依萊若被那老人抓到，就是奧斯卡的錯。

衣服！

奧斯卡起身過猛，不慎撞倒椅子。

裝著依萊血衣的袋子在沙發邊，襯衫露出一截在外面。他將襯衫全塞入袋底，往下壓時衣袖還像是溼答答的海綿，他綁緊袋口……停住，又看著自己剛剛壓下衣服的手。

之前劃開手掌那道傷的硬痂現在裂開了些，露出底下的傷口。

血……他可不想混到他的血。我會不會……也感染了呢？

奧斯卡的雙腿如機械般將失神的身軀帶到門口，手中抓著袋子。他先聽了聽外頭的聲音，確定沒人後趕緊跑上樓，來到丟置垃圾的通道，打開垃圾井口的門，拿著那包衣服伸入井口，懸在黑暗之中。

通道旋起一股嘶嘶冷風，凍住他緊招袋結伸出去的手，塑膠袋映著漆黑顛簸的井道壁面，顯得潔白亮閃。假使放開，袋子就會脫手，直直墜落，被地心引力往下拉，墜入底下巨大的垃圾袋裡。

幾天後，垃圾車來收，一大早來。垃圾車頂閃爍的橘燈會投射到奧斯卡房間的天花板，他會差不多在這時醒來，躺在床上聽著垃圾被壓擠碎磨的轟隆聲。或許他會起床，走到窗邊看穿工作服的人以熟練的輕鬆姿態將大垃圾袋丟上車，按下按鈕，然後垃圾車的巨口會關閉，清潔隊員跳上車，往前駛一小段路，抵達下棟建築物。

這景象總能帶給他一種⋯⋯溫暖的感受。覺得自己在房裡很安全，覺得事情能妥善處理。或許還有種渴望——渴望見到清潔隊員，見到垃圾車。能夠坐在昏暗的車裡，慢慢駛離⋯⋯

放手，我得放手。

招緊袋口的手不斷顫抖，由於伸出去太久，他整隻手開始痠痛，手背凍得麻痺。他放開。

袋子滑進去，摩擦發出咻咻聲，再不受阻礙地自由墜落，四周靜默了半秒，接著響起落到底部的碰一聲。

我會幫你。

他又看了自己的手。用這隻手來幫⋯⋯這隻手⋯⋯

我會殺了那個人，我會進去拿刀，然後出來殺那個人。強尼，我會劃開他的喉嚨，收集他的血

液，帶回家給依萊。有什麼關係呢，反正我已經被感染，很快就會⋯⋯

他雙腿一軟，得靠著垃圾井道邊才不至於摔倒。他考慮過了，認真考慮。這不像拿刀砍樹的遊戲。有那麼一會兒，他真的考慮這麼做。

熱熱的，他身體熱熱的，好像發燒了，他全身痠痛，真想躺下來。現在就躺下來。

我被感染了，我就要變成⋯⋯吸血鬼了。

他拖著雙腳走下樓，一手穩住身體——

沒被感染的那隻手

——他扶著欄杆，終於回到家，進入房內，倒在床上，凝視著壁紙。森林。幻想世界裡的精靈出現，凝視著他的眼睛。

是小精靈。他摸摸它們，這時腦中冒出個極為荒謬的思緒：

明天得去上學。

還有作業沒寫，是非洲地理。他應該立刻起床坐在書桌前，打開檯燈，查出地理課本上的地方，找出那些無意義的地名，寫在空格裡。

他應該這麼做的，但現在他輕輕摸著小精靈的帽子，接著敲敲牆壁。

依‧萊。

沒回應。或許出門了。

去做我們該做的事。

他拉上被單、蓋住頭，一陣猶如發燒的冷意遍布全身。他想像那會是怎樣，永遠活著、恐懼、

怨恨。不，依萊不會恨他，若他們能廝守……

他開始想像，構築出如詩如畫的幻想世界。沒多久大門開啟，媽媽回來了。

豐滿的肉枕。

湯米眼神空洞地望著這張照片。女孩雙手擠壓乳房，讓它們如兩顆氣球般外凸，嘴巴噘得高高。

看起來真變態。他以為自己會打手槍，不過他腦袋裡大概不對勁吧，此刻他只覺得這女人像怪物。

他以不自然的緩慢速度將雜誌闔起，慢慢塞進沙發座墊。每個小動作都得透過有意識的思想來控制。他茫了，強力膠的氣味讓他徹底茫了。感覺真好。沒有外面世界，只有他所在的這個房間，

外面只是翻騰的荒漠。

史泰凡。

他試著想像史泰凡的樣子，可就是想不起來。他無法掌握他的長相，只看見郵局外的警察人形立牌——巨大立牌，用來嚇唬想犯案的盜匪。

我們要去搶郵局嗎？

兄弟，你是瘋了嗎！沒看見那個硬紙板的警察嗎？

硬紙板做的警察上是史泰凡的臉，這把湯米逗得咯咯笑。他受處罰執行這項任務：當郵局警衛。人形立牌上還寫了字——是什麼字？

犯罪沒好下場？不對。警察正盯著你？不是。到底是什麼鬼東西？給我小心！我是神槍手！

湯米哈哈大笑，笑到全身顫抖，以為天花板上光禿禿的燈泡也隨笑聲前後擺盪。笑死人了。小心！硬紙板警察！硬紙板警槍！硬紙板腦袋！

腦袋裡有人敲門。那人想進去郵局。

硬紙板警察豎起耳朵，有兩百片硬紙板在郵局，解開手槍的保險裝置。砰、砰。

敲、敲、敲。

砰。

史泰凡……媽，幹……

湯米愣住，想思考卻想不到，他腦袋一團亂，終於平靜下來後，他想，或許是羅本或拉席——

假的陽具，硬紙板木乃伊。

湯米清清喉嚨，以渾厚的聲音說：「誰？」

「是我。」

他認得這聲音，卻想不起來是誰。反正不是史泰凡，不是紙做的爸爸。

那麼就是棉花糖爸爸。真是夠了。

「你到底是誰？」

「可以開門嗎？」

「郵局今天休息，五年後再來。」

「我有錢。」

「紙做的錢嗎？」

「對。」

「很好。」

他從沙發起身，緩緩地、慢慢地。眼前那個輪廓就是不肯安分別動，他腦袋裡滿是鉛條。

水泥蓋。

他站了一會兒，左搖右擺，水泥地面隱約往右傾，感覺就像走進怪怪屋。他往前走，一次一步，然後拉起閘門、推開門。那是個女生，是奧斯卡的朋友。湯米呆望著她，不明白眼前看到了什麼。

太陽和浪花。

女孩穿得很單薄，白點黃洋裝吸引了湯米目光。他想聚焦在那些白點上，它們卻跳起舞，搖來搖去，晃得他開始反胃。她和他應該不到二十公分距離。

真可愛，好像夏天。

「夏天突然來了嗎？」他問。

女孩頭側一邊。

「什麼？」

「嗯，妳穿的……是夏裝啊。」

「沒錯。」

湯米點點頭，真高興自己想得出這個詞。她說什麼？錢。沒錯。奧斯卡應該告訴過她……

「妳……想買東西嗎？」

湯米張開手臂，做了個歡迎入內的手勢。他看見自己的手以慢動作移動，好似一尾被麻醉的魚緩緩悠游過半空。

「說我『可以進去』。」

「好，當然。」

「我可以進去嗎？」

「買什麼？」

「對。」

他沒力氣站了，地板想要他躺下。湯米轉身癱倒在沙發上。女孩走進來，關上身後的門，扣上閂。在他眼中，她像隻巨大的雞，在他眼前咯咯笑不停。雞坐到扶手椅上。

「進來啊，歡迎來到……本郵政支局。」

「怎麼了？」

「沒什麼，只是妳……好黃。」

「喔。」

女孩雙手交叉，擱在大腿的小錢包上，他剛剛沒注意到那個錢包。不對，不是錢包，那比較像化妝包。湯米看著它，納悶這包包裡到底有什麼東西。

「裡面是什麼？」

「錢。」

「最好是錢。」

不，有什麼蹊蹺。感覺不太對。

「妳想買什麼？」

女孩拉開包包，拿出一千元克朗紙鈔。又一張，再一張，共三千。在她嬌小的手裡，紙鈔大得可笑，她傾身向前，將紙鈔放在地上。

湯米高興地笑了出來，「這什麼呀？」

「三千克朗。」

「是是是，要買什麼？」

「買你。」

「饒了我吧。」

「不，是真的。」

「不對。」

「不對？」

「不對。」

「這一定是他媽的……玩大富翁用的假鈔之類，對吧？」

「那到底要買什麼？」

「我要跟你買些東西。」

「妳要用三千克朗跟我買東西？不會吧。」

湯米伸長手拿起一張紙鈔，摸一摸，捏一捏，拿到燈下看著用以辨識真假的浮水印——和真鈔

一樣都印有國王還是誰的照片。是真的。

「妳不是開玩笑吧?」

「不是。」

「三千,可以……去別的地方,飛到別的地方。」

那麼,史泰凡和媽媽就會站在那裡。湯米頓時覺得腦袋清醒不少。整件事很詭異,不過沒關係……三千克朗。這是千真萬確的錢。不過現在問題是……

「妳要買什麼?這些錢可以……」

「血。」

「血?」

「對。」

湯米哼了一聲,搖搖頭。

「不行,對不起,賣完了。」

女孩仍坐在扶手椅裡看著他,連笑都沒笑。

「別鬧了,我說真的,」湯米說:「妳到底要買什麼?」

「你可以收下這些錢……如果讓我得到一些血。」

「我沒賣血。」

「有,你有。」

「沒有。」

「有。」

剎那間，湯米明白了。

搞啥鬼……

「妳是說真的嗎？」

女孩指指鈔票。

「不會危險。」

「可是……什麼……怎麼？」

女孩手伸入包包，摸索著什麼，隨後拿出一個白色正方形的小塑膠盒，搖一搖，裡面有東西在晃。現在湯米看清楚那東西了，是一盒刮鬍刀片。她將那盒刮鬍刀塞入兩腿間，又拿出了其他東西……膚色的長方形，是大繃帶。

這太扯了。

「別鬧，夠了喔。妳知道嗎，我大可以直接拿錢走人，妳知道的吧，直接放入口袋，然後說：『什麼？三千克朗？沒看見啊。』這可是一大筆錢，妳不明白嗎？這些錢從哪裡來的？」

女孩閉上眼，嘆口氣，再次睜開時，眼神看來沒那麼友善了。

「要還是不要？」

「那，妳是要……」

她來真的，她是認真的，不……不……

「那，妳是要……像殺豬的時候割喉放血一樣，嗖──！然後……」

女孩急切地點點頭。

了。他想起某件事，瞠目結舌，望著她的眼睛。

他皺眉，殺豬的畫面如皮球般在他腦袋猛彈亂撞，想找個可以安頓的地方停下來。好，停下來

嗖？等等，等等……又不是真的豬……

「不對……」

「對。」

「妳在開玩笑吧？我告訴妳，我要妳現在離開，快走。」

「我有病，我需要血，你想要，我可以給你更多錢。」

她又從包包掏出兩千克朗，將它們放在地上。總共五千。「拜託。」

殺人兇手。華倫拜。喉嚨被割開。天啊，這女孩……

「妳需要……天啊，妳只是個孩子，可是妳……」

「你怕了？」

「沒有，我通常……那妳害怕嗎？」

「怕。」

「怕。」

「怕什麼？」

「怕你說不要。」

「但我現在就說不要了啊。這簡直……夠了，回家去。」

女孩仍坐在椅子上，她在思索，然後點點頭，起身，從地上拿起錢，放回化妝包。湯米看著剛剛放著錢的地上。五、千、塊。門閂拉開，湯米轉身。

「可是妳要怎麼……妳是要劃開我的喉嚨嗎？」

「不，是手肘內側，只割一點點。」

「妳要血幹麼？」

「喝。」

「當場？」

「對。」

湯米彷彿探往自己身體內部，看見人體循環系統的解剖圖，如透明幻燈片投射到他皮膚上。霎時間，他清晰感覺到──或許是生平第一次──他感覺自己的循環系統確實存在。不是單一獨立的點穴，也不是傷口流出來一、兩滴血，而是有個龐大且怦怦流動的血管分支結構，裡面充滿……多少？……四到五公升的血液。

「妳生了什麼病？」

女孩什麼都沒說，只是愣站在門口，手繼續握著門閂，端詳著他。他身體中的動靜脈輪廓，那張血管分布圖，突然變成……屠夫手中的豬隻血管圖。他將這念頭拋開，改為將自己想像成……捐血的人可以得到二十五克朗和一個起司三明治。「那，妳會給我錢對嗎？」

女孩拉開包包拉鍊，又拿出紙鈔。

「我先給你……三張，之後再給兩張？」

「好啊，沒問題，不過我大可以撲倒妳、將錢拿走，妳不理解嗎？」

「你沒辦法的。」

她用食指和中指夾著三千遞給他，他將每張放到燈下，一一檢查是否為真鈔，然後捲起來握在左手裡。

「好，那現在呢？」

女孩將另外兩張鈔票放在椅子上，蹲在椅旁，從白盒中拿出一片刮鬍刀。

她以前就做過。

女孩轉動刀緣，查看是否銳利，然後將刀片舉到臉旁。小小聲地說出⋯嗖。

她說，「你不能跟任何人說這件事。」

「如果我說出來會怎樣？」

「你絕不可以告訴任何人，永遠不可以。」

「好，我不會說。」湯米看著自己伸出來的手，看著椅子上的千元克朗鈔。「妳要拿我多少血？」

「一公升。」

「要那麼⋯⋯多啊？」

「對。」

「這樣很多，我⋯⋯」

「你可以承受的，不會有問題。」

「因為血還會製造出來？」

「對。」

湯米點點頭，失神地看著刀片。刀片像是如閃亮的小鏡子，慢慢靠近他的皮膚，彷彿這事將發生在別人身上或在別的地方，他現在只看見線條的移動。女孩的頜骨、她的黑髮、白皙的手臂，還有那只長方形刀片，將他手臂上的一根細髮撥掉。然後，刀片落定位置，剎那間朝浮脹的靜脈下壓，那個地方比四周肌膚顏色更深。

下壓──輕輕地、輕輕地。沒有刻意刺穿，只是有個點自然陷進去，然後……

嗖。

湯米本能地退縮，倒抽口氣，另一手緊捏著掌心裡的鈔票，牙根緊咬，直到腦中傳來喀吱聲。血液流了出來，一壓就加速噴湧。

刀片掉到地上，噹一聲。女孩雙手抓著他，頭埋到他手臂內側。

湯米將頭轉開，現在他只感覺到她溫熱的雙脣以及輕拍舔食他肌膚的舌頭。他腦中又浮現人體血液分布圖，血液流經的那些管道、血液全衝向那個傷口……

從我身體流出來。

沒錯。痛感加劇，手臂開始麻痺，他不再感覺到她的脣，只感覺到用力的吸吮，血液從他身體被吸出來，血液……

流走了。

他嚇到了，他很想結束，好痛，他的眼睛開始流淚。湯米張嘴想說些什麼，卻說不出來。他沒有話語可以……他自由的那手握成拳頭，頂著自己嘴巴，捲成條狀的鈔票從掌心凸出，被牙齒緊緊咬住。

星期日晚上九點十七分，安拜普蘭街。

髮廊外頭有個男人，臉手貼在玻璃上，似乎喝得醉醺醺。十五分鐘後，警察據報趕到現場，男人已經離開，窗戶沒有被破壞的跡象，只留下泥漿和沙土的汙跡。亮著燈的櫥窗裡有好多年輕人照片，全是髮型模特兒。

「你睡著了嗎？」

「還沒。」

媽媽進入臥房，一陣香水味和冷空氣跟著飄入。她坐在他床邊。

「聚餐愉快嗎？」

「愉快。」

「你呢？做了些什麼？」

「沒什麼特別的。」

「在餐桌上看看報紙？」

「嗯。」

奧斯卡將棉被裹緊，假裝打呵欠。

「想睡覺嗎？」

「對。」

不管真想睡或假想睡，總之現在他的確很疲憊，疲憊到腦袋嗡嗡響，只想蜷縮在棉被裡，將入口封住、不再出去。直到……直到……可是他真的很想睡。不對，難道被感染了也**能**睡嗎？

聽見媽媽問爸爸的事，他隨口回應「好」，但根本不知道自己回答了什麼。接著是一陣沉默，然後媽媽嘆了口氣，深深的一口氣。

「寶貝，說真的——你還好嗎？有沒有什麼我能做的？」

「我不好。」

「怎麼了？」

奧斯卡將臉埋進枕頭，呼吐出來的氣讓鼻子、嘴巴和雙脣變得又溼又熱。他辦不到，太難了，但還是得說出來。他終於說出：「窩乾然……」

「你說什麼？」

他的嘴離開枕頭。

「我感染了。」

「什麼意思？感……可是你衣服都還穿著啊！」

「沒錯，可是我……」

媽媽摸著他後腦杓，往下順著摸到脖子，被單往後拉開了些。

「我來摸摸看。會覺得熱嗎？」她將自己冰冷的臉頰湊到他額頭。「你發燒了。來，得把衣服脫掉、好好躺著。」她站起來，輕輕搖晃他的肩膀。「來。」

她呼吸急促，似乎想到了什麼，口氣開始改變。「是不是在你爸爸那裡穿得不夠暖？」

「我穿得夠啊，不是那樣的。」

「有戴帽子嗎？」

「有——就說不是**那樣**。」

「那是怎樣？」

奧斯卡又將臉埋進枕頭，緊壓在裡面說：「邀邊成吸些貴……」

「奧斯卡，你到底在說什麼？」

「我要變成吸血鬼了。」

媽媽愣了一下，雙手抬起，滑過大衣在胸前交叉，輕輕發出沙沙聲。

「奧斯卡，起來，把衣服脫掉，躺進被窩裡。」

「我要變成**吸血鬼**了。」

媽媽微微喘著氣，深思了一會兒，開始發火。「明天我就要把那些你一天到晚在看的書統統丟掉。」

被單抖開，奧斯卡坐起來，慢慢將衣服脫掉，不想看到她。他躺回床上，媽媽用被單摟住他。

「有沒有需要什麼呢？」

奧斯卡搖搖頭。

「要量個體溫吧？」

奧斯卡頭搖得更猛，看著媽媽，她傾身靠向床鋪，手放在膝蓋，露出搜尋、關切的眼神。

「我能幫你**什麼**嗎？」

「沒有──有。」

「什麼？」

「沒、沒什麼。」

「不，告訴我吧。」

「可以。要說故事給我聽嗎？」

媽媽臉上橫過各種神情：悲傷、高興、憂慮、淺笑、一絲擔心。全在幾秒之間浮現。「我又不知道什麼故事。」她說：「不過⋯⋯你要聽我就念給你聽，如果有書⋯⋯」

她的視線移到奧斯卡床頭那排書。

「不用，別麻煩了。」

「我很樂意啊。」

「不，不用這麼做。」

「為什麼？是你說⋯⋯」

「對，我是說過，可是不用了，現在不用。」

「那還是我⋯⋯唱歌給你聽？」

「不用！」

她摀住自己嘴巴，顯得受傷，但決定先不計較。畢竟奧斯卡生病了。「我想我應該可以想到一些⋯⋯」

「不用，沒關係，我現在想睡覺。」

媽媽終於道了晚安，離開房間。奧斯卡躺在床上，眼睛睜得大大的，望著窗戶，想感覺一下自己是否在……轉變。不知道那是什麼感覺。依萊，到底那會是什麼感覺呢？就是等到他……轉變之後？

與一切隔離開。

隔離開。媽媽、爸爸、學校……強尼、多瑪士……

和依萊在一起，長相廝守。

他聽見客廳電視響起，音量旋即調低。廚房隱約傳來咖啡壺碰撞聲，瓦斯爐打開著，有杯有盤。櫥櫃打開。

都是尋常聲響。他聽過上百次，此刻聽來卻倍感哀傷。非常哀傷。

傷口癒合了。薇吉妮雅身體上的撕裂傷僅剩淺淺白線，不過到處都有零星疤痂還沒掉落。雷基摸摸她的手，以皮帶束縛她的身體。這時，他不慎弄落了一片疤痂。

薇吉妮雅拚命抗拒，她完全恢復了意識，在了解周遭情況後就開始激烈反抗。此時此刻，她將輸血的導管扯開，尖叫踢踹。

醫護人員努力壓制她，在旁的雷基不忍卒睹，因為她完全變了個人。雷基決定下樓到自助餐廳喝咖啡。喝了一杯、再一杯，又喝第三杯。給自己倒第四杯時，收銀臺的女人以不耐煩的口吻說，

只能續杯一次。雷基便說自己窮途末路，明天或許就不在人世，問她能否通融？

她心軟了，甚至送了雷基一塊乾掉的杏仁塔──反正隔天也得丟掉。他狼吞虎嚥，塞了一大塊在嘴裡，一面思索著人性的善與惡，走到大門邊，拿起菸盒裡倒數第二根菸，抽完後才上樓看薇吉妮雅。

他們已將她用金屬帶綁住。

有個護士被薇吉妮雅一拳揮破眼鏡，眉毛還被銀邊鏡框割傷，薇吉妮雅根本無法平靜。他們不敢給她打針，因為她的整體狀況仍不佳，而且手臂也被緊緊綁住，以防……「以防她自戕。」他們這麼說。

雷基搓搓指縫裡的疤痂，如顏料般的細緻粉末染紅了指尖。然後他的眼角餘光發現動靜：薇吉妮雅床邊吊的袋子裡滴出了血，落在那條將血液輸進薇吉妮雅手臂的塑膠管上。

他們一確認她的血型，便將大量血液灌進她身體，不過狀況穩定後，就開始以點滴注射的方式慢慢輸入。僅剩一半的血袋上寫著難以辨認的字跡，最明顯的是大寫「A」。當然，這是她的血型。

可是……等等……

雷基的血型是B。他記得他曾和薇吉妮雅聊過這話題，薇吉妮雅說自己也是B，所以他可以……沒錯，他非常確定，他們可以相互輸血，因為血型一樣。雷基是B，他百分之百確定。

他起身，步出走廊。

他們應該不會犯這種錯吧？

他叫住一名護士。

「對不起，不過……」

她瞥了眼他的襤褸衣衫，冷冷的說：「什麼事？」

「我只是在想，薇吉妮雅……薇吉妮雅‧林德，就是……沒多久前剛住進醫院的──」

護士點點頭，現已毫不遮掩地露出蔑視表情。或許她那時也在場，就是他們……

「喔，我只是好奇，不知道她的血型是──」

「怎樣？」

「嗯，我看見血袋上寫著『Ａ』……可是她不是Ａ型。」

「我不懂你的意思。」

「妳知道的……呃……就是……可以耽誤妳時間一下嗎？」

護士望望走廊，或許想看看萬一這猥瑣的傢伙亂來，是不是能找到人求救，又或許她是要強調自己此刻還有其他更重要的事情要忙，不過，她終究還是同意跟雷基進病房看看。薇吉妮雅閉眼躺在床上，鮮血慢慢滴進管子裡。雷基指指血袋。

「這裡，這個『Ａ』代表……」

「代表是Ａ型的血液，沒錯，最近鬧血荒，如果有人知道……」

「對不起，可是她應該是Ｂ型，這樣輸血不是會有危險嗎……」

「當然有危險。」

護士態度不怎麼友善，不過她的肢體語言更像是覺得雷基沒資格質疑醫護人員。她微微聳肩，說：「或許有人是Ｂ型，但這個病人不是，她是ＡＢ型。」

「可是……袋子上寫著Ａ……」

護士點點頭，彷彿在對孩子解釋月球上沒有人住。「ＡＢ型的人可以接受任何一種血型。」

「可是——啊，我懂了。這樣一來她的血型就會變。」

護士錯愕地揚起眉毛，好似這孩子竟然說自己到過月球，還看見那裡有人。她兩手往旁一甩，彷彿要拆開什麼蝴蝶結。她對雷基說，「那是不可能的事。」

「真的嗎？那她一定錯了。」

「她的確是搞錯了。我還有其他事要忙，先走。」

護士看看薇吉妮雅的手臂，調整了一下點滴，最後看了雷基一眼，眼神彷彿再次強調這世界還有更重要的事，如果不去理會，很可能萬劫不復，最後還得求上帝救贖，才以抖擻步伐離開病房。

輸錯血會怎樣？血液會……凝固。

不會的。一定是薇吉妮雅記錯。

他走到角落，那兒有張扶手椅，小桌上插了枝塑膠花。雷基坐下來，環顧病房。牆壁光禿禿，地面光可鑑人。日光燈裝在天花板。薇吉妮雅躺在一張金屬管架的病床，蓋在身上的是一條印有「縣立醫院」的黃色被單。

是以這種方式結束的啊。

在杜斯陀也夫斯基的小說中，疾病和死亡總是骯髒又卑賤。馬車輪下輾過的軀體、泥巴、傷寒、沾血的手帕等等。可惡，怎麼淨與眼前景象不符呢？眼前所見的是一場在淨亮機器下緩慢衰竭的死亡。

雷基閉上眼睛，靠著椅背，由於椅背過短，他的頭只能懸空後傾。他打直身子，肘靠扶手，以手撐著腦袋。他看著塑膠花，這裡插著這樣一朵花，彷彿要強調此處不允許活物。一切秩序至上。

他再次閉眼，花朵的影像還留在視網膜裡，卻變成了真花，慢慢綻放，盛大變成花園。花園旁那棟房子就是他們要買的屋。雷基站在花園中，看著玫瑰花叢閃閃發亮的紅花，屋裡出現一道長長的身影。夕陽匆匆沉落，將影子拉得越來越長，延伸至花園……

他抖了一下，乍然驚醒。他的掌心溼答答，被睡著時嘴角流下的口水沾溼。雷基擦嘴，咂咂唇，想伸直脖子卻辦不到，頸部不知怎麼地卡住了。他勉強挺直，聽到韌帶喀的一聲。停住。

有雙圓睜的大眼直盯著他。

「啊，妳……」

他話沒說完立刻閉上嘴巴，薇吉妮雅被五花大綁，躺在床上，面朝向他。由於表情太過平靜，簡直一片空白，絲毫沒有認得人的模樣……什麼都沒有，眼睛眨都不眨。

死了！她死……

雷基從椅子上跳起來，脖子發出喀一聲，他雙膝跪地、撲向床邊，緊抓著鐵管床架，臉湊近她，彷彿只要這麼做就能以意志力將她的靈魂從深處喚醒。

「妮雅！妳聽得見我嗎？」

沒有回應。但他敢發誓她回望他了，這麼一來就能證明那雙眼沒死透。他尋找著她，苦苦一路探進那雙眼中，從內心深處擲出掛鉤，擲入她眼眸的深穴，想在那幽暗空洞裡觸及……她的瞳眸。就是像這樣嗎？當你……

她的瞳孔不是圓的，而是拉長成細線，一股冰冷刺痛從頸部冒出，他忍不住皺起臉，手攔到脖子上搓了搓。

薇吉妮雅眨眼又睜開。她回來了。

雷基如白痴一樣愣愣張嘴，無意識繼續搓。薇吉妮雅張嘴時傳來木頭的喀嚓聲，她問：「你很痛嗎？」

雷基放下脖子上的手，彷彿做了什麼不該做的事被抓到。

「沒有，我只是……我以為妳……」

「我被綁住了。」

「對，妳之前那樣拳打腳踢……等等，我去……」雷基朝床架的兩條鐵桿間伸手，打算鬆開皮帶。

「別。」

「什麼？」

「別鬆開。」

雷基愣住，手指還抓著皮帶。

「難不成妳打算繼續拳打腳踢？」

薇吉妮雅半闔著眼。

「別鬆開。」

雷基放下皮帶，被剝奪任務的手頓時不知該往哪放。他仍雙膝著地，沒有起身，直接將椅子拉

到床邊，爬上去坐，不料這動作引發脖子另一陣痛楚。

薇吉妮雅用幾乎難以察覺的幅度點點頭。「你打電話給我女兒莉娜了嗎？」

「沒有，我可以……」

「很好。」

「要我打嗎？」

「不要。」

「你得幫我。」

「什麼我都願意做。」

薇吉妮雅舔舔脣、吸口氣，又深深嘆息，彷彿要將身體裡儲藏的空氣盡皆吐出。她朝著雷基投去眼神，尋找試探，彷彿要和她摯愛的軀體做最後道別，將他的身影烙印在心底。她的嘴脣蠕動相磨，終於吐出話語。

「我是吸血鬼。」

雷基想揚起嘴角傻笑，想說些什麼無關緊要或者有趣的話，然而嘴就是動不了，回應的話不知道在哪兒拐錯了彎，終究到不了脣邊。唯一能說出口的只有「不！」一個字。

兩人陷入沉默。這種沉默專屬醫院，原因為何，老實說無需言語就能說明一切：躺在病床上生病或受傷的人，隨侍在旁的健康人士。在這種情境下，所有話語都變得微渺多餘，只有最重要的話才必須說出口。兩人就這麼對望良久，一切盡在不言中。然後，薇吉妮雅將頭轉過來，與身體呈一線，凝視著天花板。

他按摩自己的脖子，轉移注意力，打破那股會讓她說的話成真的尷尬氛圍。薇吉妮雅用控制得宜的低沉聲線說——

「我去找古斯塔．因為我想殺他，如果沒發生那些事我就會得逞了。我要殺他，喝他的血，我就是想這麼做，這是我的意圖，就是這樣。你明白了嗎？」

雷基的視線在牆壁上到處尋找，好像在找蚊子，想找出那個趁著安靜不斷騷擾、使人無法思考的討厭嗡嗡聲。終於，他的目光停駐在頭頂那盞燈光。

「他媽的，聽起來還真像有那麼一回事。」

薇吉妮雅抬頭看燈。「我也無法承受光線，我不能吃東西、我腦中淨是可怕的想法、我會傷害人，包括你。我真的不想活了。」

終於，她說出了一句他可以具體回應的話。

「不要這麼說，妮雅，我不准妳這麼說，聽見了嗎？妳聽到了嗎？」

「你不懂。」

「對，或許我是不懂，可是妳不能死——他媽的。妳待在這裡，繼續和我說話，妳會沒事的。」

雷基從椅子上站起來，漫無目的走了幾步，伸出手指著她。

「妳不准⋯⋯不准再說這種話。」

「雷基？雷基？」

「我在這裡。」

「你知道的，你知道這是真的對不對？」

「什麼?」

「我說的都是真的。」

雷基哼了一聲,搖搖頭,手在胸前和褲袋一陣摸,「我得抽根菸,這⋯⋯」他摸到皺巴巴的菸盒,找出打火機,驚慌失措抽出最後一根菸放進嘴裡,突然想起自己身在何處,於是帶著菸往外走。

「該死,他們肯定會把我轟出去,要是被抓到⋯⋯」

「開窗吧。」

「妳要我從這裡跳下去抽菸嗎?」

薇吉妮雅笑了出來。雷基走到窗邊,將窗戶開到最開,盡可能探到外面。

剛剛和他交談的那名護士搞不好在一哩外都能嗅到菸味咧。他將菸點燃,深深吸了一口,用力呼出去,免得飄回窗戶裡。他抬頭凝望星星,身後的薇吉妮雅再次開口。

「是那個孩子。我被感染了⋯⋯它變大了。我知道它就在那裡,在我的心臟裡。一整顆心臟像癌細胞一樣,我無法控制。」

雷基吐出一縷煙,說話聲響亮地迴盪在四周的高樓間。

「胡說八道。妳很⋯⋯很正常。」

「我努力撐著,而且他們給我輸了血,但如果我撐不住──我隨時都可能撐不住──它就會掌控我,我感覺得到。」薇吉妮雅深呼吸數次,繼續說。「你站在那裡,我看著你,你知道我很想⋯⋯吃你嗎?」

雷基不知道是自己脖子抽筋或什麼的，脊椎突然起了一陣寒顫，旋即將菸在牆邊捻熄，以一個大弧彈出菸蒂，轉身面向房間。

「這根本是一派胡言。」

「是，但事實就是如此。」

雷基雙手交叉胸前，擠出些微嘲笑表情，開口問：「那妳要我怎麼做？」

「我要你……毀了我的心臟。」

「什麼？怎麼毀？」

雷基轉動著眼珠子。

「妳聽聽自己說的是什麼話？這什麼跟什麼嘛！簡直瘋了。妳講得一副要我……拿根木樁戳進妳身體之類的。」

「沒錯。」

「不、不、不，如果是這樣，妳想都別想。提一些更好的辦法吧。」雷基搖搖頭，繼續笑。薇吉妮雅看著他雙手仍交叉胸前，在房裡走來踱去，輕輕點點頭。

「好吧。」

他走到她身邊，握住她一隻手──摸起來好怪，是因為被綁著的緣故吧，連握住的感覺都沒有。她另一隻溫暖的手握緊他，他用空著的手摸摸她臉頰。

「妳確定不要我解開這些？」

「不要，它會……回來的。」

「妳會好起來的，沒事，我只有妳了。想聽一些祕密嗎？」

他坐在扶手椅上，繼續握著她的手，開始說出一切。關於郵票、郵票上的獅子、挪威以及郵票值的錢，還有他們將買下的小屋，房子要採用瑞典沼銅製成的傳統紅漆色。他編織了長長的幻想，描述花園會長什麼樣，裡頭栽植什麼花朵，要怎麼擺張小桌，弄個陰涼的露臺……

說著說著，薇吉妮雅潸然淚下。安靜透明的珍珠汩汩滑落臉頰，沾溼枕巾。她沒有啜泣，只有兩行清淚就這麼緩緩滑落，那是悲傷的珍珠……或是喜悅的珍珠？

雷基越來越沉默，薇吉妮雅握著他的手，握得緊緊的。

雷基起身走到迴廊，半說理半懇求地向護士弄到一張摺疊床，擺在薇吉妮雅旁邊，熄燈、脫衣，鑽入硬邦邦的席褥，摸索她的手。

兩人就這樣手牽手躺了好久，她低語一聲：「雷基，我愛你。」

雷基沒回應，讓這話語迴盪在空氣中，而後被密封成囊，逐漸變大，大到變成一張大紅毯，飄浮在房裡，慢慢降下覆蓋在他身上，給了他溫暖的一整夜。

週一凌晨四點二十三分，冰島廣場。

伯橋森蓋頓街附近不少人被響亮哭聲吵醒。有人報案說是嬰孩在哭，十分鐘後警察趕到現場，哭聲已經停止。他們搜尋了附近區域，發現一些死貓，其中幾隻的四肢被扯下來。警察在貓咪頸圈上發現有寫了名字和聯絡電話的字條，顯然貓主人希望貓咪如果出事能被通知。不過警察直接找了

清潔隊來處理死貓。

離日出還有半小時。

依萊斜倚在客廳扶手椅，他已經在這裡從深夜坐到黎明，打包好該帶的東西。

明天晚上，天一黑，依萊就會去電話亭叫計程車。他不知道該打幾號，不過或許這是某種常識，隨便都能問得到。計程車一來，他就會將那三箱物品放進後車廂，請司機載他到……到哪裡呢？

依萊閉上眼睛，想像自己會想去什麼地方。

一如往昔，他第一眼看見的還是他和父母、兄姊居住的小屋，但那已是塵封往事了。小屋位於諾羅平市郊，現在成了圓環車道。母親洗衣的小河早乾涸，成了十字路口旁一處雜草叢生的凹地。

依萊有很多錢，能請計程車司機載他到任何地方，只要黑夜允許，朝北往南無所不去。他可以坐在後座，叫司機不斷朝北開，就給他兩千克朗，然後下車，找個人……

依萊的頭往後仰，對著天花板大叫：「我不要！」

蒙塵的蜘蛛網在他呼吐的氣息中微微擺盪，聲音慢慢在封閉的屋裡褪去。依萊將手放在自己臉上，手指壓著眼瞼。他的體內感到太陽就要出現，焦慮也油然而生。他呢喃道：「上帝！上帝？為何我什麼都無法擁有？為何我不……」

這問題他問了千百遍。

為何不能讓我活著？

因為你該是死的。

被感染後，依萊曾遇見另一個被感染的人，她是個成年女子，而且就像假髮男人一樣憤世嫉俗、空洞虛偽。不過他從女人身上獲得困擾已久的另一個問題的解答。

「我們這種人很多嗎？」

女人搖頭，以誇大的悲傷語調說：「沒有，我們很少，非常少。」

「為什麼？」

「我們會死嗎？」

躁地動著雙手，刺耳尖聲說道：「但我的良心無法忍受殺人。」

「為什麼？因為我們很多人都殺了自己。你應該可以體會吧，這是如此沉重的負擔啊。」她焦

「當然會，只要放把火燒，或者叫別人幫忙燒。別人會樂意這麼做，而且已經這麼做了好幾世紀。又或者……」她伸出食指，戳戳依萊胸口，正好心臟上方。「這裡，它就在這裡對吧？朋友，我現在有個好主意……」

依萊曾逃避那個好主意，那時逃避，日後也逃避。

他將手放在自己心臟，感覺緩緩的心跳。或許因為他是個孩子，所以才沒動手終結自己。精神折磨遠比求生意志還弱。

依萊從扶手椅上起身。哈肯今晚不會出現了，不過休息前他得看一下湯米，確認他已復原，沒受感染。看在奧斯卡分上，依萊想確定湯米沒事。

他熄掉屋內所有的燈，走出門。

他從湯米家的樓梯間走到地下室，接著只要推開門就行。很久以前，他和奧斯卡去地下室時曾將報紙塞入門鎖內，所以即使門關著，也不會上鎖。他駐足在地下室迴廊，讓身後的門闔上，發出悶沉砰一聲。

離日出只剩二十分鐘。

空的。

沒有熟睡者的呼吸聲，只有油漆稀釋劑令人作噁的嗆鼻味。他快速走下迴廊到儲藏室，推開門。

他站在那裡，聆聽，沒動靜。

湯米整夜忽睡忽醒，頭昏腦脹，噩夢不斷。他稍微清醒了，但仍不知過了多久。地下室裡的赤裸燈泡依舊亮著，或許黎明了吧，天亮了。也或許學校開始上課了。但他不在乎。

他嘴巴有膠水味。湯米睜開惺忪的雙眼，胸前攤了兩張紙鈔，兩千克朗。他彎起手去拿鈔票，感覺肌肉繃緊。他手肘內側貼了塊大繃帶，繃帶中央冒出一片血漬。

應該還有……更多。

他翻開沙發，摸索座墊底下，找到一捆掉落的鈔票，三千。他將鈔票攤開，與胸口那兩張放在一起，再摸摸整疊錢，捏搓著發出沙沙響。五千克朗。有這錢什麼都辦得到。

他看著繃帶，咯咯笑。真不賴啊，只要躺著閉上眼睛就好。

真不賴啊，只要躺著閉上眼睛就好。

嗯？好像也有人這麼說過，某個人……

對了，是托比的姊姊，她叫什麼來著……英格蕾？她接客，托比這麼告訴湯米。這樣就有五千

克朗，托比說：「真不賴……」

只要躺著閉上眼睛就好。

湯米壓壓手中的鈔票，捏成一團。這是她喝他血所付的錢。因為她生了某種病，她這麼說。不

過──他媽的這什麼病呀？他從來沒聽過。如果真的生了這種病也該上醫院吧，讓他們……何必帶

著五千克朗跑來地下室呢？

嗖。

不。

湯米從沙發坐起，丟開身上的毯子。他們不存在，不對，沒有吸血鬼這種東西。那個女孩，穿

著黃洋裝的那個，她一定以為自己是……等等，大家在找的那個據說為獻祭儀式──

湯米臉埋進手裡，用紙鈔蹭耳朵。他搞不懂，但不管怎樣，現在他被女孩嚇破膽了。

他想回家，即使此刻天色漆黑，就在此時，他聽到了樓梯間門開啟的聲音，心臟如受驚嚇的鳥

兒那樣噗噗跳動，慌張地左右張望。

武器。

他視線所及只有掃帚，嘴巴扯出的苦笑撐了一秒鐘。

掃帚。還真是個對付吸血鬼的好武器啊。

湯米突然想起了什麼，將紙鈔塞進口袋中，走進避難室。先一腳踏出去，確定迴廊上沒有障礙物，再轉身溜進去。就在此刻，通往地下室的門正好打開，他不敢鎖上門，就怕她會聽見聲音。

黑暗中，他蜷縮著，努力不讓呼吸發出聲音。

地上的刮鬍刀片閃閃發亮，刀片一角有著如鐵鏽的褐色汙跡，依萊撕下一截摩托車雜誌的封面，將刀片包住，放進口袋。

湯米離開了，也就是說他還活著，自己走了出去，回家睡覺。就算他將這些片段線索拼拼湊湊，也搞不清楚依萊住在哪裡。

每件事都呈現該有的模樣，每件事都很……棒。

牆上倚了把長柄木掃帚。

依萊拿起它，就著膝蓋一壓，掃把從柄帚交會處折斷，斷裂處粗糙又銳利。現在帚柄成了一截約一臂長的細木棒，他將銳利端頂著自己胸口，也就是胸膛正中，那女人以手指戳著的地方。

他深呼吸一口氣，緊握掃帚柄，心念開始旋轉。

刺進去，刺進去。

他吐了口氣，鬆開手，再次握緊，往下壓。

依萊緊握帚柄，只離心臟一公分，他佇立在那兒兩分鐘，突然聽到地下室的門把碰一聲壓下，門瞬間滑開。

他將木棍從胸口移開，專注傾聽，聽見迴廊傳來緩慢謹慎的腳步聲，像個學步娃娃，彷彿有個很大的孩子剛學會怎麼走路。

湯米聽見腳步聲，心中納悶：誰？

不是史泰凡、拉席或羅本，而是某個生了病的、身軀沉重……聖誕老公公！湯米一想到迪士尼卡通版本的聖誕老公公，忍不住略略發笑，趕緊用手摀住嘴……

呵呵呵！來，說：「媽媽！」

……肩上揹著大袋子，走起路來搖晃晃，穿過迴廊的聖誕老公公。

摀住的雙唇微微顫抖，他得咬緊牙根才不致發出喀喀聲。湯米繼續以蹲伏姿態挪到門邊，一次一小步。他背頂牆角。就在這時，從門縫透出的矛形光束霎時黯淡。

聖誕老公公擋在避難室與燈光之間。湯米趕緊將加入另一手摀嘴，免得突然叫出來。他靜候著門打開。

無路可跑。

從門縫，他見到哈肯殘破的身軀。依萊將木棍伸長，輕輕推門。門被推開了十公分，再被門外的身軀擋下。

有隻手抓住門緣，將門往後甩，大力撞上牆，並因此鬆落了一個鉸鏈。埡歪的門只靠剩下的鉸鏈彈回來，撞到已塞滿門縫那副身軀的肩膀。

你還要我怎樣？

及膝的衣物上仍掛著幾縷藍碎布，藍布之外的地方則成為遍布爛泥、土沙和汗斑的骯髒模樣。撕裂的衣物下露出他白皙的肌膚，肌膚上則蝕鏤著永遠不可能癒

依萊嗅出汗斑是動物和人的血漬。

合的抓痕。

他的面貌沒變，仍是一團醜陋的裸皮赤肉，紅色獨眼彷彿發臭蛋糕上一枚熟透的櫻桃，純粹為了好玩才鑲上，可是他的嘴巴卻張得開開的。

哈肯臉下半部有個黑洞，暴露出沒有嘴脣覆蓋的牙齒。那個黑洞忽大忽小，伴以咀嚼的動作，以及一聲聲低呼：「依——萊——」

那聲音讓人難以辨認究竟是「嗨」、「嘿」或「依萊」，因為他沒脣也沒舌，無法發出ㄌ的音。依萊將棍子指向哈肯心臟，道了聲嗨。

你想要幹麼？

這樣的活死人。依萊對它們一無所知，他不知道眼前這個生物是否與他具有相同的死穴，能摧毀心臟、直接擊斃。哈肯停駐在門口，這似乎意味著一件事：他也需要得到邀請，才能進入。

哈肯掃視著依萊黃色洋裝下彷彿不堪一擊的身軀。此刻，依萊真希望他和哈肯之間有更多布料、更多保護。依萊謹慎地拿木棒靠近哈肯胸膛。

他有感覺嗎？他現在會覺得……害怕嗎？

此刻的依萊體會到一種他幾乎要忘記的感覺：對痛苦的恐懼。當然，即使受傷他也能痊癒，可是他卻難掩恐懼。他強烈地恐懼哈肯散發出的那種巨大威脅，讓人……

是嘆息嗎？接著，他用破鑼嗓子低聲說：「啊——及——」一手像抽筋似的縮了一下，笨拙地抓住衣襬，將自己的衣服往上拉。

這個生物發出空洞刺耳的聲音，吐出一口大氣，原本是鼻孔部位的兩個洞流出一滴黃黏液體。

「你想幹麼？」

他怎麼能……他那地方肯定一直都是這樣。

哈肯的陽具勃起歪斜，渴望受到注目，依萊望著那根布滿青筋的東西，它僵硬腫脹……

「啊——及——」

哈肯興奮地將包皮拉上拉下，龜頭忽露忽隱，像什麼一掀蓋就跳出來的玩具，還不斷發出歡娛

（或痛苦？）的呻吟。

「啊——伊——」

依萊鬆了口氣，噗嗤而笑。

就這樣。原來他是為了打手槍。

他可以站在那兒啊，站到腳生根，直到……

他會射出來嗎？他搞不好會站在那裡……一輩子。

依萊想起一種將扭把轉緊就會開始動的猥褻玩偶。僧侶造型的玩偶斗篷會翹起來，不斷手淫，直到轉緊的卡榫鬆弛。

依萊笑了出來，沉浸在幻想中，全然沒注意哈肯已踏進屋，他不請自入；也沒注意到他握著那根再也不可能得到快感的肉棒的手已高高舉起。

他的手臂抽搐一下，然後掃來，落在依萊耳上的力道足以殺死馬匹，打偏的拳頭以強勁力道硬生生扯裂依萊的耳朵，半隻耳掉落水泥地，發出悶悶的「啪」一聲。

湯米一發現迴廊外的東西沒打算入侵避難室，就大了膽子，將手從嘴巴移開。他坐在迴廊邊屏氣聆聽，想搞清楚狀況。

有女孩的聲音。

你想幹麼。

之後是她的笑聲，然後是另一種聲音，聽起來不像人類，再接著是悶沉的「砰」，彷彿有身軀在移動。

現在，外頭出現了某種……全新情境。有什麼東西被拖過地面，湯米不打算瞧個明白，不過至少他起身沿牆面移動到那堆箱子時，那個聲音能掩飾他發出的噪音。

他的心臟如玩具小鼓怦怦跳不停，他的雙手顫抖，不敢點亮打火機。為了更專注，他乾脆閉上眼，以手摸索箱子最上層。

湯米的手指抓到了他要摸索的東西：史泰凡的射擊獎盃。他小心舉起，在手中掂掂重量。如果

喀啦——喀，喀啦——喀……

抓住射擊手雕像的脖子，石製的底座就能當成棍棒。他張開眼，發現自己竟能隱約看見那個銀製射擊手的輪廓。

朋友啊，我的小朋友。

他將獎盃握在胸前，又蜷縮到角落，等著眼前一切結束。

依萊被抓住了，像個被攫住的物品。

他終於從陷溺的幽暗中浮出，感到自己的身體在遙遠的另一座海漂浮……然而是被人抓住的狀態。

背部傳來緊貼地面的壓迫感，他的雙腿被高舉起來往後壓，鐵環緊箍住他腳踝，而腳踝又被分別壓在頭兩側，他的脊椎好繃，整個人快要斷成兩截。

我快斷裂了。

他整顆頭陣陣刺痛，軀體像一疊布匹，被外力硬摺成兩半，依萊以為這是自己的幻覺，因為當他的雙眼又能看見，視線所及只有一片黃。而在那片黃色背後，則是巨大起伏的影子。

接著是冰冷。冰冷的球狀物在他兩臀之間淺薄的皮肉上滾動，有個什麼想長驅直入，起先戳探，接著塞擠。依萊倒抽口氣，蓋住他頭的黃洋裝被自己的氣息吹開。他看見了。

哈肯趴在他身上，獨眼直盯著他敞開的臀部，雙手緊扣依萊腳踝，依萊的雙腿被殘忍往後扳，雙膝都貼到了肩膀兩側。哈肯用力挺進，依萊聽見大腿後側的肌腱有如繃得過緊的繩索，啪地斷裂

「不要——！」

依萊對著哈肯那團看不出任何表情的模糊臉龐放聲哀號，哈肯嘴角流下一條口水，絲連而後斷裂，落入依萊肩間，他嘴裡滿是屍體的味道。依萊的手像布娃娃的雙臂，無力垂癱在軀體兩側。

他手指底下有東西，圓圓的、硬硬的。

他努力思索，逼自己在這旋轉不停、漆黑一片的瘋狂狀態創造出一片亮光。在這片亮光裡，他終於看見自己握著的棍棒。

太好了。

依萊抓緊帚柄，手指扣住這脆弱的救星，這時，哈肯繼續推擠、戳刺，企圖搗入他體內。

尖端，尖的那頭應該在那裡。

他轉頭瞥了棍棒一眼，的確就在那裡。

他等待機會。

依萊默默在腦中排演，想像待會兒的動作。接著他動手，一瞬間舉起棍棒，使勁全力刺向哈肯的臉。

可是他的胳肢窩只勉強拂過腿側，木棒直直戳去，離哈肯的臉卻還有幾公分。角度不對，依萊無法再伸長手臂了。

失敗。

那瞬間依萊想著，或許自己有能力靠意志死去，如果他關掉……

當哈肯再次挺進，頭也順勢垂下。這時傳來木湯匙戳入濃粥攪拌的聲音。木棒尖銳那端刺入他

的眼睛。

哈肯沒哀號，或許沒感覺，可是突然看不見的驚嚇讓他鬆開握住依萊腳踝的手。依萊不管雙腿的傷勢，當雙腳扭鬆後，立即朝哈肯胸口直直踹去。他的腳底撞擊在皮肉上，發出溼潤的啪咂聲，哈肯往後倒，依萊收回雙腿，站好，後背竄起的一陣刺痛讓他雙膝一屈，噗通跪地。哈肯沒倒下，只是後仰著腰，像鬼屋裡的電動人偶那樣，隨即又挺直身子。

兩人面對著面，跪在地上。

插在哈肯眼裡的棍棒一點一點被他往外拉，隨著節奏滑下、再被抽出，在地上撞出幾聲節奏，接著躺平。一道透明液體從一度裝滿淚水的凹洞滲出。

兩人一動也不動。

哈肯眼穴裡流出的液體滴滴答答落在他赤裸的大腿上。

依萊全身力氣湧至右手，握成拳頭。

哈肯肩頭抽搐，然後奮力撲向依萊，想再回到剛剛的位置，這時依萊揮出右拳，猛揍向哈肯胸口左側。

肋骨斷碎，肌膚伸張到極限，繃了一會兒終於棄守，破裂開來。

哈肯的頭一垂，想尋找他根本看不到的東西。這時，依萊的手往他胸腔裡摸索，找到了他的心臟。

不是活的，那麼一定……

依萊將心臟捏碎。太容易了吧，就像死水母一樣一捏就碎。

那是一團冰冷而柔軟的東西。沒有在跳。

彷彿有隻特別頑固的蒼蠅黏在皮膚上，哈肯舉高手臂，想叫那討厭的東西走開。他想抓住依萊手腕，但依萊早一步抽回手，繼續緊捏在他掌中顫抖的殘餘心臟。

非離開這裡不可。

依萊想起身，但雙腿不聽使喚。哈肯盲目摸索，手伸在前方，想摸到依萊。依萊匍匐爬行，意圖爬出這裡。他的雙膝碰到地面，摩娑出細碎聲響。哈肯將頭朝窸窣聲轉動，一伸手抓到了衣服、扯下一隻衣袖，這時依萊也爬到門口，再次跪地。

哈肯站了起來。

在哈肯摸到門之前，依萊有幾秒可以喘息，他趁著這空檔集中意念，命令斷裂的關節癒合到足以站立。然而，在哈肯抵達門邊時，依萊雙腿的力量僅能勉強撐牆站起。

依萊撐著粗糙牆板，免得摔跤，卻被細碎木刺戳進指尖。現在他知道了。沒有心臟又瞎眼的哈肯將死追著他不放，直到……直到……

必須摧毀……必須……摧毀他。

一條黑線。

之前不在的一條垂直黑線出現。依萊知道該怎麼做了。

「啊──」

哈肯手扶門框，踉蹌跨出儲藏室，接著伸出雙手摸索。依萊背貼著牆，等待適當時機。

哈肯走了過來，謹慎邁出步伐，在依萊正前方站定。他聆聽著、聞嗅著。

依萊往前靠，伸出雙手與哈肯肩膀等高，估量距離，接著往後靠牆，使勁全力，一股作氣，往

前衝撞哈肯。

成功了。

哈肯往旁邊踉蹌，後倒撞進避難室的門。門縫──也就是剛剛依萊以為是黑線的地方──隨著門往內敞開越裂越大，大到哈肯摔入黑暗。而依萊也因用力過猛，一頭栽下迴廊，幸好在臉撞到地上前設法停下。他爬到門邊，抓住輪舵的下半部。

哈肯躺在地上，依萊用力關上門，轉動輪舵、將門關起，然後爬到地下室的辦公間，找了木棒穿過兩個輪舵，將之卡死，以免輪舵從裡面被轉開。

依萊繼續集中力量癒合身體，打算爬出地下室。他的耳朵流出潺潺血河。到地下室大門時，已復原到能雙腳站立。依萊將門推開，拖著晃抖的雙腳爬上樓梯。

休息，休息，休息。

他推開樓梯頂端的門，走入社區門廳的燈光下。依萊才剛經歷一頓毆打羞辱，此時太陽又正要躍出地平線恫嚇他。

休息，休息，休息。

但他必須……根除。唯一能辦到的方式，就只有火。他蹣跚走過中庭，朝向唯一能找到火的地方。

星期一早上七點三十四分，布雷奇堡。

阿維德莫內街上的ICA超市防盜警鈴響起，警察十一分鐘後趕到現場，發現櫥窗已被打破，住在隔壁的超市老闆已經在那兒。他說，從自家窗戶看見個年紀很輕的黑髮人跑離現場，檢查了店內財物後卻發現沒遺失任何東西。

七點三十六分，太陽升起。

醫院的百葉窗比薇吉妮雅住處的更好，遮光效果佳。不過一個地方的百葉窗壞了，微弱晨光流瀉而入，在深色天花板投射出一條塵灰色的光影。

薇吉妮雅敞開整個身子，僵硬地躺在床上，凝視著陣風吹動百葉窗，以及隨之顫抖的灰色細長光影，它反射出微弱的光線。不過是小小困擾，她眼底升起睡意。

睡在病床旁邊的雷基鼻塞，他喘著氣。兩人昨晚徹夜聊天，多半聊過往回憶。將近四點，雷基終於沉沉入睡，還緊握著她的手。

約一小時後，護士進來量血壓，她將手從他掌心抽出。好滿足啊，她望著兩人欲放還留的手的一眼，也是對雷基深情溫柔的凝視。薇吉妮雅聽到雷基哀求她活著，還給了她應該活著的理由，所以這樣的凝視應該是溫柔的吧，她心想。

薇吉妮雅雙手交叉放在胸口，對抗著體內那股欲望……那股想要關閉的欲望。入睡這個說法不

夠恰當，因為若無刻意集中呼吸，她的氣息就會停止、關閉。而她此刻必須保持清醒。

她希望雷基醒來前會有護士進來。

沒錯。若能趁著他睡覺時結束，那最好不過。

不過或許這可遇不可求。

日光在中庭逮住了依萊，像一支灼燙的火鉗擰住他受傷的耳朵。本能地，他躲進社區入口的陰影，抓緊胸口那三個塑膠罐裝的工業酒精，彷彿也怕它們曬到太陽。

離住處樓下大門只有十步遠，到奧斯卡家則有二十步，三十步到湯米家。

我做不到。

不。如果他健康點、強壯點，或許可以撐到奧斯卡家樓下，等待時也能承受分分秒秒變得猛烈的強光。但湯米家就沒辦法了，現在他辦不到。

十步，上樓梯，樓梯間有扇大窗戶。如果跌倒、如果太陽……

依萊跑起來。

烈陽如餓獅一般猛撲而來，齜咬他的背。在陽光怒吼的力道下，他被往前拋甩，差點失衡跌倒。

大自然對他的罪孽感到反胃，逼他在陽光下攤開，給他看自己的罪行，就算只有一秒也不放過。

終於，他抵達門口、撞開門，但背部已被灼傷得嘶嘶冒泡，彷彿有人淋下滾燙熱油。那痛楚讓他幾乎昏厥，麻痺盲目地拖著步伐上樓梯。他不敢睜開眼，就怕雙眼會被炙光熔化。

塑膠瓶掉了一個，依萊聽見它滾下樓，但無能為力。他低著頭，一手抱著剩下的塑膠瓶，另一手抓住欄杆，費力瘸拐上樓，終於走到平臺處，只剩一段階梯了。

烈日從樓梯間窗戶傾瀉而下，抓住最後機會，鞭笞他的頸子，對他展開凌虐，趁著他爬上階梯時撕咬他的大腿、小腿和足踵。他熊熊燃燒，唯獨缺少火焰。開了門，他倒向屋內美妙冰冷的黑暗中。砰地將門甩上。進入一片黑暗。

不過廚房的窗開著，那兒沒有百葉窗遮掩。還好透進的光線比剛剛遭受的焰爪虛弱許多，也比較灰暗。依萊將瓶子放在地上，繼續爬行。他爬進浴室，擾嚥背上的光線力道雖然溫和了點，燒焦的氣味仍飄進鼻腔。

我不可能再完整了。

他伸長手，打開浴室門，爬進深濃的黑暗中，將兩個塑膠罐推開，關門，鎖上。

滑進浴缸前，他想到：

大門沒上鎖。

太遲。在陷入又溼又黑的狀態之際，他整個身體也關閉了，反正他也沒有力氣。

湯米坐得直直，緊貼著角落。他屏住呼吸，直到耳朵嗡嗡響，發現眼前出現了流星。他聽見地下室門關上，才有膽喘氣。急促的呼吸聲沿水泥牆面飄動，慢慢消逝。

完全安靜下來，黑得如此徹底，彷彿黑暗是團有重量的東西。

他伸手到面前，看不見。沒差。他摸摸自己的臉，說服自己的確存在。對的，他的手指觸到鼻子和嘴脣。好不真實。他的手指之下閃爍出生命，又旋即消失。

反倒是另一手裡的小雕像感覺更有生命力，也更真實。他握握它，緊緊抓住。

湯米頭垂在兩膝間，就這樣坐著，雙眼緊閉，手摀住耳朵，什麼也不想知道。他不想聽到儲藏室裡發生的一切，好像有個小女孩被人謀殺了，可是他什麼都不能做，也不敢做，所以只好讓自己消失，以否認這些事實。

他和爸爸在一起，在足球場上、在樹林裡、在享受死海鹽浴。最後，他的思緒停駐在瑞克斯塔原野和爸爸玩遙控飛機的情景。飛機是爸爸向同事借來的。

媽媽走過來看，沒多久就覺得遙控飛機在空中繞圈圈無聊透頂，所以她回家了。湯米和爸爸玩到傍晚，飛機變成了粉紅餘暉中的一抹剪影。父子倆手牽手，穿越樹林走回家。

那天，湯米就是在那裡，但距離尖喊聲和瘋狂行為仍有幾公尺遠。他只記得遙控飛機隆隆響，還有自己緊張地操控飛機繞著大圈，遨遊在那片原野、墓地之上，還有爸爸那雙大手貼在他背部的溫暖感覺。

在那以前湯米從沒去過那片墓地。他一直想像，去那裡的人會漫無目的在墳墓間遊蕩，雙眼流下漫畫那樣閃亮斗大的淚珠，潑灑到墓碑上。後來，爸爸死了，湯米才知道墓園其實和他想像的可說截然不同。

湯米的手緊貼著耳朵，讓自己隨這些思緒飄離當下，回想走過樹林的感覺，回想遙控飛機上的小瓶子裡那特殊的燃油氣味，回想……

直到被按住的耳朵隱約聽見門鎖轉動的聲音，湯米才放下手，張望四周。沒用，因為這避難室甚至比他眼瞼之下的世界更黑暗。當他聽見第二個輪舵發出轟隆聲，將怪物——不管是哪一種——鎖在裡頭，他又屏住氣息。

遠端那扇鎖起的門傳出轟然巨響，傳遍樓梯間。牆壁和他所在位置全跟著抖動。「它」還活著。

可是「它」抓不到我的。

他不清楚「它」到底是什麼，不過總之，那東西沒發現他。湯米從原本蜷著的位置起身，沿牆朝門口慢慢摸索，他麻痺的腿上彷彿有激動的螞蟻在奔跑，由於雙手緊壓著耳朵，又感到恐懼，他因而汗如雨下，甚至從手掌滴落。

他空著的手摸到被關起的輪舵，開始轉動。

只轉了十公分就卡住了。

這是什麼……

他壓得更用力，輪舵沒動。湯米把雕像放下，想以兩手之力來轉。雕像傾倒，撞擊地面，發出

碰一聲。

他愣住了。

這聲音聽起來很奇怪，彷彿落在某種……軟軟的東西上。

他蹲在門邊，想轉動下面的輪舵。一樣，只轉了十公分就卡住。他坐在地上，努力思考眼前現

實。

該死，我真的要被困在這兒了嗎？

或類似那樣的下場。

他突然一陣毛骨悚然。類似爸爸死後那幾個月不斷出現的恐懼，他很久沒產生這種感覺了，而現在，他被鎖在這漆黑之地，它再次出現。對父親的愛在經歷一場死亡後竟變成恐懼，對父親軀體的恐懼。

他喉頭卡了一塊越來越大的東西，手指逐漸僵硬。

專心點！快思考！

儲藏室另一端的架上有蠟燭，問題在於怎麼在黑暗中走到那裡。

白痴！

他打了自己額前一掌，大聲笑出來。有打火機啊！真是的，如果無法點燃，就算拿到那些蠟燭又有什麼用呢？

周圍有千百個罐頭，可是沒開罐器，身邊滿是食物也會餓死。

他在口袋摸索打火機，心想：其實並非毫無希望。遲早會有人來到地下室，就算沒有其他人，她的媽媽也一定會來。況且，如果能讓這裡有些亮光，應該會有轉機的。

他從口袋掏出打火機，按壓點亮。

熟悉黑暗的雙眼因為突來其來的亮光一時盲目，適應後他才發現自己不是一個人。

就在地上，就在腳邊，是……

……爸爸……

他忘了其實爸爸早被火化。就著跳動的亮光，他看見了屍體的臉。他知道人活在世上多年之後

就會變成那副模樣。

……爸爸……

……爸爸……

他的驚呼吹熄了打火機，但就在亮光熄滅的剎那，他見到爸爸的頭抽動著……

……是活的……

腸中物突然嘩啦一聲溢出褲子，濺得尾椎溫溫熱熱，他雙腿一軟，整副身軀一垮，倒在那團東西上。打火機掉落，飛過地面。他的手輕碰到屍體的冰冷腳趾，它尖銳的趾甲刮傷了他的掌心。他持續尖叫——

但是爸爸！你怎麼沒剪指甲？

……然後他開始撫拍對方冰冷的腳，彷彿在摸一隻凍僵的小狗，他受到驚嚇，而牠需要好好安慰。他繼續往上拍，拍到脛骨和大腿。感覺皮膚底下緊繃的肌肉開始移動，他的手指摸到了鐵，是獎盃的小雕像，就躺在屍體兩條大腿間。他將雕像抓到胸前，不再尖叫，有那麼半晌，他回到了真實世界。

雕像可以當作棍棒。

停止尖叫後的沉默片刻，他聽見了黏稠物質滴滴答答的聲音，就在這時，屍體上半身一挺，某個冷冰冰的肢體輕推他手背。他趕緊抽回手，緊緊抓著小雕像。

不是爸爸。

不是。湯米往後縮，挪動屁股，離屍體遠遠，儘管褲底還黏著排泄物，有那麼半晌，他還以為自己在黑暗中也看得見，因為他對聲音的記憶能轉成視覺，讓他看見在黑暗中起身的屍體，那團淡

黃的星雲。

湯米踩著小碎步往後挪到牆邊，這時，位於遠端的屍體吐出了短短的嘆息。「……啊……」

湯米看見了……

一頭小象，卡通象，出現了，（叭——聲），這頭巨象……象鼻舉高！……叭。字母「A」，瑪格努斯、布勞斯和伊娃出現了，唱著：「那裡！是這裡！哪裡你沒……」9

不，它是怎麼……

屍體一定撞到了那堆箱子，因為湯米聽見了碰的一聲，音響器材全掉到地上，鏗鄺鏗鄺響。湯米倏地往後緊貼牆，後腦杓撞個正著，擦出靜電噪聲。在它的狂吼聲中，他也聽見了它硬邦邦的赤腳一步步踏在地上的重擊。

這裡。你不在這裡。不對。

就像那樣。他不在這裡，他看不見自己，看不見發出噪音的東西。所以只聽見聲音。他雖凝視著音響的黑色網線，能感受到的只有這個甚至不該存在的聲音。

這裡。是那裡。你不在那裡。

他差點開始大聲唱起兒童節目裡的這首歌，幸好僅剩的意識敏銳告訴他此刻不宜。螢光幕上消逝的白色嗡響逐漸褪去，只留空白畫面，他堆築出新的思緒，費力地堆築。

臉，那張臉。

他不願去想它的臉，**不要**想……

打火機瞬間照亮那張臉。

它靠過來，不僅腳步聲趨近，連地面也飄過他雙腳舉起又落下的風壓。不行。他可以感覺到，

他的存在像是比黑暗更難以參透的陰影。

他用力咬著下脣，直到嘗到滲出的血味。湯米緊閉眼睛，看見自己的雙眼彷彿不在了，就像⋯⋯

眼睛。

它沒有眼睛。

有隻手揮過空中，將一道弱弱的氣流帶過他眼前。

瞎了。它瞎了。

他不確定，但那生物肩上的那團東西的確沒有眼睛。

那隻手又在半空揮來揮去，湯米感到臉頰有氣流掠過，就在那隻手碰觸他的十分之一秒前，湯

米及時撇過臉，所以它的手指僅僅刷過他頭髮。他停住轉頭的動作，立即趴臥倒地，以雙手在面前

劃圈，如游泳般爬行。

打火機、打火機。

有東西戳到臉頰，湯米察覺，竟是它的趾甲。他頓時湧起噁心感。湯米瞬間翻過身。他可不能

與那隻搜尋他的手處於相同位置。

這裡。是那裡。我不在那裡。

──

9　瑪格努斯、布勞斯和伊娃是瑞典兒童節目《五隻螞蟻勝過四隻大象》中的三個哥哥姊姊的名字，他們會在節目中

　教小朋友字母和數字。

他的嘴裡不由自主發出笑聲，湯米努力克制，卻失敗了。他笑到口水噴出來，沙啞的喉嚨發出笑聲叫聲或打嗝，雙手就像雷達那樣繼續探索地板，或許這是他唯一的優勢，唯一能勝過黑暗的優勢，而這黑暗正想將他吞噬。

上帝啊，幫幫我。讓祢臉上的榮光……上帝對不起，我在教堂做了那件事，每件事都對不起。

上帝啊，我會信仰一輩子，不管祢要我怎樣，只要祢……讓我找到打火機……請與我同在，拜託啊，上帝。

有什麼事發生了。

就在湯米感覺到那東西的手抓住他的腳之際，瞬間出現藍白亮光（好像是閃光燈），也是在那瞬間，湯米確實看見了傾倒的箱子，凹凸不平的牆面，以及通往儲藏室的走廊。

然後他看見了打火機。

離他右手只有一米，轉瞬又被黑暗包圍，但打火機的位置已經烙印在他眼底。湯米使勁將腳從那東西手中抽離，探出手臂抓住打火機，緊緊握在手中，他伸出雙腿一躍。

他不管自己是否一口氣要求太多，這會兒腦袋又開始喃喃訴說新的祈求。

讓那東西瞎了吧，上帝啊，讓他瞎，上帝，讓他瞎……

他點燃打火機，發出一陣閃光，就像剛剛看見的藍白光線，接著，焰心呈藍色的黃色火炬出現。湯米滑了兩步、抵達門那東西站在原地，轉動著頭尋找打火機彈開的聲音，朝這方向過來。湯米三秒前所在的位置。

邊，手中火焰搖曳閃爍。那東西來到湯米三秒前所在的位置。

如果還有力氣，他就會跟他玩下去，只不過在打火機的微弱火炬中，一切突然變得**真實**了起

來。不可能再訴諸幻想，假裝自己不在這裡，這一切都沒發生在自己身上。

他的確被鎖在這隔音絕佳的屋裡，和一個把他嚇得半死的怪物關在一起。湯米的胃一陣翻湧，但已空到吐不出個什麼東西（反倒放了小小的屁），那東西聞聲轉頭，又朝他過來。

湯米用空的那手轉動上鎖的輪舵，可是用力過猛，連拿打火機的手也微微顫抖，火焰熄滅了，輪舵仍不動，但從眼角餘光，湯米還來得及瞥見那東西正在趨前，趕緊閃離門邊，站回之前縮的牆邊。

他塞住鼻子發出啜泣。

讓這一切**結束**吧，上帝，讓它結束。

那頭巨象又拿起帽子，用鼻音說：這是尾——聲！吹喇叭，吹象鼻，叭——！現在結束了！

我要瘋了，我……它……

湯米搖搖頭，又點燃打火機。前方地面，獎盃躺在那裡。他彎腰拿起來，跳了兩步到旁邊，朝另一側牆邊走，看著那東西摸索到他剛剛所在之處。

瞎子的嚇唬招數。

湯米一手拿打火機，一手拿獎盃，張嘴想說些什麼，卻只能發出低啞聲音。

「來啊，就……」

那東西被驚動，轉過身，朝向他。

他將史泰凡的獎盃當成棍棒舉起，就在那生物離他半米的時候，湯米用力揮向它的臉。

這就像足球場上的完美罰球，腳碰到球的剎那，你就會知道這球……絕對能夠完美射門。同

樣，湯米手中的獎盃揮到一半——

太棒了！

……石製底座的銳角沿著湯米甩出的大弧，碰到那東西的太陽穴。那一瞬間，他感覺到勝利。

它皺扁的頭顱以及冰裂般的聲音只是更加確定了這種感覺。冰涼液體噴濺到湯米臉龐，那東西癱倒在地。

湯米佇立在原地，喘著氣，注視癱在地上的軀體。

他勃起了。

沒錯。那東西的陽具像個半倒下的迷你墓碑豎在那兒。湯米盯著它看，等著它憔悴倒下——等不到，它就是不倒。湯米很想笑，可是喉嚨太痛。

他的拇指怎麼一抽一抽？湯米低頭看才發現，打火機的火焰燒到他壓著瓦斯頭的拇指，他本能要放開手，但手指不聽話，抽筋卡在那上頭。

他將打火機轉了個方向，就是不想讓火熄滅，不想又被留在黑暗，和這個東西——

有動靜。

那東西又抬起頭，準備站起來。這時，湯米突然感到某種重要的東西離開了他。湯米之所以是湯米，就是靠那東西。

大象搖搖晃晃站在蜘蛛網的一根小絲線上！

絲線斷掉，大象跌下。

湯米又狠狠打它，一打再打。

打一會兒後，他開始覺得挺有趣了。

十一月九日星期一

摩根走過票閘口，對票務員揮揮手中那張已過期六個月的月票，而賴瑞則守法地停下腳步，抽出一條皺巴巴的乘車優惠券，對票務員說「到安拜普蘭站」。

票務員從書中抬起頭，在乘車優惠券上蓋了兩格，摩根笑看著賴瑞追上來，兩人走下階梯。

「你幹麼那樣？」

「怎樣？你是說在乘車券上蓋章嗎？」

「是啊。你又不是什麼模範市民。」

「跟那個無關。」

「那是為什麼？」

「因為我不像你，可以吧？」

「拜託，那傢伙只是……就算拿張國王的照片給他蓋，他也會看都不看直接蓋上去。」

「是是是，別說得那麼大聲。」

「難不成怕他來抓我們啊？」

兩人打開通往月臺的門之前，摩根圈起手，弄成個擴音器，放在嘴邊朝售票口喊著：「注意，

注意，有人非法乘車！」

賴瑞趁機溜走，大跨幾步衝到月臺。摩根追上他時，他說：「你這種舉動很幼稚你知道嗎？」

「對啊，我就是幼稚。好啦別鬧了，把整件事情說給我聽聽——從頭到尾。」

前晚，賴瑞打了電話給摩根，大概說了古斯塔十分鐘前在電話中告訴他的事。兩人決定今早在電車站碰頭，一起到醫院去。

而今賴瑞又從頭說一遍。薇吉妮雅、雷基、古斯塔和貓；雷基陪薇吉妮雅坐上救護車。不過賴瑞的版本還多添了些細節。話還沒說完，往城裡的電車就進站了。兩人上車，霸占四人座，賴瑞把故事說完，「然後救護車就馬力全開，鳴起警笛往前衝。」

摩根點點頭，咬著指甲，望向窗外，這時電車爬出隧道，停在冰島廣場站。

「到底是什麼東西讓牠們抓狂？」

「沒有，該死的貓。雷基肯定要崩潰了。」

「不然你有更好的解答？」

「全部的貓？同時間嗎？」

「你是說貓嗎？不知道。應該有什麼把牠們搞得全發瘋吧。」

「他以前就不怎麼正常啊。」

「是不太正常。」摩根嘆了口氣，「他媽的，我真替那傢伙難過，真的，我們應該……我不知道，應該做些什麼吧。」

「那薇吉妮雅呢？」

「對，對，還有薇吉妮雅。不過你知道的，就是受傷、生病，還能怎樣？不就是躺在那

兒。最難捱的反而是坐在病床邊⋯⋯噯不是啦，我不知道，不過他還好。上次他⋯⋯他說那是什麼

來著？狼人嗎？」

「吸血鬼。」

「對。打從他說出這句話你就知道他狀況不怎麼好，是吧？」

電車駛進安拜普蘭站。身後的電車門關上時，摩根說：「在這裡我們可得同舟共濟了喔。」

「我至少有蓋兩格，他們會通融些啦。」

「那是你**自己覺得**，事實上根本不會知道。」

「你看到投票結果了吧？瑞典共產黨的票數？」

「看到了，看到了。選舉完就會沒事啦。很多人站在投票箱旁時還是會秉著良心投下自己的

票。」

「那是你自己想的。」

「不是，我是真的知道。等到哪天共產黨被趕出國會，我就會相信有吸血鬼這種東西。不過當

然，總是會有保守反動人士，譬如古斯塔．波赫曼和同夥人，你知道的。至於吸血⋯⋯」

摩根又開始一人獨白，從阿凱雪夫區賴瑞就沒在聽他說話了。溫室外有名警員望向電車站。賴

瑞想到自己出站時沒蓋的乘車券，不由得良心不安，但一想到警察之所以站在那兒，他立刻壓抑這

個念頭。

這名警察看來一臉無聊。賴瑞鬆了口氣。摩根的獨白字句會偶爾飄進賴瑞的意識，兩人朝著薩

巴斯伯格醫院走去。

七點四十五分，還沒有護士進房。

天花板上塵灰色的長條光線已變成淡灰，百葉窗滲進的陽光已足以讓薇吉妮雅覺得，她像是躺在人工日光浴的床上。身體熱了起來，開始扭動，但也僅止於此，沒繼續惡化。

雷基躺在旁邊的摺疊床上打呼，睡夢中嘴巴還動來動去。她準備好了。如果能自己按鈴叫護士她早就做了，只是現在手被綁住，動彈不得。

所以她只好等。肌膚上的灼熱令她很痛，但這不算什麼苦惱。此時此刻，最折磨人的就是得努力保持清醒。只要稍微忘記，呼吸就會停住，她頭上的燈就會加速閃動，所以她只得瞪大眼睛，不斷搖頭，讓自己清醒。

而這必要的清醒也有好處，能讓她不胡思亂想。薇吉妮雅全副心力專注於讓自己清醒，沒有餘地猶豫、後悔或思索其他選擇。

八點整，護士進房。

她張嘴就說出「早安，我們今天狀況一定會很棒！」這類護士每早會對病人說的問候語，薇吉妮雅趕緊要她安靜，「噓——！」

護士嚇了一跳，閉上嘴，皺著眉走進陰暗房間，靠向薇吉妮雅病床說：「怎麼了……」她點頭示意雷基的方向。

「噓！」薇吉妮雅壓低音量，「對不起，我不想把他吵醒。」

護士點點頭，跟著壓低音量，「當然，不能吵醒他，我只是進來給妳量個體溫和血壓。」

「都行。不過妳能……先把他弄出去嗎？」

「把他弄──妳是又要我把他叫醒嗎？」

「不是。妳是不是可以……把他整張床推出去？」

「不是這樣的。妳能不能……就照我說的去做？」

護士瞥了眼自己的手錶。

「真不好意思，我還有其他病人要照顧，我……」

薇吉妮雅鼓起勇氣，發出最大音量，厲聲說道：「麻煩妳好嗎？」

護士退後半步。她已經聽說過薇吉妮雅昨晚的失控舉止，目光迅速移到束縛薇吉妮雅雙手的皮帶，看見她被牢牢綁住，護士寬心不少，隨即靠回病床邊。不過，現在她和薇吉妮雅說話的方式彷彿把她當成智能不足。

「妳知道的……我得……我們得……為了幫助妳快點好起來，只要一點點……」

薇吉妮雅閉上眼、嘆了口氣，終於放棄，接著開口說：「可以麻煩妳好心幫我拉開百葉窗嗎？」

護士點點頭，走到窗邊，薇吉妮雅趁機踢開被單，露出身體，屏住呼吸，雙眼緊閉。

結束了，此時此刻，她想讓自己關掉。她一整個早上不斷在抗拒身體的這項功能，而今她決定有意識地開始進行，卻發現自己辦不到。此刻，她經歷了大家都聽過的事……自己的一生就像電影那

樣快速在眼前閃過。

我養在紙盒裡的小鳥……洗衣房裡剛翻攪過的床單氣味……母親剛學會的肉桂餐包屑……父親……他菸斗的味道……每個……小木屋……女兒莉娜和我，那年夏天發現的大蕈菇……孫子泰德臉頰上沾了藍莓糊……雷基，他的背……雷基……

百葉窗噹啷噹啷拉起，薇吉妮雅被吸入火焰漩渦之中。

奧斯卡的媽媽如常在七點十分喚他起床，他也按照慣例爬下床，吃早餐，換衣服，七點半與媽媽擁抱道別，一如往常，感覺很正常。

當然，他仍擔心焦慮，不過這種感覺也非罕見，每次週末過後要回學校他就會有這種感覺。奧斯卡將地理課本、地圖和還沒寫完的作業裝進書包，現在已經七點三十五分，十五分鐘後他才需出門。要坐下來寫作業嗎？不要，沒力氣。

他坐在書桌前，凝視著牆面。

這代表自己沒被感染吧？還是有潛伏期？不，那老人……只過幾小時就發作了。

我沒被感染。

他應該要快樂、要鬆口氣，卻沒有這種感覺。電話響了。

依萊！發生了一些事……

他從桌前起身、走到玄關、抓起話筒。

「嗨，我是奧斯卡。」

「喔……嗨，你好。」

爸爸。是爸爸。

「嗨。」

「嗯……你在家啊。」

「喔，我想也是。」

「不在，她出門上班了。」

「很好，那我就不……媽媽在嗎？」

「要去上學了。」

「對。」

奧斯卡明白了。難怪他會在這種奇怪的時間打電話來，因為他知道媽媽不在。爸爸清清喉嚨。

「嗯，我是在想……週六晚上的事，確實有點……遺憾。」

「對。」

「對。你告訴媽媽……發生了什麼事嗎？」

「你認為呢？」

電話另一端陷入沉默，一百公里的電話線傳出靜電干擾聲，烏鴉坐在電話線上，兩端的交談就這麼啾啾啾竄過牠們腳邊。爸爸又清清喉嚨。

「你知道嗎，我問了溜冰鞋的事，沒問題，他們可以送你。」

「我得出門了。」

「嗯嗯，當然，祝你……今天在學校愉快！」

「好，掰。」

奧斯卡放下話筒，拿起書包，出門上學。

他沒什麼感覺。

還有五分鐘才能開始上課，有些學生仍站在教室外的走廊。奧斯卡遲疑了一會兒，還是將書包甩上肩頭，走進教室。所有人的目光紛紛聚焦過來。

衝過炙道的炮火襲擊，躲開群眾的猛烈圍攻。

沒錯。他怕的就是這糟糕的一刻。當然，所有人都曉得強尼週四發生什麼事。放眼望去，他們沒見到強尼，大家週五聽到的應該是麥奇的版本。此刻麥奇就站在那裡，臉上浮現和平常一樣的白痴笑容。

奧斯卡沒放慢腳步，也沒準備設法逃躲，相反地，他**邁開**步伐，快速走向教室，內心一片空白。他不在乎會發生什麼事，反正都不重要。

但可以確定的是：奇蹟發生了，海水分開來。

圍在門口的那群人自動讓出空間，讓奧斯卡不受阻礙地走入教室。事實上他也沒什麼特別期望。要說是他身上散發出的某種力量也罷，或者他就是個發臭的賤民，讓人避之唯恐不及，對他來說都無所謂。

然而現在的他真的不同了。他們感覺到那種不同，所以見了他便自動後退。

奧斯卡走進教室，完全沒有左右張望，逕自坐到自己的位置上。他聽見走廊傳來眾人的竊竊私語，沒多久，大家魚貫進入教室。喬漢走過他身邊時對他豎起大拇指。奧斯卡聳聳肩。

上課鐘響五分鐘，老師進教室，強尼也出現。奧斯卡以為他的耳朵上會有繃帶之類的，但什麼都沒有，可是看得出瘀青腫脹，十分突兀，彷彿不是他身體的一部分。

強尼就座，沒看奧斯卡，沒看任何人。

他覺得很丟臉。

沒錯，肯定是這樣。奧斯卡轉頭看強尼，正巧發現他從書包裡拿出相本塞進抽屜。強尼臉紅起來（和耳朵顏色真配）。奧斯卡很想對他吐舌頭，不過終究克制住這念頭。

太幼稚了。

※

湯米週一早上八點四十五分才上學，所以史泰凡八點就起床，快速喝了杯咖啡，接著打算和這男孩來場男人間的對談。

伊凡已經出門上班，照理說，史泰凡九點要到諸達恩樹林繼續搜查，雖然他覺得一樣不會有斬獲。

嗯，不過能到外頭透透氣也好，況且天氣看起來很不錯。他在水龍頭下沖洗咖啡杯，沉思了一會兒，然後換上制服。他曾想過穿著便服去地下室找湯米，以一般人的姿態和他談談。不過嚴格來

說，破壞教堂公物也算警察的事。總之制服讓他有種權威感，雖然他不覺得自己在私生活中會缺乏權威，不過……反正就是這樣。

況且他也該穿上執勤的制服，因為和湯米聊過後，他就得直接去現場緝兇。所以史泰凡穿上警察制服和冬季大衣，在鏡子前看看自己——不錯。然後，他拿起伊凡留在餐桌上的地下室鑰匙，關上門，又檢查了門鎖（出於工作習慣），走下樓梯，打開通往地下室的門。

啊哈，被塞了一團紙。

典型的宵小伎倆。先隨便捏造個理由，到要下手的人家探路，然後塞團紙破壞門鎖，希望屋主離家時沒注意到。

史泰凡彈開摺疊式小刀，將那團紙挖出來。

當然又是湯米。

史泰凡壓根沒想湯米一定有鑰匙，何必在門鎖上動手腳呢？反正湯米就是成天在這兒混的小偷，而這正是小偷的伎倆，所以肯定是湯米。

伊凡對史泰凡描述過湯米的基地，史泰凡邊走往基地方向，邊在心裡準備待會兒要開講的內容。他本來考慮像哥兒們一樣輕鬆聊聊，不過鎖的事情讓他火氣又上來。

他可以跟湯米解釋——解釋，不是威脅，關於不良少年拘留所、以社會服務代替牢獄、哪個年紀會比照成人法律來判刑等等。用這種方式讓他了解自己正走上一條怎樣的路。

史泰凡打開通往儲藏室的門探頭進去。嗯，他就知道，鳥已飛出巢穴。然後他看見汙跡，蹲下查看，以手指抹抹其中一個斑點。

血漬。

湯米的毯子還在沙發上，就連上頭也有零星血漬。而地面——他定睛細瞧才發現全都是血。

受到驚嚇的他趕緊往後退。

在他眼前的是個犯罪現場，原本打算做的訓斥全部消失，他腦海開始翻閱處理犯罪現場的規則手冊，雖然早就記牢，還是得找出那段落……

立刻取得那些可能遺失的證據物品……記下精確時間……避免該處受到汙染，因為日後很有可能又從那裡取得衣物纖維之類的殘跡……

他身後傳出隱約咕噥聲，當中還夾雜著悶沉的碰撞。

有根棍子穿過避難室大門的輪舵。他走向那扇門聆聽，沒錯，無論咕噥或碰撞聲都是從裡面傳出來的。聽起來很像……一團什麼。好像背誦著什麼祈禱文，不過實在聽不懂。

崇拜魔鬼的人……

蠢念頭。不過當他仔細去瞧門上那根棍子，他的確被嚇到了。就在棍子往上約十公分的頂端有一團深紅的模糊血肉，彷彿激烈爭吵時動刀動槍留下的痕跡。

門另一側的咕噥仍在繼續。

要增派警力嗎？

不，搞不好另一側正進行的非法勾當會在他上樓打電話時結束，所以到最後還是得靠他親手處

理這個狀況。

他解開槍鞘，以便輕易取槍，警棍的鉤子也鬆開。他一手從口袋掏出手帕，小心翼翼地用手帕包覆在棍子一端，將它抽出輪舵，專注聆聽棍子抽出時的摩擦聲是否會讓裡頭的聲響有所改變。

沒變，祈禱聲和碰撞聲仍在持續。

棍子抽出來了，靠在牆邊，不能破壞上頭的指紋。

他知道手帕不保證不會抹去指紋，所以他不抓輪舵，反而以兩根僵硬的手指抓著輪輻硬轉。輪舵活塞鬆開，他舔舔脣，喉嚨好乾。另一個輪子一路往後轉，門開啟了一公分。

現在他聽見了字句，是一首歌。高亢的聲音斷斷續續發出呢喃。

兩百七十四隻大象，

在一根小小的蜘蛛絲……

（碰）

……絲！

在一根小小的蜘蛛絲……

兩百七十五隻大象

紛紛去找朋友來！

牠們以為這好有趣

（碰）

……絲！

牠們以為這……

接著，他看見了。

史泰凡把警棍從身上拿下，用它推開門。

湯米跪在一團東西背後，那東西實在難以辨識是否為人，因為他身體側邊凸出來的不是一隻完整的手，而是與軀體若即若離的殘肢。還有胸口、腹部和臉部——全成了一團皮肉、內臟和壓碎的骨頭。

湯米雙手握著一塊方形的石塊，唱到某段落時，就往那有如遭屠宰的東西砸下去。那東西沒什麼抵抗，被湯米拿來攻擊的石塊則一路往下砸到地面，再被舉起，接著蜘蛛網上多了一隻大象。史泰凡不能確定那就是湯米。拿石塊的人全身是血，皮肉組織的屑片如此難……史泰凡突然一陣反胃，但仍努力克制翻湧而上的噁心，他低下頭，不想再看，就在這時，他的視線瞥到門檻上一個小錫兵。不對，是射擊獎盃上的神槍手。他認出來了。躺在地上的神槍手正把手槍往上指。

底座在哪？

他瞬間領悟。

史泰凡一陣暈眩，指紋和犯罪現場的規矩一概忘記。他將頭倚在門柱上，這時，那首歌反覆繼續：

兩百七十七隻大象，

在……

他一定大受打擊，因為此刻他竟出現了幻覺。他覺得自己看見了……沒錯……他清楚看見那躺

在地上的屍骸，在遭棒擊打的空檔……竟在移動著。彷彿想起身。

摩根總是一根接一根抽菸抽不停。不過一到醫院入口，他就把菸蒂捻熄在花圃裡，而賴瑞還有半根在手上，摩根將手插進口袋，在停車場裡走來走去，他踩到窪坑，水從鞋底滲入，把襪子也沾溼了，他氣得咒罵幾聲。

「有錢嗎？賴瑞？」

「你知道我是個殘障人士，而且……」

「對，對，不過你到底有沒有錢？」

「幹麼？我又不會借你，就算……」

「不是，不是，我是在想雷基，如果好好招待他……你知道的嘛！」

賴瑞咳嗽，露出指責眼神看著自己手中的菸。

「什麼……？你的意思是說，給他加油打氣？」

「對。」

「不……我不知道。」

「什麼？難道你不覺得這可以讓他好過些嗎？難道你真的沒錢，或者你只是太小氣，不想出

錢？」

賴瑞嘆了口氣，又開始咳嗽，不舒服地皺著臉，用腳將菸踩熄。他拾起菸蒂，放進裝滿沙的菸灰皿，看看自己的手錶。

「摩根……現在是早上八點半。」

「對，我知道，兩個小時內店家應該都會開門營業了。」

「不行，我得考慮一下。」

「所以你有錢囉？」

「我們到底要不要進去？」

兩人走進旋轉門，摩根以手梳頭髮，走向坐在服務臺的女子，問了她薇吉妮雅的病房。這時，賴瑞走過冒著氣泡的圓桶狀大魚缸，看著魚兒無精打采地游來游去。

幾分鐘後摩根走過來，雙手搓著自己的皮背心，彷彿想抹掉剛剛沾上的什麼。「死女人，她不肯說。」

「喔，那一定是在加護病房。」

「你進得去嗎？」

「有時可以。」

「你好像很有辦法。」

「我是很有辦法。」

兩人走向加護病房。賴瑞知道路。

許多賴瑞的「熟人」不是在醫院就是曾經在醫院。薇吉妮雅之外，同時間就有兩人在這家醫院

呢。摩根懷疑賴瑞根本剛認識他們沒多久，或者他們住進醫院時才變成朋友，才找出他們的病房，前去探訪。

為什麼要這樣？摩根正想問個明白，兩人已走到加護病房，將門推開，看見雷基就在走廊尾端，雙手緊抓著椅子扶手，望著眼前的房間，那裡有人在進進出出。

摩根哼了一聲。「搞什麼呀？是在火化嗎？」他笑了出來，「那些該死的保守黨一定又刪減預算了，還讓醫院接手……」

他走到雷基身邊，話語戛然而止。雷基臉色蒼白，雙眼通紅，失神茫然。摩根察覺一定有什麼事發生，於是讓賴瑞來起頭。總之肯定不是什麼好事。

賴瑞走向雷基，手放在他胳膊上。

「嗨，雷基，還好嗎？」

現在他們離發生混亂的房間非常近。從門口可見的窗戶全都大大敞開，灰燼臭味仍滲到走廊上，還有股濃煙飄在半空，好多人聚集在那兒大聲說話，比手畫腳，摩根聽到幾句話，「醫院的責任」、「我們必須努力……」

不過他沒聽清楚是要努力什麼，因為此時，雷基轉身面向他們，看著他們的眼神，彷彿眼前站了兩個陌生人。他開口說：「我早該知道……」

賴瑞靠向前。

「早該知道什麼？」

「──會發生這種事。」

「發生什麼事？」

雷基雙眼亮了起來，對著那間霧氣朦朧、如夢氤氳的房間簡單說了句：「她燒起來了。」

「薇吉妮雅？」

「對，她著火了。」

摩根朝房間跨出兩步，探頭朝裡望。有名散發權威感的男子走向他。

「對不起，這不是什麼公共展覽場。」

「不是，我只是……」

摩根想促狹地開玩笑說正在找大蟒蛇，不過及時打住。至少剛剛那短暫一瞥足以讓他看見——兩張床。一張床單皺巴巴，從頭到腳全部蓋住。床頭板上燻得黑漆漆，毯子被扔到一邊，彷彿睡覺的人起床得很匆忙。另一床上覆蓋了一張厚厚的灰色毯子，毯下瘦骨嶙峋的人形依稀可辨。頭、胸、骨盆是唯一能看出的身體部位，其他地方被包住，成為毯布下不規則的形狀。是真的。他媽的是真的。

摩根揉著眼睛，卻因為用力過猛，眼球簡直顯內壓了進去。

他望向走廊，想找個能解答疑惑的人。有個老人撐著助行器，旁邊吊著點滴架，想探頭看裡面。

「看什麼看笨老頭？要我把你的助行器踢掉嗎？」

老人小碎步後退，摩根握起拳頭，努力克制，突然想起剛剛看見的房內景象，倏地轉身往後走。

「對不起，我……」

「好，好……」

「好，好……」摩根將他往旁推，「……我只是要進去拿衣服給我朋友，這樣應該沒關係

吧，總不能叫我朋友這樣光著身子坐在那裡吧。」

男人將手交叉胸前，不過還是讓摩根過去。

摩根走進房內，雷基的衣服就披在沒整理的床邊椅子上，他抓起衣服，又瞥了另外那床一眼。光從手辨識不出是誰，但中指那枚戒指可就明明白白。那枚鑲著藍寶石的金戒指是薇吉妮雅的，摩根離開前還發現她的手腕被皮帶束縛住。

那人還站在門口盯著看，雙手交叉。

「現在高興了吧？」

「不高興。她為什麼被那樣綁著？」

男人搖搖頭。

「談什麼？」

「我怎麼知道？我又不是警察。」

「你跟你朋友說一下，警察很快會過來，他們肯定想和他談一談。」

「不，當然不是。雖然很容易讓人這麼以為，不過的確不是。」

兩人步出走廊，幫雷基穿上衣服，這時兩名員警來了，雷基整個人失神，幸好拉開百葉窗的護士神智夠清楚，擔保雷基和這件事毫無關係。他躺在那裡睡覺，突然整件事就……這樣發生了。

有個同事正在安慰她。賴瑞和摩根帶著雷基離開醫院。

摩根走出旋轉門，深深吸了口冰涼的空氣，說：「對不起，我得去吐一下。」傾身靠向花圃，在光禿的樹叢上嘩啦吐出昨晚的晚餐，其中還混雜著黏稠的綠色物體。

吐完後，他以手抹抹嘴巴，再將手抹在褲子上，然後舉起來，彷彿這手是某種用來說明的輔助物。他對著賴瑞說：「看吧，現在他媽的你真的得掏錢了。」

三人終於回到布雷奇堡，摩根在酒鋪花了一百五十克朗，而這時，賴瑞帶著雷基回到自己住處，雷基跟著賴瑞往前走。在電車裡，他半句話都沒說。

賴瑞家住六樓，一走進電梯，雷基便開始放聲大哭。他哭得好悽慘。電梯門打開，賴瑞將他推出去，哭聲被牆壁反彈回來，聽起來更大聲了。雷基深刻而哀慟的哭號瀰漫整座樓梯間，從底下到頂樓，鑽進了各人家中的郵孔和鎖洞，讓整座大樓成了一座埋葬了愛情與希望的巨大墳墓。

賴瑞顫抖著，他這輩子沒聽過有人哀號成這樣。不可以哭成這樣的，不能這樣哭，這樣哭下去他會死的。

還有鄰居，他們大概以為我要殺了他吧。

賴瑞慌亂摸索鑰匙，這時，數千年來人類的苦難、無助和絕望，一瞬間在雷基脆弱的軀體找到了宣洩的出口，繼續從他身上噴湧而出。

鑰匙終於插進鎖洞，賴瑞以自己都無法置信的力氣將雷基扛進屋中，關上門。雷基還在繼續哭號，彷彿肺裡的空氣永遠用不盡，賴瑞的額頭開始冒出汗珠。

我到底該……我該……

在驚慌中，他做出了在電影中看過的動作：他呼了雷基一巴掌。自己也被那響亮的巴掌聲嚇

到，一出手馬上後悔。然而真的有效。

雷基不再哭吼，睜大眼睛望著賴瑞，賴瑞霎時還以為他要回擊，雷基的眼神軟化，他張開嘴，

旋即又闔上，彷彿只是想吸些空氣，然後說：「賴瑞，我⋯⋯」

賴瑞雙手環抱他，雷基的臉頰靠著賴瑞肩膀，痛哭失聲，全身狂顫。沒多久，賴瑞開始覺得雙

腳疲軟，快要撐不住。他讓自己從那個擁抱掙脫，想坐在玄關椅子歇一下，怎料雷基仍趴在他身

上，整個身體跟著往下沉。賴瑞坐在椅子上，雷基的腿屈在他下方，整顆頭就趴在賴瑞大腿上。

賴瑞撫摸著雷基的頭髮，不知該說些什麼，只好輕輕低聲說：「好了啦，別哭，好了啦⋯⋯好

了啦，好了啦⋯⋯」

賴瑞雙腿麻痺，失去知覺，這時腿上的雷基有了變化，原本的哭泣變成哽咽，賴瑞感到雷基的

下巴緊壓著他的大腿。

雷基抬起頭，以衣袖抹掉鼻涕。「我要殺了它。」

「什麼？」

雷基視線往下，瞪著賴瑞的胸口，若有所思地點點頭。

「我要殺了它，絕不讓它活著。」

⋮　⋮　⋮

九點半的下課時間較長，史塔夫和喬漢來找奧斯卡，對他說了「幹得好」、「他媽的棒呆了」。史塔夫拿了軟黏的糖果棒請他吃，喬漢則問奧斯卡要不要找他去撿空瓶。

奧斯卡走過同學身邊時沒人推他撞他，也沒人捏他鼻子。他在學校自助餐廳外見到麥奇，麥奇也對著奧斯卡微笑，還讚賞般點點頭，好像奧斯卡跟他說了什麼有趣的故事。好像之前大家都等著他做出某件事，而現在他做完了，自然就成了他們的一分子。

問題在於他並不喜歡這種感覺。他注意到了這種轉變，卻沒因此受到影響。沒錯，不被人盯上的感覺真好。現在如果有人要欺負他，他肯定會打回去。但他知道自己再也不屬於這裡了。

上數學課時，他抬起頭環視全班。他和這些同學相處了六年。他們頭低低，咬著筆桿，傳紙條，咯咯笑。而他想著……他們都只是……小孩子。

他自己也是孩子，可是……

我是孩子，可是……

他在書本上塗鴉亂畫，畫條絞索讓圖案變成絞刑臺。

他畫了輛火車、汽車、輪船。

還有間房子，門開開的。

他越來越焦躁，數學課結束前，他已經無法安靜坐好，雙腿在地上踩得碰碰響，雙手在桌面咚咚敲。老師轉過頭，要他安靜點。他也想，但沒多久又開始坐立難安，像木偶的線繩那樣被拉扯，雙腿開始自己移動。

終於，他熬到最後一堂課，體育課。奧斯卡再也忍不住。他在走廊告訴喬漢，「幫我跟阿維拉

「你要蹺課啊，好嗎？」

「沒帶體育服。」

的確如此，今早他忘了將體育服裝進書包，不過蹺課的原因當然不只這個。當奧斯卡走向電車，看見全班整齊排好隊，多瑪士朝他發出一聲：「噗～～～！」

他很可能會跟老師打小報告，可是他無所謂，完全無所謂。

他匆忙跑過華倫拜廣場，灰撲撲的鴿子被嚇得成群飛起，一個推著嬰兒車的女人不悅地對他皺起鼻子，怎麼這麼不愛護小動物呢？他趕著路，所有介於他和眼前目標之間的東西都是障礙物，擋住他的去路。

他站在玩具店門口，藍色小精靈的布偶排出可愛的形狀。不行，年紀大不適合這個。至於動作派玩偶大吉姆，家中盒子裡就有兩個，小時候經常玩。

大約一年多以前吧。

他開門走進店裡，電動門鈴聲響起，他沿狹窄走道瀏覽，有塑膠製的娃娃、克里斯納人玩具，還有一盒盒大樓模型塞滿貨架，靠近收銀臺的架子上有一包包錫製玩具兵的模子，至於錫塊，得跟櫃檯拿。

他要找的東西就堆在櫃檯上。

沒錯，**仿製品**就放在貨架上的塑膠娃娃下方，而包裝上印有魔術方塊發明人盧比克商標的正品，則謹慎地放在櫃檯。每個要價**九十八克朗**。

櫃檯後方的矮胖男子對著奧斯卡微笑，若奧斯卡懂得「迎合」這詞彙，肯定會用此來形容他。

「哈囉，你要找什麼特別的東西嗎？」

早就知道正品魔術方塊堆在櫃檯上的奧斯卡伸出手指。

「有。不知道那個──就是那個漆──用來塗在錫上面的東西在哪？」

「這個？」

男人指著排在他身後那一小罐瓷漆。奧斯卡傾過身，一指放在櫃檯上，就在魔術方塊前面，另一手抓緊懸在櫃檯下方的袋子，假裝挑選漆的顏色。

「金色，有金色嗎？」

「金色？當然有。」

男人一轉身，奧斯卡立刻抓起一個魔術方塊放進袋子裡，他正要把手擱回原位，那人正好拿著兩罐漆轉回來，放在櫃檯上。奧斯卡的心臟怦怦跳，從臉頰紅到耳朵。

「是要用在表面粗糙的東西還是金屬上？」

男人看著奧斯卡，納悶他整張臉怎麼好像在說「這裡有小偷。」他不好意思地盯著他脹紅的臉猛瞧，只好低頭看著罐子說：「金屬的話……那這個好了。」

他有二十克朗，漆要十九克朗，他拿出塞在大衣口袋的小錢包，然而不想直接打開書包。

奧斯卡一走出商店外，興奮快感就一如往常瞬間湧上，但這次感覺更強烈。他小跑步離開商

店，宛如重獲自由的奴隸，剛剛脫離了枷鎖。奧斯卡忍不住一口氣跑到停車場，躲在兩輛車之間，小心翼翼打開包裝盒，取出裡頭的魔術方塊。

比他自己那個仿製品重多了，每面轉起來好順暢，彷彿有個輪軸幫忙轉動——或許裡面真有輪軸呢。嗯，他可沒打算拆開來看，就怕弄壞。

沒了魔術方塊的透明塑膠外盒看起來有夠醜，奧斯卡直接扔進垃圾桶。沒有用塑膠盒子裝著，魔術方塊看起來更漂亮。他將魔術方塊放進口袋，這樣才能不斷輕撫它，感覺它在掌心的重量。真是個好禮物，是非常棒的⋯⋯告別禮物。

他走到電車站入口，停下腳步。

如果萊以為⋯⋯我⋯⋯

對，如果給依萊禮物，似乎就等於接受依萊要離去的事實。送出很棒的告別禮物，似乎代表欣然接受，然後一切就會結束。再會，再會。可是不是這樣的，他根本不想⋯⋯

他的視線掃過車站，停在報亭，那裡有成排的報紙，《快捷小報》。頭版整頁就是和依萊同住的老人的照片。

奧斯卡走過去翻閱，整整五版都在報導諸達恩樹林的搜索，為獻祭儀式殺人的兇手⋯⋯等等細節。另一頁又是照片。哈肯・班特森⋯⋯卡爾斯達特市⋯⋯八個月下落不明⋯⋯警方請求社會大眾⋯⋯若有人發現⋯⋯

焦慮伸爪，戳向奧斯卡。

會有人看過他的，知道他住在哪裡⋯⋯

報亭裡的小姐探出窗口。

「你到底要不要買？」

奧斯卡搖搖頭，將報紙放回原位，然後開始奔跑。跑到月臺才想起自己沒對票務員亮出車票。

他焦急地在月臺上踱步，吸吮自己的指關節，眼眶中滿是淚水。

快來呀，拜託，電車，快點來……

雷基半躺在沙發上，斜眼看陽臺，摩根站在那裡，想將停在欄杆上的小鳥哄誘過來，但沒成功。夕陽落在摩根的頭正後方，使他頭髮四周發散一圈光環。

「來啊……來啊，我又不會咬你。」

賴瑞坐在扶手椅上，若有似無地看著公共電視的西班牙語教程，表情僵硬的演員在顯然排練過的情境下走來走去，說：「我有個包包。」「手提包裡有什麼？」

摩根低下頭，夕陽直射雷基眼睛。他閉上眼，聽見賴瑞跟著電視喃喃自語：「受替包裡又什麼？」

整間屋子瀰漫著悶濁的香菸和塵埃味，空酒瓶躺在茶几上，旁邊還有個滿出來的菸灰缸，雷基凝視著桌面上的兩處燒灼痕跡，這是漫不經心捻熄菸蒂留下的證據。這兩塊燒痕在雷基眼前有如溫順的甲蟲，滑來動去。

賴瑞發出不清不楚的口音，自顧自的咯咯笑。

他們不相信他，又或者他們相信，但不願意根據他的方式來詮釋整件事。「自燃」，賴瑞這麼說，摩根還問了他這兩個字怎麼寫。

自燃這種現象被詳實記載、科學驗證的程度就和吸血鬼一樣，可說毫無根據。

在兩種同樣難以置信的情境中，不論是誰，都會選擇比較不費力的源頭，他說：「所以，你的意思是我們都會變成……吸血鬼，你、我和賴瑞，然後再用木樁、十字架，還有……不，對不起，雷基，我就是沒辦法相信。」

雷基看著他們那難以置信的蔑視神情，立刻想到：薇吉妮雅是相信我的。

心痛的感覺又伸出爪子搔他。當初他也不相信薇吉妮雅，所以……他寧願因為替薇吉妮雅非法安樂死坐牢幾年，也不願意眼中烙印著那樣的景象而活著。

她在床上的軀體扭曲，皮膚焦黑，開始冒煙。醫院的病袍捲上肚子，露出她的生殖器。她的大腿燃起火焰，臀部扭動，上上下下，彷彿與地獄來的隱形生物交尾，鐵架的病床被震得鏗鏗嘟嘟。

她哀號又哀號，頭髮燒焦的臭味瀰漫整個房間，她用驚恐的眼神望著我，一秒後，整個顆眼球變白，開始滾燙……爆炸。

雷基已經灌下半瓶多的酒。

摩根和賴瑞索性讓他喝個夠。

雷基想從沙發上起身，但後腦杓卻像整副身軀一樣沉重。他靠著茶几支撐，慢慢拉起身體。賴瑞站起來對他比了個手勢。

「雷基，真該死……你繼續睡啦。」

「不，我要回家了。」

「家裡有什麼事得做嗎？」

「我只是……想做點事。」

「應該跟我們在談的那些無關吧？」

「沒關，沒關係的。」

摩根從陽臺進來，雷基正步履蹣跚地走向玄關。

「嗨，你在幹麼？要去哪裡？」

「回家。」

「我陪你走回去。」

雷基轉過身，努力撐起身子，表現出非常清醒的模樣。摩根走過去，伸出手，怕雷基突然跌倒。

而雷基搖搖頭，拍拍摩根的肩膀。

「我想獨處，好嗎？我想自己一個人，就是這樣。」

「你確定自己一個人回得了家？」

「可以的。」

雷基點頭如搗蒜，整個人停不下來，得特別用力才能讓自己停止點頭，不再僵在原地。他轉過

身，走向玄關，穿上外套和鞋子。

他知道自己醉醺醺，不過這種感覺他經歷過很多次，他知道怎樣讓肢體與腦袋分離，機械式地移動身軀。他甚至還能毫無顫抖地從一堆小木棍中拎起一根，不動到其他根——至少這麼玩一會兒不成問題。

他聽見屋內其他人的聲音。

「我們要不要——」

「不要，如果他想這樣，我們就應該尊重他。」

不過他們還是走到玄關，笨拙地抱了抱他。摩根抓著他的胳膊，低頭注視雷基的眼睛。

「你不會做什麼傻事吧？」他說：「你要知道，你還有我們。」

「我知道，我當然不會做傻事。」

一走出這棟大樓，他便停下腳步，抬頭望著樹梢的太陽。

再也不能⋯⋯太陽⋯⋯

薇吉妮雅的死，她那樣死去，彷彿在他心頭懸了鉛塊，讓他走路時整個人佝僂著。街道的午後陽光變得可笑，來來往往的行人也⋯⋯很可笑。那些聲音聊著每天的日常俗事，彷彿一切都結束了，就在這時刻——

也可能發生在你身上。

報亭外，有個人斜倚著窗口，和報亭老闆聊天。雷基看見從天而降一團黑色東西落在那人背

上……

搞什麼——

他在報紙標題前駐足，眨了眨眼，想聚焦看清那占據整個版面的照片。為獻祭儀式而殺人的兇

手。

雷基哼了一聲，他知道的比他們多太多了，關於事情真正的來龍去脈。不過……

他認得那張臉，那就是……

中國餐館那個人，請他喝威士忌的那個。怎麼會——

他往前走一步，細瞧照片。沒錯，就是他。那人雙眼的距離比一般人近，而且一樣……雷基用

力摀住嘴脣。當初的景象不斷在腦海中盤旋。那時他還想跟他套交情呢。

他竟然讓他幫自己買了酒，這個殺死喬齊的傢伙。這個兇手就和他住在同個社區，只相隔幾扇

戶。他還和他打過幾次招呼，他……

不是他幹的，一定是……

有個聲音說了什麼。

「嗨，雷基，這該不會是你認識的人吧？」

「是——」雷基支支吾吾，開始往前走，走向自己的住處。整個世界恍若消失，他卻在心裡看

報亭老闆和站在窗口那人同時看他。

見那人走出來的門口——就是那間窗戶全遮住的屋子。他要去找出真相，現在就去。

雷基加快腳步，脊椎挺直。那塊鉛搥搥打著他的心頭，敲得他全身顫抖，又湧上一股堅決的意志。

我來了，好傢伙……我來了。

電車停在瑞克斯塔站，奧斯卡咬著下唇，不耐煩又有些驚慌，覺得門未免開得太久。擴音器傳出喀啦聲，他還以為駕駛員要宣布延遲發車，幸好──

「車門即將關閉，請遠離車門。」

電車終於駛出車站。

除了去警告依萊，他無計可施。現在隨時可能有人打電話給警察，說他們見過那個老人，在布雷奇堡，在那棟建築物裡，就在那個樓梯間、那間屋子中。

萬一警察破門而入──闖進浴室──

電車駛過，橋梁轟隆轟隆響，奧斯卡望向窗外。遠方的「情人亭」外有兩個人，其中一人半擋住了報亭。奧斯卡彷彿看見一整排可憎的報紙頭版被放大，印在黃色傳單上，大肆宣傳。有個人快步走離報亭。

任何人，任何人都可能認出他，走掉的那個人就可能認識。

電車減緩速度，奧斯卡已經起身，站在車門邊，手指插入兩扇門間的橡皮墊，彷彿這麼做就能讓車門開快點。他額頭頂著玻璃，一陣冰冷貼上他熱熱的肌膚，煞車開始吱吱響，司機肯定分了神，因為車都進了站他才廣播。「下一站，布雷奇堡。」

強尼就站在月臺上，還有多瑪士。

不，不，不想遇到他們。

電車震了一下，而後煞住，奧斯卡與強尼正好四目相交。車門嘶地一聲開啟，兩人同時睜大眼睛。奧斯卡看見強尼轉頭對多瑪士說了些什麼。奧斯卡全身緊繃，跳出車外，拔腿想跑。

多瑪士伸出長腿，勾到奧斯卡的腿，他整個人仆倒在月臺，為了阻擋跌勢伸出雙手，磨得掌心擦傷。強尼坐在他背上，「這麼急趕著去哪兒啊？」

「放我走！放我走！」

「為什麼要放你走呢？」

奧斯卡閉上眼睛，揄起拳頭，深呼吸幾口氣。雖然胸口承受著強尼的重量，他仍直接挑明了說：「隨你們想怎樣，但是之後就要放我走。」

「當然囉。」

他們抓住他的手，拉他站起來。奧斯卡瞥了眼車站的時鐘：兩點十分。秒針滴滴答答在鐘面上快速移動。他繃著臉和腹肚的肌肉，努力讓自己像岩石般堅硬，不畏拳頭。

只希望這一切快點結束。

但是，就在他看見他們打算做什麼之際，他開始掙扎。那兩人彷彿有著無聲的默契，同時用力扭轉他的手。奧斯卡感覺自己的兩隻手臂就快斷了；他們把他逼到月臺邊。

他不敢，他們不敢的⋯⋯

可是多瑪士和強尼⋯⋯

他雙腿一個用力，想固定自己，卻只能掙扎點地。多瑪士和強尼將他硬推到白線外，意味超越

此線將墜落軌道。

從城裡駛來的電車鑽出隧道，帶起的陣風將他的頭髮吹得不斷飛揚，左側太陽穴飄起的幾縷髮絲呵得他臉好癢。軌道開始嗡嗡響，強尼壓低音量。「你現在死定了，你知道吧？」多瑪士咯咯笑，抓住他胳膊的手招得更用力，奧斯卡的心臟簡直要停⋯他們真的要動手了。他們將他上半身往軌道推。

駛近的電車在軌道上投射出一束冰冷的光，奧斯卡猛地往左看，只見電車正疾衝出隧道。

叭——！

電車響起進站訊號，奧斯卡的心在致命的掙扎中跳動，就在這時，他尿溼了褲子。他腦中最後想的是⋯

⋯⋯依萊！

他被拉回月臺之前，電車從他眼前幾公分處呼嘯駛入月臺。他眼前淨是綠茫茫一片。

他躺在月臺上，吐出一團團霧，溼漉的鼠蹊開始變冷。強尼跨坐在他身上。

「嚐到我的厲害了吧。亂來的話我就這樣教訓你，懂了吧？」

奧斯卡本能地點點頭。結束吧，那些舊有的衝動。強尼小心翼翼摸摸自己受傷的耳朵，得意地笑著，再用手橫過奧斯卡嘴巴，揹住他的雙頰。

「如果懂就給我學豬叫。」

奧斯卡開始叫，像豬一樣叫。他們哈哈大笑。多瑪士說：「以前的他好像比較好玩。」

強尼點點頭，「看來得重新訓練了。」

另一方向的電車也駛入，他們丟下他離開。

奧斯卡就這樣躺在月臺半晌，腦袋一片空白，接著，有張臉浮現在眼前，是某個女士。她朝他伸出手。

警察。

「可憐的孩子，我都看見了，你得告訴警察，這……」

警察。

「……根本是蓄意謀殺，來，我幫你……」

奧斯卡不理會她，倏地跳起，一拐一拐奔向月臺門，爬上階梯，仍能聽到身後女士的聲音。

「你確定可以嗎？」

警察。

雷基走進社區中庭，看見角落停了輛巡邏車，整個人驚得縮了一下。兩名警察就站在警車外，其中一個在紙墊上寫著什麼。他心想，他們和他一樣，都在追查那個東西，只不過消息來源不那麼可靠。警察沒注意到他的躊躇神色，所以他順利走進成排建築物的第一個樓梯口。

牆上沒有名字可以提供訊息，不過反正他知道要往哪裡去。一樓，就在右邊，在通往地下室那道門的旁邊，有一罐工業用酒精。他駐足，凝視著它，彷彿它能提供些什麼，讓他知道接下來該怎

麼做。

工業用酒精是易燃物，而薇吉妮雅就是全身起火。

思緒在此喊停，現在他唯一的感覺就是那即將爆發的躁怒。他繼續走上樓。突然有了不同的感覺。

此時他的心智已然清醒，但身體依舊笨拙。他雙腳踩滑，趕緊扶著欄杆穩住身子，費力往上爬，腦中清楚迴盪著這幾句話：

我進去了，我找到了，拿了東西戳入它的心臟，然後等著警察過來。

他站在那扇沒有名牌的門前。

到底要怎麼進去？

彷彿想開玩笑似的，他伸出手摸摸門把——門竟然真的打開了，暴露出空蕩蕩的屋子。沒有家具、地毯、畫飾，也沒有衣服。他舔舔嘴脣。

它都走了，我在這裡也不能……

玄關地上有兩瓶工業用酒精，他努力思考這代表什麼意思。代表那生物喝了……不對，還是……

這只代表剛剛有人到過這裡，否則樓梯底下那個瓶子早就被清走了。

沒錯。

他踏進屋中，走入玄關，凝神聆聽——什麼都沒聽見。他快速在屋裡轉一圈，發現幾個房間的窗戶都掛著毯子，雷基明白為何如此，他知道自己來對了地方。

最後，他走到浴室門口，推下門把……鎖住了。這種鎖不成問題，只要一把螺絲起子之類的東西就能搞定。

他全神貫注，執行眼前動作。不能想太多，也不需要想那麼多。一旦開始想，他就會躊躇，雷基可不想猶豫。所以，執行眼前動作。不能想太多。

他拉開廚房抽屜，找到刀子，走到浴室，將利端插進把手，以順時針方向轉動。鎖開了。他打開門，裡頭漆黑一片，雷基摸到電燈開關，打開燈。

上帝幫幫我們吧。真該死，如果不是……

刀子從雷基手中掉落，眼前的浴缸裡有著半缸血，地上幾個大塑膠罐，透明的塑膠表面上也沾滿血漬。刀刃噹啷撞到地板，恍若小鈴被搖響。

他用舌頭頂住上顎，傾身……?幹麼呢?他端詳著它——或某種較原始的東西。這半缸血讓他失了神，忍不住將手浸下去，浸入血水中。

他將手指放入那深色的平靜水面，他把手戳進去。手指被液體隔開、消失看不見，他嘴巴張得開開，繼續將手往下探，直到摸著……

他尖叫一聲跟蹌後退。

雷基立刻將手抽出浴缸，血滴落在他四周，沿拋物線畫出弧形，還噴濺到天花板和牆壁。他本能地用手蓋住嘴，但沒意識自己做出這動作，直到舌頭和雙唇嘗到了甜黏滋味才拚命吐掉，手猛抹自己褲子，改以乾淨的手掩住嘴。

有人躺……在那裡。

沒錯。他摸到的是肚子。那肚子被手一壓，往下陷了一下，他隨即抽回。為了揮去這強烈的嫌惡感，他搜尋地面，找到了刀，撿起來，緊握著刀柄。

我到底是……

如果神智夠清醒，或許他這會兒就逃之夭夭，將躺在那平靜如鏡的深色水面下的東西拋在腦後，搞不好那是具遭到殘殺的軀體。

那肚子搞不好……搞不好只是肚子？

可是酒醉令他無懼於自己的驚恐，因此，當他看見浴缸邊緣那條延伸至黑色液體底下的小鏈，他就伸手將它拉起。

水底的塞子被拉掉，水管傳出咕嚕水流聲，水面隱約起了陣漩渦。他跪在浴缸前，緊張地舔舔嘴脣。舌尖嘗到一股澀腥味，趕緊往地上吐口水。

水面慢慢降低，醒目的深紅輪廓慢慢露出水面。

那東西一定在那裡很久了。

一分鐘後，浴缸一端可見到鼻子，另一端則是腳趾，半晌後，他撇頭一瞧，已經露出兩隻腳的一半，雙腳之間，漩渦變得又窄又急。

他掃視那孩子逐漸露出的軀體：兩隻手交疊在胸前，接著膝蓋，然後是臉。最後一滴血水流乾，浴缸發出響亮「唖」一聲。

眼前這副軀體呈現深紅色，傷痕累累，瘦骨嶙峋，像個初生的小嬰兒。有肚臍，但沒生殖器。

是男孩或女孩？不重要。他一端詳那張閉起眼的臉，就明確地認出它來。

奧斯卡想奔跑，但雙腳僵硬，拒絕配合。

在那要命的五秒，他還以為自己真的會死，因為他們似乎真心要把他推下去。此時，他全身肌肉似乎還很難忘記差點死去的感覺。

他們兩個一定是從學校到體育館的途中溜掉的。

他好想躺下來，直接倒在那堆灌木叢中。他身上的外套和有內襯的褲子會保護他，不被尖銳的小樹枝刺傷，這茂密枝椏還能提供柔軟的支撐力。可是他現在很急，秒針在鐘面滴答滴答不斷移動。

學校。

學校正門的紅褐石牆邊緣銳利，在腦海中，奧斯卡化身小鳥，沿著走廊俯衝進入教室。強尼在那裡，還有多瑪士．他們坐在位置上滿臉嘲笑地看著他。他低頭看看自己的靴子。

鞋帶很髒，一腳快要鬆開，前端的金屬鉤環已經彎了，他以微內八的方式走路，兩隻鞋的仿皮在後跟處已稍被撐大，還磨得發亮。雖然如此，他仍打算整個冬天都拿這雙靴子來頂，應該沒問題的。

尿溼的褲子冷冰冰。他抬起頭。

我不會讓他們得逞。我、不會、讓、他們、得逞。

雙腿暖和起來，他開始奔跑。磚砌正門的筆直線條開始潰散消失，他跨出大步，壓碎的塵沙在腳邊揚起，地面開始往前流。此時此刻，大地彷彿移動得太快，讓他跟不上。

奧斯卡的跟蹌腳步帶著他奔過高樓、老字號的康尚生活賣場，還有椰子工廠。由於速度太快，加上習慣使然，他衝進社區中庭後竟跳過了依萊家門，直朝自己家跑去。

他差點和同方向的警察撞個正著。那名警察張開手臂，接住了他。

「你好啊，怎麼這麼急？」

奧斯卡的舌頭打結。警察放開他後看著他。他可疑嗎？

「你住在這裡？」

奧斯卡點點頭。從沒見過警察來這裡，不過他得承認，這警察看起來滿好的。不對，若是**平常**，奧斯卡的確會覺得那張臉挺慈眉善目。警察撐撐奧斯卡的鼻子，「你知道嗎，這裡發生了點事，隔壁那棟。所以我現在要挨家挨戶問一下，看看有沒有人聽到什麼聲音，或看見什麼事情。」

「哪……哪棟？」

警察朝湯米家那棟點點頭，奧斯卡的驚慌神色立刻一掃而空。

「那棟——嗯，其實也不算是那棟，應該說是地下室。這幾天你該不會剛好聽到或看到什麼不尋常的事吧？」

奧斯卡搖搖頭。此刻他思緒混亂，什麼都想不了，不過他懷疑眼神洩漏了焦慮，被警察看在眼裡。警察低下頭，仔細端詳他。

「你還好嗎？」

「很好。」

「沒什麼好怕的，現在都結束了，所以不需要擔心。爸爸媽媽在家嗎？」

「不在。我媽……不在。」

「好，嗯，我要四處看看，所以你幫忙想想，是不是看過什麼不尋常的狀況。」

警察替他打開樓下大門，「先進去吧。」

「不用，我正要去……」

奧斯卡轉過身，盡力讓自己神情自然地走下小丘，半途，他轉過身，發現警察已走進他家那棟。

他們要來抓依萊了。

他的下巴開始顫抖，牙齒隱約擊打出摩斯密碼。他打開依萊那棟樓下的大門，爬上階梯。他們

會不會已經在門口拉起那種線呢？將他家封鎖起來？

要問問看我能進去嗎？

屋門半開著。

如果警察已經來到這裡，幹麼讓門開著？他們應該沒來吧？他將手指放在門把上，輕輕推開，

溜進玄關。裡頭黑漆漆的，他一腳碰到了東西，是個塑膠罐。一開始，奧斯卡以為罐子裡是血，定

睛一瞧才發現是淺色液體。

他鬆了口氣。

有人在呼吸。

有些動靜。

聲音從浴室傳出，奧斯卡朝那裡走去，一步一步慢慢移動。他抵住雙脣，不讓牙齒喀啦打顫，

可是顫意仍從下巴延伸到脖子喉結。他將門推開，望進浴室。

不見警察。

有個衣衫襤褸的男人跪在浴缸邊，上半身越過浴缸上緣，從奧斯卡的角度，看不到落在浴缸內側的上半身，只有一條骯髒的灰色褲子和開口笑的鞋子。鞋尖頂著瓷磚地板，還能看見衣服褶縫。

是那個老人！

可是……他在呼吸。

沒錯，嘶嘶吸氣、吐氣，好像嘆息，就從浴室傳出來。奧斯卡想都沒想，躡手躡腳前進。慢慢，他看見更多浴室內的景象，就在他幾乎與浴缸平行時，終於看見到底發生了什麼事。

雷基辦不到。

浴缸裡的人看起來毫無防禦能力。它沒在呼吸，他是將手放在它胸口才知道它的心臟在跳動，但一分鐘只跳幾下。

他還以為會是什麼可怕的東西，足以與他在醫院經歷的恐怖景象相提並論。可是，眼前這滿身是血的小東西看來不可能起身，更遑論傷害任何人。那只是個孩子，受傷的孩子。

這種感覺就像看著自己摯愛的人被癌細胞折磨消耗，但從顯微鏡下看卻發現什麼都沒有。**那東西？是那東西幹的？那個小東西？**

摧毀了我的心臟。

他放聲啜泣，頭垂下來撞到浴缸邊緣，傳出悶沉的迴響。他不可以——他不能殺小孩。一個熟

睡的小孩。他下不了手，即使……

這就是它能活下來的原因。

它、它不是小孩，它是個「它」。

它攻擊薇吉妮雅……也殺了喬齊。就是它。躺在他眼前的這個生物根本不是人，連呼吸都沒有。但即使這樣，它的心臟卻仍在跳動……像冬眠的動物。

想想其他人。

活在人群中的毒蛇。你覺得自己下不了手，只是因為這會兒它看似毫無抵抗能力。

但說到底，這些仍不是他下定決心的主因。真正的決定性因素是，當他再次看著它的臉，那張覆蓋淺淺一層血的臉，他覺得它彷彿……在微笑。

因為它幹過的壞事微笑。

夠了。

他舉起刀子，腿略往後移，好用全身力量撲向它……

「啊——！」

他發出尖叫。

老人沒畏縮，只是愣了一下，轉頭看著奧斯卡，緩緩地說：「我必須這麼做，你懂嗎？」

奧斯卡認出他了，是那個住在同社區的醉漢，偶爾會跟他打招呼。

他幹麼這麼做？

不過這根本不重要，重要的是這傢伙手中有刀，而且正指著依萊胸口，此刻依萊躺在浴缸中，只能坐以待斃。

「不要這樣。」

男人腦袋往右轉，再往左轉，神情比較像在尋找地上的什麼，而不是搖頭表示拒絕。

「不……」

他轉身面向浴缸和那把刀，奧斯卡想解釋，告訴他躺在浴缸裡的是他的朋友，它……他有禮物要給它，它……它的名字叫依萊。

「等等。」

刀尖已經刺往依萊胸口，緊緊往下揮，幾乎戳穿依萊的肌膚，奧斯卡手伸入口袋，掏出魔術方塊給那人看。可是他不知道自己為何這麼做。

「你看！」

雷基以眼角餘光瞥見這灰敗無色的環境突然冒出個色彩亮麗的東西，儘管心意已決，仍忍不住轉頭看那是什麼。

男孩手中有個魔術方塊，鮮豔奪目。

在當下，那東西實在令人作嘔，彷彿烏鴉群中冒出鸚鵡。有那麼幾秒，他的確被那繽紛的玩具迷惑，但旋即又將目光轉回浴缸，以及那把正要從肋骨之間刺入的刀。

我現在只要……往下一壓……

情勢逆轉。

那生物睜開了眼。

他肌肉繃緊，打算一刀劃下，卻在突然之間太陽穴轟然欲裂。

奧斯卡拋出魔術方塊，一角砸中他的頭，發出嘎吱一聲。這傢伙倒向一邊，撞到塑膠罐，罐子往旁滑開，他的頭直接撞上浴缸邊緣，發出碰一聲，好比低音鼓。

依萊坐起來。

站在浴室門邊的奧斯卡看見他的背。他頭髮溼溼的，平貼在後腦杓，背部露出一個大傷口。

男人想站起來，依萊從浴缸輕輕跳出來，落在男人大腿上，像對爸爸撒嬌的小孩似的環住男人脖子，頭靠近他耳邊，似乎要呢喃甜言蜜語。

依萊咬下他脖子之際，奧斯卡立刻從浴室退出。依萊沒見到站在一旁的奧斯卡，但是男人的視線卻鎖定奧斯卡的眼睛，看著他退出浴室、直到玄關。

「對不起。」

奧斯卡不打算發出聲音，雙唇仍無聲說出了這幾個字。終於，他拐過彎，視線接觸就此結束。

他擱在門把上，聽見男人的哀號，接著叫聲戛然而止，彷彿有人按住他的嘴巴。

奧斯卡猶豫了一會兒，決定關起門，鎖上。

他沒望向右側的浴室，而是直接從玄關走向客廳，坐在扶手椅上。

他開始哼歌，想掩蓋浴室傳出的一切。

第五部 讓對的人進入

這些天是我

唯一能說出自己話語的機會……

——樂團鮑柏航德（Bob Hund）的歌曲《抗拒潮流》（Struggling Against the Current）

讓對的人進入

讓舊夢逝去

讓錯的人離開

他們做不到

你要他們做的事

——英國歌手莫里西的歌曲《讓對的人進入》（Let the Right One Slip In）

一九八一年十一月九日星期一，下午四點四十五分，《每日更新》新聞報導

據說，為獻祭儀式而殺人的兇手週一早晨落網。警方在斯德哥爾摩西郊，布雷奇堡鎮的一處社區地下室發現他的蹤跡。

警方發言人班特‧拉恩表示：

「的確有人遭到逮捕。」

「您確定這就是警方一直在搜捕的人嗎？」

「相當確定。不過這次有些因素使得身分辨認更加複雜。」

「是哪些因素？」

「對不起，相關細節恕難奉告。」

那人被逮捕後轉送醫院，據說性命垂危。

除了該名兇手，警方也找到一名十六歲的男孩。男孩身體沒有受傷，但精神嚴重受創，也被送進醫院，進行更進一步的觀察。

警方目前正探訪該地區，以取得相關事件的進一步資訊。

瑞典國王卡爾‧古斯塔夫今天到了波胡斯蘭省，替橫跨阿摩灣的新橋剪綵。在啟用儀式的演說中……

摘自外科醫生哈柏格的診斷報告，警方檔案中抄寫的相關片段

……初步調查顯示狀況極為複雜，因為……抽搐肌肉動作……中央神經系統的非局部化刺

激……

……心臟功能暫停……

肌肉動作停止於下午兩點二十五分……之前沒注意到這些驗屍結果……內臟嚴重受損……

如同宰殺死亡的鰻魚卻在煎鍋中跳起……從未在人體組織中發現此物體……請求保留屍體……

誠摯地……

《西郊週報》，第四十六週報導

誰殺了我們的貓？

「我只看到她的頸圈殘骸。」當地居民絲薇・諾德斯壯表示。她指著自家寵物貓咪和其他鄰居

飼養的八隻貓咪被發現的地點……

十一月九日星期一，晚上九點鐘，電視新聞節目《時事追擊》

今天傍晚，警方攻堅到一處民宅，據說就是今早落網的獻祭儀式兇手住處。

某位民眾打電話到警局指出，他就住在布雷奇堡的一間公寓，這裡離他被逮捕的地方約五十米。

這是記者佛基・阿爾瑪克的現場報導：

「救護人員正將屋裡發現的男屍移出，該名男子身分目前尚未確認。從現場狀況來看，這屋子並沒有人住，不過仍可看出最近有人在此活動的跡象。」

「警方採取了什麼行動？」

「他們挨家挨戶探訪，不過就算取得有用資訊，也不會對外宣布，大致如此。」

「謝謝你，佛基。」

比預定日期提早六週竣工的特恩橋今天舉行啟用儀式，國王卡爾‧古斯塔夫……

十一月九日星期一

跳動的藍光橫過臥室天花板。

奧斯卡躺在床上，雙手枕在頭下。

床底下有兩個紙箱。一個裡面裝著錢，成堆鈔票和兩瓶工業用酒精。另一個紙箱裝著拼圖。

衣服那箱就不管了。

為了藏好紙箱，他將曲棍球具以某種角度卡在紙箱前方。明天，他就會把紙箱搬到地下室——

如果還有力氣。媽媽正在看電視，喊著說他們社區出現在螢光幕上。但他不用看電視，只要起身走到窗邊，就能看見與電視螢幕相同的畫面，只不過角度不同。

天色還亮時，他直接將紙箱從依萊家陽臺丟入自己的臥房陽臺，而這時依萊正在沖洗身體。他

從浴室出來，背部的傷口已經癒合，血液中的酒精還讓他有些微醺。

他們並肩躺在床上，握著彼此的手，奧斯卡告訴他在電車站發生的事。

「對不起，」依萊說：「都是我造成的。」

「不，沒關係。」

沉默，沉默了好久。終於，依萊吞吞吐吐地問：「你想要……變成跟我一樣嗎？」

「不要，我想跟你在一起，可是……」

「當然，你不會想要，我可以了解。」

傍晚天色已暗，兩人起身，穿上衣服。他們從客廳聽見門口的鋸子聲，不禁緊緊相擁。門鎖被

鋸開。

兩人衝到陽臺，跳過欄杆，輕巧落在底下樹叢。

他們聽見屋裡傳來聲響：「這世界到底是怎麼……」

兩人蹲伏在陽臺下方，沒時間了。

依萊面向奧斯卡，說：「我……」

然後他閉上嘴巴，貼著奧斯卡雙唇吻了一下。

在那片刻，奧斯卡看透了依萊的雙眼。他看見了……他自己。只不過依萊眼中的他比他認為的

更棒，更好看，更強壯。依萊眼中愛意濃濃。

在那片刻。

隔壁屋子傳出聲音。

兩人從床上起身前，依萊將寫了摩斯密碼的那張紙撕掉。此時，當依萊躺在房內，拍密碼給奧斯卡，陌生且繞房重踏的腳步聲傳來。

奧斯卡手貼牆壁。

「依萊……」

.....
..

十一月十日星期二

週二奧斯卡沒上學，他躺在床上，傾聽隔牆的聲音。不知道他們是否發現了任何能追蹤到他頭上的線索。到了下午，聲音沒了，不過他們也沒過來。

他起床，穿上衣服，走到依萊家。屋門封鎖著，不准進入。他站在門口，看著警察走過樓梯。

他只不過是個好奇的鄰居男孩。

太陽落下，奧斯卡將紙箱搬到地下室，還在上面蓋了條舊毯子。他決定待會兒再想該怎麼做。

若有小偷闖入儲藏室，那他們可就中大獎了。

他在黝黑的地下室裡坐了好久，想著依萊、那老人和湯米。依萊將一切都告訴了奧斯卡，他說自己無意讓事情變成這樣。

幸好湯米還活著，也沒事，他媽媽這麼告訴奧斯卡的媽媽。湯米明天就可以出院回家。

明天。

明天奧斯卡會去上學。

會面對強尼、多瑪士和……

看來得重新訓練囉。

強尼冰冷又強硬的手指拂過他臉頰，將柔嫩的肌膚壓入下頷，直到他的嘴角被迫往上揚。

奧斯卡十指交錯，頭貼手指，看著毯子覆蓋紙箱做成的小丘。他伸入紙鈔堆中摸索，找到一個塑膠罐，回到屋子拿火柴。

千克朗和百克朗的紙鈔混在一塊兒，捆成好幾束。他起身，將毯子拉開，打開裝有紙鈔的箱子。

一盞孤寂的聚光燈在學校中庭投射出一道淒冷慘白的光線，光圈外圍可見運動場的輪廓。那張破爛到只能拿軟網球在桌面上玩的兵乓球桌現在覆蓋一層薄雪。

幾排窗戶亮著燈。夜校在上課，因此側門沒上鎖。

他穿越黑漆漆的走廊到自己教室，駐足凝視課桌。夜晚的教室看起來很不真實，彷彿安靜低語的鬼魂正將這兒當成自己學校，不論現在學校看起來是怎樣。

他走到強尼的桌子，打開塑膠罐蓋，將工業用酒精倒在上面──還有多瑪士的桌子、再到麥奇的座位，站在桌前半晌，一動也不動──然後決定放過他。接著，奧斯卡走到自己桌子坐下，等著

液體滲入桌面，就像燒木炭前的等待。

我是鬼，嗚——嗚——

他打開自己位置的桌面，將裡面那本《燃火者》拿出來，看著書名微笑，將書塞進書包。還有那本練習簿，他在上面寫了自己喜歡的故事，還要記得收起最喜歡的筆，將它們全放入書包。然後站起來，最後一次環顧教室，享受單純站在這裡的感覺。安詳又寧靜。

他掀起桌面，掏出火柴，強尼的桌子已散發出化學氣味。

不，等等……

他從教室後方拿了兩根用以木柴隨意劈成的木尺，拿一根將強尼的桌子桌面撐開，另一根撐住多瑪士的桌面，免得桌面倒掉就不再燃燒。

桌子恍若兩隻史前動物張嘴等待食物。噬火龍。

他點燃火柴，握在手裡，直到火焰變大變清晰，然後放手扔進去。

火柴從他手中掉落，一團黃色落下，然後……

轟。

該死。

紫色的彗星尾巴從桌面射出，舐舐他的臉。奧斯卡趕緊往後跳，但已感覺到灼熱……就像燃燒的木炭。桌子完全著火，巨大火焰竄上天花板。

燒得太厲害了。

火焰飛舞，在教室牆壁間顫動，掛在強尼桌面上方那個以紙張做成的字母花環被燒斷，掉落地

面，P和Q兩個字母熊熊燃燒。另一半沒斷的紙花環懸在那兒，再掉落多瑪士桌面，立刻爆出火焰。同樣發出一聲轟，劇烈爆炸。

奧斯卡衝出教室，書包在臀側撞呀撞。

萬一整間學校……

他奔到走廊底，鈴聲大作。建築物內全是金屬鏗鏘聲，直到奔下樓梯他才發現是火災警報器。

他跑到中庭，鐘聲狂響，召喚不在場的學生與學校裡的鬼魂一同集合，跟在奧斯卡身後跑在回家的路上。

直到他抵達那間歷史久遠的康尚賣場，聽不見學校警鈴聲，才鬆了口氣。奧斯卡平靜走完剩下的路。

看著浴室鏡子，他發現自己睫毛被燒得捲起，還有點焦黑。手指一碰，立刻落下。

十一月十一日星期三

從學校回家後他頭就好痛。九點左右，電話響起，奧斯卡沒接。正午時分，他看見湯米和他媽媽走過窗外。湯米彎著腰，走得非常緩慢，很像老人。他們走過時奧斯卡趕緊蹲在窗臺下。

電話每小時就響一次。十二點那次，他終於接了。「我是奧斯卡。」

「嗨，我是柏蒂爾‧史凡伯格，你應該知道我是校長，關於你……」

他掛上電話，可是它又響起。奧斯卡佇立原地，看著正在響的電話，想像電話另一端的校長穿

著格子運動外套，手指敲著桌面，滿臉怒氣。最後奧斯卡決定穿上外套，走到地下室。

他拿起拼圖，戳戳小小的白色木盒，裡面是玻璃蛋的上千塊碎片，閃閃發亮，依萊只拿走幾千元和魔術方塊。他蓋上裝拼圖的紙箱，打開另一箱，用手攪動那些鈔票，抓起一把丟到地上，又將它們塞進口袋，再一張張拿出來，假裝自己穿著會自己生錢的金褲子，玩膩了才停止。他腳邊躺著十二張皺巴巴的千元克朗鈔和七張百元克朗鈔。

他將千元克朗鈔收攏成一疊摺好，將百元克朗鈔放回紙箱，蓋上。奧斯卡回到家裡，找個信封將手中的千元克朗鈔塞進去，拿著信封呆坐，不知道接下來該做什麼。他不想用寫的，怕有人認出筆跡。

電話又響起。

夠了。難道不明白我已經不存在了嗎？

有人想和他長談，想問他是否知道自己這麼做的嚴重後果，以及對強尼和多瑪士做的事的後果。事實上很好呀。沒什麼好說的。

他走到書桌前，拿起橡皮字母和印泥，在信封中央蓋上湯米名字的「T」和「O」。第一個「M」蓋歪了，不過第二個就和最後那個「Y」一樣很正。

外套裡裝著信封，奧斯卡打開湯米那棟公寓的樓下大門，此刻心情竟比昨晚到學校還緊張。他的心臟怦怦跳，輕手輕腳地將信封投入湯米家郵孔，免得有人聽到聲音走到門口或從窗戶看見他。

沒人經過。奧斯卡回到家，覺得心情好多了。但只是半晌，隨後，那種念頭又爬上心頭。

我再也不會⋯⋯在這兒了。

三點媽媽回來，比平常提早幾小時。這時奧斯卡坐在客廳，手中拿著「維京人」的唱片。媽媽走過來，將唱針舉起、唱機關掉。從她表情，奧斯卡明白她已經知道了。

「你怎麼了？」

「我不太好。」

「不……」

她嘆了口氣，坐在沙發上。

「校長打電話給我，那時我在上班。他說……昨晚發生火災，在你學校。」

「真的啊，整個燒起來了嗎？」

「沒有，不過……」

她閉上嘴，盯著掛毯數秒鐘，然後抬起雙眼看著他。

「奧斯卡，是你做的嗎？」

他直視回去，「不是。」

停頓。

「整個教室一團亂，可是強尼和多瑪士的桌子……就是從那裡起火的。」

「喔。」

「他們似乎很確定是你幹的。」

「可是就不是我啊。」

媽媽坐在沙發上，鼻子大聲噴氣，母子倆相隔一米，距離卻彷彿無止境。

「他們想⋯⋯和你談談。」

「我不想和他們談。」

真是個漫長的夜晚，電視也沒什麼好看。

當晚奧斯卡睡不著。他從床上起身，躡手躡腳走到窗邊，彷彿看見了底下遊戲場的單槓有什麼東西。當然，這只是他的想像。儘管如此，他仍繼續凝視著底下的陰影，直到眼皮越來越沉重。

回到床上他還是睡不著，於是輕輕敲著牆壁。沒有回應，只有他手指、關節碰撞水泥牆面乾巴巴的聲音，敲著那永遠緊閉的門扉。

十一月十二日星期四

今早奧斯卡吐了，所以又能在家多休息一天。雖然昨晚只睡幾小時，不過現在他還是睡不著，焦慮折磨著他，逼得他滿屋子走來走去。拿起東西，呆望一陣又放回原位。

彷彿該做些什麼，做些一定得做的事，但他就是想不出那到底是什麼事。

放火燒強尼和多瑪士的桌子時，他以為自己該做的就是這件事，後來又覺得應該是拿錢給湯米，做了之後又發現不對。所以一定是其他事。

就像一齣大戲已然落幕，他來回在空蕩黑暗的舞臺上走來走去，掃著殘餘物品。當別的事

情……

到底是什麼呢？

十一點，郵差送信，今天只有一封。他撿起來，翻到正面，心臟也翻了一下。收信人是媽媽，右上角印著「南安格拜教育學區」。他連拆都沒拆，直接將信撕成碎片、沖進馬桶。可是他隨即後悔，卻太遲了。他不在乎裡面寫些什麼，但如果又搞砸，他肯定會給自己惹出更多麻煩。

不過，反正無所謂了。

他脫下衣服，換上浴袍，站在玄關的鏡子前端詳自己，假裝自己是別人。他傾身吻鏡，雙唇碰觸冰冷鏡面之際，電話響起，奧斯卡想都沒想就拿起話筒。「嗨，是我。」

「奧斯卡？」

「嗯。」

「嗨，我是費南多。」

「什麼？」

「阿維拉，阿維拉老師。」

「喔對，嗨。」

「我只是想問你，今晚要不要來上體能訓練課？」

「我有點……生病了。」

電話那頭陷入沉默。奧斯卡甚至能聽見阿維拉老師的呼吸聲。一聲、兩聲。接著：「奧斯卡，

你有做或沒做我都不在乎。如果你想談談，我們就談；如果不想，那就不要。不過我希望你能繼續來參加體能訓練。」

「為什麼？」

「奧斯卡，因為你不能像『caracol』，這種動物你們怎麼講呢？啊，蝸牛。不能像蝸牛躲在殼裡，就算沒生病也會悶出病。你真的生病了嗎？」

「真的。」

「那正需要來點體能鍛鍊，你今晚會來吧。」

「其他人呢？」

「其他人？什麼其他人？如果他們敢做蠢事，我會噓他們，他們會住手。那些傢伙不笨，知道這是『我的』體能訓練課。」

奧斯卡沒回答。

「會吧？你會來吧？」

「會。」

「很棒，那就晚上見。」

奧斯卡放下話筒，四周又陷入寂靜。他不想去，但他想看看阿維拉老師。或許他可以早點到，看看他是否已經在那裡，等到開始上課他就回家。

阿維拉老師一定不會接受，可是⋯⋯

他又在屋裡踱了一圈，打包要帶去運動的東西。他主要是為了讓自己有事可做。幸好他沒放火

燒了麥奇的桌子，因為他也會去健身中心。不過多多少少會受到波及，因為他的位置就在強尼旁邊。所以到底被波及到什麼程度？

這恐怕得問一問了。

三點左右，電話又響。奧斯卡猶豫了一下，不過燃起一點希望。或許湯米收到信了，於是他忍不住接起電話。

「哈囉，我是奧斯卡。」

「嗨，我是喬漢。」

「嗨。」

「怎麼啦？」

「沒怎麼。」

「今晚要不要做些什麼？」

「什麼時候？要做什麼事？」

「大概七點左右。」

「不行，我要去——健身中心。」

「喔，好吧，太可惜了，那再說吧。」

「喬漢？」

「什麼事？」

「我……聽說有火災，在我們教室。燒得很嚴重嗎？」

「沒，只是燒掉幾張桌子。」

「就這樣？」

「不，還有……一些紙張之類的。」

「喔。」

「你的桌子沒問題。」

「喔，那就好。」

「好，掰掰。」

「掰。」

奧斯卡油然生出一種怪異感，他還以為**所有人都知道**是他幹的，不過從喬漢口氣聽來，應該不是這麼回事。媽媽說燒得**很嚴重**，不過她可能是誇大了。

奧斯卡決定相信喬漢，畢竟他是**親眼所見**。

「喔，拜託……」

喬漢掛上電話，左右張望，神情猶豫。吉米搖搖頭，站在強尼臥房窗邊吐出一口煙。

「這真是我聽過最差勁的謊話。」

喬漢懦弱地說：「能說成這樣已經很不簡單了。」

吉米面向坐在床邊的強尼，他正用手指搓著床罩邊的流蘇。

「怎麼了？什麼半間教室燒光光？」

強尼點點頭，「班上每個人都恨死他了。」

「結果你卻……」吉米又轉向喬漢，「你卻說——你說什麼來著？『一些紙張』，你想他會相信你的話嗎？」

喬漢低下頭，尷尬不知所措。

「我不知道該怎麼說，我想他可能……會懷疑我吧。」

「好，好，反正說都說了，現在就期待他出現吧。」

喬漢的目光在強尼和吉米之間來回游移。他們兩人眼神空洞，失神地想像著今晚的情景。

「你們兩個想幹麼？」

吉米在座椅上往前傾，撐撐落在自己毛衣上的菸灰，慢條斯理地說：「他燒了我們的相本，那是我們爸爸給我們的一切，所以，我們打算怎樣都不關你的事。明白嗎？」

五點半，媽媽回到家。昨晚的謊言和猜疑仍像冰冷烏雲那般橫在母子之間。媽媽進門後直接走到廚房，開始摸弄碗盤，發出不必要的聲響。奧斯卡關上房門，躺在床上，盯著天花板。

他可以找個地方，去樓下中庭，去地下室，去市區廣場，搭電車。不過不管去哪，沒有任何地方、沒任何一處可以讓他……不存在。

他聽到媽媽走到電話旁，撥了很多號碼。可能是打給爸爸。

奧斯卡微微打顫。

他將毯子拉高，坐起身，頭靠牆壁，聽著媽媽和爸爸的對話。他可以和爸爸聊聊——但他不要，因為又不是他幹的。

奧斯卡拿毯子包住全身，假裝自己是印第安酋長，什麼也不在乎，媽媽的音量卻突然提高。沒多久，她開始咆哮，而印第安酋長倒在床上，壓住毯子，雙手摀住耳朵。

腦海裡好安靜啊，就像……外太空。

奧斯卡將眼前的星球塗上點、線和顏色，他要悠遊於那遙遠的太陽系，他要降落在彗星上，乘著它飛翔了一會兒，接著他跳下來，無重力自由飄蕩，直到有東西拉開他的毯子。他睜開眼睛。

媽媽站在那兒，嘴唇扭曲。她說話的聲音聽起來突兀又刺耳。「你爸爸告訴我了。上週六——你——你跑去哪裡？告訴我，你跑去哪裡？可以告訴我嗎？」

媽媽將他蒙著臉的毯子一把扯開，喉嚨用力，冒出一句句中氣十足的話：

「你不准再這樣！不准，聽見了嗎？你幹麼都不說話？我——可惡的渾蛋。他那種人根本不該有孩子。他別想再見到你了，隨便他愛怎麼喝就怎麼喝——你有沒有在聽我說話？我們不需要他，我真的好好……」

媽媽倏地轉身離開床鋪，甩門的力道之強，把牆壁震得搖晃晃。奧斯卡聽見她再次快速撥了一長串電話號碼，一不小心漏了個號碼還出聲咒罵，又得從頭開始。撥完幾秒鐘後，她開始咆哮。

奧斯卡從毯子下鑽出來，抓起運動袋，走到玄關，在那兒講電話的媽媽只顧著吼爸爸，根本沒注意到他已經套上鞋子，鞋帶暫且沒綁先溜到門邊。

直到開了門、走到樓梯間，她才注意到他。

「等等！你要去哪裡？」

奧斯卡甩上門、衝下樓梯、繼續跑，鞋底幾乎不沾地，直衝游泳池。

囉，得用力嚥才能將它吞下去。他疑惑地看著哥哥，不過這時吉米的注意力全在走向熱狗攤的兩人。他熱情地跟他們打招呼。

吉米手拿塑膠叉，朝著兩個從電車站出來的人的方向猛戳。強尼咬下的那口鮮蝦三明治卡在喉

「羅傑、普雷伯⋯⋯」

身材瘦扁的羅傑有頭散亂的長髮，他穿著皮衣，臉上有上百個小凹洞，顴骨明顯外凸，顯得兩頰嚴重凹陷，雙眼大得很不自然。

普雷伯穿著拆掉袖子的丹寧夾克，裡面是一件T恤，其他什麼都沒有，然而目前氣溫大概只有接近零度。他身材魁梧，不過大圈贅肉擠出褲頭外，他理著小平頭，儼然是個身材走樣的傘兵。

吉米對他們說了什麼，比手畫腳，然後兩人走往電車軌道上方變電所的方向。

強尼壓低聲音說：「他們怎麼會來？」

「當然是來幫忙。」

「我們還需要人手嗎？」

吉米哼了一聲，搖搖頭，強尼壓根兒不懂這種事該如何進行。

「你打算怎麼把那教練支開？」

「你是說阿維拉老師？」

「對，你以為他會讓我們直接走進那間做做嗎？」

強尼沒有答案，所以只好跟著哥哥走進那間磚造小屋。羅傑和普雷伯站在陰暗處，雙手插口袋，用力跺腳取暖。吉米拿出鐵製香菸盒，彈開後遞給他們兩個。

羅傑打量著菸盒裡那六根手捲菸，開口說：「天啊，竟然事先捲好了？太感謝了。」說著就以兩根嶙峋的手指夾起最粗的一根菸。

普雷伯擠皺著臉，表情和看《木偶秀》時坐在包廂的那些老人簡直如出一轍。「坐沒多久就興致全無啦。」

吉米以邀請的姿態晃晃菸盒，說：「別再嘀咕了你這老傢伙，我可是一小時前才捲的，而且這可不是你隨便就能看到的摩洛哥爛貨，這是好東西。」

普雷伯用鼻子嗅了嗅，給自己拿了根菸。羅傑幫他點燃。

強尼看著哥哥。電車月臺燈光投射出的光線清楚映照出吉米的剪影，強尼非常崇拜吉米，不知道有天是否能像哥哥那樣敢對普雷伯這種人說出「你這老傢伙」。

吉米又拿出一根菸點燃，菸頭的紙燒了一下，才開始變紅。他深深吸了一口，強尼被吉米衣服上經常有的那種甜甜氣味籠罩。

他們沉默抽菸，羅傑遞出自己的大麻菸給強尼，「要不要來一口？」

強尼正打算伸手去接，吉米卻打了羅傑肩頭。

「白痴，你想害他變成你們這種德性嗎？」

「這德性不好嗎？」

「對你來說或許很好，但他可不行。」

羅傑聳聳肩，收回自己的招待禮。

「好的，這位是強尼，我弟弟。」

六點半，大家都哈完了，這時吉米以清楚到誇張的發音，說出彷彿以繁複筆畫蝕刻的字字句句。

羅傑和普雷伯明明早知道，卻點點頭。吉米以略微笨拙的姿態用手捏著強尼下巴，扳過他的腦袋，好讓這兩個幫手看清楚。

「看看那耳朵，就是那不知輕重的死傢伙搞的，我們就是要去好好處理這件事。」

羅傑往前一步，瞇眼看著強尼的耳朵。不過此時的他已經茫了。

「幹，真慘。」

「我可不是來聽什麼專家意見。你們只要照我的話去做，就能——」

走廊兩側磚牆間的鐵柵欄沒上鎖。奧斯卡走向通往游泳池的門，腳步聲喀啪喀啪迴盪，他將泳池門拉開，溫暖的溼氣迎面撲來，一朵朵蒸氣雲翻湧著滾進冰冷的走廊。他趕緊入內，關上門。

奧斯卡踢掉鞋子，繼續走，他進了更衣室，裡面空蕩蕩。他聽到淋浴間傳出流水聲，有個低沉的聲音在唱著西班牙歌……

親吻，再親吻，

彷彿昨夜……你看……

是阿維拉老師。奧斯卡沒脫大衣，坐在長凳上等待。沒多久，水濺聲和歌聲雙雙停止，老師走了出來，腰間圍了條浴巾。他的胸膛覆滿蜷曲的黑毛，也攙雜些許的灰銀毛髮。奧斯卡心想，看起來真像來自別個星球的人。阿維拉老師見到奧斯卡，熱情笑著。

「奧斯卡！你還是從那蝸牛殼爬出來了啊。」

奧斯卡點點頭。

「裡頭有點悶熱。」阿維拉老師大笑，搔著自己胸膛，指尖消失在毛叢中。「你提早到了。」

「對，我在想……」

「我來看看你。」

「沒有，我只是……」

「想聊一聊？」

「我不知道。」

「你在想？」

奧斯卡聳聳肩，阿維拉老師停住搔抓的動作。

阿維拉老師朝奧斯卡上前，端詳他的臉，點點頭。

「啊，很好很好。」

「什麼？」

「就是你沒錯。」阿維拉老師指指他的眼睛，「我明白了，因為你連自己眉毛都燒到了。那叫什麼？底下那個，眼……」

「睫毛？」

「對，眼睫毛，頭髮也燒到了點，如果你不想被別人發現，應該把頭髮剪掉一些喔。眼睫毛長得很快，星期一就不會看到了。是汽油嗎？」

「工業用酒精。」

阿維拉老師噴出氣，搖搖頭。

「很危險的。」阿維拉老師摸摸奧斯卡太陽穴，「你實在有點瘋，不過還不算太嚴重，只有一點點──為什麼用工業用酒精？」

「我……找到的。」

「找到的？在哪裡找到？」

奧斯卡抬頭看著阿維拉老師的臉，他的臉有如一塊溼漉漉又友善的岩石。奧斯卡想告訴他，他想全部告訴他，但不知從何說起。阿維拉老師等著，然後開口：「玩火很危險，可能會變成一種壞習慣，但也沒有什麼好方式可戒掉，就多多運動吧。」

奧斯卡點點頭，那種傾訴的感覺消失了。阿維拉老師是很棒，但他不會懂的。

「你的體能不太一樣了，我來教你一些臥舉技巧，好嗎？」

阿維拉老師轉身回辦公室，在門口停下腳步。

「對了，奧斯卡，你別擔心，如果你不希望我說，我絕不會告訴其他人──很棒吧？訓練完

後，我們再來多聊聊。」

奧斯卡換上運動服，著裝完畢，正好6A班的派翠克和海斯到了。他們跟奧斯卡說嗨打招呼，不過他總覺得他們盯著他的時間太長，他往健身房走去，聽見他們在背後竊竊私語。

奧斯卡內心一陣消沉。他真後悔來這裡。沒多久，換上T恤和短褲的阿維拉老師走進健身室。

他告訴奧斯卡怎樣以指尖的力量抓臥舉。奧斯卡成功舉起二十八公斤，比上次多了兩公斤。阿維拉老師在記事本上記下這次成績。

更多學生進來，其中還有麥奇。他笑容如常，那種鬼祟的笑可能代表各種意思，可能是善意，也可能代表他會好好捅你一刀。

此時此刻，那笑代表的正是後者。雖然麥奇自己也不完全明白整件事。

要來上課途中，強尼追上麥奇，要他幫忙些事，因為他打算好好設計奧斯卡。麥奇覺得這主意聽起來很棒，他最喜歡惡作劇。反正他的整套曲棍球卡片也在星期四晚上那場火中燒毀了，所以此刻非常樂意參與，好好報復一下奧斯卡。

他仍能對他露出微笑。

訓練活動繼續進行。

奧斯卡覺得別人都用奇怪的眼光看他，每次他轉頭看，他們就立刻望向別處。總之，他現在好想回家。

……不……走……

轉頭就走。

可是阿維拉老師正在看他，給他加油打氣，感覺根本走不了。反正在這裡總比在家好。

奧斯卡做完肌力訓練已經累壞，連心情不好的力氣都沒有。他走去沖澡，故意落後別人幾步，面向牆壁，背對著大家洗。其實沒差，反正還是得脫光衣服。

他站在淋浴間和泳池之間的玻璃牆前，手指在凝霧的玻璃上抹了個偷窺小洞。看著其他人跳進泳池，相互丟球追逐，那種感覺又湧上心頭。不怎麼能化為字句，而是一種充滿敵意的感覺。

我很孤獨，我……徹底孤獨。

阿維拉老師看見他，揮手要他進來跳泳池。奧斯卡拖著腳步，走下短短階梯，到了泳池邊低頭注視那因化學藥劑而呈藍色的池水。沒精打采的他沿梯爬進水裡，一次一步，讓自己被冰冷的池水包圍。

麥奇坐在池邊，對著他點頭微笑。奧斯卡往另一個方向划了幾下，朝向阿維拉老師游去。

「好耶！」

他從眼角瞥見有球朝這方向飛來，但動作太慢。球就落在他面前，使得加了氯的水直濺上他眼睛。奧斯卡雙眼刺痛，幾乎要流出淚來。他揉揉眼睛，抬起頭正巧看見阿維拉老師看著他，帶著一種……同情目光，注視著他的臉。

還是輕蔑？

或許只是他在幻想吧。奧斯卡將漂在眼前的球丟回去，讓身體往下沉。頭埋到水裡，髮在耳邊波湧，搔得耳朵好癢。他張開雙手，臉朝下漂浮著，在水裡咕嚕咕嚕吐著氣泡，假裝自己死掉。

永遠都不需要起身，永遠不用看見那些人的目光。他們那種好像分析什麼的目光，終歸都只是為了傷害他。要不，他希望自己最後抬起頭時整個世界已經消失。只有他和這片藍。

就算耳朵藏在水裡，他仍聽得見遠處的聲響，上面世界的砰砰隆隆。當他頭離開水面，聲音猶存——嘈雜聲，迴盪不已。

麥奇已不在池邊，其他人正在玩水上排球。白球飛過半空，與霧狀玻璃的漆黑呈現完美對比。

奧斯卡划向最深處的角落，只有眼鼻露出水面。他仔細觀察。

麥奇從泳池大廳另一側的淋浴間跑出來，大聲喊著：「老師！辦公室電話響了！」

阿維拉老師嘟囔著什麼，沿著池邊踩步走開，他對麥奇點點頭，消失在淋浴間。奧斯卡最後見到的，是他在凝霧玻璃後方的模糊身影。

然後他就離開了。

麥奇一離開更衣室，他們立刻就定位。

強尼和吉米溜進健身室，羅傑和普雷伯貼在門邊的牆上，一聽見麥奇在泳池邊的喊叫馬上開始

行動。

　　他們赤腳輕聲走著，穿過健身室，幾秒鐘後，阿維拉老師走入更衣室、前往辦公室。普雷伯已往纏在手上增強抓力的長筒襪裝進銅板。一等老師走到門邊、背對他，普雷伯立刻跨出去，將沉甸甸的襪子甩往老師後腦杓。

　　可是普雷伯手腳實在不怎麼靈活，阿維拉老師肯定聽見了聲音。甩到一半，老師便轉過頭，那包銅板擊中他耳朵上方，不過也達到預期效果了。阿維拉老師往前撲到一旁，頭撞到門柱，倒在地上。

　　普雷伯坐在他胸口，將那包沉甸甸的硬幣握好，以備若有不時之需能更精準地打出去——不過看似不需要。阿維拉老師手臂微微顫抖，毫無抵抗，普雷伯不覺得他死了，看起來不像，完全不像。

　　羅傑靠過來看這具趴著的軀體，彷彿從沒見過這種東西。

　　「他是土耳其人之類的嗎？」

　　「我哪知道？快去拿鑰匙。」

　　羅傑匆忙在老師的短褲中翻找，強尼和吉米已走出健身室，朝游泳池去。他掏出鑰匙後一把把試著開辦公室的門，還瞥了老師一眼。

　　「那麼多毛，真像猩猩，一定是土耳其人。」

　　「喔，拜託，快開啦。」

　　羅傑嘆了口氣，繼續試鑰匙。

　　「我這樣說是為你好啊，或許你會覺得舒服點，如果……」

「幹，快開啦。」

羅傑終於找出正確的鑰匙，打開門。走進辦公室前，他指指老師，對著普雷伯說：「你最好別那樣坐，搞不好他會不能呼吸。」

普雷伯從老師胸口下來，坐在旁邊，但仍以重量壓住他，以防阿維拉老師突然反抗什麼的。

羅傑在辦公室內翻搜外套口袋，掏出皮夾，裡面有三百克朗。抽屜裡有十張沒蓋過的電車卡，他連這也一併取走。

賞金實在不多，不過他們主要目的不在這裡。這純粹是為了報復。

強尼和吉米走進游泳池，奧斯卡仍在角落的水裡吐氣泡。一見到他們，他的第一個反應不是恐懼，而是討厭。

這些人竟然全身衣褲都穿得好好，連鞋子都沒脫，阿維拉老師非常在意……

直到吉米駐足在池邊，望向水面，奧斯卡才開始害怕。以前他短暫見過吉米幾次，那時就很恐怖了，而現在，他眼裡有某種神情，而且他扭動頭的方式，就像湯米和他那些朋友在……

吉米盯住奧斯卡，這時，奧斯卡起了寒顫，想起自己光著身體。吉米對強尼點點頭，單手畫著半圓，示意一人站一邊。那兩人開始走向奧斯卡。吉米邊走邊喊。「全都出去，所有人，離開水裡！」

很多人不動，或者在水裡踏步，拿不定主意。吉米站在池邊，從外套口袋掏出扁鑽一把甩開，

握的方式有如一把弓箭，瞄準這群男孩。他慢慢逼近泳池另一端。

奧斯卡被逼到角落，渾身發抖看著他。其他男孩快速或游或走來到另一側，獨留奧斯卡在泳池那一邊。

阿維拉老師……阿維拉老師你在哪裡啊……

有隻手抓住他頭髮。對方抓得好緊，扯得他頭皮好痛，腦袋被往角落扯。

上面傳來強尼的聲音。

「這可是我老哥，你這臭小子。」

奧斯卡的頭往後猛撞到瓷磚好幾次，水花也濺進耳朵。這時，吉米走過來，手中握著扁鑽蹲下。

「嗨，奧斯卡。」

奧斯卡嗆了一大口水，開始猛咳。每次咳嗽造成的頭部搖晃，都讓頭髮被強尼抓得更緊，也把頭皮扯得更痛。咳嗽結束，吉米用扁鑽敲著瓷磚，敲得叮噹叮噹響。

「你知道嗎？我在想啊，或許我們該來個小比賽。現在，別動……」

吉米將扁鑽遞給強尼時故意從奧斯卡額頭上方掠過，此時他換手，由吉米抓住奧斯卡的頭。奧斯卡不敢輕舉妄動，凝視了吉米雙眼數秒——那眼神根本徹底瘋了，充滿憎恨。

奧斯卡的頭被壓在泳池角落，雙手無力癱在水中，什麼都抓不到。他想找其他男孩，發現他們全都跑到淺端。麥奇站在最前面，仍滿臉微笑，顯然早預期到這場面。其他人則一臉驚恐。

沒人要幫他。

「那就這樣吧，」很簡單的，規則很簡單，你在水裡待上五分鐘，如果辦得到，那我們就只在你

臉頰上小小劃一刀，給你留個紀念；如果辦不到⋯⋯嗯，那你從水裡起來時我就挖掉你一隻眼睛，好嗎？這規則清楚吧？」

奧斯卡雙脣露出水面，發著抖開口說話，水不斷從他嘴裡冒出來。「不能⋯⋯」

吉米搖搖頭。

「那是你的問題。看見時鐘了嗎，就從二十秒開始，五分鐘喔，不然就挖出你的眼睛。現在你好好深呼吸。十⋯⋯九⋯⋯八⋯⋯七⋯⋯」

奧斯卡想踢腿掙脫，可是必須踮著腳尖，頭才能露出水面，而且又被吉米抓住，他根本無法做出任何動作。

如果我把頭髮撥開五分鐘⋯⋯

他以前試過，最多只能三分鐘，最多。

「六⋯⋯五⋯⋯四⋯⋯三⋯⋯」

阿維拉老師、阿維拉老師會回來的，只要趕在⋯⋯

「二⋯⋯一⋯⋯零！」

奧斯卡的頭被壓進水裡之前只吸了半口氣。他雙腳踩滑，下半身慢慢漂浮上來。奧斯卡將頭貼向胸口，沉在水面下，氯水接觸到頭皮上的撕裂傷口，彷彿火燒般灼痛。

不到一分鐘他就開始驚慌。

他眼睛張得大大的，只看見淺藍色。腦袋上旋轉竄出的粉紅薄霧掠過眼前，他努力穩住身子，卻不成功，因為沒東西可讓他支撐。他的雙腿朝水面踹踢，眼前的淺藍水面起了陣陣漣漪，折射成

一波波小浪。

他嘴裡吐出氣泡。奧斯卡甩開手臂，仰躺著漂浮。視線被天花板的白色東西吸引，他的雙眼攫住日光燈搖晃的亮光，心臟怦怦跳，就像手拍玻璃窗砰砰響。一不小心，奧斯卡鼻子嗆進水，反而有一種平靜感蔓延全身。可是他的心臟跳得好用力，堅持想活下去。他又開始死命掙扎，想在沒東西可抓的地方抓住些什麼。

他的頭又被往下壓了。好奇怪，他冒出一個念頭：這樣最好，總比剩下獨眼好。

聲地說：「強尼，怎麼搞成這樣？」

他們好像真的要……真的要……他看看其他男孩，沒人要站出來做些什麼，他自己也只敢小小色身影。

但強尼似乎沒聽見他的話，只是跪在池邊一動也不動，扁鑽插入水中，指向水裡折射的晃動白

兩分鐘後，麥奇開始覺得不自在。

麥奇抬頭望向淋浴間。老師怎麼還不回來？派翠克已經跑去找老師，為何連他也不見人影？麥奇縮到更角落，站在可以望向漆黑戶外的那扇深色玻璃門旁，雙手交叉胸前。

眼角餘光，他發現有東西從外面的屋頂飛過來，猛烈撞擊玻璃門，連門框都在晃動。

他踮起腳尖，從嵌了透明玻璃的窗戶上方望出去，見到一個小女孩，女孩抬起頭看著他。

「說『進來』。」

「什……什麼？」

麥奇回頭看泳池，奧斯卡已經不動了，但吉米仍伏在泳池上方，把奧斯卡的頭壓進水裡。麥奇好焦急，連吞口水喉嚨都會痛。

不管怎樣，他們必須住手。

玻璃門上又傳來碰一聲，這次更用力了。他望向黑暗，女孩張嘴對他吶喊，他看見了她的牙齒，她手臂上垂著什麼東西。

「說我可以進去。」

不管怎樣——

麥奇點點頭，以幾乎聽不見的音量說：「妳可以進來。」

女孩從門往後退，消失在黑暗之中，垂在她手臂上的東西閃爍了一下，便沒了蹤影。麥奇轉身回泳池，吉米已將奧斯卡的頭拉出水面，從強尼手中拿回扁鑽，靠近奧斯卡的臉、瞄準。

泳池中央那扇黝黑窗戶出現點點亮光，瞬間玻璃便粉碎。

強化玻璃和一般玻璃不同，一破裂就會爆成千百細小圓型碎片，這些小碎片飛過泳池大廳、噴過水面，閃爍如無數潔白星辰，窸窸窣窣落在泳池旁邊。

尾聲

十一月十三日星期五

十三號星期五……

谷納・洪柏格坐在空蕩的校長室，想將字條依序整理好。

他已經在布雷奇堡小學待了一整天，研究命案現場，找學生交談。市區來的兩名技術人員，以及國家刑案鑑識中心那位血跡分析家仍在池邊保存證據。

昨晚這裡有兩個少年被殺，第三個則失蹤了。

他和該班導師瑪莉・路易斯談過，才知道那名失蹤的男孩，奧斯卡・艾瑞克森，就是三週前舉手回答他關於海洛因問題的男孩。谷納記得他。

我讀過很多這類的東西。

他記得那時以為這孩子會第一個衝出去看警車，他本來打算如果是這樣就要載他兜兜風──如果可能，順便增強他一點自信心。不過男孩始終沒出現。

而今，他失蹤了。

谷納審視著和昨晚在池邊那些男孩的談話紀錄，基本上大家的說法都吻合，幾乎都提到一個東

西：天使。

奧斯卡・艾瑞克森被天使救走了。

根據目擊證人指出，就是那個天使把強尼和吉米的頭扯掉，兩顆頭顱丟在水底。

谷納將他們的說法告訴那位犯罪現場攝影師，他以水底攝影機將兩顆頭顱所在之處留下永恆紀

錄，結果他說：「這位天使恐怕不是來自天堂。」

不……

谷納望向窗外，思索合理的解釋。

中庭的桅杆降了半旗。

兩名心理學家在孩子接受詢問的過程也在場，因為有幾個孩子出現令人擔憂的跡象。他們談論

親眼目睹之事的態度過於輕鬆，彷彿只是一部電影，不是真實生活中發生的事件──雖然大家很可

能也這麼認為。

問題在於，血跡技術人員分析的結果和那些孩子的說法完全符合。

從這些地方（天花板、橫梁）留下的血跡判斷，的確讓人第一眼覺得這種血液噴濺路徑是由某

個……會飛的人製造出來的，而現在，需要加以釐清的正是這部分，必須找出說法來排除這種解釋。

或許可以辦得到的。

男孩的體育老師正在加護病房，他有嚴重腦震盪，最快到明天才有可能接受詢問。或許，從他

那裡也問不到什麼新資訊。

谷納雙手壓推太陽穴，眼睛瞇成一線，他看著這些小字條：

天使……翅膀……頭爆炸……扁鑽……想淹死奧斯卡……奧斯卡全身變藍色……牙齒像獅子的牙……把奧斯卡拉上去……

此時，谷納唯一能想到的就是……我應該離開這裡，休假一陣子。

斯德哥爾摩—卡爾斯達特線的查票員斯達芬·拉森指指行李架上的袋子。這種行李袋現在很少見了，那真的是老式的大皮箱。

坐在車廂內的男孩點點頭，拿出車票，斯達芬在上面戳了個洞。

「有人在終點站接你嗎？」

男孩搖搖頭。

「這皮箱沒有外表看起來那麼重。」

「不重，當然沒那麼重，不好意思喔，我可以問一下裡面裝了什麼嗎？」

「一些生活必需品。」

「到站時應該傍晚了喔，你知道吧。」

斯達芬看看手錶，拿著車票打孔器對著半空喀喀扣動。

「這是你的嗎？」

「知道。」

「那些盒子也是你的嗎？」

「對。」

「哇，對不起，我真的無意——不過你怎麼拿得動？」

「等一下會有人幫我。」

「我懂了，那就好，祝你旅途愉快。」

「謝謝。」

斯達芬將小小車廂的門拉上，走到下一間。男孩似乎很清楚自己在做什麼。斯達芬心想，如果自己和那堆行李坐在一起，恐怕不容易看起來那麼**快樂**。

不過話說回來，年紀輕就是不一樣。

開啟內門，配備獠牙的小仙子柔情跨入：《血色童話》的青春蒼老酷兒妖異浪漫譚

後記

洪凌

《血色童話》的瑞典書名本身，就是一則酷兒跨性跨語言的妖魔翻譯小典：作者約翰·傑維德·倫德維斯特是個不惜將深摯愛意灌注於出道作長篇小說的樂迷，勇敢地挪用英國男同志歌手莫里西（Steven Patrick Morrissey）的歌曲標題，演繹出這部追究何謂光怪陸離但真正對勁（且總是遭到壓制）的情慾。此書的瑞典文原名、同時是英文書名版本的《讓對的人進入》（Let the Right One In），在在尋覓對勁的獠牙與對勁的進入姿勢。

對於核心敘述者奧斯卡而言，擱淺於窒息原生家庭結構，總是被不像樣惡霸同儕欺凌折騰的日子，驀然出現夜與異質性別救贖者的歷程，確實是一則酸澀膽汁與血雕糖果的童話。以不可思議方式愛著奧斯卡且被他真心所愛對勁的人兒是「人類不可能如此」（既是女孩又是男孩，既非男性亦非女性）的依萊（Eli），名字諧音即是上帝的妖精天使，形貌是十二歲純美少女的奇異魔物。奧斯卡與依萊充滿敗壞與甜美滋味的「請君入內」幼少情慾愛戀模式，既是人／非人的互為凝視，也

是改寫了常態性別（或逆寫了）成年人類的奧斯卡，註定遭遇的是陰慘黯淡的規矩人生；經過許多場迷幻搖滾成長小說母題的跨性別神話——倘若持續承受暴虐而終究倖存，本

該長成「正常」成年男性人類的奧斯卡，註定遭遇的是陰慘黯淡的規矩人生；經過許多場迷幻搖滾

樂曲般的侵入與約諾，他重複允許且再三邀請依萊進入自己雜沓惶惑的身心，終究與永不成長的非

男非女天使一起出走。扯斷兩名沙豬男同學頭顱的同時，本書以最徹底暴戾的「狂野詩情正義」

（the wild, poetic justice）回報了體制無法消化處理、只能含蓄默許且拒絕看見的青春期同儕霸凌

（teenager bully）病徵。

　　本書以詳細到時而不堪的筆觸，精工描繪沉澱於北國中下階級群聚的布雷奇堡的「準現代」生

態，抗拒任何非理性非態態事物的務實瑞典工業邊陲小鎮，卻滋養出許多無法以言語敘述的慘苦悲

情，稠密憂鬱如不正確方式愛貓人古斯塔‧滋生過度的狀態讓貓與人都困頓難受，其居家環境濃烈

的尿騷氣味，隱喻了整潔規範的城鎮底層所蠕動囤積的人類瘴癘與非人惡疫。同樣慘烈但冷硬寫實

的大篇幅鋪陳了遭逢異己前後的幾個立體人物，例如堅毅慘烈的薇吉妮雅、潦倒但滿懷過時懷舊情

愫的雷基、叛逆且創意十足的萬能小藥販湯米。這些游離於常態典範且不時企圖掙扎脫逸的人們，

以撞見黑翅犬貓爪豹眼犬齒神鬼幼獸的想像，紛紛遭逢依萊與她／他的使徒兼迷戀狂信者，哈肯。

　　即使置身於最「解放」的女男跨性同志社群，哈肯的戀童／殺童雙股慾念念驅力，都會是某種醍

醐到無法不以汙名再現的汙穢渣滓，而他骯髒卑賤、無法被正視的慾念卻激發出對於唯一執著、彷

彿如孩童且性別曖昧的神之召喚與還原：先是背棄、繼而食用，終究宰殺了哈肯的依萊，彷彿

是舊約的殘酷無度之神，亦是受難基督呼喊的大異己：「Eli, Eli, lama sabachthani」〔依萊（我的

神），為什麼離棄我（這不渝的信徒）？〕此段話語彷彿鑲嵌於本書的密碼，再三縈繞經營依萊的

純真殘酷雙（跨）性戀荒幼神的質地，她必須捨棄成長、二分性別、人類性等元素，方能活生生

在於血豔淋漓「妖精故事」（fairy tale）的酷異兒童本質。

若以英美吸血鬼小說脈絡為互文比較經緯，我會將《血色童話》與幾部瀲血叛客酷兒恐怖

文學（Splatterpunk queer horror）的新經典作品並列評比。其中，最著名的代表作如波比‧布萊

特（Poppy Z. Brite）毫不粉飾收斂恣意鋪陳少年愛戀與殺虐的《歧路亡魂》（Lost Souls, 1992），

泰裔作者桑塔（S. P. Somtow）以藍鬍子物語為故事背景、定格於幼年男童萬人迷歌手模樣的

Tommy Valentine 為主角的雙性戀兼皮繩愉虐吸血魔三部曲，《吸血鬼中介站》（Vampire Junction,

1984）、《男童吸血鬼梵倫汀》（Valentine, 1992）、《奢華魔物》（Vanitas, 1997）。至於充滿

跨性別神魅吸引力、彷彿依萊之年長同類的故事，可經由女同志科幻偵探作家凱薩琳‧弗利絲特

（Katherine V. Forrest）的力作《我的吸血鬼星際艦長》（O Captain, My Captain, 1987）窺見另類天

地：俊美憂鬱的跨性別美青年船長其本尊為不死吸血鬼，於永恆時光擺渡於星際舞台，誘惑一個個

原先是正常人類女性的魔性開發譜系。此故事儼然是依萊可能成為的成年續曲、並以太空歌劇為舞

台的醇美異色版本。

　　然而，不知為何，我兀自斷定閱讀此書時最為依賴親近、互通有無的素材應該是某些特定的音

樂基調。除了作者最愛的歌手莫里西，本書最為脣齒相依的事物該是某些從一九八〇年代一路曲

折遊蕩至今的英美（新音樂）搖滾樂團，散發死亡腥甜氣味，毫不政治正確的酷兒情慾，例如 Joy

Division，His Name is Alive，Felt，Eyeless in Gaza，Garbage，Human Drama。如同語言雕琢出的乖

張暴亂音色，閱讀本書如同傾聽這些潮溼迷離、道盡破敗蒼涼青春與衰亡的美麗受傷歌曲，想來約

莫是沁血童話刻鏤於人世間處處扞格又惆悵癒合的況味吧。

洪凌，現職為世新大學性別研究所專任副教授。

迄今發表多部文學創作與評論文集：中短篇小說集《肢解異獸》、《在玻璃懸崖上走索》、《復返於世界的盡頭》、《銀河滅》、《黑太陽賦格》、《年記一九七一：風靡宇宙的復刻版》等，長篇小說《不見天日的向日葵》、《末日玫瑰雨》、《宇宙奧狄賽》系列六冊、《混沌輪舞》等，評論集《弔詭書院》、《妖聲魔色》、《魔鬼筆記》、《魔道御書房》、《光幻諸次元註釋本》、《想像不家庭》等。獲全球華人科幻小說獎、國家文化藝術基金會文學創作獎助金、臺灣文學館臺灣文學翻譯出版補助等。

嗜好是鍛造多重狂迷宇宙，深愛小貓魔神與小黑豹王，試圖取悅遭遇的每位貓貓。冬天披掛硬偵探大衣與暗物質墨鏡造型。沉浸於肉桂、巧克力、尤加利、雪松、苦艾酒、拉丁文數字、彈奏各種鍵盤與有機體。經常在傍晚服用早餐、搭配自製手沖咖啡。

---

*編按：本書分別於二〇〇八年由瑞典導演湯瑪斯・艾佛遜（Tomas Alfredson）改拍為同名電影，也是該年度臺灣金馬影展參展片。二〇一〇年，《科洛弗檔案》導演麥特・李維斯（Matt Reeves）將本書改編好萊塢版本，由克蘿伊・摩蕾茲（Chloë Grace Moretz）主演。

國家圖書館出版品預行編目 (CIP) 資料

血色童話／約翰·傑維德·倫德維斯特
（John Ajvide Lindqvist）著；郭寶蓮譯.
-- 二版 . -- 臺北市：小異出版：大塊文
化出版股份有限公司發行 , 2022.07
　　面 ;　　公分 . -- (SM；7)
譯自：LÅT DEN RÄTTE KOMMA IN.
ISBN　978-986-97630-7-3（平裝）

881.357　　　　　　　　　111004084